PARIS By The BOOK
巴黎書蹤

Liam Callanan

黎安・卡拉南——著

聞若婷／譯

獻給我找到的人

當我們真正需要某樣東西，我們就會找到它，這是無可避免的。你所需要的東西會像磁鐵一樣吸引你。我在鄉間生活多年之後又回到巴黎，我需要一個年輕畫家，一個能喚醒我的年輕畫家。巴黎美妙絕倫，但那個年輕畫家在哪裡？

——葛楚．史坦

巴黎，一九四五年

序幕

每個星期總有一天，我會去追不是我丈夫的男人。

（在經歷過一切之後，我現在仍會這麼做。）

我不應該這麼做，但很多不該做的事我都做了——抽菸、開書店、花錢報名我總是想方設法蹺掉的法文課——這是其中一件事。我陪女兒走路上學，視而不見地盯著那些視而不見地盯著我的家長，然後開始搜尋這一天的男人。

有時候我在人行道上就開始了，當某個家長、某個爸爸從聚集在宏偉學校大門前的人堆裡脫出，我就跟上去。不過更常見的情況是，我會走到熱鬧的聖安托萬路，細細過濾來往的人群。有些早晨我馬上就鎖定追蹤對象；有些早晨我會花整個早晨尋覓；有些早晨我跟隨某人一段時間，通常是很像我丈夫的人，或是我所能找到或容忍範圍內最像他的人——墨黑的頭髮、窄窄的肩膀、在口袋裡待不住的手、不停朝除了我的方向之外每個方向轉動的頭——卻因為某個出格的小細節對他失去興趣。我丈夫絕對不會戴藍色眼鏡，我丈夫絕對不會不把計程車讓給孕婦，我丈夫絕對不會從書報攤偷雜誌、從水果行偷蘋果、從二手書店偷書。我丈夫絕對不會——這是我某次從校門口跟蹤一個爸爸時目睹的——親吻不是他妻子的女人。

有些早晨我找不到任何人。這總是令我驚訝，不過我想我應該更驚訝的是其他早晨，一切都對了，我能在遊蕩半公里的距離內就找到一個男人，還能夠跟蹤他好一會。

跟蹤這些男人應該更困難一點才對，事實卻不然。巴黎是個人滿為患的城市，遠遠超過旅遊廣告和海報上所呈現的程度，而我——嗯，雖然我身材適中，有一雙長腿，還不由自主地散發男人趨之若鶩的「離我遠點」氣質，我卻已四十二歲，差不多是此地能引起男人興趣的女人的兩倍年齡。

也好。隱形很適合我，對我來說很好用。

每隔一陣子，很短的一陣子，政府當局都會發布一道特殊警告，一種提醒：我們要提高警覺。因此我提高警覺，因此其他人一定也提高警覺，但我發現，在這類警告公布之後，我隱形的程度更勝以往。我看起來就不像任何人認為該留意的對象。

即使在那種日子，任何日子，如果我在追的男人離開大馬路、進入比較小的巷子，都會讓情況變得尷尬。在繁忙大街上，我會隔著區區一、兩公尺跟在某人後方，近到能看見他的頭髮有多濃密（我丈夫的頭髮很濃密），聞到他的古龍水味（我丈夫從來不用古龍水），嚐到他衣服上飄出的菸味，如果他抽菸的話（我丈夫每次抽菸都騙我他沒抽，而我總是用這種方法拆穿他的謊言，一縷氣味，一陣嗅聞——不過這仍然提醒了我，是的，他會說謊）。

到了比較安靜的街道，我會把距離拉開到至少一個街區遠。我會思考如果前面的人真的是我丈夫，我會怎麼做：擁抱他，牽起他的手，緊抓著他踹他，用手銬銬住他，問他為什麼和是什麼和在哪裡。但那個人不是他，永遠不是他，所以我會研究商店，研究我的手機，我會閱讀紀念牌匾上的文字，好讓我追的男人放鬆下來：c'est juste une autre touriste perdue.（只是另一個迷路的觀光客。）

有一次（也僅此一次），事情終於發生了。我跟蹤的男人當面質問我。

這是我們抵達巴黎六個月後發生的事。不算太久以前，但夠久了，當時的我和現在不同。巴黎也是。

不過我還是應該想到的。我*確實*知道——打從一開始就知道他會是個麻煩，因為他看起來太像、太像我丈夫了。同樣的頭髮，同樣的眼鏡，同樣的微笑。那個微笑他給了羅浮宮底下蘋果專賣店（幾乎跟樓上的博物館一樣受歡迎、一樣人山人海）的一個女店員，就是它抓住了我的視線，那個歪向一側的笑容：在那之前，我甚至沒發現他像是我丈夫的分身，而發現之後，我就不能不追他了。他繞著羅浮宮地底的孿生金字塔走，它上下顛倒，像個往下指的箭頭，彷彿在說：*就是這裡*——那倒也沒錯——然後他流暢地經過那個地下商場展售的所有誘惑（咖啡、玩具、奢華的捲筒衛生紙），並且走到所有人都必須做決定的位置：是要繼續往下去搭地鐵呢，還是要往上到地面？

如果他往下，我不會繼續煩他，因為那天我並沒有計畫進行地鐵追蹤。這是一趟意料之外的任務。我原本只是想給我的兩個女兒——當時十五歲的艾莉，還有十二歲的達芙妮——買新的充電線，我先前買給她們的廉價仿冒品壞了。我偶爾也想做對一件事，在她們放學回家時手裡拿著充電線迎接她們。

但他沒有往下，而是爬上樓梯，到最頂端時，他做了一件沒道理的事。他沒有繼續走到車水馬龍的里沃利路上，而是折回羅浮宮寬闊的側翼建築所圍出的大廣場。他一定只是想再看一眼。

我也是。

待了一、兩分鐘，他看看表，選了一條新路線回到塵世：黎塞留通道，那是一條有列柱的人行隧道，從羅浮宮的法國雕塑作品展區中間穿過。通道兩側的玻璃牆讓過路人免費欣賞藝術品，還不用排隊。

他會看嗎？不。

我忍不住要看，但稍作逗留差點讓我跟丟他。他走出通道，過馬路，開始沿著瓦盧瓦街往北走，我不得不連走帶跑追上去。

現在我為他出了另一道測驗。如果他右轉往法蘭西銀行走，我會立刻放棄他；如果往左進入皇家宮殿，那裡有美輪美奐的花園和一排排可以穿行其間的宏偉樹木，我就繼續跟。

他往左轉，因此我也左轉。他加快腳步，我努力不照做。他走到東北角，穿過一群像森林的廊柱離開。現在往西，再往北；我們經過法國國家圖書館黎塞留館的大門，穿著黑色衣服的研究員和員工三五成群地聚在一起，在人行道和庭院裡閒蕩，專心做這更有意思的工作：聊天、抽菸、啜飲裝在迷你塑膠杯裡的咖啡。繼續走。舊證券交易所。銀行。咖啡館。郵幣社。我開始懷疑他會一路走到蒙馬特，而我也會一路跟到那裡。因為。

因為連我都要承認，巴黎就像一座劇院，華麗、鍍金（哪怕邊緣有點磨損），住在這裡就等於把大部分光陰花在門外等待入場，或是一旦入場了，也是盯著舞臺等待，心想不知那深紅色布幕什麼時候會拉起來。然後有事情發生了。燈光變暗，觀眾變安靜，某個地方的某個東西動了一下，於是你知道表演終於要開始了。

我指的是在隱密的巷弄內，從高高的窗邊花箱灑落的花瓣；或是在熙來攘往的博物館走廊上，你突然發現有一尊雕像直直地盯著你瞧，只盯著你一人，它沉靜的微笑經過幾世紀依然狡獪；或是你面前的餐盤中用最簡單的食材烹煮而成的餐點（也許是你自己做的，一字不差地遵照熱情洋溢的肉店老闆指點），一入口便勝過你這輩子吃過的所有美食。你一直一直等待布幕升起，正是因為你不知道它什麼時候會升起、哪個部分會升起，或是布幕後面會有什麼。

譬如說，一個男人。妳的丈夫。

我傳訊息給艾莉，跟她說我會晚點回家，叫她打開上鎖的店門，把標示牌翻到「營業中」那一面，好吸引難得的客人——

就是這時候，我跟蹤的男人打岔了。

Oui? 他說。

完全不是正式的打招呼方式。我太專心看手機了，我仍然在走，可是沒留意。這下好了，那個男人站在我面前跟我說話，這是從來沒發生過的事。

他站得太近了，他的口氣聞起來很嗆。路人、狗、送貨員、滑板車紛紛繞過我們，就像我們是河裡的石頭。

Non，我說。Non，但我應該說「我很抱歉」，用英語講，這樣他就會知道我是個傻瓜。但我在法國用得最熟能生巧的一個詞就是non，所以他以為我是當地人。他的嗓音降了一度，用法語問我為什麼要跟著他？

我沒有這麼說，說我失去了丈夫，說我最初幾個月把那些階段都跑過一遍，就是各種小冊子和網站和太多的書都說我會經歷的階段——錯愕、否認、討價還價、內疚、憤怒、絕望——只不過我是重複地、快速地、周而復始地經歷這些階段，始終沒能抵達各種媒介異口同聲承諾的最後階段：接受。

直到我確實抵達了最後階段，或者應該說，直到我接受了另一件事，那就是我為我的家庭找到的暫時狀態——在我們的住處樓下經營一間巴黎書店——可以或已經成為永久狀態。

因此，一些新的階段開始了。法國階段。那就跟這裡的許多事物一樣，感覺起來可能跟美國版的很相似，最後卻會發現有天壤之別。在美國，妳看到一個很像妳丈夫的人，妳會兀自露出悲傷的微笑。在法國，妳會追著他跑。

在美國，妳會想：嗯，妳當然會好奇——那就像一本未完的書。

在法國，我知道一切都是因為一本未完的書。

在美國，妳說：我失去了丈夫，每個人都認為他們懂妳的意思。

在法國，他們比較聰明。當我說我「失去」他時，他們不會說：我很遺憾。

他們會問：他去哪了？

因此，當我回答那個我在追的男人時，我用細微而清晰的聲音告訴他，在我還會跟警察說話時我告訴警察的話。

我說：我在找我丈夫。

我接下來並沒有說這句話，因為在當時，在這個故事、我的故事發生的當時，我怎麼會知道？

我丈夫在找我。

威斯康辛州，巴黎

1

我早就認為我們的書店正面是個陷阱，精心設置的陷阱。

非這樣不可。儘管我們身處熱鬧得令人心累的瑪黑區，卻是在瑪黑區南側，離塞納河比較近，遠離賣鷹嘴豆泥蔬菜球的小攤、可麗餅店和行人徒步街，因此也遠離人潮，遠離客群。我們這個街區有一側幾乎完全是一間修道院的光禿後牆，也不知道那間修道院裡究竟還有沒有人。除了鐘聲之外，我從來沒在人行道上看過任何修士。修道院對面是一串像我們這樣的商店，從一棟棟平凡無奇的方正建築一樓往外窺探，這些建築全是深淺不一的奶油白，而且總是沾染黃色汙漬。往高處望，鋅皮屋頂慢慢瘀黑，底下的窗戶聳聳肩擺脫窗板。花朵，或是它們的殘瓣，東一簇西一簇地綻放。鍛鐵護欄，或是它們的殘幹，也東一撮西一撮地掛著。

還有我們的店，大紅色的，像顆蘋果，像個傷口。

這間店本來就是紅色的，不過我第一次看到它時，它是比較深、比較偏藍的紅，比較像卡本內蘇維濃葡萄酒的顏色。我作主翻新它的色澤，變成近乎消防車一般的櫻桃紅。這引起一波微微的反對聲浪，不過我已經跟我們的房東、也就是書店的原東家伯牙夫人取得了共識；一個油漆工還沒開工就跟我說他不幹了，另一個則是在刮掉舊漆、塗上底漆之後走人。

我合作的UPS司機（也是非正式的街頭門房）路宏向我推薦，我才終於雇到一個波蘭男人，他會說的法語幾乎和我一樣少，因此不在乎別人的意見。完工之後，我問路宏他有什麼想法。路宏輪流望向街道兩端。那個油漆工不光是精準調出我要的亮紅色，而且還塗上了貌似有三十六層的透明漆。這間店就像融化的棒棒糖給上了釉般晶亮。

路宏說我應該賣棒棒糖。

我搖頭。

他搖頭。

我們賣書。櫥窗上的金色字母如此聲明。一側是BOOK SHOP，另一側是LIBRAIRIE ANGLOPHONE（英文書店）。中間是我們的店名，辯論的主題。它是因應這條街而取的名字，這條街又是以聖露西命名。這讓人很混亂，城市另一頭還有一條以她命名的街道。更混亂的是，露西是作家的守護聖者，但伯牙夫人說這名字有時候會引來虔誠信教的顧客，多數時候則是引不來任何顧客。她很堅持地說，這條街曾經風光熱鬧，不光是充滿買書人，也充滿賣書人。那些店一間一間撤了，很多都把庫存留給夫人。英文書，不是法文書。差勁的書，不是珍貴的書。更不用說是死者的書，不是活人的書。她幾乎沒有還在世作者的作品。

我建議把店名改為「溫故知新」，用「late」雙關「已故」作家的「最新」作品，因為從今以後我們將專賣書存人亡的作者著作。

她不喜歡這主意，但還是任由我去弄，因為生悶氣就是她最熱中的娛樂之一。有時候我會想，正因如此，她才會讓對書店幾乎一無所知（對法文懂得更少）的我，接管她已經擁有幾十年的書店。也可能正因為如此，當專賣死去作者的書誤打誤撞成為旅遊文學作家鍾愛的巴黎怪癖時，她才會帶著興味冷眼旁觀。（附帶一提，那些旅遊文學作家很快就發現，我在童書類和任何類別的女性作者方面，會破例販售在世作者的作品。）

夫人私下付錢給路宏，讓他從巴黎市郊的倉庫搬更多書來，以前那些書店老闆留給她的庫存都堆放在那裡。路宏說，全世界的顧客加起來，也不夠多到能把在那裡等待的書通通買回家。

全世界的顧客，夫人只分到很小很小一部分。我們接管這家店的時候，經常開玩笑說我們就剩下三個客人了。兩個美國人加一個紐西蘭人，他們同時也是我在巴黎的朋友總數：這是另一個笑話。每當我女兒開這個玩笑，我都會用笑容來掩飾傷心。說他們三個是「顧客」已經很勉強了，說他們是朋友更是牽強。不過，我還是對偶爾會買書的他們心存感激。

事實是，現代法國就和現代任何一個國家一樣，由亞馬遜網站負責賣書（還有雪地輪胎）；書店是賣咖啡的地方。至少賺錢的書店是會賣咖啡的。只賣書的書店日子比較不好過。在法國稍微好一點，不過亞馬遜那一抹得意的笑容在這裡仍然幾乎無所不在，就像在密爾瓦基很可能依然如此那般。我和女兒一直住在密爾瓦基，直到最近才搬來。（除非兩年不算最近？有些日子感覺像過了二十年，有些日子感覺又像才二十分鐘。）然而比較有文化素養的法國會限制書籍折扣（至少試著限制），更令人雀躍的是，偶爾還會為獨立書店提供財務補助。這類補助偏好賣新書的店，但伯牙夫人老早就想到受惠的方法，那就是開第二間較小的書店，賣的是法文新書。只不過這間店剛好位於一間賣二手英文書的店鋪內。這間法文書店專賣童書，位置看起來在這棟建築的二樓前半部，但其實那只是狹窄的樓中樓夾層。

夾層後半部用一道薄牆隔開，成為我兩個女兒的臥室，如果她們離開時沒關上門，有時候也會變成偽英文童書店：達芙妮曾經抱怨有人偷走她珍藏的貝芙莉・克萊瑞作品。我沒問客人書是從哪裡拿的，就把它們賣掉了。

廚房、起居室和我的臥室在ㄚ頭們樓上。由於這一層樓天花板較高，建築細節也更精緻，因此這是所謂的「高級樓層」。但就我們這棟樓而言，高級住戶是伯牙太太，最高的兩層樓歸她管，那裡的採光也比較好。她住在其中一層，她的私人藏書則住在她頭頂，至少她之前是這麼告訴我的。有很長一段時間，我從來不敢放肆深入她的公寓，只敢踏進一進門的小客廳（它就和這棟樓一樣，也和許多部分的巴黎一樣，看起來就像作家和藝術家一直灌輸你的印象：夕陽黃、精緻的家具、蕾絲、小桌子上放著一盞老式水晶檯燈）。

換言之，巴黎就像夫人承諾會讓我看頂樓一樣，是個挑戰，是個邀請，一座既是挑戰也是邀請的城市。可能正因為如此，我跟夫人的對話常戛然而止。也可能是因為早在我自己明白之前，她已經知道我的陷阱不是為顧客而設，而是為了我消失的丈夫——還有，深陷其中的反倒是我自己。

我發現自己在經營一間書店，這件事本身有點諷刺，因為將近二十年前，我曾經手拿著偷來的商品跑出一間書店，還被人逮個正著。我在巴黎追男人也很諷刺，因為在那許久之前的晚上，正是我丈夫追著我跑。

請把場景變換一下。鋪開一條新的人行道，豎起不同的商店門面，降下新鮮的背景。艾菲爾鐵塔不見了，那個位置取代它的是——其實什麼也沒有。藍色天空，你想的話加幾朵雲也成。單純的城市天際線。零零星星有些尖塔，也有些煙囪，除此之外，只有剪貼畫般的建築物。畢竟我們已經不在巴黎了，而是在密爾瓦基。

我的左手沒有戒指。那時候我們還沒有結婚，我丈夫和我。我們兩個都是白得像月亮的中西部人，甚至還不認識彼此，因此當他在街上向我搭訕，感覺相當尷尬——一連串的「嘿！」因為都卜勒效應而不斷逼近，直到我不得不轉身——他叫住我是為了我右手緊抓著的某樣東西。一本書。我要聲明，我並沒有遮遮掩掩。（我沒有遮遮掩掩是不得已的——那本書的尺寸大約二十五乘三十公分，它是一本童書，封面有個大紅色氣球。）

「嗨，」他似笑非笑地說，「妳好像忘了付錢？」現在他皺起半邊臉來搭配他的笑容，這樣很好。這讓他增加了一些皺紋，皺紋為他增加了一些歲數。他個子很矮，膚色白皙，身材瘦而健美。我原本目測他大概十七歲，是高中越野賽跑隊成員。現在我給他加了四歲。稍後他會再加上四歲：二十五歲。真是不可思議。

「噢，我會付錢，」我說，「我每天都在付錢。」我準備好滔滔不絕地談男人如何在人行道上找我搭訕，談世界各地的男人都在人行道上找女人搭訕——但那不是真的，對我來說不是，在彼時彼處不是。

事實是我很窘。我因為偷了東西而難堪——我以前從沒偷過東西——也因為我偷的是一本童書而難堪。我因為自己這麼窮而難堪。我年近二十四，我的支票帳戶裡恰好就只有這麼多錢。等到星期一，收到我的研究生津貼，我就有更多錢了，但在那之前，我只有二十四元存款、兩張被停用的信用卡，還有過剩的怒氣。大學圖書館莫名提早關門，我正好選在那一刻決定需要亞爾貝·拉莫里斯執導的一九五六年電影《紅氣球》的電影書，用來完成我以這個偉大（且頗奇異）的男人為主題的碩士論文。先別管我其實熟記這部經典巴黎電影的每一格畫面，以及電影書的每一頁內容——確實，我連路面的每一塊鵝卵石和貓（一隻活生生的黑貓，另一隻是某棟建築上貼的海報中的白貓）都如數家珍。

我這個年紀的人，有許多人小時候都曾短暫地如我一般痴狂，這要拜一九七〇和八〇年代，這部電影大量進入美國小學校園，成為雨天無法上室外課時播放的熱門影片之賜。我注意到，隨著一年年過去，那些孩子都往前走了。我知道我沒有往前走，也不會往前走。那本書是我的初戀。就像一見鍾情，像個同伴，像是我其實永遠沒有機會交往的那一類男朋友。那本書，那部電影，懂我。至少我有這種感覺。我知道我懂它。更重要的是，我懂它描繪的巴黎。對其他女生（和少數男生）而言，巴黎意謂鮮花、浪漫和一開一闔的手風琴。《紅氣球》跟這些完全無關。它很美，但令人精神抖擻。有些人覺得它很溫馨，但我小時候就不喜歡溫馨的東西，現在也不怎麼喜歡。我很訝異有更多人——例如我偷的那間密爾瓦基書店的店員——沒有看出那麼明顯的事情。紅色是警告的顏色。

我真希望自己能對那樣的警告多留點心。當時我在研究所讀電影研究——電影評論——

不過一開始我選的是電影製作，因為我確實想要「製作」點什麼，拉莫里斯讓這回事看起來好簡單。其實一點都不簡單，尤其當我發現參加的電影製作課程鄙視故事性。他們說，要是《紅氣球》這樣拍豈不是好太多了：給一顆氣球特寫三十分鐘——或三十小時！沒有對話，沒有演員，只有氣球。妳覺得呢，莉雅？我覺得我還是轉去電影研究好了，也確實這麼做了。到了那裡，他們告訴我，我必須對《紅氣球》以外的電影產生興趣，也需要關注巴黎以外的城市風貌。有那麼一陣子，我讓他們以為我很聽話。但我裝不了太久。在很短的時間內，我就會燃燒殆盡，會舉手投降。或是像我喜歡的解讀方式：我會屈服，屈服於只有我知道的真相，那就是我仍然滿心想要製作自己的電影。我不知道如何、何時會實現，也不知道要拍什麼內容。但我知道地點在哪裡：遠離威斯康辛州。

遠離這個在書店外的街上向我搭訕的男生。

我拔腿就跑。

馬汀大夫鞋不適合跑步，尤其是從慈善商店買的、大了一號半的馬汀大夫鞋。我擔心我的追捕者認為這鞋也是偷來的。我擔心自己為什麼要擔心他怎麼想。

等他終於追上我，他一開口講的三個字正是我打算講的。

「對不起？」

他長得很俊俏。我知道這形容詞有點斯文。他的氣質也有點斯文。

「沒關係。」我說，老實不客氣地為我犯的罪赦免他。

他在結帳檯排隊的時候看到我帶著書溜出店外。他要他們把帳算在他頭上，還一時衝動又買了一本書，然後出來追我。「拿去。」現在他說，雖然我早就拿在手上了。

「我不確定我還要不要它。」我看著它撒謊。

「我能不能——能不能請妳喝杯咖啡？」

「喝啤酒怎麼樣，」我說，「除非你怕我也會偷啤酒？」

他並沒有這種疑慮，也可能有，我們當天晚上在酒吧再見面時，他一直緊握著他的杯子。他很緊張，或很渴，或有自知之明：知道他的手如果空下來，就會不知所措，抬起，放下，畫出熟悉或不熟悉的圖形。他一手拂過頭髮，點點頭，或是揉揉臉並皺起眉頭，或是在桌上描一個字母，然後在空中再描一個。他就是這樣說話的，他就是這樣微笑的。這是神經過敏的表現，沒錯，不過是一種廣義的神經過敏，至少在當時是如此，而我的目標很快就變成要他因我而緊張。我想要看看、想要感受那雙手還能變出什麼花樣。

還有他的眼睛啊……灰色的，不過右眼虹膜上有個小小的、焦橘色的斑塊，我覺得自己有評論它的義務。

他的回答是短暫地閉了一下眼睛。「它沒有任何意義，」他說，「在人身上沒有意義。如果是鴿子呢？眼睛？非常要緊，尤其是妳賽鴿的話。我不賽鴿，不過用這種方式可以分辨牠們，知道哪一隻是妳的。」

在那一刻，我確實知道。

「所以，巴黎？」他輕點《紅氣球》說道，它就放在我們之間的桌面上。我畏縮了一下，我想是不露痕跡地畏縮了一下。點、點：感覺像在我胸口輕輕地擂擊。

羅伯解釋他最偏愛的兒童文學是路德威・白蒙的作品。《瑪德琳》系列。

在那巴黎有一棟
爬滿藤蔓老屋宅
十二女孩住其中
整整齊齊排兩排……

我搖搖頭。很久很久以前——一、二年級的時候——這些句子會算是、應該說確實曾經是挑釁的言論。帽子、鞠躬、制服？整整齊齊排兩排？

但我未來的丈夫鍥而不捨地奮戰下去。他認為我應該是、一定是白蒙的書迷，因為我對拉莫里斯那麼感興趣。「這兩個藝術家，都前無古人後無來者！」他手裡變出一本《瑪德琳》系列第一集，是他為我買的。為了搭配我偷的書。

他把《瑪德琳》放到《紅氣球》旁邊，兩本書都平放在我們之間的小桌子上。我低頭看看封面，然後環顧酒吧。

「所有人一定都很嫉妒我的約會這麼棒。」我說。

那不是真的，但我絕對很焦慮沒有錯。我對我的熱情、我的巴黎保護欲很強。強到我一直拖著沒去。貧窮幫助我裹足不前，但我也有一股悲觀的確信，認為我看到的巴黎一定會令我失望。它不會是《紅氣球》那個一九五〇年代的巴黎，它不會那麼情感豐沛而又冷清。就算我能找到一個氣球，就算一個氣球能找到我，它也會早在我讀到最後一頁之前就啵的一聲破掉。

（形容懦弱的方式有很多種，這就是其一。）

「我看它的方式，」彷彿我沒說過話一般，他繼續說道，「其實我直到現在才看出來，因為把這兩本書並排放在一起：很奇怪，不是嗎？」

當然，他是很奇怪的，而那只是令我更心旌蕩漾。在研究所，不合情理的常態才是常態。我們的生活抑鬱不振又令人精疲力竭，而且大部分都在夜間活動，所以任何光源都能讓我們興奮起來，即使那光會奇怪地閃爍。應該說尤其當那光會奇怪地閃爍。我謹慎地看著他。他看著書。

「這是觀看世界的兩種不同方式，」他繼續說，「一個城市——」

「我不信這一套。」我說，不過我確實想好好吵一架。

「一個人只會是《瑪德琳》派或《紅氣球》派其中之一。」他說。（當時我也不信這一套，但是基因支持他：我們的兩個女兒都長著他的眼睛，而且偏愛白蒙。）「繪圖派，或照片派。彩色巴黎派，或黑白巴黎派。」

「《紅氣球》是彩色的，色彩正是它的重點。」

「但它的主色調——它的巴黎——全是灰色的。」他說。

「你現在看到的是書，這些照片都只是靜態的。電影不一樣。」於是我揭露自己是個正在萌芽（即將枯萎）的電影學者，而我正在萌芽（即將枯萎）的論文探討的主題是，《紅氣球》不是普通的電影，它的「作者」拉莫里斯也不是普通的電影人，而是法國二十世紀中期最具代表性的法國電影人。安德烈．巴贊在他全兩冊的重量級論文集《電影是什麼？》中，洋洋灑灑用了數頁來講拉莫里斯。我還要引述一位評論家的話，那人引述了知名導演雷內．克萊爾的話，這個道地的巴黎人據說願意「用他整個職業生涯來換取能拍出這部短片」。

「原來妳懂嘛！」羅伯說。

我不懂，不過還是謹慎地點點頭。

「白蒙也是一樣，」他說話的對象不是我，而是書，「他很——我是說，我一向很愛他這一點——妳也知道他的背景故事嗎？」

有什麼好知道的？白蒙的一切都寫在書頁上了。那正是羅伯的偶像與我的偶像的差別。

「我猜他若是知道他的書變成啤酒杯杯墊，一定很驚恐。」我說。

「他的書就是在酒吧寫出來的。」他抬起頭說，「皮特酒館。曼哈頓？好像還在。」

「你不是——學生吧？研究生？」我說。

現在，一抹微笑。

「本來是，」他說，「學創意寫作。但我後來休學了。在我賣掉某樣東西之後。」

「家具？」

「書。應該說好幾本書？我寫的書。」

是的，我聽到他用的是複數了。好幾本書。現在是他的名字，羅伯．伊迪——他就是花了這麼長時間才告訴我。我決定等一等，先不告訴他我叫莉雅。讓他掙得這項資訊，或至少要開口詢問。

我搖搖頭。因為我沒聽過，而不是對他不滿，不過我的意味不明也沒關係。

「妳不是我的受眾，」他說，「我是說，目前。」

「嚴格來說，我是。目前。」

「嚴格來說，」他說，「我的書是寫給小孩看的——青少年，年紀偏小的那種？」他描述一系列書籍，故事開頭設定在「美國中央的一所中學裡」。第一集書名是《中部時間》，情節的中心是故事裡完全沒有成年人——沒有老師，沒有父母。

「很聰明的設計。」我說。他用新的笑容回應我，不知怎地有點勉強，或說勇敢。「接下來是什麼？」

「那不重要，」他說，「我想那系列已經寫夠了，或該說已經快要完結。我正計畫做點不同的事。」

「那不重要？」我問，「山區時間？」

我向後靠，審視著他、他的眼睛：奇異又美麗，驕傲又緊張，興奮又憂慮，全都同時共存。當我後來得知他跟我一樣，父母都不在了，我心想：那種眼神就是這麼來的，我大部分的早晨都在鏡子裡看到這種眼神。

「就像是，嗯，白蒙？」他說。我在聽，但我也在吞噬他，吸食他，微微亢奮起來。他實在好有活力，電力十足，而且好怪，好精瘦，他的襯衫裡面是什麼？我想抽菸，我想要他替我點菸。我還剩兩根菸。他抽菸嗎？我們可以合抽一根！可是要怎麼把他弄出去？

他還在講話。「白蒙一生做過的工作一定有十五種——服務生、作家、插畫家。一百萬種。可是他後來才醒悟到，他真正想做的是——正統藝術，油畫。這項挑戰把他推到了邊緣——而他突破了邊緣。他做到了。他靠寫作、靠《瑪德琳》賺了不少錢，他也尊敬那份工作——他尊敬那些讀者，從未停止為他們而寫，我是說，就連生命盡頭躺在病床上時都是——但他是為那些油畫而活的。」

「不要誤會我喔，」我說，心裡希望他會誤會，「可是——白蒙這麼做是對的嗎？」

「不要誤會我喔，」羅伯說，「可是妳偷那本書是對的嗎？其實妳不必回答，因為顯然妳是對的——那本書，那部電影，拉莫里斯，他的藝術——對妳都有那麼重大的意義。」

「你講得比實際上冠冕堂皇。」我說。

「我講得還不夠冠冕堂皇哩！我不像妳對拉莫里斯那麼熟悉——但是他——他不是拍完這一部電影就停止了，對吧？」

確實不是，但我聳聳肩。「他死得很早，死在直升機裡。」羅伯點點頭。「在德黑蘭北部。」我補充說明，因為這是真的，也因為我想岔開話題。

「伊朗！」羅伯大叫。原本一直在偷瞄我們的酒吧諸客，現在豎起耳朵偷聽。羅伯更加熱切地點著頭，彷彿他一直想講的重點正是中東的墜機事件。「跟白蒙很像對吧？」他說，「閒不住。」

我想表示不認同。「閒不住」並不是我的命題，但它是羅伯的命題——我也能看出來，始而微弱、繼而明確地看出來，那可能確實曾經是拉莫里斯的命題。拉莫里斯拍了一部很美的電影，後來又拍了更多部。他還在聖特羅佩的山區，和他的家人一起釀酒、製作瓷器和花布。他發明了一款名叫《戰國風雲》的桌遊。有個空中攝影系統叫 Helivision，〇〇七系列電影《金手指》的製作團隊曾使用它，拉莫里斯也使用它，在伊朗卡拉季水壩上空為末代沙王拍攝一支紀錄片。我不知道拉莫里斯在伊朗的工作結束後打算去哪裡。

「我要把那本書還給書店。」我說。

「哪一本？」他問。

「兩本都是。」我說。

「它們都付過錢了。」他說。

羅伯慎重地拿起白蒙的《瑪德琳》，塞進我的包包。我說過，我從來就不是白蒙的書迷，連小時候都不是，但是看到那本充滿陽光的書溜走，讓我心中的什麼也跟著溜了一下。《紅氣球》描繪的巴黎既璀璨也淒清：一個小男孩和一個大而圓、如同海灘球的魔法紅氣球成了朋友；在大約三十二分鐘的時間裡，他們一同探索這座城市；然後一群惡霸用石頭打下了氣球。電影中的死亡鮮少有像紅氣球之死這麼令人難以忍受的，它原本光滑的表面醜陋地縐起，漸漸縮小落到地上。整個過程只有幾秒，可是任何看過電影的孩子都會告訴你，那比永遠還要久。

不過在《瑪德琳》書裡，巴黎永遠閃亮，即使下雨或下雪，即使是在酒吧裡的男孩身邊。如果我讓白蒙的書說話，我知道它會說什麼：妳就算沒拿到碩士學位，前途也一片暗淡，都沒關係——來蒙馬特玩吧！我愛白蒙。

我已經一個星期沒睡了。我的論文進度落後。隱隱覺得，我哀悼的進度也落後了。那時候我父母已經去世兩年，他們仍然經常在我睡著時出現，更令人困擾的是，也會在我清醒時出現，他們從來不直接面對我，總是在背景一閃即滅，像是原本叱咤風雲的演員如今卻在跑龍套。我擔心他們會看到現在的我：我偷了一本並不真正需要的書，才發現我實在太需要它了。由於我最近曾發過誓，再也不要做會當著別人的面哭的那種人，我暫時離席，含糊地朝洗手間比了比，等我到了那裡，就把自己鎖在裡頭。

後來，已經太遲的後來，我放自己出來，回到我們之前坐的位子，發現他已付了錢。他業已離開，留下那本書，我的書，他把《紅氣球》留在桌上。我喝了一半的啤酒也在等我。我要女服務生給我更烈一點的酒。當酒送來，我翻開書，一頁一頁地看，重新想像我的整個計畫。我怎麼漏掉了攝影機——應該說拉莫里斯——有多愛那個由他自己兒子帕斯卡飾演的年幼主角帕斯卡？漏掉拉莫里斯有多愛巴黎、多愛飛行？

我在十三頁停下來。那一頁是帕斯卡住的公寓的滿版照片，有人用筆在照片上精巧地寫下：唐納大道二五五九號。照片是在巴黎拍的，但這個地址就在我坐的位子同一條街的轉角後方。

同一頁上方，帕斯卡的母親或祖母從一扇窗戶探出身子來，丟棄那討厭的氣球，在窗戶上緣，羅伯寫了：5A。

最後，在氣球裡面有五個字：我們巴黎見！

巴黎。我是在那裡長大的。或者應該說，有拉莫里斯的電影和書幫忙，我感覺我是在那裡長大的。事實如何並不重要，而事實是，我是個獨生女，住在威斯康辛州鄉間的一座小鎮，那地方小到只有一間酒館，正是我們家開的，我們住在酒館樓上，不過酒館的重量——酒精、煙霧、爭吵——有時讓我感覺我們是住在酒館樓下。當我翻開《紅氣球》的書（我愛書更甚於電影，因為我可以私密地、重複地領略書的美好，電影總需要藉助圖書館員、老師或家長之手才能看到），酒吧和十字路口和一閃一閃的黃色號誌燈都消失了。我到了法國。

我愛《紅氣球》的世界，因為那跟我的世界完全不一樣。那個世界的街道狹窄而奇異，因為鋪著鵝卵石而一塊塊隆起，街上擠滿古怪的交通工具，在某個值得紀念的頁面上，還有戴著帽徽、騎在馬背上的警察。也許換作任何一個每日每夜望著窗外安靜的中西部交叉路口的孩子，都會覺得這本書極度迷人吧。但我愛這本書還有純屬我個人的理由。我的童年大部分時間都很孤單，書裡的年幼主角也是。氣球是他唯一的朋友，這本書是我唯一的朋友。不知道是因為我父母經營酒吧，我才會成為被放逐的孩子，還是我放逐了我自己，總之我知道巴士底日是幾月幾號，我提倡初級中學應該開設法語課（學校唯一的外語課選項是從幼稚園到十二年級的德語課）。日復一日，我看著帕斯卡在巴黎奔跑穿梭，他跟著氣球，氣球跟著他，我試圖跟著他們兩個，懊惱我不能稍稍縮短這六千六百零三公里的距離。

但羅伯的公寓近在幾個街區外，走過去的時間還不夠抽完一根菸。我們巴黎見，他這麼寫。我到了以後，只看到一間空蕩蕩的套房，沒有家具，只有一張密集板材質的書桌和鋪在地上的床墊。前任房客留下一串褪色的天馬旗，從他公寓窗口往外垂掛，有如一道逃生梯。

羅伯看到我，露出訝異神色。我則訝異於看見到處都堆著書，搖搖晃晃、一碰就倒，貌似鐘乳石（他糾正我：應該是「石筍」才對），遍布整片磨損得厲害的楓木地板，那地板發出近乎愉悅的呻吟，一如不久之後的我。

半數的巴黎建築看起來就像《紅氣球》裡帕斯卡的公寓，尤其是我現在住的這條街上的房子，我經常在這街上散步，想清理清理我的腦袋。或者應該說想把它裝滿。也許只有書店老闆才會這樣，不過我在散步的時候，會盡可能沿路蒐集故事，直到我拿不動為止。我觀察、傾聽、思考：那個警笛聲要去哪裡？是誰把那只橘色手套遺落在人行道上？朝我走來的那對男女——她已經嫁給他了嗎？——或是，根據他目光快速瞟向我來判斷，他們是外遇關係？這扇窗裡為什麼放了那麼多積了灰塵的電影紀念品？我聞到的是洋蔥還是大蒜還是青蔥的味道？從那扇窗散出來的嗎？還是每扇窗？橄欖油或牛油？（一定是牛油，這座城市靠它在運作。）那一串飄逸的天馬旗會不會通往一名書痴住的公寓，就像我在密爾瓦基曾經造訪的那個地方？

我不知道。我已經不再爬上陌生的公寓了。

可是我的街道！我這烏黑的、漂亮的街道，我鮮紅色的店，我們的店往北走兩戶，是一間賣拖把的明亮白色商店。非常好的拖把，但仍只是拖把。那家店的老闆來自義大利羅馬，名叫格里羅夫人，我曾經問她為什麼要畫地自限，她看著我說，可是妳——不也只賣書？

因此，每個櫥窗後面都有一個故事。

往街道南邊，也就是往塞納河走，那裡有更多商店大門深鎖、空無一人，不過這句話依然成立。我們接管書店後不久，其中一間空店面似乎有新店家要入駐，櫥窗擦乾淨了，店裡出現一個油漆工。結果他再也沒有露面。他留下一座老舊的木頭工作梯，木頭看來破破爛爛，上頭濺滿數十年累積的油漆：鏽紅色、褐金色、十幾種不同的藍色。梯子頂端放著一顆蘋果。我判定他一定是兼差刷油漆的美術系學生——油漆工，我喜歡這麼想，兼差當油漆工——因為那蘋果放置的位置太完美了，外型也很完美：嬌小、渾圓，呈現穀倉那種紅，梗的周圍有一圈帶著斑點的淡淡綠色，彷彿中世紀剃光頭頂的僧侶。這畫面太動人了，一幅靜物畫，它進一步證明，在巴黎的每一個街區，都至少有一間店、一道門、一扇窗、一面招牌，或甚至一塊磚頭，其精緻的程度讓你忍不住駐足。無怪乎法語中用來形容「逛櫥窗」的說法léche-vitrine，就字面上的解釋是「舔櫥窗」。

那很噁心。或者應該說，用在巴黎以外的地方都很噁心。

每個陷阱都必須有誘餌。有好幾個月的時間，我的誘餌都放在商店正面櫥窗的左下角。一本書。不是《瑪德琳》，也不是《紅氣球》，而是羅伯的書，系列作第一集《中部時間》，那是我先前在店裡發現的，書況近全新，被誤放在美國旅遊指南書之間。我連把書翻開或問問夫人從哪裡得來這本書都沒有，就直接移進櫥窗了，並且試著不去想我的舉動有什麼意義。那是一根點亮的蠟燭，一盞沒關的門廊燈，一個旗標豎起的信箱，一種信號。三不五時會有人想買下它，而我會拒絕他們。

可是我們抵達巴黎八個月後，羅伯消失十二個月後，開口拒絕的人是可能的買家。她把書遞給我，問我倉庫裡還有沒有另一本「乾淨」的書；這本被人寫了字。我搖搖頭。我應該對她親切一點的。我說過，我們的客人穩定而稀少，只有三個有資格稱為常客。一個年齡較長的美國男人，大使館職員，每星期會來買推理小說。一個紐西蘭來的年輕媽媽，來買給小孩看的書，但主要是為了聊天。還有一個紐奧良來的退休美術老師，她住在一間船屋上，在那裡作畫，每星期都要我推薦她新書，價格不論。我總是遵照她的要求，但我從沒把羅伯的書推薦給她，或其他人。

因此當這個狀況發生時，我應該更有禮貌一點，卻沒有。我的注意力被這位客人——對我來說是陌生人——在書名頁上發現的東西給吸住了。手寫筆跡，三個字。

對不起。

夠像羅伯的筆跡了，但抖得讓我保有疑慮。

當我終於能再次發出聲音，我說的話讓我自己更加感到驚訝：「半價優惠。妳要嗎？因為我——」

因為我怎樣？連我都等著聽下文。但我沒能把話說完，等我抬頭看，客人已經走了。

2

我的女兒並不把這間店視為陷阱，但旁觀者若誤以為她們有這種想法也是情有可原，因為這兩個小妮子每天早上都用衝的離開這棟樓，好像店鋪立面隨時都會啪地閉合。

並不是這樣，它不會閉合，她們怕的是馬上就要緊閉的校門，因此她們狂奔，我緊隨其後，宏亮的鐘聲經常伴隨著我們。每天早晨，早已過了七點鐘的時候，對街的修道院會傳來七聲鐘響，然後過了七分鐘，另一間我們稱之為「聖某人」的教堂則會傳來六聲鐘響。聽起來它近在幾個街區外，但我們從沒找到它；也許它其實在另一個時區。可以這麼說，如果我們聽到這兩棟建築任一種鐘聲，而人還沒站在人行道上，就表示我們遲到了。「乖女兒！」我呼喊，這是丫頭們容許我使用的僅剩一種暱稱，還只准用英語喊，因為別人聽不懂。

「媽！」達芙妮大叫。她是我的小女兒，我們剛到時她十二歲，她隨時都在找髮帶。我也許會奇蹟似地變出一個來，卻只惹來她的抗議：「這不是好的髮帶啦，太鬆了——」

「妳的大腦縮水了！」這是她姊姊艾莉，比達芙妮大兩歲。艾莉取笑她的哏，是學校裡一個傳奇老師，據說她曾經拿著尺在她們學校橫行，量測學業表現欠佳的學生的腦袋瓜：如果不努力，妳的大腦就會縮水。以前在美國，我們會在門框上用鉛筆記錄女兒的身高。當我想在巴黎重拾這項傳統時，達芙妮堅持要我量她的頭圍。我就是那時候聽說這個故事的。我要聲明，達芙妮的老師——年輕、漂亮、親切而不縱容、極度認真——並不會做這種事。更重要的是，達芙妮的大腦好得很。真要說的話，它可能和她的心眼一樣，都稍微大了一點。

「Courez!」艾莉大叫。這個詞的意思是「快跑啊！」，不過這也是她們姊妹間的小笑話：兩個女孩在美國都學了好幾年法語，至少達芙妮是。艾莉幾乎每天都在等著下課，她們疲憊的老師總是用一個詞宣布下課時間到了，就是這個詞：Courez!

我們衝出門，沿街往北跑。艾莉帶頭，再來是我，達芙妮咚咚咚地跟在我們後面。

艾莉身材高䠷、苗條，彷彿天生注定是個子音——那些長腿的雙l。達芙妮比較矮，比較結實，她的美麗絲毫不輸姊姊，不過這個世界還在等待能說服達芙妮這一點的人出現。她害羞、聰明，閱讀遠遠超齡的書。達芙妮曾經跟我說，《純真年代》的作者伊迪絲·華頓是她最好的朋友，當我告訴她伊迪絲早在將近一個世紀前就去世時，她哭得很傷心。在這樣的早晨，不管達芙妮的老師開了什麼作業，她都會扛著半數來自書籍的重擔爬上街道。艾莉從來就只需要承受手機的重量。

我們經過時，格里羅夫人常常在掃店門口的人行道。她看到我們早晨的日常行程總是樂得很：「Courez, les filles, courez!（快跑，女孩們，快跑！）」我們搬進來的時候，她送給達芙妮和艾莉各自專屬的拖把。艾莉把她的轉送給我。達芙妮則頻繁使用她的拖把，以致於同一年的聖誕節她便要求新拖把當禮物。

「Bonjour, Madame.（妳好，女士。）」我們旋風般捲過時，我喊道。

「Les Américains toujours passionnants!（美國人總是很興奮！）」她回應，但我不確定她

是這個意思。我們兩人的母語都不是法語。艾莉堅持我們不是passionnant，而是pressés（匆忙）。不論如何，我喜歡夫人。我想她也喜歡我們，至少喜歡我們每天提供的餘興節目。

如果我們跑得夠認真，紅綠燈又對我們有利的話——雖然紅綠燈好像也知道我們是美國人，因而樂於使我們的人生更艱難——我們就能趕在校門關閉前一刻抵達學校。這是很緊張的時刻，與國籍無關，誰都不想被鎖在門外。如果遲到超過二十分鐘，你會被叫到一間特殊的房間，有點像留校，但法語說法硬是嚴厲一些：permanence。但是今天，succès（成功）。丫頭們消失在校舍裡，完全沒有朝我看一眼，她們對於我陪伴上學感到驚恐無比：父母不屬於這裡。很少會有家長出現，即使來了也絕對不會進去。大家預期家長會待在外面，幾乎沒有例外。

因此我就待在外面了，這讓我有機會研究午餐菜單，它很醒目地貼在外牆上。今天吃cassoulet（卡酥萊砂鍋）。晚餐呢？學校並不供應晚餐，但我們這間學校的女校長對食物特別有熱情，有時候會根據我們的孩子稍早吃的餐點內容，貼出給les parents（家長）的晚餐建議。今天晚上：poulet，雞肉。Non frit，說明文字澄清，我想是專門針對我寫的：不要用炸的。

我確定這一切沒有陰謀——卡爾，就是那個在大使館工作、愛看推理小說的熟男，他說任何事都有陰謀——但我在回程路上經過的boucherie（肉品鋪），已經在人行道上架好旋轉烤肉架，一隻隻雞開始轉動，油脂滴在隔得老遠底下的馬鈴薯和洋蔥上，它們在鋪著錫箔紙的托盤中閃閃發亮。艾莉有一段短時間吃素，就是這些馬鈴薯和洋蔥引領她回到肉食的懷抱。我會彎進我們那條街，如果天氣和季節對了，會有一群迷路的觀光客嘰嘰喳喳地堵住人行道。艾莉告訴我（我猜是有人告訴她的），我們身邊有這類觀光客存在，表示我們並沒有在過「真正的」巴黎生活，但我不確定她知道自己在說什麼。五十來歲、單身的卡爾說，真正的巴黎已經不存在，所以他住在巴黎城外三十分鐘車程處，一座我「真的」應該去看看的迷人村莊。退休老師榭麗很高興她的丈夫留在紐奧良，更高興他每個月都會匯零用錢給她，她說巴黎只有在下雨的時候才會像真正的它。紐西蘭媽媽莫麗不在乎巴黎是真是假，也不在乎該不該多學一些法語，她只是「夫唱婦隨」，她的丈夫兩年內就會轉調到別的國家了。「每個人都會走。」她說，然後開玩笑要把她的孩子——不滿三歲的三個孩子——留下來。

有些早晨，我醒來時看到雨後有如乾淨被單的天光，聽到摩托車嗡嗡經過，然後是一隻鳥，兩隻鳥，許多鳥在啼鳴，然後聞到人類製造的每一種氣味，從法式蛋糕到尿味，我心裡也會想：過了這麼多年，我真的——真的在巴黎嗎？

因為我被誆過。

* * *

羅伯逮到我順手牽書那天晚上過後兩個月——那兩個月我們幾乎除了做愛（每次都把書塔弄倒）之外什麼也沒做，在酒吧裡共喝一瓶啤酒，有錢的話也吃點東西——我申請了一筆旅遊津貼，一直在計畫怎麼使用它，一直預期它全都屬於我，結果卻發現申請不到。我今年是去不了巴黎了。我大發脾氣，我流淚，我在約定的時間在人行道上等候，因為羅伯說他會到那裡接我，帶我去歐洲。

因為羅伯說我沒去過巴黎實在太荒謬了。

而我說：是啊。

而他說：我們必須馬上更正這個錯誤。

而我說：沒錯。

停頓，我們都只是坐在那裡餵養沉默，好像它是一堆火，等到它夠熱了，太熱了，他開口了：「我明天五點來接妳。」

一個年輕女人在為巴黎、為人生第一次出國打包行李時，心裡會想很多事。我在想這是我從八歲起就想做的事，自從那個下雨下不停的一週，五天的室內課有四天老師都放《紅氣球》給大家看。我想著這部電影如何催眠我、蠱惑我，而另外那個巴黎小孩的娛樂作品《瑪德琳》完全沒有這種魔力，因為瑪德琳很大膽、很活潑、很稚氣，而我——至少是小時候的我——一向的心境就只像電影中的巴黎，灰暗、悲傷、被希望壓得喘不過氣。我想著我的成長過程是多麼孤單，還有我現在才發現，原來小時候的孤單根本無法與二十四歲的我、父母都不在的我的心境相比——小時候的孤單簡直就像它的反義詞，因為這時候他們已走了兩年，我還是每天都在想他們，但這一天更是想得厲害：巴黎！

媽、爸，我認識了一個男生，他要帶我去巴黎。我父母，那麼和藹又寬容、善良又正直到快把我逼瘋了的父母，他們會說「哇噢」，因為他們和我不同，他們會以為這個男生真的要帶我去巴黎。他當然不會帶我去。

我是這麼告訴自己的。我也這麼告訴我已故的父母——有時候他們會從我的公寓陽臺底下的人行道經過，看起來很忙碌、心事重重，很奇怪，他們從不抬頭看——我大聲告訴他們。「我們沒有真的要去巴黎也沒關係，他承諾要帶我去已經很窩心了。不管我們去哪裡，都是一場冒險。」我暗自保守祕密：那天稍早我去了一趟藥局，拍了大頭照，然後去郵局辦護照，他們告訴我我早已知道的事，那就是我不可能在一個小時之內在郵局辦好護照。他們有所不知，他們不可能知道，別人怎麼想並不重要，不管是郵局局長、藥局的攝影師，或是我父母來來去去的幽魂。我就是知道，因為我的人生中只有一件事是真實的，那就是：我要去巴黎。而我正好遇到了會帶我去的男生。

於是，下午五點整，他準時出現，把車並排停在我公寓窗口下的那排汽車旁。他按按喇叭，揮揮手，高舉一瓶葡萄酒。「Ah, Paree!（啊，巴黎！）」他向我解釋 Paree 是巴黎的戲稱，但他不需要解釋；沒人比我更熟悉法語入門課的內容。

可是那天下午我們沒有進到巴黎，我們去了……比利時。然後是威爾斯。再來是挪威。柏林。蒙特婁。敦克爾克、直布羅陀、斯德哥爾摩。莫斯科。甚至在幾個月後的某個星期五，去了古巴。

我們去以上每一個地方時，都不必離開威斯康辛州。比利時村就坐落在希博伊根市以南。古巴市在普拉特維爾南邊。蒙特婁是一座舊採礦公司小鎮，位置靠近蘇必略湖。威爾斯是郊區死路組成的荒地，就在密爾瓦基西邊。以此類推。不同的城市，不同的週末。他的創意，我讓自己陶醉其中，讓它掩飾我們沒有錢離開威斯康辛州的事實。

其中一些地方確實很迷人：威斯康辛州的斯德哥爾摩，全境只有五個街區，那五個街區幾乎就像它的本尊明信片一樣美。美國詩人威廉．考倫．布萊恩特曾堅持，位於威斯康辛州斯德哥爾摩的那一段流速緩慢的寬闊密西西比河，「是本國每一個詩人和畫家都應該造訪之地」。這是一塊牌匾上寫的。因此，我這不就來了，羅伯說。

我這不就來了，我在那裡想著，也在別處這麼想，包括那些沒有獲得威廉．考倫．布萊恩特背書的城鎮，欣賞那些壯觀的綠波（玉米田和大豆田），我們有時候會在遭人遺忘的空曠遊戲場坐著鞦韆搖擺，或是手牽手走在靜謐的大街上。（我好愛和他牽手——他是箇中高手，能使牽手變得像是人性的本質，而我想也確實如此吧。）那時我二十四歲，這樣的冒險價格低廉，每趟旅途都很有趣，有時候還很搞笑。羅伯前途一片光明，如果我緊緊黏著他，我也能沾光。我甚至能用自己的方式助他一臂之力。他寫的童書只是個開始，好的開始。那時候，童書收入能用來支付汽油錢，有時候還包括二流汽車旅館或露營區的費用。我得知他的書銷量還可以，不過我也得知賣書的利潤並不高。總之，不足以帶我們去巴黎。

我是說法國的巴黎。威斯康辛州的巴黎，我們試了兩次，分屬州內兩個角落的兩個巴黎。第一個巴黎在東南角，緊鄰往芝加哥的州際公路，它令人失望。呆板的褐色調，褪色的房屋為了抵禦最後的夏日而門窗緊閉。圖書館員告訴我們，這個巴黎的命名由來是因為最早來此地的白人拓荒者，一個名叫賽斯的男人，他用紐約州的巴黎為此地命名，如果你好奇的話，它坐落在尤提卡市郊十六公里外。我是不好奇啦。

不過，在威斯康辛的第二個巴黎，位置在本州人煙較稀少、較多山地的西南角，我們訂婚了。

那不是原訂計畫，不過當我們在這威斯康辛州的第二個巴黎到處遊逛時——我們在一張地圖上找到它，字很小，可是一旦真的到了，卻找不到任何標示牌來確認——我記得我當時心想：我要嫁給他，就這五個字，它導向十八年的歲月、兩個女兒，還有（目前為止）兩個陸塊。該怎麼解釋呢？只是地圖的魔法吧。整個世界曾經如此遙遠，突然間卻伸手可及。我知道這不是他的功勞——是拓荒者賽斯的功勞，是許多其他人的功勞——但是感覺上就像羅伯的魔法，我們的魔法，好像我們什麼都能做，甚至是在草地上變出巴黎。

我們確實在滿月的光芒下，在離西側州界不遠處，把巴黎變了出來。這是威斯康辛州的第二個巴黎，這裡什麼都沒有，只有公路邊一座鋪著碎石的停車場、一張野餐桌、一棵樹、一個裝滿垃圾的五十五加侖容量生鏽鐵桶，我就是在這個地方說：現在求婚吧。

他沒說話。

我補上一句：現在不說，以後也不用說了，因為我知道（每個《紅氣球》迷都知道），魔法是稍縱即逝的。

「結婚？」羅伯說。

他是在求婚還是在確認？

我假裝沒意會到是後者。

「好！」我說。

他移開目光，抬頭望月，原來它並不是真的滿月，但幾乎是了，像一顆缺了或藏著蛋黃的雞蛋。然後他做了（或說了）最奇怪的事：「可是，莉雅——那怎麼行得通呢？」

行得通，就是這個動詞，這個名詞，這個我應該要留意的關鍵詞，我們幾年後描述求婚場景時我應該強調的詞。但我們沒有，我們把焦點放在那天晚上的其他方面。我們會說要是那天真的是滿月就好了，那樣一來也許月光就夠亮，夠我們找到他的車鑰匙，我們不知怎地把它弄掉了，直到天濛濛亮時才找到。我們會說我們盡可能善用天亮前那黑暗的幾個小時，用符合對方程度的方式做出各種性暗示。不過事實是，黎明前的黑暗時光，我們大部分都用來研擬接下來的生活細節，對我來說，那只是平凡的散文體，而他（厲害的編輯，尤其對我而言）則把我的文字變成詩。我的要求是：要生孩子，兩個；他不准比我先死；有朝一日他要帶我去巴黎，真正的巴黎。而且他要確保跟上寫作進度。還有跟上我的進度。

他陷入思考。我看著他思考，心想不知道他是不是在思考他是否贊同我剛才說的話。可是現在我認為，當時他是在琢磨該如何措詞，說出接下來他要說的話，結果他是這麼說的：他說他是個「尚在進行的作品」；說他不完全是那個從商店追出來找我，後來又像點名一樣帶我遊遍威斯康辛州各國首府的那個眼睛明亮、態度積極的男孩；說他自己尚在追尋什麼；說他還不知道自己在追尋什麼；說如果我們要共度人生，他仍然需要抽離的時間，一天、一小時、一個週末的獨處時間，去做他的工作，讓他能寫作，讓他能追求挑戰。他傲然地說：他生來孤獨，因此——

我知道你在追尋什麼，我說，他如釋重負地抬起頭，使我差點告訴他我打從骨子裡知道的一項關於他的事實——那也是我在彼時彼地天真地愛著他的原因——那就是他也早就準備好跳下去，而他的工作，他真正的工作，就是一種墜落，他的挑戰不在如何避免結局——所有墜落都有相同的結局——而在如何墜得漂亮、墜得燦爛，在你經過時如同月亮照亮天空。

但我當時沒有說出這些話，因此他吻我，我也吻他，後來太陽出來了，一輛卡車按喇叭，鑰匙現身，我心想：*我不知道他在追尋什麼*，然後我心想：*我等不及要找出答案了*，然後我的腦袋停止思考，心臟停止跳動，我只剩下胃，它只知道當時它知道的事，那就是我們被提得高高的，我們懸吊在空中，輕飄飄的，位於頂點，不在意這種感覺會維持多久。

我們結婚了，我們度了蜜月（當然，是去塞瓦斯托波爾，在威斯康辛州多爾郡的一處湖畔），後來羅伯又去「蜜月中的蜜月」——他匆匆離開去寫作，我則自己回家。

這並不令我困擾，我反而很高興。覺得充滿活力。這證實了我的預測，或者更直白地說，證實了我的願望：那個有笑容、有夢想、帶著我認為藝術家必要的躁動的男孩，被我弄到手了。我的，全是我的。要是一度完蜜月，他就在電視（我的）前面蹺起腳，把大碗（他的）高舉過頭要我裝爆米花，而我則在公寓（他的）裡忙東忙西，我想我會一槍斃了他。

我不知道他在那第一次遁逃期間有什麼成果，也不知道之後他每一次離開都做了什麼。我只知道他隨時都會失蹤。我把這些短期旅行稱為「筆遁」，這個詞之粗糙——或貼切——令他極為苦惱。但我並不因他離開而苦惱，這是早就談好的條件。他大可以說「我早就告訴妳了」，不過他從沒說過，因為我從沒抱怨過。因為其他條件都兌現了，連孩子也是，他本來對生孩子很緊張，不是因為他不想要，他說，而是他不確定「宇宙」希望他有孩子。讓宇宙來決定吧，我說，而它確實做了決定。我們生了兩個女兒，結果證明我們出乎預料是很稱職的父母。

就我這部分來說，我想我在育兒方面的成功是出自僥倖，就他的部分則絕對是上進。向圖書館借的書在我們家來來去去。他去上紅十字會和ＹＭＣＡ的課。我們成為可靠的家長，別人信得過我們籌備學校的無聲拍賣會、在春假期間負責照顧班上的寵物蜥蜴、在頭蝨來襲時舉辦抓頭蝨卵派對（我們不該準備酒水招待家長的。直到今天，我還是一看到龍舌蘭酒就會全身發癢）。當真正的災難降臨時，我們也會挺身而出。有個一年級的孩子在過馬路時不幸被車撞上，羅伯講了一段令大家記憶深刻的悼詞，在之後幾年的時間內，還常有人攔住我談這件事，一手扶著我的前臂。如果我們住在密爾瓦基，我敢說他們依然會如此。我也敢說我漆的斑馬線——這讓市政府大感羞愧，後來也補漆了正式版本——仍然醒目閃亮著。我對那段日子的記憶，也仍然醒目閃亮著。在我們家慶祝的每一次生日，感覺都像又一場勝利：我們做到了！

我希望有人頒一面獎牌給我——小小的就可以了，像在法國這裡他們會致贈生超過三個孩子的母親的那種獎牌——嘉許我作為家長大大小小的成就，包括沒有在客廳經營酒館，基本上這就是我父母做的事；還有沒把女兒當未成年的酒保助手來養。清空菸灰缸、端玻璃杯、用力敲製冰機使它多咳幾個冰塊出來，這些事我們的女兒連一次都不必做。而這顯露在我們的女兒臉上，至少我確定是的：她們經常面帶微笑。世界也用微笑回應她們。

倒不是說我們見過多少世面。儘管羅伯曾立下誓言，我們始終沒有去巴黎，連重返威斯康辛州的其中一個巴黎都沒有。話雖如此，巴黎夢仍然令人愉快地屹立在我們人生的地平線上，當然，路德威．白蒙和亞爾貝．拉莫里斯是維持這個夢想的主要推手。

丫頭們接觸拉莫里斯的經驗是由我安排的，結果卻很奇怪。雖然我們可以隨時播放電影，我們的女兒卻和我一樣偏愛書籍，並且在她們才剛開始學走路的時期，就堅持要「唸」給我聽。這引號是羅伯加的，的確，那時丫頭們還不懂得唸字。但她們還是假裝在唸，唸得很認真，唸出來的不是真正的字，而是難以理解的輕聲細語，那輕柔而嘶啞的擦音讓我聯想到冰刀刮過結冰的池塘表面。噓、噓：羅伯稱之為「低語劇場」，並假裝不懂我為什麼愛極了這種表演。還需要解釋嗎？丫頭們帶著奶香的氣息噴在我的臉頰，她們的身軀和我的身軀交纏在一起，躺在懶骨頭或床上，我們三個有時候讀拉莫里斯的故事讀到精疲力竭，就這樣一起睡著了，尤其是羅伯不在的那些晚上。如果他在，他會推推我把我弄醒，我會裝作感激地讓他把我們送回各自的床上。可是他不在的夜晚，我在凌晨兩點或三點會甦醒，發現丫頭們還在我身邊，於是我會經歷最美好的失眠，書本平攤跨過我們的身體，我的兩側是小小的呼吸聲，視她們的夢境而或快或慢。

隨著她們長大，隨著她們學會認字，她們變得更鍾愛白蒙。這其實不是場公平的競爭。拉莫里斯的作品比較少、比較怪（一九六五年的電影《有羽毛的人——飛飛》裡，一個巴黎飛賊找到一件睡袍、一座馬戲團，還長出翅膀？）。雖然白蒙也可以一樣怪——羅伯在eBay上買的一本一九五三年的《假期》雜誌，刊登了一幅白蒙畫的歡樂插圖，內容是一個凶手在巴黎閣樓裡分屍——它帶來無窮的娛樂效果。《瑪德琳》自然是翻來覆去地看，還包括不同語言版本：西班牙文、德文、法文，以及一本夢幻逸品中文版。此外，早在我認為她們準備好了之前，羅伯就讀白蒙為成年人寫的論文和隨筆給她們聽，這些文字一一細數各種冒險、情史和失去的故事，包括他在紐約麗思卡爾頓飯店失足墜落電梯井而喪命的弟弟奧斯卡。陰暗的內容。但是也有滑稽的內容、含糊的內容，足以讓白蒙穩穩地成為我們的家庭成員，有點像偶爾會惹媽媽生氣、出言不遜的阿公。拉莫里斯則是富有傳奇色彩卻鮮少露面的叔叔。兩人都死得太早。兩人都跟法國有剪不斷的糾葛。

因此等丫頭們長得夠大了，等我們有夠多時間了，等我們有夠多金錢了——嗯，我們就要去那裡。我甚至上了法語課（其實是同一堂入門課，上了很多次），還讓女兒去一間提供沉浸式雙語教學法文班的磁性學校[1]（她們進步神速，至少達芙妮是）。我一直在上班，我

1 magnet school，具備學校特色及提供特殊課程的公立學校，允許跨學區就讀，能像磁石一樣將學生吸引過來。

未完成的電影研究學位不知怎地讓我有資格獲得一份工作，內容是替大學校長擬演講稿、準備投影片，以及偶爾製作（劇本和運鏡都令人咋舌的）影片。

我的意思是，我盡了我的一分力。

羅伯也盡了他的一分力。他安排共乘和預約牙醫，並且在凌晨三點清洗嘔吐或尿溼的床單。他廚藝絕佳，還讓丫頭們跟他一起烹飪。他指導迷你隊伍而贏得的果汁盒大小的獎盃，像珠寶般點綴我們的書架。

他在破這些關卡時毫無怨言，不過有點疏離，好像他是在研究這些五花八門的活動，而不是親身參與其中。而我也在研究他。我學會預測他什麼時候會覺得需要消失——那就像水慢慢煮沸，像腫包鼓起，不過這樣講也不太精確，因為我從來不會感覺有什麼東西可能會爆開來。他只會宣布他需要一點「時間」，然後他就走了。他的工作時間都很短促，譬如說他會在星期四離開，星期六回來。或者他會在星期天天亮前離開，在睡前回來。他離開的時候，會找一間青年旅館或旅舍或女修道院。一間咖啡館或天文館。他回家時會恍恍惚惚、髒兮兮的、快樂而疲憊，像是完成賽事的賽跑選手。再度重申，我從不抱怨或提問：離開一天、一小時、一個週末，用獨處的時間做他的工作。這是我們說好的。

但我們也說好他一定要留字條。離開的期間，他從不跟我們聯絡，但離開之前總是要留字條。慣例是五個字「很快就回來」，後面附上預計回來的時間，而那總是很準確。這套模式行得通，很多年來都是如此。我們不要求別人能理解（尤其自從某一次在場邊看孩子踢足球時，我犯了個錯，不經意提到羅伯經常消失，結果其他媽媽都大驚小怪）。消防員、外科醫師和船員的孩子都會習慣父母的行程安排與別人不同；我們的孩子也習慣了。*爸爸去寫作了*，達芙妮如果找到字條會這麼說。他喜歡把字條藏在孩子們可能會找到的地方，細長如幸運餅乾裡的字條貼在牙刷背面，一張紫色便利貼隨著早餐穀片滾出盒子。「*很快就回來！*」艾莉可能用童稚的嗓音說。

我收到了預警。我們談好了條件。即使他的事業一再碰壁，我也不想毀約。藝術就是這樣，對我來說，他能過藝術家的生活、作家的生活，是很重要的。我並不嫉妒他能暫時離開，但我有些嫉妒他的焦慮、他的耗弱。撇開失敗不提——或是乾脆連失敗也包含在內！——他活在夢想中啊。難道他不能多點笑容嗎？也許可以在離開前煮一頓晚餐冰起來？

他倒是（為我）留下書。不是每一次，但很多次，從一開始就有。我猜用意是幫助我熬過這段時間吧——純屬猜想，有少數幾次我追問他為什麼要留下這本書或那本書，他只用古怪的表情看著我。*因為我希望妳能看那本書。*所以我看了。第一本是凱瑟琳・安・波特的《灰色的馬，灰色的騎士》——第一次世界大戰，結核病療養院，精神錯亂，失去的愛——我讀得如痴如醉，雖然我擔心他是想暗示我什麼：他也罹患什麼病，已經到末期了嗎？沒有，他重申（一再重申）：*我只是希望妳看那本書。*所以我看了。後來是威廉・麥斯威爾的《再見，明天見》和艾丹・希金斯的《赫爾辛格車站》和詹姆斯・威爾許的《愚鴉》和威廉・甘迺迪的「阿爾巴尼小說」和葛蕾絲・佩利的「曼哈頓系列」和奧克塔薇雅・巴特勒和繆麗兒・絲帕克和許多本艾莉絲・孟若。我記不得所有的書。我甚至並非擁有全部的書——有些只是圖書館借的，他後來就還掉了。有一陣子，我用電影回饋他，但那是科技還不發達的年代，把螢幕放在肚子上是會壓傷的；他似乎始終找不到時間看那些電影。我不介意，我喜歡這些書，我喜歡討論書的內容，但我也喜歡不必討論書的內容；這不是考試。這其實是一種禮物、一種享受，就像在床上吃早餐。我覺得被服務了，因此，當這些書愈來愈少，當他開始不留下任何書便離去，於是我變得不安。

羅伯曾經帶著領主般的姿態在書店和圖書館的走道上閒逛，現在他改為鬼鬼祟祟地穿行，甚至完全不去那種地方，一心要避免類似的窘境：有一次達芙妮和朋友到書店遊玩，她牽著小朋友的手走到姓氏E字頭作者區，好炫耀自己的爸爸，但是她只看到大仲馬（Dumas）、勞倫斯・杜雷爾（Durrell），以及……安伯托・艾可（Eco），中間跳過了伊迪（Eady）。羅伯很快地說：當然沒有，接著拉她們去童書區。但童書區連E字頭的作者都沒有。書架上的書直接從露意絲・鄧肯（Duncan）的《是誰搞的鬼》跳到沃爾特・法利（Farley）的《黑神駒》。兩本都是達芙妮的最愛，但今天的重點不是這個。「把拔，你的書在哪？」達芙妮問道，至少她回家以後是如此轉述的。

問這個問題的人不止她一個。尤其羅伯對「接下來要寫什麼」的追尋發展成一連串愈來愈虛弱無力的實驗，例如展現出非傳統式狂妄的三部曲：首部曲的目標讀者是青少年，二部曲的目標讀者是還不太算成年人的成年人，三部曲的目標讀者是自認為（或在別人眼裡被視為）成年人的成年人。他的出發點是拉攏一批新的成年讀者，同時又不放掉舊的年輕讀者。至少出版社的想法是這樣，羅伯對自己在做什麼沒那麼有把握。

新的一季就這樣展開。這一季一切都不太確定，跌跌撞撞，四處遊蕩，提出更多遭到拒絕而放棄的實驗。並不是他太草莓——應該說是他的認真、他的藝術家性格（我刻意用別的詞來取代「茫無頭緒」），讓他變得極度脆弱。

過了一段日子，似乎所有事物都受傷了。他在大學裡學會駕帆船，深深愛上這活動——結果他們設立了安全規範，你必須有伴才能出航。丫頭們舊事重提，抱怨我們家都沒有寵物（羅伯會過敏），再加上鄰居和他們的寵物，都讓他比以前更為身心俱疲。為了讓智力有投入的目標（他的論點），為了人際互動和分散注意力（我的論點，而且很中肯），他同意在大學開一門課，但校園環境的愚蠢為他帶來不成比例的困擾——譬如說，竟然要自掏腰包買印表機墨水，他說這是在懲罰教學認真的講師。

我也令他困擾。我不確定為什麼。諮商師也不知道。或許這正是我令他深感困擾的原因：我說服羅伯去諮商。事實上，妥協方案是我們兩個都要去，一起去。結果還不錯。對我來說。在我們的諮商過程中，羅伯大部分時間都坐立不安或嘆氣。我帶了紙筆，勤作筆記，詢問有什麼輔助工具。最後我們拿到一整個「工具箱」，雖然裡頭裝的都是很簡單的東西。

運動。冥想。再加上「獨處時間」，羅伯很樂意接受這一點，還有「事先通知」，我很樂意接受這一點：後者的意思是，你應該事先提示伴侶你想討論什麼事情。我打趣地舉例，「我們明天要針對你離家的事大吵一架喔」。諮商師問我會不會覺得自己太依賴幽默感。

有很長一段時間，「笑」都是能可靠維繫我們感情的唯一一樣東西。我本身並不算很愛笑的人——可能是因為長年聽著酒館裡那些被啤酒薰出來的假笑聲吧——這讓我成為鑑賞笑聲的行家。論笑聲，沒人比得過我的兩個孩子。我曾經跟羅伯說，我想把她們的笑聲封進瓶子裡。他說那我需要很多瓶子。可是到了我們和那個毫無幽默感的諮商師一起坐在小房間裡的時候，我所貯存的任何瓶子都會因久未使用而積了厚厚灰塵。我從一開始就知道，我嫁的男人把人生視為一種困境。我還是那句話，這正是我嫁給他的原因。為了看著他藉由藝術奮力掙扎。為了幫助他。因為幫助他就是幫助我自己。只是我沒有意識到——也許柔情蜜意地為對方套上婚戒的男男女女，誰也不會意識到——這會有多痛。

諮商師說我們下回可以討論這一點，但我們沒再去。羅伯也沒再給予事先通知。關於他想對抗什麼，關於他什麼時候要逃家去工作。我把抱怨吞下肚。我們結婚的時候，我以為我是被帶著進行瘋狂飆速的一方。一個作家！一個探險家！一個愈去解謎只會引出更多謎題的男人。當然都只是輕微程度，但我很滿意這種狀況；輕微程度令人能夠應付。

可是，錯了，顯然提供瘋狂飆速的人是我，而他是乘客。我是夾著一本書逃離商店的女人。然而當哇哇啼哭的孩子真的來報到了，我們並沒有把傍晚的時光花在酒吧裡談書。我們前所未有地忙碌，他也前所未有地焦慮。我從他的眼神就能看出來，從他每次離家回來手裡抓著的東西就能看出來：他手裡的紙頁愈來愈少。那曾經是一種慣例，他在返家時揮舞著寫作成績，一個厚厚的資料夾，一個鼓鼓的牛皮紙信封袋。但現在有時候只是一張、兩張捲起來的紙，插在他的褲子後口袋裡，像支蒼蠅拍。我不知道該怎麼辦。我該再去偷書嗎？我該偷看一眼他寫的東西嗎？

我應該那麼做的，但我沒有。我太害怕了。他發誓空白的頁面並不會嚇到他，可是當那些頁面是他的稿紙，就會嚇到我。還有東西是空白的：廚房裡的筆記本，他總是把字條留在那裡。一直都是。然後，一次、兩次，他不留了。之後則是接近最後一次的那次。

那一次，他出門未歸大約二十四個鐘頭後，我開始找人。是艾莉出主意要我去他在大學的辦公室看看，雖說她是替我著想才要我去找的。沒有字條這件事令她好奇，但還不到魂不守舍的地步。丫頭們對紙頁的量或質都不在意，她們對爸爸的古怪有信心。「異於常人」讓她們安心，保證他仍然獨特，而且專屬於她們。

我找到他的時候——剛離開他的辦公室，正是艾莉說他會待的地方——他正走向電梯。他沒跟我說任何話，所以我也沒跟他說任何話。他按了往下的按鈕，電梯來了。他走進去，我跟著。

我並不喜歡這麼晚還待在校園裡，讓我聯想到念研究所的日子，也提醒我那段日子是怎麼結束的，整個過程緩慢而悽慘，一個又一個教授問我拿到學位之後想要做什麼。我的回答並不令人滿意，不管是對他們或我來說。教書？當助教的經驗讓我敬謝不敏。研究？我在圖書館地下室看模糊的顯微膠卷，已經快把眼睛看瞎了。我確實想拍自己的電影，可是校方剝奪了我把這話說出來的自信，即使只是對自己說。我休學並開始寫演講稿時，並不需要諮商師來點明我這是找了份可以躲在別人後面的工作。如果真有個諮商師指出這一點，我會指出寫演講稿的薪水很不錯。

這麼晚還待在校園，也讓我想到工作上遇到狀況的時候，由於校長的情緒或大學的財務情況出現變化，我必須留下來加班，修改講稿或投影片。因為心繫我自己的家庭經濟，更掛念我的職責，在那樣的夜晚，我必須能待多晚就待多晚，並且視情況盡量塞入林肯總統或橄欖球教練文斯．隆巴迪的名言錦句。我的老闆很愛這兩位，不過關於學費凍結或是老舊廠房設備的折舊問題，例如羅伯和我現在身處的這棟粗獷派辦公大樓，他們兩位曾發表過的高見真是少得令人抓狂。說到這棟樓，它是專門囚禁本校人文學科教職員的所在。整棟建築只有一部電梯能用，而且老舊到電梯門關上之後，若想讓它緊急停止，還要拔開一根木頭做的球形把手，而我做了這個動作。

「你這已經是第三次不告而別了。」我說，「一個字也沒有。什麼都沒有。」

「這應該會觸動警鈴吧？」他盯著他的腳說，點點頭指著那個把手。

「你已經觸動警鈴了。」我說，「我們約定好了。我們一向遵照約定，那是任何丈夫——任何作家——他媽的所能擁有最好的約定。離開一小時、離開一天，任何時候、任何地點——」

「除非剛好有比賽——」

「——你只需要留一張字條。還有去他媽的比賽——」他說我罵太多髒話了，確實，

「——我跟你賭五塊錢，你連艾莉下一場比賽是用哪種球都不知道。」

「這是陷阱題嗎？」他說。（好吧，是西洋棋。）

「你到底在幹什麼？」我說，「去跑步、去駕船，要花多少時間都隨你。但我受夠你沒事就悶不吭聲地消失。我們好好給你一段真正的時間，一個星期——」

「我根本沒有做出完整的——」

「你從來沒有不留字條，」我說，「女兒們注意到了——她們——我們都很害怕，好嗎？」

說實話，我並不害怕。我是生氣。可是當我說出口，我看出來他這次並沒有真的離開，前兩次也沒有——他沒有離開，不過正要離開。

他看看我，看看緊閉的電梯門，看看天花板，還有令人發窘地蓄積在天花板燈箱裡的水。他看看陳舊的內壁、磨損的地板；他卡在角落裡，兩手各抓著扶手。

「聽我說。」他說。

我打斷他。我說了你會對孩子說的話，你會用來讓他們閉嘴的假話。

我的意思是，我說：「我知道。」

他搖頭。我繼續扯謊。

「沒關係的。」我說。他不肯看我。「一切都會沒事的。」

他閉上眼睛，我朝他伸出手，他輕聲說：「真的很對不起。」

「這裡是校警隊，」對講機發出刺耳聲音，「請問有什麼緊急狀況？」

「我們帶你回家吧。」我說。

我知道我需要找到一種方式來說明我為什麼依然愛他，甚至是我怎麼愛上他的。我知道指出這些還不夠：酒吧裡的兩本童書——或是在一間通風良好的屋子裡的兩個女兒，還有將近二十年光陰，還有七十四個生日蛋糕、一百五十幾次就醫紀錄、八趟動物園出遊、一千萬次體育練習、一場西洋棋比賽、弄丟一把小提琴和兩個牙齒矯正維持器、對我們的孩子說一千遍「妳們的爸爸最酷」，還有一個奇異而愉快的夜晚，與達芙妮二年級全班同學一起在卡內基音樂廳的舞臺上，他們在他的指導下贏得全國寫詩競賽優勝，獎金足以向一個烏龜援救組織領養一隻盲眼烏龜，她們班給牠取名米爾頓，因為當《失樂園》——不知怎地，羅伯和那些七歲小孩一起讀了這本書，至少是一部分——裡的亞當和夏娃離開伊甸園時，他們「腳步散漫而遲緩」。也因為作者米爾頓是盲人。由於太愛我的丈夫，我被一個隱喻給蒙蔽，它又亮又紅又緊急，一如電梯中的「停止」按鈕。

「救援人力馬上趕到。」對講機說。

「別擔心。」我輕聲哄著。他搖頭。我站著。我把「停止」鈕壓回去，電梯往下移動。

「太遲了。」他說。

我拂開他眼前的髮絲，尋找他。他在那裡，在某個地方。而在裡面的某個地方，有某種東西受傷了。我幻想可以探到他內心，重設某個開關，轉動某個旋鈕，按下或拉起一個寫著「停止」的按鈕。我是那麼那麼想幫他。我是那麼那麼愛他。足以令我說出當時我說的話。

「我們會逃出去的！」

但是我們當然沒有逃出去。
直到他逃了出去。

3

在我女兒和我抵達巴黎前十二個星期，羅伯從我們在威斯康辛州密爾瓦基的家消失。確切的時間和方式從來就不是什麼謎題：非常早，用步行方式走出後門。他離開家門並沒有觸發任何警報；他有跑步習慣，而且最喜歡選清晨的時段。早餐時間他還沒回來，也不值得特別注意，他偶爾會跑得比較久。

後來他連晚餐都沒回來吃，我提醒自己，他有時會太專心做某個案子，以致於忘記給手機充電（反正他本來就不愛用手機）。當天夜裡他還是無消無息，我便認定他是「筆遁」去了。艾莉和達芙妮問他有沒有留字條。他沒有。

後來我才發現他留了，很短的字條。六個字母。

羅伯失蹤以後，我第一個找的人是愛蓮娜。說她是我的朋友不太正確。說她是艾莉的教母也不對——我們從來沒讓她受洗——但她們兩個都堅稱愛蓮娜是教母。事實是，我在念研究所的時候選修了幾堂英文系的課，她是英文系系主任。我去找她申訴另一個教授給我的分數太低，她用了一個小時的時間說服我兩件事，第一是我拿到的分數已經太佛心了，第二是如果我在報告中的發言如同本人一樣直率而肆無忌憚，那麼我以後再也沒有機會抱怨成績的事。她說得沒錯，不過從那之後我便經常去敲她辦公室門，即使在我中途退出課程之後：我深信她能解決我更嚴重的人生中的怨言，就像處理我的學業問題一樣得心應手。

「莉雅，」愛蓮娜在某場特別漫長的午後談話結束時說，「我不是妳人生的主任。」當時我露出微笑，現在回想起來也露出微笑。那是她唯一一次欺騙我。

倒不是說我對她說的話照單全收，例如：妳的父母並不恨妳。我告訴自己他們恨我，因為他們太早離世，我都還沒有機會為自己是個糟糕的女兒而向他們道歉。他們兩人去世的時間僅相隔數月，都在我念研究所的第三個學期，我父親是久病後逝世，我母親則病發後不久就撒手人寰。我要聲明——他們本人也一定會表達抗議——我並不是個糟糕的女兒。我確實因為他們邁入老年已經太久而覺得煩，還有不滿他們讓我沒有手足、讓我住在威斯康辛州鄉下、讓家裡沒什麼錢，最後，還不滿他們安慰我如果不上大學也「沒關係」（他們兩個都沒上過大學）。太多牢騷，都是些雞毛蒜皮的事，然而在他們去世前臥病時，我卻幻想等他們真的走了，我一定會有某種解脫感。

當然，我整個人亂七八糟。我花錢辦了一場出席者寥寥無幾的隆重喪禮，並豎立起他們看了一定會覺得尷尬的巨大雙拼墓碑。這些幾乎就耗盡了他們留給我的錢。他們拿酒吧去抵押貸款，來支付我念私立大學的學費，我那五年都虛度了（大一的課很多都被當掉，包括法文課），而我以為只要打起精神好好念研究所，就可以彌補那五年的荒唐。

其他教授都很排斥工作內容必須擔任「代位父母」的部分，但是對明顯單身、無子、彷彿不會老的愛蓮娜來說，這就是她的工作。她為我清理好離開研究所的出口；替我找到在校內寫演講稿的工作；當我給她看我父母俗麗的墳墓照片時（我不知道為什麼給她看，但我就是想這麼做，那張照片就放在我皮夾裡的駕照後面），她告訴我我是個好女兒，並且在我哭哭啼啼地喊著「我不是、我不是」時，告訴我她很遺憾我們當下不在墳墓旁邊。我問她為什麼。她說如果是的話，她就可以從那大得離譜的碑石上掰下一塊，用來打我的頭。

愧疚是最貪婪的情緒，它什麼都想要，她說。悲傷只要時間。她給我的正是時間。

因此，羅伯失蹤後我打給她時，我並不意外她會叫我稍安勿躁，多等一天看看。可是到了第三天，我打給她說我要報警了，我很訝異地聽她說她已經做了這件事。

警察跟她說了他們跟我說的同一番話，不過他們是在白天當面對我說的，丫頭們安全地待在學校，對此毫不知情。警方表示：繼續等。

於是我告訴丫頭們，她們的父親決定提早開始夏天的寫作計畫，那總是一連串密集的筆遁，我說他很快就會回家了。艾莉和達芙妮斜著眼互看——有什麼地方說不通——但爸爸就是爸爸。我們家就是我們家，意思是，它是一個氣泡，我猜一個很年輕就失去雙親的女人自然而然都會吹起這樣的氣泡。我的意思不是我用氣泡紙把女兒包起來，而是我作為主要照顧者，我會盡我所能拖延她們變為成人的時刻。牙仙到現在仍然勤勞地來我們家蒐集掉落的臼齒。把拔也會回來的。

然後，沒有他在身邊的日子累積到了一週，然後是三週，接著最後一個上學日到了。我們在一位騎摩托車的警察協助下過馬路，他是因應暑假出城的人潮而臨時被派來執行任務的。他吹哨子，攔下車流，並揮手要我們通過。艾莉停下來。

「艾莉，不要。」達芙妮說，用氣音說，懇求地說。

艾莉看看走在前面幾步的我，對她妹妹說：「嗯，我們知道她是不會問的。」

警察指著人行道。「妹妹，快一點，跟上媽媽。」

「我們的爸爸在哪裡？」艾莉問。

接著，淚水潰堤。達芙妮在哭，隨後艾莉也哭，後者的淚水頗為罕見，幾乎和一個警察因為兩個女孩在馬路中間崩潰而丟下指揮交通的工作一樣罕見。接下來發生的所有事，似乎都只進行了三分鐘，然而在真實世界卻花了我們至少三個星期：向警察解釋——也等於向丫頭們解釋——對，她們的父親失蹤了；對，警方已經知道了；不，警方也不知道他在哪裡。

不過負責我們這件案子的警探倒是有一種理論，當我們獨處時，他與我分享了這個理論。「根據我的經驗，」他說，「失蹤者死得愈徹底，你會找到愈多線索。」他點點頭，對自己表達認同。「因此沒有消息，」他說，「並不是最壞的消息。」

所以我們沒有做道具。沒有傳單，沒有海報，沒有上網張貼文章。我並不想宣傳我們所失去的，這麼做好像會讓噩夢成真。把拔只是出門去了。他沒有留下任何線索。我把警探的理論修飾了一下，告訴兩個女兒。很空洞，卻讓她們吃了一顆定心丸。它讓我吃了一顆定心丸。我的語氣像個大人，我把她們當成小大人來談話。羅伯失蹤讓她們長大不少，但我這種說話方式彷彿正式批准她們的年齡往上跳。

我不確定我該對她們說任何話。的確，每個人總是要長大的，可是我就像多數父母一樣，並不希望這件事在一瞬間發生，在警察局門口發生。我某種程度上仍保護著她們：她們或許是小大人，或即將成為小大人，但我還是很謹慎地沒講到「活著」這字眼，更絕對沒提到「死了」。

雖然他是死了。一定是。我跟警方一樣沒有任何證據，除了一項我不能和他們分享的重要證據，不然他們會認為我瘋了。我確實瘋了，一部分的我啦，不過剩下的理智部分還足以注意到，我不再能感覺到羅伯在我生命裡了。我相信一套理論，那就是夫妻是被某種無形的橡皮筋給綁在一起。它會擴張、收縮，但永遠都在，它是一種輕微的拉力，你甚至可能不會察覺，直到你察覺它完全不在了，就像我一樣。

我還感覺不到一種東西——這話說起來很糟糕，不過先聽我說——那就是悲傷。我感到害怕、憤怒、孤單。我能看見悲傷，它是前方陰暗的海岸，但我還沒有航行到那裡，因為真相還沒有大白。我感覺羅伯不在了，但我並不確知。然而，我讀了各種建議，包括保持信念、讓希望活力充沛，卻也找到一個直言不諱的網站，它說：妳的配偶可能已經死亡。妳也要為那種結果做好準備。因此我做了準備。

為我父母下葬的禮儀顧問對他成功讓我多花錢感到心裡有愧——至少我推論是因為這

樣，他才會免費送我一大疊書，內容是關於死亡、瀕死者和倖存者，那些書從那時候就一直活在我的書架上。羅伯消失三個星期後，我走向那排書，開始重新認真地研讀。這麼做不太說得通：羅伯還沒宣告死亡，而我說過，我們堅決避免那個詞，甚至是那個概念。

但我確實失去了某個人，不是嗎？是的。至少有一本書向我保證——那一章在講當你愛的人逝去，其遺體卻沒辦法拿回來的情況——「失去」不是什麼委婉的說法。

至少那是個開始。開始詭異地沉陷到詭異的悲傷中去。我發現在這個階段，這些書分配給我的實際建議很管用：吃飯、運動、睡覺。我不應該趕著度過失落感，不應該承受「往前走」的不適當壓力，可是我也不應該原地徘徊。保持動態。我這麼做了。

我也一直閱讀，不意外，讀的內容是關於死亡、守寡、倖存，這些都影響了我對羅伯的想法——及盼望。沒有他的日子一週週過去，這些感覺體積愈來愈大、力量愈來愈強，變成一道疤。

那不對勁。我不對勁。全世界難道有任何一個妻子，從沒想像過她的丈夫死去時會怎麼樣嗎？總會閒散地想，或急迫地想，視情況而定。我則兩者兼備。我的情況又更複雜，這已經不是我第一次思考他是不是還活著，他會不會馬上結束這次筆遁或那次筆遁回家來。我並不希望他發生不好的事——不，正好相反。我希望他一切順順利利，因為我希望他真的因此而順順利利，那也會使我們全家都順順利利。我早就持續在失去他了，失去羅伯，當警方問道：他有沒有露出任何會失蹤的徵兆？我撒謊說沒有，不知道該怎麼說明他本人就是徵兆，他和他的文字和他的微笑和他的問號都一直在消失，日復一日地消失。

我不想要羅伯死去。但我同樣不知道我的感覺還能有什麼別的解釋，那種感覺和我失去父母後的心情太像了：疼痛，焦慮，心神不寧。

*準備度過沒有他的人生。要練習。*我照做了。有幫助。於是我決心要在私底下假裝羅伯已死，直到事實證明這是錯的。知道我只是假裝，能夠驅退那些更大的、更難的疑問。

但我女兒的疑問怎麼辦？

艾莉和達芙妮很沉得住氣，直到過馬路時才爆發，之後因為我安慰她們警方在處理了，她們又安靜了一段日子。但是隨著日子一天天過去，爸爸一直沒有出現，開始有一些狀況發生。她們很不乖。摔門、吵架。我向小兒科醫師尋求建議。*這很正常*，他說，幾乎害我笑出來，因為一切都稱不上正常。不過我還是要留意「自我傷害」行為——自殘——或飲食不正常——或是詳細討論自殺話題。

我發現這些根本不用擔心，她們唯一想傷害的自己人就是媽媽。自殺念頭？沒有。謀殺念頭，有。她們目光追著我跑，好像我是獵物。我臨時拼湊的求生手段——把死去的羅伯當成一個空缺，暫時存放我備用的悲傷——我看得出來不適用在她們身上。的確，宣布他死了，卻拿不出他的屍體——感覺就像是我殺了他。

因此死亡尾隨著我們，我們避而不談的結果，似乎讓它變得更強大、更無所不在。舉例來說：某個宜人的夏日傍晚，我們走在家附近的商店街上，用冰淇淋撫慰我們的傷痛，結果達芙妮不知怎地，把巧克力抹在艾莉新買的上衣上了（買這件衣服是稍早之前的撫慰行為）。這是個意外，艾莉卻發出撕裂靈魂的尖叫聲。達芙妮發出略遜一籌的尖叫聲，不過聲音中蘊含著一天又一天累積的炙熱憤怒：她氣她爸爸消失無蹤，氣她媽媽不去找他，尤其氣她姊姊艾莉，用各種不同方式，把她的滿腔憤怒和絕望和受傷的情緒，都發洩在達芙妮身上。接著艾莉把她的甜筒捅在達芙妮的襯衫上。

達芙妮一把揪出艾莉褲子後口袋裡的手機往街上丟。

這一刻，電影靜默了整整一分鐘。或該說它在我腦中重播時是如此。我知道在現實中，接下來六十秒特別嘈雜，不過我當時根本充耳不聞。我聽不見自己的尖叫，在場的目擊者告訴我，我叫得比兩個女兒更大聲。

艾莉的手機是她的門戶，她的噴射背包，她最心愛的玩具。是一件毫不猶豫要緊追不捨的東西，一顆彈到街上的皮球。一輛往南的汽車發出嘎吱聲閃過她，一輛往北的小貨車把她的手機壓進地面。到了這一刻，我的電影恢復了音效，正好及時讓我以為我聽見艾莉的骨頭像引火棒一樣碎裂的聲音。

她的骨頭並沒有碎裂。那輛小貨車輾爆手機之後，以毫釐之差在艾莉後面煞住。她的屁股確實碰到了保險桿，但司機煞車煞得如此神奇、如此精準，以致於他的車其實只是把艾莉輕推在地上。她並沒有撞到頭。有人衝過來遞出律師名片，堅持我們要去醫院。急救人員說由我們決定，要去不去都可以。司機如釋重負，因為艾莉選擇不去。我也如釋重負，或許是被嚇到了，或許她相信這下我會買一支更炫的新手機給她，總之艾莉主動擁抱達芙妮，並且道歉說她不該對她大吼大叫。達芙妮喃喃地跟著道歉，口齒不清。

我們踉踉蹌蹌地回家。我們換了衣服刷了牙，互相說對不起。艾莉跟我說她想要哪款新手機，達芙妮什麼也沒說，只是俯在愛蓮娜給她的日記本上，刷刷刷地寫著愛蓮娜說我不該看、但我當然還是看了的內容。當天稍晚，我看見達芙妮寫的最後一行字時，把她從睡夢中喚醒：

不論你接下來要帶走誰，都帶走我吧。

達芙妮在對誰說話？我不知道，所以我在她身邊徘徊，苦思該怎麼讓她知道她是被愛的，她是安全的，她絕對、絕對不可以許願說她想死——乖女孩！——

我審視她的臉，發現在她看出叫醒她的人是我之前，當我仍然只是某個陰森而詭異的黑暗人影時，那短短幾秒間，她的眼神因恐懼和寬慰而變亮了，因為她以為她的祈禱應驗了。

幾分鐘後，我聽到有人輕而堅持地在敲我家前門。

雖然已經將近午夜，我還是沒有先從窺孔往外看。是不是——？

愛蓮娜。

當天稍早的傍晚時分，我發現了那樣東西。字條。不過不是羅伯往常留的那一種，也不在往常會出現的地方。在我跟警方——更別說丫頭們——分享這條線索之前，我想先跟她討論，尤其這需要她的一些專業，非常嚴密的文本分析。當時我提議我們隔天早晨碰個面，但愛蓮娜說這事值得立刻面會，還要搭配酒。現在她人在這裡，我想揮揮手打發她回去；我告訴她艾莉、達芙妮、冰淇淋、手機和馬路的事件。現在不是時候，我說。

等愛蓮娜確認過所有人在生理上都安然無恙之後，她說現在*正是*時候。嚴格來說，已經過了時候。

「我說，」愛蓮娜說，「東西在哪裡？」

我們在廚房裡。她用紙袋裝了一瓶酒帶來，不過我一把「字條」交給她，她就把酒晾在一邊了。不是通常會寫的那五個字：*很快就回來*，而是如我先前說過的，僅僅六個字母：CWTCCJ。

「在穀麥裡。」我說。我要去拿盒子來，但她不耐煩地抖了一下手腕。我折回來，繼續說。「就是他老愛買卻從來不吃的詭異有機鬼玩意。從他走後這四個星期以來，完全沒有人去碰它。」

「直到今天。」愛蓮娜說。

「直到今天。」我說。

「因為妳肚子餓？」愛蓮娜問。

我點點頭，這是比較容易啟齒的說法，我不願承認這陣子幾乎對任何食物都沒食欲，而我去拿那盒穀麥的原因非常可悲：我不小心洗了他的衣服。他剛走的時候，我在待洗衣物堆裡找到幾件他的襯衫，於是挑出來留著讓警方檢驗。他們拒絕做這件事，因為……他們溫和地問：這能告訴我們什麼？我太混亂了，不知道該如何回答，然而過了幾個星期，我想到了：這能告訴你們他是誰。我把襯衫堆成一堆放在地上，有時候睡覺時會把襯衫壓在枕頭底下。我聞著襯衫回憶，直到某個沒睡醒的早晨，我忘了我的打算，就把它們和其他待洗衣物一起丟進洗衣機了。於是那些氣味被汰漬洗衣精帶走。我驚慌失措，我假裝沒有驚慌失措，我翻他的衣櫃、幾個抽屜，但那裡的氣味太微弱、太乾淨了。後來我到廚房找不會讓我醉又能重振食欲的東西，就找到了他的穀麥。聞起來已經不新鮮了。接著我看到字條。

「我是這樣想啦。」我說，仍然因為艾莉差點出事而心有餘悸，不過現在愛蓮娜已經來了，她戴上老花眼鏡。該做正事了。「這是押韻的格式對不對？」我說，「他很愛謎語？字謎？一首詩？我是說，妳才是專家，不過……」

愛蓮娜翻到背面。什麼也沒有。

「不是一首詩。」她說。

「唔，這不是穀麥公司放在盒子裡的，」我說，「這是他會做的事。妳知道他那個人，他很愛藏字條讓丫頭們找。」

「妳有筆電嗎？」愛蓮娜問。

「Google查不到東西。」我說。那不完全是真的。我查那六個字母查不出什麼名堂，之後我給了Google另一項任務，它帶領我找到一間法國公司，他們可以用DNA樣本製造香水，樣本來源有很多選項，譬如說一件舊衣服，最好是很久沒洗的——

「也許妳問錯問題了。」愛蓮娜說，並且拖了張長腳椅坐下，「去拿妳的電腦來，我們去瞧瞧幾間航空公司，從飛出密爾瓦基的航班開始。如果沒有收穫，就查奧海爾國際機場。」

「為什麼？」我問。

「我跟妳賭六塊錢，這是一組機票訂位代碼，親愛的。」

愛蓮娜提醒了我，羅伯的謎題大部分都很容易解開，只要看出框架或脈絡，一切都會各歸其位。CWTCCJ不是什麼回文或押韻格式，而是旅行計畫。我們試了一家航空公司，然後再一家，找到了：為期三週前往巴黎的旅程。出發日期是八月一日。

「出乎意料吧。」愛蓮娜說。

羅伯原訂要在夏末去巴黎，愛蓮娜也知道。今年初，為了快速取得現金，他寫了一篇探討兒童文學與巴黎的文章，結果一家小型出版社看見了，便問羅伯能不能就這題材寫成一本書。附地圖。還有路線和地址和營業時間和短網址。他會拿到一筆預付金，用來支付開銷。

真是好極了，羅伯對我說，我拿學位就是為了寫旅遊指南。

真的很棒啊！我說。我希望他心懷期待，希望能有我之外的人告訴他：你很厲害。我沒有問：錢夠不夠帶我一起去？帶女兒們去？因為我知道不夠。

但我當時希望羅伯主動詢問、解釋、重申總有一天我們會去巴黎的承諾。說實話，那個時候，就算他邀請我重返威斯康辛州的巴黎，任何一個巴黎，我都會笑得開心，只要那麼做能把那個過去的、沒那麼聰明、沒那麼疲倦、沒那麼小心翼翼的羅伯帶回來，那個把「好啊」、「有何不可」、「我們會想出辦法的」掛在嘴邊的羅伯，還有曾經在我偷書偷到一半時對我說「妳好像忘了什麼」的羅伯……

我沒有。我什麼都沒忘。我沒忘記《紅氣球》裡有幾隻貓，沒忘記他向我求婚時旁邊的野餐桌是什麼顏色，也沒忘記他很久很久以前承諾要帶我去法國。

八月的巴黎很糟糕，他繼續說。

真的？我心想。但我說出口的是：看吧？你的語氣真有指南書作者的架勢呢！他別過頭去，我火上加油：真正的藝術家會說：「我可以一個人在巴黎待幾個星期？我今晚就去買機票。」他憤怒地沉默了幾個小時後，說他會這麼做的。還有，別告訴女兒們，他說，這是個驚喜。

隔天早上，驚喜來了，他告訴我他沒有買機票，而且不打算買了。

「妳一點都不知道？」愛蓮娜瞇眼盯著螢幕說。我瞇眼盯著她，好奇片刻之前蓄積在羅伯腳下的責難，怎麼會朝我這裡漫過來。

「愛蓮娜。」我說。

他不光是給他自己買了機票——他給我們全家人都買了機票。

巴黎。我終於可以——

他終於——

我們全都要去——真正的巴黎。那座花都。不是有玉米田和水塔的巴黎，不是有野餐桌和路邊停車場的巴黎，不是在美洲大陸上的任何巴黎，而是真正的城市，瑪德琳的城市，拉莫里斯的城市，我的城市。

巴黎。

愛蓮娜望著我，等待著，但我無法說話。於是她開口了。「所以我們查出了兩件事。」她說。這是她開研討會的語氣。她摘下眼鏡折起來。「第一，他訂了機票——顯然包括他自己的機票——第二，他原本——目前？——有一張妳不知道的信用卡。」（後來我們確認過了，他擁有那張卡確實是過去式。這趟旅行是它最後一筆消費；在那之前，是一年左右的小額消費——加油、餐飲——時間大致符合他每一次筆遁。）

我拿起那張小字條。現在我幾乎希望它是押韻格式了，或是藏頭詩。

不能（*Can't*）
寫作（*Write*）
思考（*Think*）
不能（*Can't*）
崩潰（*Crashed*）
跳下（*Jumped*）

我感覺世界撲面而來——我確實是那個意思，不是地板，不是地毯，而是世界，全世界，包括巴黎，那個我心心念念那麼久的地方，現在它就在這裡，代碼，鑰匙，通道——

我哪裡都不想去，除了躺在床上或是到外面去尖叫。我想來一杯什麼，比酒更烈的東西。但我充其量只能走到水槽邊。我看見自己打開水龍頭，看見自己彎腰湊過去。我要做什麼？顯然是喝水，直接從水龍頭喝。我喝了很久，然後關上水龍頭，把臉擦乾。愛蓮娜靜靜地等著，兩手放在腿上。

我也等著，等我準備好了，我說話了。「我們沒有查出最重要的事。」我說。我理性的一面——也是憤怒的一面——正慢慢回來。「為什麼？」我說，「為什麼用這種方式？他留一個可悲的小謎語讓我破解是一回事，但他怎麼能捉弄孩子們，讓密碼從盒子裡滾出來——他的一貫伎倆，她們一定會興奮極了——」

愛蓮娜點點頭。「我覺得不安的正是這部分。」她說。

「他是個混蛋這部分？」我說。

不是，愛蓮娜說。羅伯可能有點不著邊際，但絕非殘酷之人，如果他知道自己將會消失，是不會把密碼留給家人去找的。而且沒有他暗中慫恿，我們可能永遠不會找到它，因為我們從來不會靠近那盒穀麥。讓她不安的是，這表示確實有事情發生了。

讓她不安的是，她繼續說，我已經被拋棄過了，因為我的父母死得太突然、太早。

我們目光相遇。

這次不是那麼回事，她說。

「我了解了。」我說。我立刻就生氣她提起這件事，也再一次生氣我父母為什麼要死。當然，最氣的還是羅伯。

「但妳了解這個嗎？」愛蓮娜說。這沒有疑問，她說。我們應該去。

「去法國？」我說。

「他機票訂的是去法國。」她說。

「現在？」我說。我還不如去太陽旅行。

「三個星期後，」她說，「應該說看他訂的是什麼時候。我們會付——我會付——用速件辦護照的費用，還有——噢，那都不是什麼問題。莉雅，妳們當然要去。天可憐見——不要回來，不要馬上回來。如果這裡出了什麼可怕的事——我仍然希望不會有這種事——至少有一段時間，妳們還能讓距離分散注意力。所以，去兌換機票吧，待一個月，需要待多久就待多久。休個假，大學總有辦法的。航空公司也是，丫頭們的學校也是。艾莉和達芙妮甚至可能找到辦法重新露出笑容。」

「她們會受不了的，」我說，「尤其現在——」

「她們明天早晨醒來，後天早晨醒來，大後天、大大後天，他都不在這裡，不在這棟屋子裡，不在密爾瓦基。這才是讓她們受不了的事，莉雅。這才有殺傷力。」

我想起冰淇淋之爭，想起達芙妮陰鬱地對她的日記說：帶走我。我想起兩個女孩都希望她們的爸爸沒有死，甚至更強烈地希望她們的媽媽，她們自己的媽媽，能更明確地與她們一同期盼，或者更好的是，能讓她們的爸爸重新現身。

我想起羅伯最近如何讓一切都蒙上一層陰影，好像戴上墨鏡就可能把某個場景的色彩都濾掉，變成你眼中的世界。

「我們不能走，」我說，聲音輕到我都聽不清楚，「羅伯離家去寫作了，他到時候會回來。」

愛蓮娜有時很直率又務實，不過她跟羅伯一樣——跟我認知中的羅伯一樣——從來不會殘忍待人。她直視著我。「妳相信妳說的嗎？」她問。

「羅伯跑去很遠的地方了，他換了個身分。」

「妳想相信是那樣嗎？」

我不想。我深怕他已經死了。因為那些書說服了我。因為我需要讓那些書說服我。因為若非如此，世界將失去意義，從穀麥盒裡的六個字母開始。

「愛蓮娜。」我說，與其說是喚她的名字，不如說是在哀鳴。

開玩笑、嘲諷、發怒，都是我假裝自己很好、假裝自己不想他的方式。我承認，有一部分的我確實不想他。但我心裡的讀者，暫代的繆思，因為被文字灌醉和喪親而受著折磨。的確，其餘部分的我，我的手指和嘴巴和頭髮和肚子，都好想念他，就像想念空氣、想念水、想念第二層皮膚，想念你所愛、所需要的一本書，可是當你去看的時候，它已經不在架上了，其實它根本不曾被寫出來。

「丫頭們呢？她們怎麼想？」她問。

艾莉和達芙妮認為她們的父親是個英雄。我也願意贊同，前提是容許我給他附加條件，他是個古典英雄，儘管英勇卻也孤傲，總是遠在外地冒險。我有時候會說服自己，分類學是能解決他的（或我們的）憂慮的方法。要是我能釐清他到底有什麼問題，或是我、我們家、那棟房子、那種人生有什麼問題，我就能解決問題。他以筆遁為名離家，是因為那才健康，而不是無禮。他是個好爸爸，一定是的，因為丫頭們都好崇拜他。有很長一段時間，我也好崇拜他。他記得哪天學校要拍照。他去年秋天就知道哪些夏令營的報名期限是什麼時候。他在家時會按照正確的顏色分類洗衣服，有時候幫忙洗碗，還聲稱丫頭們懂傳心術，不管何時他要她們猜他在想什麼數字，她們竟然每次都猜中。

他告訴她們猜中的時候，她們會樂得咯咯笑，對她們來說，他說的是謊話或實話並不重要，重要的是他有時候會消失一夜、一天、一個週末。這時候他失去消息已經幾個星期了，表示羅伯現在符合某種模式。我自己看不出來，至少不是馬上，但警方看出來了。沒有人那麼乾淨俐落，警方的技術人員說，警探最後也不得不修正他說屍體會帶來更多線索的理論。因為我們的銀行帳戶一分錢都沒有少，他的電子郵件也一丁點都沒動過。

「她們認為他還活著嗎？」愛蓮娜追問，「我是說丫頭們。」

妳要把腰桿挺得更直一點，這是在羅伯剛失蹤的昏天暗地中，愛蓮娜對我說過的話，我一直銘記在心。我站得更直了些，儘管我注意到這表示我會離女兒們更遠一點點。她們抬頭看我，我低頭看，我們看見彼此，卻隔著新的距離。結果並不是造成暈眩，但我們都有點微微的不適，沒有人問晚餐吃什麼，沒有人問任何人心裡想的是什麼數字，沒有人問爸爸是不是還活著。「爸爸不在」是我們共同使用的行話，而且它曾經看似非常牢靠，直到在學校前的斑馬線上搖搖欲墜，然後在繁忙的街道上四分五裂，就像艾莉的手機。

「是的。」我說。

「妳不認為。」她說。

「我——不能。」我說。

「妳能試試看嗎？」她說。

我沒回答。我答不出來。我最後一次見到羅伯的那個晚上，我問了他同一個問題。他說他不快樂。睡不著。稿子寫不出來。

*你能試試看嗎？*我問。丫頭們在樓上安睡，否則我說話的音量會更大，因為我要他聽我的話，或是聽醫師的話，或是聽他拒絕繼續見面的諮商師的話。

寫作快把我弄垮了，他說。

我聽著時鐘滴答。聽著我的心在跳。聽著我自己說：*這個家，只有你快被弄垮了嗎？*

我們要搭飛機的當天早晨和前一天晚上，我都沒吃東西。我喝了一點酒，效果不太好。後來又喝了咖啡，結果更糟。

更慘的是，到了機場，似乎各個年齡層的所有爸爸都聚集在那裡。他們把行李從計程車提下來、替家人扶著門、用硬紙板杯架端著拿鐵走來走去——我意識到這種杯架就和世界上大部分東西一樣，是設計給四個人用的。他們撈起小男孩，和他們擁抱道別，或是拋下手中所有行李，好接住來歡迎他們回家並跳向他們的女兒。他們穿著西裝、運動服或迷彩服，頂著亂髮、短髮或禿頭。像羅伯一樣矮、一樣瘦、一樣心神不寧，或是一點也不像。爸爸們無所不在，除了航空公司的櫃檯邊。愛蓮娜引開艾莉和達芙妮的注意力，讓她們聽不見我問是不是已經有一位「羅伯・伊迪」報到登機了。

「沒有。」那女人說。

我同時感到鬆了一口氣又天崩地裂，說了些他不太可能會來報到之類的話。

那女人聳聳肩，用呆板的語氣發表了一篇演說，其中的關鍵句是更改機票要付一百五十元手續費。

就這樣？我心想。我差點付了這筆錢。跟我的人生從四月開始經歷的改變相比，這似乎很便宜。要把一切變回去，要讓一個男人起死回生，一百五十元並不過分。

我搖頭拒絕。她在我們的登機證上寫了什麼，運輸安全管理局的人員將之視為一道指令，給我們做詳細搜查。我看著我的皮包、達芙妮的內衣褲，以及我不知道艾莉有打包進行李的一小罐淨痘棉片，被他們用看起來像淨痘棉片的東西一一擦過。這是為了尋找爆裂物，負責人員說，還朝兩個女孩擠擠眼睛，好像這是場遊戲。

三個星期，我告訴丫頭們。在巴黎待二十一天。我們本來要跟爸爸一起進行這趟旅行的，現在我們要自己去了。達芙妮問我們是不是要跟他在那裡會合，我停頓了一下，思考如果說「也許」是對的還是錯的還是仁慈的，結果艾莉在這個空檔說「不是」。

我說我們這一趟旅行唯一真正的目的是換個環境、看看風景、看看《瑪德琳》的某些書頁變成現實。爸爸顯然需要比以往更長的寫作假期，而顯然這是他為我們安排好的：巴黎。

再說，她們很愛白蒙，不是嗎？尤其是艾莉。她熱愛分享從羅伯找到的「成人版」白蒙文選中看來的令人心驚的軼事——我知不知道白蒙宣稱他射殺過某個人？他的女家庭老師在他六歲時自殺了？還有白蒙自己也一度考慮用麗思卡爾頓飯店的紅絨繩自殺？不，我不知道。（她父親有過這種念頭嗎？有很長一段時間，我盡量不讓自己往這方面去想。現在我不能不想了。）

這年頭要搭飛機去任何地方，都得先設法穿過槍林彈雨般的質問。

妳的行李是自己收拾的嗎？

有沒有人要妳替他們帶東西？

妳的行李一直由妳親自保管嗎？

但最難回答的問題來自達芙妮之口。

「妳有沒有留字條給爸爸？」

「有啊。」我說，但這不是真的。

艾莉一直在玩她的新手機，假裝沒在聽我們說話，這時她卻微微把頭偏向我們，眼睛仍盯著螢幕。

「我也有！」達芙妮用盡氣力地悄聲說道，「我留在我的枕頭上。」

這超出了艾莉的忍受極限。先前，艾莉趁達芙妮在登機門附近上廁所時，問我：爸爸會回來嗎？趁現在告訴我真相——達芙妮聽不到。

艾莉對我回答「我希望會」並不滿意，對「我不知道」更不滿意。我繃緊神經等著接下來那句：他還活著嗎？我的回答不會改變：我希望是，我不知道。不過我有種感覺，她光是問這個問題，就讓一切變得不同了。

可是，現在艾莉施壓的對象是達芙妮，不是我。「妳把字條留在妳枕頭上？」艾莉問。「對啊？」達芙妮說，還沒有察覺即將到來的打擊。

「妳不是留『很快就回來』吧？」艾莉說，現在已火冒三丈，「像他以前那樣？因為那真是太『聰明』了。」

達芙妮眼中含淚，但她沒有躲開姊姊的瞪視。當淚水滿了，她只是任由它默默地沿著臉頰滑下。

艾莉站起來，怒氣沖沖地走向一群等著搭飛機去佛羅里達的旅客。

達芙妮撲向我的肩膀，我緊緊擁抱她。身為母親，我一直對一件事感到不可思議，那就是即使妳的孩子一直在長大，她們仍然符合妳的尺寸。不管是嬰兒或青少年，她們的下巴總能以獨特的角度嵌進妳的肩膀、妳的臂彎、妳的胸膛。然後妳吸一口氣，她們吐一口氣，我們的分子再度融為一體，再度難分難解。

達芙妮鼴鼠一般更往深處鑽，這表示我得要她重複一遍，才能聽懂她說了什麼。「媽，妳的字條寫了什麼？」

我身體一僵，微微地。

在我撕掉三種版本的草稿、並且把所有碎片丟進垃圾桶之前，我的字條說我們很想他，我們愛他，我們很擔心他，拜託他打電話、寫信，拜託他告訴我們出了什麼事，為什麼會這樣，我們該怎麼預防這種事再發生。我的字條說「我愛你」還有「但你讓這件事變得愈來愈難」還有「我們需要談一談」，我們確實需要談一談，但我在那個詞底下畫上一條又一條底線時，我想起我們永遠不會談了，因為他已經——一定是吧？警方似乎這麼認為？禮儀顧問的書似乎這麼暗示？——死了。

我想起帶著書坐在酒吧裡的那個男孩，很愛白蒙的那個男孩，買了一本關於氣球的書給我的那個男孩，說我們要去好多地方的那個男孩。我們確實去了好多地方。現在他去了某個地方。

可是在哪裡呢？

達芙妮抬頭看我，於是我告訴她我寫了什麼，實際上我沒有：

我們巴黎見。

4

我們剛在巴黎降落時，很明顯我應該在心中吶喊：巴黎！巴黎！巴黎！我曾在兒時的地圖集上用手指描勒這裡的路線，好像這座城市某種縮小版本會像淺浮雕一樣在我指尖浮現。它從來沒有浮現。

現在也沒有。羅伯離去時，原來帶走了某樣東西——或許是很小的東西，但仍然很重要：總是緊隨在這座城市名後頭的驚嘆號，至少對我來說。從丫頭們的表情看來，他也帶走了她們心裡的驚嘆號。

巴黎。在這裡的某個地方，有人曾經拍了一部與紅色氣球有關的電影。另一個人則坐著畫出女學生排成兩排到處走動。

在家鄉密爾瓦基，曾有一對夫妻爭論巴黎最好是用彩色或黑白來呈現。現在我發現——這座城市太壯觀了。它不可能不壯觀，也確實壯觀，如果我女兒和我錯失了驚嘆號，等於錯失了整個重點。巴黎不是一幅畫，或一部電影，或一張海報。它不是個獎品。現在我們既然已抵達，它就不再是個夢想了。它是真實的。

那麼，為什麼我沒有這種感覺呢？

嗯，一部分是因為這裡熱翻天。初到巴黎的那幾週，酷熱讓我們腳步踉蹌。就連用法語唸出這個月分的名字——août——都覺得聽起來像一聲微弱的呼救。

倒不是說任何人能在喧囂中聽見我們的呼救——這座城市終歸是一座城市，這項事實也讓我們吃驚：訝異於它的吵，而且是不分日夜的吵。我給我們訂了一間位於醫院和火車站之間的悶熱、狹小公寓，也對狀況沒有幫助。我們白天在探險的時候，有時會找到一條無名窄巷，我們會僅僅為了求一分寧靜而鑽進去。

最讓我驚訝的是這座城市對我們有多和善。我對此完全沒有心理準備（雖然兩個丫頭因為飽讀《瑪德琳》而認為這是理所當然的）。後來我體會過各種巴黎人的不善良，但我永遠忘不了初來乍到的那段日子，有那麼多陌生人看起來那麼親切，甚至帶點討好，尤其是對丫頭們。店老闆、博物館警衛、地鐵上的乘客。男人讓座，女人攔下我向我稱讚女兒的美貌，麵包店老闆在我們的可頌麵包袋子裡塞進一顆（然後擠擠眼睛，又放了第二顆、第三顆）小小的巧克力。第三份榛果可可醬可麗餅？免費贈送給美麗的女士——顯然指的是我。八月的巴黎全是觀光客，但留在城裡的巴黎人需要那些觀光客，他們需要我們。我也慢慢讓自己相信，我們需要他們。

但是在巴黎的日子剩下四天時，我們還需要一樣東西：達芙妮的護照。它不見了。都怪愛蓮娜，她告訴我要養育出堅強獨立的女性，第一步就是讓她們扛起責任，從自己保管登機證和護照開始。

艾莉把她的登機證誤放在運輸安全管理局和美國的飛機之間，達芙妮那天早晨在巴黎弄丟了護照。完全不知道怎麼掉的、在哪裡掉的，只知道東西不見了。還有一樣更致命的東西也不見了：愛蓮娜的主意才剛剛開始在她身上建立的自信。國務院可以協助我們處理護照，可是我不確定哪個單位能補發達芙妮的自尊。

不是我，因為我自己的自尊都幾乎全沒了，我忘了帶愛蓮娜堅持要我準備的護照影本。幸好她還堅持她那裡也留一份，於是那天下午我打電話給她時，她說影本就在手邊。

我等著聽到「我早就告訴妳了」，那是她一直含在腮幫子裡的臺詞。

結果卻是：「我真高興妳打電話來，」愛蓮娜說，「我有事要告訴妳——除非——打這通電話會害妳花幾千元嗎？」

並不會。艾莉很內行，弄來一些比美人痣大不了多少的晶片卡，只要插在我們的手機裡，不管是打電話、傳簡訊或是上網，幾乎都不用花任何費用，至少她是這麼說的。

「幾千元倒是不用啦，可是……」可是我需要催愛蓮娜快點，艾莉閒得無聊，達芙妮因為淚水和屈辱而成了張小花臉。她們兩個都很專心地偷聽。「愛蓮娜？護照號碼，我只需要知道這個。」

我們坐在艾菲爾鐵塔陰影中的一張長椅上，我一直拖延著沒來這個景點，一部分是留著當作華麗的尾聲，一部分是因為我沒想到要上塔需要提前預約，尤其是在旅遊旺季。還有一部分是因為——這很傻氣，也許不會——我很久以前就想像過爬到塔頂的情景，打算一上去就吻羅伯。瞧瞧是誰有本事從威斯康辛州的巴黎來到法國的巴黎！十八年，我們終於到了！

我們確實到了。我讓目光順著塔身往上爬，瞇眼打量。那上面看起來更熱，因為離太陽更近。

「胡說，」愛蓮娜說。「最好還是拿整個影本去，」愛蓮娜說，「我用聯邦快遞寄給妳。」

「那就要幾千元了。」我說。

「幾千元？」達芙妮老鼠般吱聲說。我不懂達芙妮為什麼總擔心錢的事——羅伯和我曾經當著她的面爭執財務問題嗎？在密爾瓦基，她收集了一罐又一罐零錢。如果我們去書店，看到羅伯的書上貼著折扣貼紙，她會把貼紙撕掉。

「不——達芙妮，沒事。」我說，「愛蓮娜阿姨想寄妳的護照影本給我們，我——」

艾莉緩緩地、長長地吐出一口氣。「哇。」她終於說話，並站了起來。愛蓮娜提議的大費周章方法證明她有多老派。不過這一刻我倒見證了艾莉變得多老成。她已經快十五歲，是個青少年了。我看著她吐氣說「哇」，露出輕蔑表情，不過最重要的是，我注意到她有多高：當妳的孩子跟妳一般高（或比妳高），妳會覺得自己只有她們的一半高。艾莉和我現在可以平視對方的眼睛。我們可以互穿對方的衣服。她讓我矮了一截。「實在是，哇。」艾莉強調。講完之後，她拿走我的手機，向愛蓮娜解釋她需要做什麼——掃描、上傳、發送——然後結束通話，叫出一張地圖，並帶我們去附近一間網咖。

這類場所現在已經絕跡了，當時這間店也早該消失了才對。它沒有空調，氣氛令人不愉快，充斥著應該把最後幾歐元拿去洗澡而不是上網的年輕男人。室內嗡嗡地迴蕩著十幾種語言交織成的對話，不過規定很明確——店經理指著一面標示牌，用英文寫的：**禁止講電話**——因此愛蓮娜回電的時候，我被趕到店外的人行道上。

「我想妳們馬上就會收到了，」愛蓮娜說，「我可以利用這段空檔嗎？」她問，「我說了，我發現一件事。」

我盯著網咖內，達芙妮回盯著我，艾莉盯著她的螢幕，店經理盯著我的兩個女兒。

隔著一座海洋，愛蓮娜開始解釋，我們以為不留下一朵雲彩就飄然遠去的男人，其實留下了很重要的東西。不是六個字母，而是足足一百頁。

「它是某種——嗯，我猜算是手稿吧。」愛蓮娜說。「加上一封申請信，收信對象是某個文學獎比賽的主辦單位。稍早之前，這些跟著校內的郵件一起送來，來源是數學系。我的助理推論，羅伯一定是很久以前就想把檔案傳到我們系的中央印表機——稿件上的時間戳記是三月，他失蹤前一個月——結果文件在某個數位十字路口轉錯了彎，在校園另一端隨便找了臺印表機把自己印出來。」

「三月？」我問，「現在都八月了。」

「五個月，五百公尺。」愛蓮娜說，「校內郵件系統的效率差不多就是如此。說到效率，我的電子郵件寄到了沒啊？」

我戳了戳網咖落地窗，艾莉望過來——半間網咖的人也是——然後搖搖頭。「沒有？」我說。

「該死。」她說。我聽到點滑鼠的聲音。「再寄一次。現在，讓我唸個一、兩段就好，因為它真的非常……」

就在這個時候，我的白日夢開始認真地進行——又或者自從來到巴黎，我就在做夢了，也可能是從羅伯走了以後便開始。

「我唸了喔。『隨信謹附上我參加波洛克文學獎的參賽作品，』」愛蓮娜唸道，然後停頓一下，「從來沒聽過這個獎，不過我要提醒妳，我的人生被保護得很好。『我』——這是他寫的——『遵照比賽規則創作了這份手稿，以紀念柯立芝偉大詩作〈忽必烈汗〉的精神，他在寫作此詩時因為被人打擾，最終沒能完成作品。』我們要弄清楚，」愛蓮娜說，「雖然柯立芝聲稱有個『從波洛克來的人』毀了他的詩，但他才沒有被『打擾』。他是——嗯，講到才氣，其實——」

「愛蓮娜、愛蓮娜，我騙了妳，」我騙她道，「講這通電話確實很貴。而且我把丫頭們單獨留在——」

「噓，」愛蓮娜說，「結果原來這場比賽是由一位腦外科醫師贊助的。在密西根州大急流城。妳知道當醫療照護系統失控，從哪裡可以看得出來嗎？神經外科醫師賺的錢多到他們跑去資助文學獎。」

「他是神經外科醫師？」我問。

「網路上是這麼說的。網路上還說，他發起這場比賽的其中一個原因，是他在研究大腦應付干擾的能力。」

「愛蓮娜——」

「真聰明！妳這不就干擾我了，那個人的論點果然有憑有據。好吧——咱們瞧瞧，我在略讀，另一段清喉嚨式的開場白，某些隱約的打躬作揖——有點不合時宜——我得說這很符合羅伯的作風，不過——找到了。劇情概要。」

「愛蓮娜，我們一定要現在做這件事嗎？用電話講？」

「很短。」她說。

「我們在這裡的時間也很短。」我說。

「這正是我的重點，」愛蓮娜說，「他寫的故事——莉雅，場景就在巴黎。」

片刻之前，溼氣還讓我覺得周圍的空氣太多了。現在我覺得空氣一點也不剩。

「我想也是。」愛蓮娜回應我的沉默，「我唸了：『年輕的羅伯和卡莉·伊迪夫婦』——對，他用真名，至少是他的名字；我不知道這個『卡莉』是怎麼回事，讓我想到羅馬皇帝卡利古拉——『對他們在威斯康辛州的生活感到極度厭倦』——我得說這有點言過其實了，不是嗎？——『決定帶著女兒休一年假』——沒有提到名字——『去環遊世界。』對了，妻子是小說家，而丈夫是寫演講稿的人——呵呵！『呵呵』是我說的。我繼續唸喔。『等到環遊世界完回家，一切都會大幅改善，主要是因為他們的計畫是邊打工邊賺旅費。』好，現在我們看到在紐西蘭牧羊、在智利摘葡萄……等等，等等，在尚比亞一間學校擔任老師和教練——」

「愛蓮娜！」

「好啦好啦，」她說，「總之，結果那些都不重要。但重要的是：『他們的旅程』——這又是羅伯寫的——『幾乎才剛開始就原地踏步了。越過大西洋到了法國之後，他們偶然來到巴黎』——我真的不確定那個『偶然來到』是什麼意思——『他們原本要在一間英文書店當店員的計畫落空了。為了等待時機，他們花了好幾天在城市裡遊蕩，很快就捨棄傳統旅遊指南，決定依循他們兩個女兒深愛的童書和電影中的路線走，主要是路德威·白蒙的《瑪德琳》系列書籍，還有』——妳應該早有預感了吧？——『亞爾貝·拉莫里斯的《紅氣球》。』——莉雅，妳在聽嗎？」

沒有。或該說我有，但不是聽愛蓮娜說話。我藉由愛蓮娜唸出來的字句在聽羅伯說話，試圖理解言外之意。

「我承認，」愛蓮娜說，「聽起來不像他寫的東西。」

說像也像，說不像也不像。確實，羅伯最近做的實驗愈來愈深奧——他覺得這形容詞

「有批判意味」——他還研究如何創作電子文本，包括寫了某個電子書手機應用程式，你用手指滑一下不但可以翻頁，還可以把字消掉。學術界人士愛死它了。科技宅也是。還有一些學生，有的是他的老書迷。簡言之，都是一些不會花什麼錢買書的人。那很好，因為這個應用程式是免費的。結果他獲得各方面的名聲。不過他似乎已經對出名沒有多大興趣了，應該說對什麼都沒興趣。而我也不再——嗯，我不能理解。我告訴他了。他試著向我解釋：這麼一來，把書看完就代表——可以代表——把它消滅了，妳懂嗎？我懂了，興奮之情在我心裡短暫地燃燒。不過有更大一部分的我覺得這是在瞎胡鬧。但我們正處於艱困時期，我希望有事情可以慶祝，哪怕是瞎胡鬧也沒關係。那會像舊時光，我們早期的時光，當時某個舉動、某個概念、某個想法愈是不合理，對我們來說就愈合理。從書店追一個順手牽羊的賊！嫁給熱愛《瑪德琳》的男人！為藝術而活！製造點什麼。我們確實這麼做了。而現在我們在——消去那種藝術？那種生活？消滅，羅伯說，就像——

我知道，我說，當時我以為我知道，可是現在——現在在巴黎，給我這個。這個「獎」或比賽，主旨是未完成？這聽起來不像他，劇情概要不像他，比賽也不像他。

除非——該不會這整件事——都是一種全新的實驗創作？他不但捏造了一部新小說，還杜撰了一場比賽？愛蓮娜查到了比賽的網站，也許是羅伯這個瘋狂的猜謎者做了那個網站。

「我想，要消化的很多吧，」愛蓮娜說，「我好像聽到妳在呼吸，那我就繼續說了。剩下的部分沒多少了。不過——妳要挺住啊。『但是隨著一週又一週過去，』他寫道，『巴黎讓他們精疲力竭，全家人的元氣都在耗損。』確實會這樣，不是嗎？『女兒在吵架，父母在吵架。然後有一天早晨，羅伯晨跑回家，發現她不見了。』」

「等一下——誰不見了？」我問。

「妳果然有在聽。」愛蓮娜說，「對，沒錯，奇妙的地方就在這裡。她不見了，那個叫卡莉的角色——那個妻子。」

「那個妻子？」

「那個妻子，更奇怪的是——好吧，讓我先唸完。」愛蓮娜壓低嗓音，整個沉浸在表演中。聽她唸很有趣，聽著某個人被另一個人的文字和魔法捲走，即使那只是一篇劇情概要。這提醒了我，羅伯是有那種魔法的。這也提醒我，我也曾經懾服於這股魔法之下。這讓我短暫地醒悟到，類似的事情又發生了，在遙遠城市這條人來人往的人行道上，我的女兒在玻璃後頭，我的丈夫則在某人唸給我聽的文字後頭。「『她不見蹤影，』」愛蓮娜唸道，「他是指那個妻子。『事先沒有任何預警。警察、大使館都幫不上忙。那個父親準備返家，孩子們表示抗拒。那個父親退讓了，最後又去了一趟他們本來要打工的書店。』他們在那裡找到一條『線索』。」

「一條線索——愛蓮娜！妳讓我講了這麼久的電話——妳怎麼不直接——老天，什麼線索？」

「沒有說，文章到這裡就結束了。我猜是刻意的吧。的確，這場比賽的精神就是這樣。不過我認為這是一條線索：劇情概要和手稿內容不一樣。我不確定為什麼，而且我只是用最快的速度略讀過一遍而已，但是看起來羅伯在寫申請信之前修改了手稿。也可能是寫完申請信之後改的。總之，我的意思是，手稿只有一個關鍵的改變：離開的人不再是那個妻子卡莉，而是……」

她停頓一下。

「嗯，是那個丈夫。」她說，「我不知道這是不是條線索，不過除此之外，儘管申請信裡大肆強調線索，手稿本身卻沒有明確提及。也許他忘了。更可能的是，如我所說，事情有所改變。我們甚至不知道他最後有沒有把稿子寄出去——也許這只是一份草稿。」

她說我們什麼都不知道，但我知道一件事：愛蓮娜聽起來很得意。她有預感羅伯在某個地方活得好好的，而這似乎證實了她的想法。

但它並沒有。我們找到的是我丈夫的手稿，並不是我丈夫。這份手稿並不是他還活著的證據。由於它未完成，反倒是他已死的證據。

不是嗎？

愛蓮娜再也無法忍受我的沉默。「噢，當然，」愛蓮娜說，自以為猜到我為什麼停頓，「我早就預期到妳想要什麼。我能幹的助理已經把所有東西都掃描起來，包括申請信什麼的。她連同達芙妮的護照影本一起寄給妳了，也許這就是為什麼要傳那麼久吧。沒關係——我們剛才在講話時，艾莉傳訊息給我說她收到了，正在列印出來。」

「艾莉？愛蓮娜，妳應該……」我再次轉頭望進玻璃。艾莉的工作站沒有人。我望向排隊上廁所的地方，也沒人。

然後我看到我的兩個女兒了，她們坐在一張小圓桌邊，達芙妮俯向艾莉，艾莉則俯向一疊亂七八糟的紙——應該說她本來俯著頭，直到她抬起眼皮，看到我在看她，她張開嘴。

我也張開嘴，卻沒說出任何話。我那些處理悲傷的書籍在此派不上用場，沒有一本提到從巴黎的印表機吐出來的部分手稿。我現在還能說什麼取信於女兒的話呢？她們的爸爸沒有消失，他會回來？或是她們的爸爸回來過又走了？或是她們的爸爸，我的丈夫，現在就坐在桌上，就在文字底下望著我們？我想要走進去，把那些紙塞回印表機。我想要把它們亂糟糟地攏成一大疊，然後抱在懷裡不放手：很抱歉我以為你死了！很抱歉你逃走了。很抱歉我說我會——

然後我看看四周，紙張又成了紙張，我的女兒再次沒有父親，我心想：很抱歉我以為你回來了。

以下是我自己對接下來發生的事所作的劇情概要，極度精簡版，因此比羅伯的劇情概要更寫實：付錢，計程車，房間，閱讀，爭執，哭，打電話，大使館，哭，打電話，閱讀，爭執，爭執，打電話，打電話。留下。

留下？

留在巴黎。ㄚ頭們的主意。或該說——愛蓮娜後來主張——是她們父親的主意。

我已經很久沒有以手稿形式閱讀羅伯的任何作品了。（我有次犯了個錯，在床上讀他的手稿時睡著了——就任何閱讀者的生活來說，這是再普通不過的情況，可是我後來知道，身為一個作家的妻子，這是不可接受的。）他的文字一旦裝訂成書，總是似乎安定下來，變得十分穩固。

閱讀他的文字以兩倍行高、字級十二的Times Roman字型呈現在紙頁上，則是全然不同的經驗，不光是因為他很龜毛地偏愛復古的打字機字型：這些紙張上的字似乎很不安、很鬆動，就像一張泡在顯影劑中拒絕成形的照片。

手稿寫得並不差，我立刻就能肯定地下這個評語。它的口氣不像他，不過話說回來，他寫給成人看的書——這是其中之一——沒有一本像他原本的口氣。但我的焦點完全不在這方面，光是他「寫出」東西的事實就夠讓我分神了。他離開之後，回來時揮舞著紙頁呢！

而在那些紙頁上，有一個訊息。給我們的。這是丫頭們的見解，而且她們深信不疑，不去管那封文學獎比賽的申請信。這本書是個訊息，想要傳達的是：去巴黎，留在巴黎。（仔細想想，每一本把背景設定在巴黎的書，也許都可以用這句話當劇情概要，甚至包括——這類書很多，甚至占多數——關於離開巴黎的書。）

在羅伯的手稿中，那一家人確實留下了。雖然他們的偉大計畫是環遊世界，然而當父親失蹤了，她們便沒有離開巴黎。她們也沒有回家。有一段在說，故事中的女兒談到「失蹤人口協定」，最好是「去失蹤的那個人喜歡去的地方」：艾莉和達芙妮對此深有同感。我想要指出，這幾乎是原封不動地照抄我們以前在密爾瓦基人道協會的一次對話，主題是鄰居走失的狗，而那個地方指的是一座公園。我想講出來卻又沒講，別的不說，當他們找到那隻狗時，牠已經死了。

手稿中的媽媽想辦法撐了下來，丫頭們也是。一開始拒絕這家人的書店，在爸爸失蹤後可憐她們，提供她們工作機會。媽媽在書店附近找了間公寓，丫頭們到學校上學。母女三人經常上街，沿著《瑪德琳》裡的某條路線走。巴黎許多知名地標都在故事裡客串演出，有些較不為人知的景點也是。

故事偶爾會提到線索，但正如愛蓮娜所說，沒有講得很明確。

我們修正了旅程剩餘時間的計畫，改成跟著手稿的內容走。不過很快地，丫頭們對新計畫的興趣就消退了，我也是。我們看見了巴黎最熱門的觀光景點，我們看見了許多觀光客。我們沒有看見羅伯。

不過我們吃了很多榛果可可醬可麗餅。現在艾莉和我坐在羅浮宮西側杜樂麗花園一條掃得很乾淨的步道旁的長椅上，看著達芙妮去尋找我們這個小時的口糧。我們以為可以在這裡找到幾十個可麗餅攤車，結果卻遇到數不清的非正式運動課程學員，他們在樹木和觀光客之間奔跑、跳躍。先前艾莉命令達芙妮去找人問問哪裡有吃的，我告誡艾莉，達芙妮不是她的僕人，艾莉說：對，她不是，她是我們的口譯。確實如此，過去幾天以來，達芙妮證明她有優異的語言才能。

這天下午特別熱，我希望這表示我們的對話可以不用繼續下去。達芙妮在步道對面試探地靠近一對老夫婦，他們面色凝重且專注地聽她說話。

「媽，」艾莉說，「如果我們回家——」

「回到我們租的公寓嗎？」除了卡在繁忙的醫院和吵鬧的火車站之間這個絕佳地點外，那間公寓的廁所在走廊上，要跟鄰居共用，還沒有浴缸或淋浴間。

「才不是呢，」艾莉說，「回密爾瓦基啦。」

「如果？」

「妳知道我的意思。」艾莉說，我判定我不知道，還不知道。「總之，我們應該把達芙妮留下來。」

再次重申，天氣很熱，而我們躲在葉影斑駁的樹蔭下，看起來一定很美，但堅實的混凝土屋頂更能保護我們免受太陽荼毒。我們的大腦都快被烤熟了，尤其是艾莉的大腦。

「真可愛，艾莉。」我坐直身子說。顯然現在是談一談的時候。「達芙妮是妳妹妹耶。」艾莉一直盯著達芙妮。「艾莉，」我說，「我知道這段日子不好過，可是——」

「可是我不是那個意思。」艾莉說，「看看她，她在那裡好像如魚得水。」達芙妮確實如魚得水。她已經跟老夫婦談完了，現在跟兩個高高的青少年談得很熱絡，大家都在點頭、笑、指東指西。

「她的法語真的很流利。」我說。

「不。」艾莉說，「我是說，是沒錯，不過她好像真的很擅長法國人那一套。不光是說話，還有舉止，還有……」她往後靠，「我也不知道。」

「艾莉，」我說，預期——希望——被打斷，因為我無話可說。

「我每個朋友都在問我們找到他了沒，」艾莉把音量放輕了說，「問他會不會回來，」她望著達芙妮，「問我們會不會回去。」

我挑了最無害的一個問題來回應。「我們會回去，」我說，「只要再三天，好嗎？然後我們就——」

「其實——如果達芙妮留下，」艾莉坐直身體說，「我想和她一起留下。」她的臉紅紅的，一縷縷被汗沾溼的髮絲黏在額頭上。

「達芙妮沒有——艾莉——沒有人要——好吧，」我終於說，「我知道這段日子——直到現在，一直很難熬。」

「我不想回去。」艾莉說。她在對空氣說話，對巴黎說話，不是對我說話。「不是現在，也不是三天後，也許有一陣子都不想回去了。我不想回去是因為——因為爸不在那裡，而我——我不想——我不想成為那種女孩，有個幽靈父母的女孩。我不想重複一千遍：呃，不，我不知道。」現在她轉頭看我。「我不想讓別人說她們為我感到遺憾。」

太糟了。但我鬆了一口氣，因為可以聊一些我知道該聊什麼的話題——女孩之間的八卦。我不是身陷國際性的教養危機中，只是面臨老派的家庭危機。「艾莉，」我說，「那代表她們在乎妳。」

「那代表她們他媽的什麼都不懂！」艾莉說，我們都眨眨眼。「妳知道目前為止，有多少個朋友告訴我失去寵物的故事嗎？六個。好像是三隻貓，還有狗，一隻雪貂。」

「艾莉，乖女兒，她們——」

她咳了一下，流了幾滴眼淚，推開我想摟住她肩膀的手，路人側目。當她再開口時，她的音量又降低了一半，像在說悄悄話。

「他不是——恨我們吧？」她說。

做母親的有很多種不同的心碎理由，這不是什麼新聞。讓我每次都很驚訝的是，我的心總有新的碎裂方式。「不，」我說，「甜心，親愛的，不是。」

「他要我們來這裡？」艾莉問。

「我不——看起來——我不知道。」我說。

「那本書——應該說那份稿子。看起來像——像一條線索？」艾莉說。

不，那不是一條線索，我可以這麼說，然後我們就會回家了。或該說，我會獨自回家，因為如果我說那不是線索，說沒有希望找到她爸爸，那我會失去她——兩個女兒——永遠失去。但如果我說：對，那是一條線索，那麼——

「妳有什麼感覺？」我問。這是羅伯最愛問的問題，他從教養書上學來的，或是他天生就知道該問的問題。

「妳的口氣好像爸。」艾莉說。

「怎麼樣呢？」我說。

艾莉動了動身體。

「我感覺那是條線索。」她說。

再過三分鐘，達芙妮會帶著路線指引回來，我們可以找到附近最棒的外帶可麗餅。她還會帶回我們要如何安排在巴黎的最後時光的計畫，聽起來很無害，最後卻會改變一切。不過在那之前，現在的狀況是：艾莉在施壓、在等待，想知道她母親的立場。

「那妳呢？」艾莉問。我心想：我可以回答這個問題。那只是一份未完成的手稿，只是幾張紙。艾莉沒有等，不能等。「妳感覺他還活著嗎？」她問。

我很快地說「對」，這是比較容易過關的答案。

只不過我弄錯了。在美國，要假裝他死了比較容易，至少比較有效。但是在巴黎，隨著每一頁過去——每一天過去——這並不容易。這裡沒有什麼是容易的。這裡一切都有羅伯的影子。

艾莉微笑。我試著回以微笑。我說我離開一下，然後我找到洗手間，吐了。

5

那個客人把羅伯的書拿給我之後，就是內頁寫有「對不起」的那一本，我想起我問過羅伯，他為什麼要把這本小說的背景設在中學裡。不是每個人都恨透了中學嗎？

他說，那正是他把背景設在中學裡的原因。他的書提供一個逃生出口。

弔詭的是，我們巴黎生活的開端，卻證明學校才是我們的逃生出口，雖然我認為我們誰也沒這麼想。至少一開始沒有。至少我沒有。也許達芙妮提議我們停止走馬看花，改成去逛一間間學校的時候，心裡早就有清楚的盤算了。我們假裝要搬來這裡吧！有何不可？我心想。我已經愈來愈會假裝了。

多數學校就和巴黎的多數地方一樣，在八月分是大門深鎖的，但這動搖不了達芙妮和艾莉的決心。我們憑旅遊局一位困惑的職員提供的清單，從一間學校走到另一間學校。我們逮到機會就從窗戶往內窺探，並且根據門的尺寸、油漆的年分、有沒有塗鴉以及網路評價，來對學校的水準做出精密的評斷。

某一次，我們發現一座幾乎被雜物堵住的拱門底下，有一扇門是敞開的，艾莉拉著我們進去，我以為門內是門廳或走廊，結果我們發現一座靜謐的中庭，一面牆邊有乾涸的噴泉式飲水器，對面則是種在附腳輪的大木箱裡一棵小小的檸檬樹。院子深處有一條寬通道，通往一處更寬敞、令人詫異的現代化空間——某種運動場，人工草皮，無數的線條往各個方向畫出弧度，勾勒出似乎屬於另一個世界的體育活動場地。

有個女人冒出來，跟我年齡相仿，但時髦得多，也嚴肅得多，窄裙，黑髮，夾雜著毫不怯生的一、兩絲白髮，全都向後挽成緊緊的髻。艾莉說了句bonjour（妳好），然後便緊張地切換回英語，解釋我們要搬來巴黎，所以在看學校。

我打岔，說那不完全是真的。

女人轉頭面向我，臉像是鐵做的，沉默著。就連丫頭們都注意到了。她轉回去面向她們。那不是件容易的事，她對她們說。我們的法國教育挺合適就從這裡展開：「不」幾乎不代表「不」，更常代表「不，這不會是容易的事」。你如果想要什麼東西，就要努力去爭取。因為沒有哪件事是容易的。沒有什麼比眼前的景象更特別：那女人牽起兩個女孩的手——即使艾莉已經大到不該被牽著了——帶領她們走進校內。

我們得知這是一所collège——大致等同國中，專收十一歲到十五歲的學生——還有，這是一所公立學校，所以是免費的。

在我們往外走的時候，我試著向艾莉和達芙妮解釋，巴黎其他的任何方面都不會是免費的——包括學校裡的cantine（學生餐廳），他們的菜單（我們拿到一份上學期五月的菜單）總是包含一道起司與甜點，還有類似「navarin d'agneau printanier」——燉春羊的佳餚。

達芙妮建議我在巴黎找份工作。

艾莉指出我已經有工作了；我不能直接在這裡工作嗎？

我不確定是愛蓮娜讓艾莉產生那種想法，還是反過來。不過我打給愛蓮娜之後，她立刻灌輸我老闆那種想法——他們是老朋友了。由是，愛蓮娜可能會咬文嚼字地說，隨著我們離開的時刻一分一秒接近，海底下也有一陣短暫的電子郵件和電話的急流來回竄動。

事後回想，可能是我的舉棋不定搞砸了提案，也就是我將改成遠端辦公。若非如此，就是因為在我苦幹的那許多年間，始終不曾展現強烈的工作熱情。我確實喜歡校園生活帶來的好處——早年我特別中意由主修幼兒教育的學生負責的校內托兒服務——也很滿意上下班時間。我說過，有些晚上我確實會加班，但除此之外，五點下班已經算晚了，五點半更是等同午夜。但是工作內容枯燥乏味，再加上校長後來對我最喜歡做的事——拍短片——愈來愈沒興趣，對演講、文字、詞語則愈來愈有興趣。這讓我焦慮。當了這麼多年的演講稿撰稿人，我從一開始認為……譬如「協作」這個詞好了，我認為它的同義詞是取之不盡用之不竭的，到後來卻相信這類語言資源，至少就我腦袋瓜裡的存貨而言，是有限的——不久後的某一天，我會用到「協作」項目下的最後一項同義詞，然後我會被炒魷魚。

那會帶來大災難。我並不愛我的工作，但我愛有工作。我很自豪我有工作。我很自豪能養家——養我的藝術家夥伴。我確實相信羅伯和我是藝術家夥伴。我相信我還沒開始創作我的藝術作品，其實沒有，而這也很好。羅伯這麼說，我也這麼說。我很有耐性。女兒還小，生活很忙碌。而且羅伯在掙扎，我看到他的掙扎，我有空閒擔心的時候會擔心他。一個在掙扎的藝術家能成就高尚的家庭（演講稿撰稿人上身的我如此告訴自己）。然而換成兩個在掙扎的藝術家，則只會成就一個負債的家庭。

在沒有收入的情況下待在巴黎也是一樣。我們不能留下。（至少絕對不能待超過觀光簽證分配給我們的九十天期限。）不過，看到丫頭們因為某件事而興奮，哪怕是再不著邊際的事，還是令人有種莫名的寬慰感。

因此，當大學那裡傳來針對遠端辦公的最終決議──「不行」──時，我並不訝異我很失望。不過我倒很訝異收到的電子郵件在字裡行間似乎潛藏著某些訊息。如果我不趕快回去，會不會連這份工作都保不住？

我什麼也沒告訴丫頭們。還沒有。就她們所知，她們已經打贏戰爭，至少是首波交鋒，那就是說服媽媽：爸爸是找得到的，他或許也在找我們，他人──一定是！──就在附近。還有，妳看！一間書店。「他的？」我們走進去。不是。

然後再一間。不是。

法國有兩千五百家書店，那天下午，艾莉和達芙妮下定決心要去愈多家愈好。這不是觀察巴黎最蹩腳的方式。巴黎人對待他們的書店，有點像對待他們的麵包店：它們都很平凡且重要，不是盲目崇拜的對象──只是麵包而已，只是書而已──但仍應得到額外的敬意。輸電網路、下水道系統，這些都是最重要的基本設施，可是書、長棍麵包──如果它們明天消失了，你還不如拆了艾菲爾鐵塔、洩乾塞納河。

我們光顧的書店沒有一間看起來和羅伯在手稿中描述的有任何相似之處。那並沒有讓士氣高昂的艾莉洩氣，不一而再地詢問父親在哪裡。她學的法語唸起來比達芙妮來得笨拙，讓她非常懊惱。我試著向艾莉解釋，即使她的發音再完美、文法再流暢，別人也未必能理解她想要什麼。

是我們想要什麼，她嘟囔著糾正我，不過最後她終於不再追問書店老闆她爸爸的事了。某個程度來說，她也不再尋找。我在用手機偷偷查詢隔天用什麼交通工具去機場最便宜時，艾莉和達芙妮則是在走道間遊走，迷失在書海中。

我有一對奇怪的孩子。或該說這個世界希望我這麼想，至少是我們住在密爾瓦基的時候：我的女兒在成長過程中熱愛閱讀。的確，她們喜歡牛奶、懂足球，而且和所有人一樣對螢幕——電視螢幕、電影銀幕，還有絕對包括手機螢幕——著魔。不過她們最奇怪的是，喜歡閱讀甚於一切。我有一次在淋浴間放洗髮精的架子上找到一本伊莉莎白．喬治．斯匹爾的《黑鳥湖畔的女巫》，我沖掉書上的皂垢，風乾紙頁，跟艾莉說我懷疑凶手是她，她只是聳聳肩。隔週，那本書再度出現在淋浴間。也許閱讀塞勒姆審巫案的唯一方式真的就是一邊沖水一邊讀。

可是那天下午在巴黎，書前所未見地成了背景。艾莉和達芙妮的手滑過一本本書背（恐怕這是家族怪癖，她們就是喜歡觸碰它們，好像在向自己保證：對，它們在那裡），卻鮮少真的取下任何一本。她們反而在說話。對彼此說話，當我晃到離她們夠近時，也對我說話。勇敢的話，愚蠢的話：她們提到要待一個月、一年、一個學年。她們不會跟朋友兩地相思，因為她們有FaceTime和Skype可以聯絡。她們的朋友會很嫉妒，因為巴黎很酷，法國男孩很可愛。（她們經常拍肩膀以上的自拍照，藉此捕捉背景中的某個男孩身影。）

回到街上。走過一個街區，然後再一個。跨越某座橋，然後再一座。我心想，走到下一個路口我就告訴她們：別忘了，我們要回家嘍。我相信——不，我認為——妳們的爸爸不在這裡。不，還是等晚餐時再說吧。到機場再說。到某個熱鬧的地方再說。到某個安靜的地方再說。一座禮拜堂。一個壁櫥。我們的經濟艙座位。

我們迫在眼前的歸途在我的腦子裡愈來愈亮，直到變成頭痛，其實比頭痛更嚴重，更像是宿醉，我想它確實是宿醉吧。來到巴黎讓我進入醺醺然的初始狀態，後來有了我們或許可以留下來的美妙念頭——去走訪學校、鄰里——則讓我真的醉了。

現在到了最後一天的早晨，我們在街上走，而這條窄巷對面的一間無名商店裡，怎麼會有羅伯？

羅伯。

我瞇起眼確認。他變瘦了，戴了一副我不怎麼喜歡的新眼鏡，頂著我喜歡的新髮型。我沒有驚慌或尖叫。接下來發生的事進行得太快。他本來低頭望著桌上的什麼東西，後來他抬起頭，看到我在看他，便遲疑地微笑了一下，然後繼續瀏覽商品。如我所說，這幾乎只是瞬間的事，卻恰好足以讓我醒悟到他不是羅伯。

現在我又看到別的東西，比我誤認為羅伯的男人更奇怪的東西：他身後有兩個跟我們女兒同年紀的女孩。等等。那確實是我們的女兒。我忘了她們剛才說想去對面的店裡看一看。

那不是隨便的店。那終於是羅伯的店了。它不是羅伯的手稿特地指明的顏色，而且它在瑪黑區，不像他所寫的在塞納河另一側。不過除此之外，窄窄的樓房、明亮的櫥窗、整齊的字母排出 LIBRAIRIE，這一切都出現在他的手稿中。

我和羅伯偶爾會針對小說中的「巧合」所扮演的角色進行辯論——尤其是他寫的小說。他喜歡巧合。他的書經常依賴巧合。我說巧合在他寫給孩子看的小說裡已經很牽強，更遑論在他的成人作品裡。我或許暗指了這和他獲得的書評、銷量等等不無關係。

他說現實生活是由巧合所掌控的。真要說起來，他的小說還不夠依賴巧合呢。

我說：夠了。然後我罵了髒話。然後他走開了。

誰先罵髒話誰輸：他說的。誰先走開誰輸：我說的。

我一走進店裡，艾莉和達芙妮就來包夾我，各把我往某個方向拽。倒不是說有很多不同的方向可選：如果張開手臂並排站，我們三個幾乎就能橫跨整家店了。

可是我們不能張開手臂，這地方從地板到天花板都堆滿了書。一進門的右手邊，有一張寬寬的長型木頭櫃檯沿著牆擺，就像老式雜貨店那樣。這櫃檯桌面上有更多書，堆成高高低低的許多疊。地板很特別——沉重的寬木板，腳踩過去它會用嘎吱聲和咚咚聲回應，像是很老的船甲板。總之，我感覺我在搖擺。所有東西——每一本書——似乎都即將垮下，同時卻又完美地擺放著。如果這裡算亂，那可真是亂中有序，而且它很精準地讓我讀過的某段文字化為現實。不止如此，這還像是我自己的人生更早的一章再度重現：書、亂、搖搖欲墜的紙張構成的石筍。這裡甚至連聞起來都像羅伯以前的公寓。

但不是每個細節都符合回憶，或是手稿。我對達芙妮正指著的鐵製雕花螺旋梯沒有印象，她說還有樓上，全是 en français（法文）的童書區！羅伯的手稿可沒寫到這個。羅伯的店也沒有艾莉稱之為「密門」的門，那是位於店後側的一面書架，底下附腳輪，可以往前滑。書架後頭有一個小空間，是店主辦公室。

而她就在這裡，店主。先前她用一聲 bonjour（妳好）歡迎我，然後就任由丫頭們把我拉過來拉過去。現在她來到我身邊，或許是因為艾莉在炫耀這間店的聖所。

「哈囉。」那女人說，嗓音圓潤而低沉。她微微低了低頭，沒有中斷和我的眼神接觸。「瑪裘麗・伯牙。」

「艾莉！」達芙妮從樓梯頂端大叫，「妳一定要來看看這個。」

艾莉跑走了。

「嗨，」我對店主說，「莉雅・伊迪。」我搖搖頭。「『嗨』？我在想什麼，抱歉。Bonjour。或者——我大概應該說—— pardonnez-moi.（我很抱歉。）」

她搖搖她的頭，讓我覺得我還是說錯了。

我發現我確實說錯了：我不光需要為自己道歉，而是需要為我們這不守規矩的母女三人道歉。在地下室捲動瀏覽古老的《電影筆記》雜誌的微縮膠卷，讓我學會了很多事，卻不必然包括代名詞複數和祈使語氣動詞的倒裝句型。「噢！」我說，「Pardonnez-nous.（我們很抱歉。）」

這又跟羅伯手稿裡寫到的不同：一個法國男人經營這間店，很英俊的中年鰥夫。也許手稿並沒有寫到「英俊」啦，但我印象中絕對感覺到那個法國鰥夫和被拋棄的妻子在醞釀一場衝突，而在羅伯還沒寫到的書頁中，他們會相擁和解，對他們和讀者而言都如釋重負。

但我的現實生活是因為遇到夫人而如釋重負。讀手稿的時候感覺很詭異，好像羅伯不知怎麼替我設了一個局。

然而——這感覺更詭異——這就是羅伯手稿裡的店。

「她們 très jolies（非常漂亮），」夫人望著樓上說，「她們——這樣翻對嗎？她們『偏愛』妳。」她補上一句。「沒錯。」她搶在我前面自問自答。

我們在那裡站了一會。我費力地想用法語找點話題，後來才想起我們在用英語對話。

「妳真好心，」我說，「很抱歉我沒早點跟著她們進店裡——任由她們到處亂跑——」

看她臉色一沉，我停口。「亂跑」在法語是不是有別的意思？

「妳，」她說，「看起來比實際年齡老很多。」她頓了一下。「為什麼？這是錯的。」

我們來法國的時間還不長，但我已經知道我會懷念巴黎的某些特定面向。譬如說食物，事實上任何地方的任何食物，即使是路邊攤，或是店面賣的，似乎都比我在家鄉的高級餐廳吃過的餐點更美味。但是這種直接——誠然到目前為止，還沒有人對我這麼直接過，但我漸漸感覺接收到的許多善意，大部分都是針對我女兒的。我漸漸感覺到，在那些形形色色的短暫對話和互動背後，蟄伏著這個女人現在在問的問題：妳有什麼問題？

在家鄉，我是不會聽不懂這類暗示的。這是中西部人擅長的少數事情，那就是把任何種類的親密都管束好，安全地隔離在抿起嘴的微笑後頭。在這裡，情況相反。親密來得很快，微笑可以慢慢來。

她在等我回答的時候，從櫃檯上拿了一疊便條紙，寫下一間店的地址以及某個名稱，後來我才知道那是某個牌子的晚霜。

「很貴，」她說，「但有必要買。」

為了這種事而淚眼盈眶很愚蠢——我瞄了一眼那張紙，就知道她推薦給我的是我可能在祖母的藥櫃裡找到的東西，赫蓮娜牌的產品——但我落淚了，因為這一切又是（總是）跟錢有關，也跟巴黎有關，也跟孤單有關。

她不快地吁了一口氣，走到店門口，把標示牌翻到FERMÉ（休息中），並鎖上門。上鎖的那聲「噹」響得不合理，像是升降閘門掉了下來。

我應該感覺被困住了才對，卻突然有種一吐為快的渴望。「我們以為——她們，我的女兒，想要在這裡待到年底。」我對夫人說，「三個月。所以我想——嗯，昨天有一個鐘頭左右的時間——」我為什麼要對她說這些？我不知道，只知道法式的坦率是有感染力的，「——我以為我可以想出辦法；我本來要繼續做我在美國的工作，但我是要用遠端辦公的方式——我不確定法語怎麼講——」

「用電話，對吧，」她不耐煩地說，「我懂。」

「唔——不，不完全是，但是——」

「行不通？」她問。

「對，」我說，「行不通。」

夫人朝樓上點點頭。「她們的爸爸——走了？」她問，「大的那個告訴我的。」夫人點點頭，好像在附和我未說出口的答覆：這種事情常有。男人常消失。如果用眼神能傳達這種意思——而夫人的眼神確實能——我幾乎確定她的眼神還補了一句：滾遠點也好。夫人用嘴巴繼續說：「小的告訴我她們在找。」現在她在想什麼絕對沒有疑問：找爸爸是個壞主意。

「我需要人幫忙，」她說，「幫忙工作。」

我看看四周。我看看外面。鎖門其實是多此一舉，這間店生意並不興隆。根據這個房間的陳舊——還有氣味——判斷，這間店應該好一陣子沒有忙碌過了。夫人發現我在看。

「這就是為什麼我需要人幫忙。」她說。

我們站在櫃檯邊。她站得很直，一手垂在身側，另一手輕輕擱在一疊書上。無論夫人需要哪方面的協助，都絕對不是儀態。

「薪水有多少？」由她訝異的表情，我發現我大聲說出來了。同時聽到樓上傳來我已經很久沒聽過的聲音——我女兒的笑聲，低沉而宏亮的音樂。我朝聲音來源走近兩步，心想：我應該問的是我能付給她多少錢，買下一小時、一天、一年的時間，為了讓我的女兒再次是我的女兒。

「夠了。」她說。

我不懂。

「錢，」她說，「薪水夠多了。」

夠了，全世界我最討厭的詞。

「我——我不敢相信我在談這件事。」我說。現在聽不到丫頭們的聲音了。「妳很好心——我想妳是在提供某種善意，如果不是，恕我誤會了——也很抱歉我問了薪水的事——但是不管怎樣，那都不重要。我們就要走了，要搭今晚的飛機。」

不知道她有沒有聽見樓上的笑聲，我是說剛才。她並沒有任何笑容。「不要那麼做。」她說。

「伯——瑪裘麗，」我說，「謝謝妳，但是——」

「夫人。」她說：我不該自作主張喊她的名字。

「夫人，」我試著說，「我們不能就這樣——我們的簽證——」

這次我又沒說完，但原因不同。有人在敲玻璃。現在是羅伯來了嗎？我沒有看。

「妳在浪費時間。」她說。

我確實在浪費時間。如果羅伯死了，我們為什麼要回密爾瓦基？也許手稿不是線索，而是勸告：啟程吧！第一站：巴黎，然後：全世界。

巴黎。它是真的，我真的在這裡。我記得我還在美國時，我還年輕時，曾想著如果我真的有朝一日能到法國巴黎，一切都會是立即發生的——我立即會講流利法語，立即覺得很自在，立即地、打從根本地切換成另一個人。但事實不是這樣，不會是這樣。那像是時鐘的時針，像是一條貌似靜止的緩慢河流，直到你把手指伸進水面。現在朝我流過來的，是一間書店。一間公寓。書，以及沒有羅伯的新生活。很奇怪的是，也是有他的新生活。

更多敲玻璃聲。我望向店面前側。有個高個子男人，不是羅伯；帶著兩個孩子，不是我的。她朝他們走去，卻又回頭看我。我仔細看她的臉，覺得好奇，因為它變了，好像……變年輕了？也許那種晚霜真的有效。

或者是……我終於醒悟到，是因為她的嘴巴，只有嘴角部分，那是不是……？確實是——淺之又淺的一抹笑意。

「伊迪夫人，」她說，一邊伸手握住門把，一邊試著唸出我的名字。「Commençons.」

我們開始吧。

至少當時夫人是這麼說的。但這是我的故事，不是她的，所以故事是幾個月後才開始的，從一樁竊案開始。

夫人把書店和樓上閒置公寓的鑰匙交給我之後過了八個月，我向大學遞辭呈之後過了八個月，我同時發現我愛所有的書但不愛所有的顧客之後過了七個月，達芙妮和艾莉陷入沒朋友的法式低潮期並哀求搬回美國之後過了六個月，我問她們要不要訂機票回家卻被反問我是不是瘋了之後過了五個月，我們的觀光簽證到期之後過了四個多月的時候……

還有那個客人把羅伯的《中部時間》從櫥窗拿到櫃檯僅僅過了兩週的時候。那本書裡寫著「對不起」，那個訊息讓我要繼續假裝他已經死了、他不在巴黎、沒在觀望我們、沒在試著與我們接觸卻基於某種原因不能直接與我們接觸，變得異常困難。換句話說，那個訊息代表一切意義。

除非它沒有任何意義。

那個客人把羅伯的書拿給我之後，我在驚呆之餘提供她半價優惠之後，我抬頭發現客人已經走了但書還在之後，我回過神來。那本書上樓來到我的床邊桌，為了安全起見。

事實證明這是糟糕的決定，因為羅伯的書會弄醒我、使我睡不著，夜復一夜。不光是「對不起」三個字，雖然我經常研究它——那是他的「r」嗎？他不是有不愛用縮語的怪癖嗎？那個「y」看起來是不是特別倉促？——是因為故事本身。我說過，這本書是寫給小孩看的，但我仍然能邊讀邊聽見他，更重要的是，能看見他。

夜復一夜，不管翻開或闔起，那本書都在嗡嗡作響。羅伯說書能提供逃生出口，我卻逃不開它。因此我把它移回樓下的店裡，回到老地方，亦即櫥窗裡——最下面，最左邊，最前面，當成誘餌。

我說服自己那只是過程，我在往前走了。譬如說，當我站在收銀機前，我不再感覺那本書在回望著我，這是個里程碑，而我最終選擇走到櫥窗邊，重新再看看它，藉此慶祝。

離他消失那天已經過了將近一年。

書不見了。

我們開始吧，第一天夫人在店裡這麼說，但事實是，這才是我們巴黎生活的起點，亦即當羅伯的書不見的時候；隨著書一起消失的還有好多我原本認定屬於我們過去——和未來——生活的點點滴滴。

法國，巴黎

6

羅伯說，對他的許多學生而言，起頭是最難的部分。可是對他而言，起頭最容易，因為他知道他總是可以之後再回來修改。起頭最重要的就是開始去做，等做完的時候才會知道你真正的起點在哪。或諸如此類的論調。

羅伯和我的起點在密爾瓦基的一間酒吧。或者應該說，我們家的起點在幾年後一棟離酒吧不遠的房子裡。或該說我們巴黎生活的起點在一條寧靜店面林立的寧靜街道上，在其中一間寬闊的櫥窗框住發黃且積著灰塵的混亂書山的店面裡。

也或許最好不要從書說起，應該從孩子說起。

在那第一天敲玻璃的兩個小孩？他們沒多久就進來坐在櫃檯裡，著色、看書——因為夫人是他們的外婆。不但如此，她還是他們的主要照顧者，這項工作把她累慘了。

原來這就是她需要幫忙的原因，這就是她為什麼要慫恿我們住進店面樓上的空公寓。我們以為是照著羅伯為我們寫好的劇本走，結果夫人把我們寫進了她的劇本，她在這故事中緩慢而穩定地卸下重擔——也就是這些可愛的孩子、這間可愛的店——交棒給從美國來的神奇女人和兩個女兒。

夫人不相信童話故事，這方面她跟愛蓮娜一樣：這不是相不相信的問題，我聽愛蓮娜說過不止一次。但是我相信這個：故事提供一種框架、一種形式、一種模版。而好的故事，可以代代相傳的故事，要求你把個人生活的亂七八糟全都倒進去，看看凝固成形後會變成什麼樣子。

愛蓮娜提起某張支票的事，而後一張支票真的寄來了：波洛克文學獎的獎金三千美元，羅伯不知怎麼贏了那場比賽，那表示藉由省吃和儉用和某些積蓄（包括愛蓮娜的積蓄），我們可以在巴黎待一整個學期，然後在今年聖誕節回到家鄉、回到現實、回到密爾瓦基，永遠不離開。

可是感恩節的時候，我收到第二封轉寄的信件，隨信附上一張五萬一千元的支票，「為了剩下的時間」，署名者是「山姆．柯立芝」。我考慮把它裱起來，結果卻拿去兌現了，也成功過了戶。

於是故事從那天開始，那天你本來要宣布聖誕節前返美的事，結果卻向夫人詢問投資書店的事。用意是有朝一日可以取得——控制權？這句話翻譯得不好。

像是買下它？你試著說。

因為你想試試這個辦法：拿密爾瓦基換取巴黎，拿喪親之慟換取忙碌的生活，拿五萬一千元或其中一部分換取頭期款，買下庫存、店面、樓房。

夫人搖頭，咳了兩聲。樓房不行。

但是店面，她說，然後停頓，露出那年秋天以來僅僅第二次的微笑。

故事在你花錢把店面漆成紅色時開始。

巴黎將我們含納進去。在學校、城市、書店間遊走，釐清我們現在過著什麼樣的生活，占去我們所有時間，也經常感覺占去我們所有的呼吸。我從沒像初到巴黎那幾個月的秋日時光睡得那麼好過，而我也從沒更充分的理由睡不好：我的床墊感覺起來（還有聞起來）像裝滿了沙，整夜都有一陣一陣的警笛聲呼嘯而過，夜裡我們的建築後頭有老鼠嘈雜地大戰。

我睡得好是因為我累壞了。經營一間書店，哪怕是不成功的書店，都需要巨大的努力。尤其是這間店還附送雙胞胎。

雙胞胎：七歲，夫人的外孫，安娜貝兒和彼得。我們的任務是在放學後照顧他們、餵他們吃東西，有時候也包括上學前。他們的媽媽席爾薇跟夫人感情很淡，已經和雙胞胎的爸爸離婚了。她現在改嫁給一個伊斯蘭教教長，住在阿布達比。

他們的爸爸喬治沒有再婚，住在巴黎。達芙妮和艾莉（以及安娜貝兒和彼得，還默默包括夫人）都很愛慕喬治。乾淨俐落的英國人，儀表和服裝都無懈可擊，手裡永遠握著一杯星巴克。一開始達芙妮以為他是咖啡師，事實上他正努力成為一間大型管理顧問公司的合夥人。達芙妮也擔心他可能想成為我的「合夥人」，不是指書店，而是人生，直到艾莉直白地吐嘈她：他是同志啦。（他確實是，他自己跟我說的。當我不由自主地揚起一眉——那你為什麼跟夫人的女兒結婚？——他聳聳肩說：「人是會變的。」）因為我們幫忙照顧雙胞胎，他給了我們豐厚的補償。我曾注意到他跟夫人互換眼神，似乎表示他們知道光靠書店是養不活我們所有人的，而填補空缺是他的義務。

他也把解決我們的簽證問題視為他的義務，將我們的居留時間從九十天延長到至少一年。要達到這個目的，我們應該先出境再入境才對，接下來還要在警察總局排上長長隊伍，讓人檢驗我們的財務狀況、健康狀況和語言能力。不過喬治有企業知識也有錢，替我們找了個後門，有一個「朋友」幫忙——還有一條法律，能為投資生意的外國人快速核發長期居留簽證。那條法律已經失效了，據說他們正準備通過新版本，那需要有當地的合夥人。喬治為我們申請了。只要夫人沒意見，我們就能留下。

為了保險起見，喬治申請的是一個完全獨立的簽證計畫，包含了互惠生工作模式。他的「朋友」後來告訴他，我們的情況不需要這麼麻煩，但我持相反意見。後來證明，照顧雙胞胎對我們能在巴黎生活起了關鍵性作用。我們不是每天都要照顧他們——有時候他們待在喬治那裡，有時候他們飛去看媽媽，而她總是提前送他們回來——他們經常待在我們這裡，有時候甚至會過夜。我喜歡有他們在，不只是因為他們能分散我們的注意力。他們很文靜、很乖巧，異常善於遵從指示，我把這歸因於他們經常聽國際航線的空服員用俐落且堅定的親切態度指引乘客。他們就像老練的旅人，不會出言輕率。他們從沒問過達芙妮和艾莉的爸爸在哪裡，也許是因為喬治本人就經常飛往各地，而他們媽媽的新生活又遙遠到像是虛構的。他們一定向喬治抱怨過他們想媽媽，但他們從沒對我說一個字。因此我接受他們能接受他們這家人的模式。我們都接受了。

我現在看出來那是個盲點，愚蠢的盲點。也許雙胞胎不是分散注意力的事物，而是蒙蔽雙眼的事物；我愈是看著他們的平靜安詳，愈是易於認為達芙妮和艾莉也並不急於找到失蹤的家長。那完全不是真的。但有一件事是真的：當學校提高了對丫頭們的要求，當她們確實漸漸交到了法國朋友，使得她們的社交生活（主要是艾莉的）變得更複雜，丫頭們便比較沒有閒暇來思考她們的爸爸可能在哪裡，還有——依據那個強烈的理論——羅伯什麼時候會來找我們。

隨著幾個星期累積成幾個月，隨著雙胞胎在各方面（除了嚴格的法律定義之外）變成她們的手足，隨著丫頭們在各方面（除了嚴格的法律定義之外）變成真正的巴黎人，那個強烈的理論變得沒那麼強烈了。並不是丫頭們忘了羅伯——沒有任何一天他的名字或作品不會以某種方式瀰漫在空氣裡——只是身體用來渴望的那條肌肉（我知道它在心臟裡面，或後面）因為減少激烈運動而變得僵硬。

譬如說，達芙妮仍然盡責地寫著愛蓮娜許久以前送她的日記，不過內容變得比較表面、專業——她記錄了巴黎的點滴，還有爸爸寫文章時用得上的童書，她準備等他一到就把筆記交給他。因此她似乎不介意我們會不會偷看她的日記，就放在櫃檯上的 caisse（收銀機）旁邊，我每週會拿來瞄一眼，那像是紙本的部落格，看看巴黎的哪部分吸引她的目光：修剪得光禿禿的樹；翠綠而濃郁的塞納河；一場延續數星期之久的辯論，內容是白蒙畫的瑪德琳究竟是從哪一座橋掉下去的；以及一份流水帳，記錄她究竟看過多少個像瑪德琳那麼大的女學生，是戴帽子、繫緞帶或穿任何一種制服的（零）。

達芙妮的紀錄終究變得愈來愈貧乏，從每天一記到每週一記到想到才記。最後一筆紀錄已經是好幾個星期前的了，只有一個問句：巴黎怎麼一隻貓都沒有？一定有，但我確實在上一次看過《紅氣球》之後，就沒在巴黎看過貓了。

我察覺艾莉也有了變化。倒不是說她在向前走了，不過她現在絕對總是在動的狀態，尤其是那個星期六，她帶我們去鴿街四號，它是西堤島的一個小角落，位於塞納河上一座小島的巴黎畸零地。那是一間小酒吧，空無一人。

「然後呢？」達芙妮問。

「路德威．白蒙，畫《瑪德琳》的人，以前是這家店的老闆。」艾莉說。

「酒吧？」達芙妮問。

達芙妮走上前，仔細看牆上的一塊牌匾，艾莉解釋她是在白蒙其中一本「寫給大人看的書」裡讀到這些事的——於是我短暫地思考丫頭們對她們父親的記憶是否真的已經冷卻。我思考我想不想要這種冷卻發生。那表示她們的不安會變少，但我的不安會增加。我不確定自己是不是直至那一刻才醒悟到，我已把希望外包給她們，一部分是因為我不確定我希望什麼。找到羅伯的書、看到那句「對不起」，給了我極大的驚嚇，以致於我內心的動物原始本能使我試圖立刻把書賣掉——想到我以為已經死去的人還活著，就讓我難以承受。可是後來，那本書真的不見了，事情變得更糟。我試圖告訴自己，那本書不在了，一切又跟原來一樣了。但才不是這樣。我在想羅伯，想他究竟可能出了什麼事，想得比以前更厲害。

而艾莉顯然在想白蒙。

「書上有沒有寫他是因為情場失意才把店賣掉？」達芙妮說，瞇眼讀著牌匾。

「什麼？」艾莉說。

現在我們都在研究牌匾。一條時間軸列出這棟建築的歷史中所有重要的日期，一路上溯至一二九七年，但吸引達芙妮目光的日期在一九五三年，有一個路德威．白蒙，「peintre et écrivain américain」（一個美國畫家兼作家），接手這間酒吧，一轉身又把它賣給一對年輕夫妻，因為他不久前「à cause d'un chagrin d'amour」。她們一致同意將這句話翻譯成「心碎了」，但接下來她們爭辯起究竟是什麼事或什麼人讓白蒙心碎。

我的兩個女兒在講話，英語法語夾雜，她們為一個故事、數個故事著迷，就像她們的爸爸一樣。因此，當達芙妮說：*爸會愛死這個的*，我點點頭，因為她說得對。因為她沒有用過去式。

「我愛死了。」艾莉哼了一聲說。

根據牌匾、網路和艾莉讀過的白蒙文章，那個偉大的人曾親自用壁畫妝點酒吧內的牆壁。達芙妮和我認為這理由足以讓我們深入探索，不過艾莉不怎麼確定。

進到店內，店主也不怎麼確定，只知道那應該存在的壁畫已不留半點痕跡。艾莉轉過身，說我們應該立刻離開。店主表示抗議。我們應該找個座位，他做的肝醬特別美味。然後他轉頭看艾莉，眼神透露這不是他們第一次見面——第一個意外——並問她她的 petit ami 怎麼沒來。

第二個意外：艾莉有男朋友。

第三個意外：她會找一天晚上帶他來店裡介紹給我們。

在那之前，她用聳肩拖延一切。他們是在學校認識的。他叫阿希夫，爸爸是加拿大海軍武官。他們「只是朋友」，「只去過一次」白蒙的舊酒吧，沒有喝任何酒或吃任何肝醬，只喝了可樂。

我分不出剛才聽見的是五個還是五十個謊言，暗自希望羅伯也在場聽她說：不是因為他能刨出實話（這方面他糟透了），而是因為這是另一個里程碑，第一個男朋友，他又將錯過了。達芙妮敬畏地旁觀，若非源於艾莉不費力地表現出肆無忌憚，就是她姊姊說的話哪怕連一半都不可能是真的。

但她說的是真的。我們造訪白蒙的酒吧後隔了幾天，阿希夫在書店要打烊的時候來見我們，接受了我遲來的認可，並且帶艾莉出門約會。

艾莉還在樓上準備時，我走到內室，讓達芙妮扮演店老闆——她很愛這個角色，或許比我更認真看待它——注意聽門上鈴鐺所發出的響聲。它第一次響起時，來的人是莫麗，那個紐西蘭來的年輕媽媽，她正要回家接替保姆的工作，不過還在偷懶而閒晃過來。莫麗一聽說現在的狀況，就懇求我讓她留下來見見那個「男朋友」。我把她打發走，回到辦公室。坐下來對現況有幫助，檢查電子郵件則沒有幫助。

我轉而想找一本書來分散我的注意力，這再次提醒我弄丟了一本書，羅伯的書。那一刻我很想羅伯，但我很訝異地發現，我特別想念他的代表物：店裡有那麼多書可偷，為什麼有人偏偏要拿走他的舊作《中部時間》？

是他把書拿回去了嗎？

那是不是表示他要收回他的「對不起」？

那是不是表示他還活著，就在巴黎？

愈來愈強的焦慮感有點像我在失眠夜晚的心情，所以取來最可靠的藥方：一本一八八八年出版的巴黎指南，基於難以解釋的原因，我們店裡有六本，《漫步巴黎》，作者是奧古斯都．約翰．卡斯伯特．黑爾先生。打從我讀到黑爾先生在這本書開頭幾頁那俗又有力的副標題時，我就對他很有好感。開頭幾頁放的是計程車和旅館和餐廳的資訊，而他下的副標題是：無聊而有用的資訊。他的漫步路線沒完沒了（這本書厚達五百三十二頁），毫無廉恥地大量借用其他作家的文字，哀嘆有那麼多法式「蠢行」沒能保存的輝煌建築，而且每一頁都會提及至少一樁謀殺案、自殺案或其他令人憂慮的死亡史實。我從他那裡知道，街角那條頗不起眼的獅街曾經是「國王圈養大獅子和小獅子的地方」。我特別喜歡他提到「小獅子」。

我心想：羅伯一定會愛死這個的。

鈴鐺響了。我推開認為那可能是羅伯的念頭——都過了十三個月，我仍會反射性地這麼想——走出去見阿希夫。

他一來就啪地立正，一本正經地和我打招呼：「哈囉，伊迪夫人。」我將體會到，說英語是他炫耀的方式。他的童年多半住在魁北克，說的是法語。（他在巴黎說英語可能更安全一點，法國人有可能認為魁北克腔比美國腔更慘更逗趣。）

「嘿。」艾莉說，突然出現在螺旋梯頂。她對阿希夫嫣然一笑，然後謹慎地看著我宣布道：「我很快就回來。」

「好！」達芙妮說。

「我不在的時候，」艾莉說，「誰都不准講話。」她又消失了。

「別理她，阿希夫。」我說，他假裝放鬆下來，至少假裝到我叫達芙妮去看看雙胞胎為止。達芙妮一走，我跟他就獨處了。

阿希夫乾乾淨淨的，長得很帥，睫毛比艾莉還長，而且比我們所有人都高。我猜有兩百多公分吧。這點我很中意。我們閒談時，我發現阿希夫對「安全」（我猜是源於軍人或外交官的家庭背景）有一股持久的熱情。艾莉是我的珍寶，或該說在我愈來愈少的貯藏中她占了一大部分。我不想要她被巴黎的任何人或任何事偷走，阿希夫似乎有能力保護她。

然而，當阿希夫把他的保全話題指向書店時，我有點不舒服。它安全嗎？不分日夜都安全嗎？我考慮告訴他國王的獅子的事，但我心想：即使等我解釋完，阿希夫還是不會懂的。然後我又想：我希望艾莉能配一個會懂的人，像她爸爸一樣的人。

我的心思在神遊，沒注意到阿希夫什麼時候講起新的話題：書。當我又開始認真聽，我聽到他問了我一個問題。我要他重複一遍，看見他畏縮了一下，我也跟著畏縮一下。他一定以為我是在批評他的英語。不，結果只是他的閱讀清單。為了博取我的讚賞，他問我有沒有讀過亞里斯多德、柏拉圖、莎士比亞、康德；為了有所回應，我問他有沒有讀過任何女性寫的書。

這讓他緊張到又開始談保全了。阿希夫認為，裝一、兩架監視器有助於我們逮到偷書賊。大使館的保全設備頗為厲害，他說，然後又及時察覺失言。「我真的不該回答關於那方面的任何問題。」他說，然後他停頓了一下，我發現這是為了讓我能提問。

「嗯，」我說，「我猜是不該。」

「不過我爸在這方面真的很內行。」他說。

「我以為他對船比較精通。」我說。

阿希夫茫然地望著我。

「因為他是海軍嘛。」我說，他臉色一亮。

「我們甚至把它們——我是說監視器——裝在我們的公寓裡，周圍。」阿希夫說，然後又察覺錯誤。「我大概也不該談這個。」

「嗯，」我說，「因為很詭異。」我微笑，讓他知道他也該微笑。

「什麼東西很詭異？」達芙妮問，帶著雙胞胎回來。

「沒什麼啦。」阿希夫說，回答得雖快倒不失圓滑。這讓我心生好感——我喜歡他至少有心向成年人看齊——不過達芙妮似乎頗為不快，就像接下來幾個月跟阿希夫有關的任何事一樣。我花了一點時間才搞清楚她是在嫉妒，再加上阿希夫是個男生。除了喬治以外，自從來到巴黎，達芙妮的心裡便沒有太多善意可以分給男人。

另一方面，雙胞胎被全面征服。他們爬到櫃檯後的高腳椅上，著迷地看著整個場面。他們的生活充滿來來去去的奇異角色，他們愛極了。在某些孩子身上，結果會是怕生、害羞；然而這對雙胞胎卻想把椅子拉近一點，好仔細欣賞表演。不僅如此，艾莉——鎮靜、自傲的美國人——在雙胞胎眼裡是不會犯錯的，而她選擇了阿希夫。這件事再沒有任何疑慮。

彼得無疑是雙胞胎中較為溫馴的，他露出經常會有的表情，也就是滿足而困惑，就像他有朝一日會成為的那種討喜的叔叔。

至於安娜貝兒，她看起來像是假如艾莉展現出一絲冷淡，她就要代替艾莉和阿希夫在一起。艾莉回來時她臉色一垮。

「你們要去哪裡？」我問艾莉，這個問題很合理，她卻用嘟嘴來回應。

「也許我們會去塞納河邊，」艾莉說，「尋找逃犯。」塞納河邊滿是快閃式書攤，艾莉總是堅信我們店裡被偷走的書都拿去那裡賣了。達芙妮也這麼認為。

阿希夫嚴肅地點點頭。這正是他所說的那種保全失誤。

達芙妮翻了個白眼，然後安娜貝兒也做一樣的動作，這是新技能，喬治告訴我安娜貝兒在我們的照顧下熟練了好幾項技能，這是其中之一。

這時阿希夫的眼睛卻瞪得老大，因為我叮囑艾莉千萬不要橫渡塞納河，跑去白蒙的舊酒吧。舊地重遊。

艾莉不為所動。「好啊，」她說，「那我們去龐畢度中心，跟那些喝醉的美國學生混在一起。」其實我還滿喜歡晚上那全是玻璃的正面、裡頭在做什麼都一覽無遺的龐畢度中心，以及它周圍的行人徒步區：那裡通常有人群、街頭藝人、音樂。天黑之後，我們所在的這個角落的瑪黑區安靜到陰森的地步，不管有沒有獅子。

「他們並不是全都喝醉了。」我說。

艾莉擔心（和我一樣）我接下來又會說什麼，於是拉著阿希夫要走。他跟大家互道 au revoir（再見），匆匆推她出門，然後朝我點了一下頭，算是恭敬地行禮。安娜貝兒跑到櫥窗邊，隨著他們經過一路拍打玻璃。我看到艾莉在等——我看出艾莉對她自己的寬容大度頗為自得——讓阿希夫能停下腳步，露出微笑，與安娜貝兒隔著玻璃兩手互貼。然後阿希夫轉身，艾莉轉身，他們沿街往北走，遠離塞納河的方向，他們的手隔著近得讓人胃痛的距離擺蕩著，指節互相擦過對方，頭微微傾向彼此。

我不知道艾莉的「鬈毛」是遺傳自哪一邊家族，不過我一向希望她（或他）對結果很滿意。艾莉的頭髮是你想像中最鮮明的黑色，蓬鬆而富有彈性的一大叢，自然、茂盛而狂野。我希望阿希夫能保障她的安全，但我知道她的頭髮就有這種作用。她的風度能保她平安。任何人看到我的女兒都應該會知道，他們是在和皇族打交道。

我又去了一次白蒙的舊酒吧。只有我一個人，在下午三、四點去的。我是可以找莫麗一起，不過巴黎這座到處都有情侶在接吻的城市，倒是令人意外地適合單獨用餐的人，還有單獨喝酒的人。我點了肝醬。來點酒嗎？好啊。也許我藉酒壯膽以後，會敢追問那些壁畫到哪去了。還有「心碎」的故事。

多年前我曾藉酒壯膽。我記得某天傍晚，我跟羅伯一起喝掉四分之三瓶的酒。不用說，這時候還沒有女兒，還沒有婚禮，事實上我們甚至還沒開始在威斯康辛州環遊世界，是在書店外認識後幾星期內的早期時光，那時候我們多數時間都裸著身子，摸黑在他的書山之間撞來撞去。

「你說謊。」我說。

我說這句話的時候，人坐在他公寓地板上，已經在地上坐了快一個小時——在那之前，我在我的公寓等了他一個小時。我們本來要一起吃晚餐的。他說他得寫完一份稿子。我決定過來盯著他，直到他把稿子寫完，或是直到他把公寓裡唯一一張椅子讓給我。

「我沒有，」他盯著稿子說，「我真的想完成——」

我指的不是那個。

「關於你的父母。」我說。

在我們初識的那些白天和黑夜，我們像新情侶一樣進行問答，並且因為我們都是孤兒而惺惺相惜——羅伯和我一樣失去了父母。他父母的離去比我家的情況更悽慘。車禍，在急救人員趕到前就斷了氣。我原本以為我父母因為病痛折磨（肺癌，源自在吧檯長年吸二手菸），以相對漸進的方式離開（我爸是幾年，我媽是幾個月）是極度殘酷的事，但羅伯描述的情景聽起來更慘上幾倍。當時我擁抱他，其實應該說一把揪住他，因為我突然發現終於找到一個人擁有比我更糟的失親背景。

然而，過了一個星期左右，在他公寓的地板上——

「什麼意思？」他問。

然而，「什麼意思」不是在一場悲劇中失去雙親的人會講的話。不僅如此，他和這樁慘事都有哪裡不對勁。我原本預期我們之間會有某種革命情感、某種連結，共同驚愕地發現這世界突然揭露的不公平，因為不論晴天或雨天，新的每一天似乎都不在意我們的父母已死的事實。沒人在乎，沒人像我一樣在乎。我緩慢地學習活在這新的現實裡，但我在羅伯身上看不出任何類似的心路歷程。確實，當時我的父母才走了兩年，他的父母已走了四年，不過那種失落感仍然就像昨日之事，不是嗎？

他的父母真的死於四年前的車禍嗎？還是因為別的原因而死？

還是根本沒死？

我這麼問他。

這下他停下工作，轉頭看我。他沒有回答。接下來是長久的沉默，沉默持續得愈久，似乎愈有請我把問題收回的意味。我把軟木塞塞回瓶口。我迫不及待想離開。

「我不知道，」他終於說，「其實不知道。」我看著他憤怒起來，然後又在我面前消了火氣：畢竟他是騙了我。「對不起？」他說，「是這樣的——我——我那時不知道我們會——在一起？」

那時候我們剛認識三星期。

「你逮住我的時候，心想：『太棒了，商店竊賊通常很適合當一夜情對象。』」我說。

「我沒這麼想。」

「你說『我不知道』是什麼意思？至少回答我這個，」我說，「在我走之前。」

「莉雅，」他說，「別走。」好安靜。我沒有動。「第一次約會，」他說，「沒辦法講那麼多事，我的人生。不過很抱歉我撒謊了，那比較簡單，但是——對不起。」

「簡單？幹。」

「比說出『我不知道我父母怎麼了』簡單，」他說，「請不要罵髒話。」

他從椅子挪到地上。

「瘋狂的是，」他說，「我心想：『哇，妳知道嗎？終於有這麼一次，我確實有辦法，有手段——』那天晚上，有書，在酒吧，我以為妳很美——我認為妳很美——我覺得妳太愛罵髒話了，但我心想：『白蒙的書《瑪德琳》就在我們面前。善用它吧！』我是說，這種情況從沒在我約會時發生過。」

「從來沒有？」我說，並不感覺自己很美。「我還以為那是你一貫的拿手好戲呢。有哪種女人不會為熱愛寫給小女生看的書的男生傾心？」

「它們不是寫給小女生看的。」羅伯說，「我也沒有熱愛它們。我是說，我喜歡《瑪德琳》沒錯，也喜歡白蒙的作品。但我也喜歡——《自由戰士》。《清秀佳人》。《塊肉餘生記》……」

還有——幹——另外十幾本以孤兒為主題的書。

羅伯對他媽媽只有幼兒時期的殘破記憶，對他爸爸則完全沒有印象。至少他這麼認為。他媽媽確實死了，但不是死於意外或車禍。是吸毒過量。他的出生證明上沒有父親的名字。有時候他會想起一些事，一些感覺——陽光、沙灘。有時候是香菸的氣味：萬寶路菸，他一心認定。後來累積了太多寄養家庭帶來的太多回憶，把其餘印象都趕跑了。有兩、三回他差點被收養，但過了一陣子，他的年齡已經太大了。他們叫他「挺過去」（ride it out）。他挺過去了，而他發誓直到最近才搞清楚，原來那個片語不是「寫出來」（write it out）。

坐在地板上的他，具備我所缺乏的一切：清醒、嚴肅、沒有在哭。他說他學會喜歡獨處。他學會喜歡閱讀。他喜歡《瑪德琳》是因為書裡不但沒有父母，而且瑪德琳那間整潔、放著鐵架小床、充滿光線的宿舍裡，每個人似乎都相處得很融洽。他說他在那樣的房間裡睡過覺，情況卻從來不像書裡所描繪的。

「可是——」我不再追究他撒謊的事，因為那不是謊言，我從他講述時眼神變得像石頭般冰冷就看得出來，但還有別的事是我看不出來的，「——她不是，瑪德琳不是有父母嗎？

她上的不是應該只是寄宿學校嗎？」

羅伯點點頭，露出一點笑意，臉色也恢復幾分紅潤。「我喜歡那個部分，」他說，「就好像她是自己選擇不在父母身邊長大的。我喜歡想像我也做了選擇。在那個——在那些地方，我待過的那些地方——你一心只想要有選擇的權利。衣服、午餐、學校。某樣東西，任何東西。」

他停頓了一下。

「你都講完了嗎？」我終於問。

他不發一語，只是閉上眼睛。然後他回到他的小桌子邊坐下來寫稿，我坐下來，過了一會兒，他關掉燈，過來我這裡吻我，先吻一耳後頭，再吻另一邊，悄聲說「對不起」和「相信我」。

達芙妮問說，我們在等阿希夫和艾莉約會回來時，可不可以喝點咖啡。

在巴黎，教養工作是接二連三地失敗：第一，沒能在城市環境裡把她們隔離得夠好，讓她們在正常時間上床睡覺；第二，沒能在城市環境裡把她們隔離得夠好，讓她們不染上無所不在的惡習。以艾莉來說，是香菸。艾莉爭辯說她只是想備在身上，好提供給想抽菸的朋友，我算是將信將疑，因為她身上並沒有直接散發菸臭味，而且我覺得要有效管住她太累了。我會挑選戰爭。她會洗澡，會去上學。Succès.（成功。）

達芙妮的惡習比較耐人尋味。咖啡。是的，她還太小。但她喜歡低咖啡因咖啡，一次就只喝一杯——法國人的小杯子，不是美國人的大酒瓶——在咖啡館裡品嚐，或是由她的母親提供，在這樣的夜晚：雙胞胎安全地睡在樓上，她姊姊不安全地在城市裡遊蕩，她媽媽的心思很不穩定地在兩個陸塊間遊走。

有阿希夫來攪局、有羅伯書裡的「對不起」，再加上來來去去的雙胞胎，我知道我分給達芙妮的時間實在不夠多。她似乎很高興現在分到了一點時間。她從櫥櫃裡取出她的專屬杯子，達芙妮專屬的容量，上頭還神祕地標著「biz」。我原本以為那是艾莉在一個marché aux puces——字面上（且具傳染性）指的是跳蚤市場——找到的網路販售小裝飾品，結果我錯了，它來自一間真正的商店，有真正的風格，我隨後發現biz是法式的網路俚語，指的是bises，親吻。我看著她，那正是我想做的事；她安靜地移動——咖啡、奶精、糖、小碟子、小小的湯匙；她就像愛那第一口咖啡一樣愛這一套儀式——我想親吻她，不是總令人焦慮的法式bises頰吻（剛認識的人親一下、老朋友親兩下，還是男人親一下、女人親三下？我每次都做錯），而是美國老媽風格的吻，直接蓋在她頭頂。

「媽，妳會想爸爸嗎？」

是的，咖啡讓達芙妮看起來比較成熟，成熟很適合她。她生來就有個老靈魂。自從她出生，我已經跟她有過很多次嚴肅的成年人對話了。嬰兒不是會有那種眼神嗎？他們可以毫不尷尬、不慌不忙地深深凝視你，好像他們很有耐性地在等你說出值得他們回應的某些話來。

達芙妮一直保有那種眼神。

「會啊，甜心。」我說，沒有看著達芙妮。她和艾莉的眼睛都像羅伯。雖然達芙妮的右眼虹膜有她自己的小斑點（更小、更明顯），卻完全不像他那般鬼鬼祟祟。羅伯的眼睛太美了，我總是敦促他用它們多做點什麼，像是看著我。

「是嗎？」達芙妮說。我察看她的咖啡喝掉了多少。層架高處有個菸灰缸，我現在非常想拿來用。我曾在不止一個晚上翻艾莉的包包找菸。

「達芙妮。」我說。我不想回答這個問題。我不想被問這個問題。「怎麼了呢？」我問，看出她決定不回答這個問題。暫時。

「我在這裡更想他了。」達芙妮說，「比在密爾瓦基更想。」

我點點頭，好像我在這裡也更想他，但我心裡真正想的是：妳當然會。因為，當然了：搬到巴黎有一種始料未及的影響和危險，那就是我們等於搬進了羅伯筆下的敘述裡。距離非但沒有拉遠，甚至整個崩解了。他人是消失了沒錯，但拜他的手稿之賜，拜巴黎之賜，我們消失在他裡面。

「我有時候會想，艾莉是不是——？」她開口，我知道我必須打斷她。這對姊妹在人生其他方面都可以競爭，但不可以比誰更想爸爸。還是她們就是在比？記得在白蒙的酒吧外頭，我先是把達芙妮視為羅伯真正的擁護者，後來改認為艾莉才是。當時我沒有意識到，現在則意識到了：她們在那裡——在所有地方，任何時候——都在評估我。

「我相信她是。」我打岔，但達芙妮的眼睛瞪得老大，於是我停下來搞清楚。「妳說艾莉是不是怎樣？」

「是不是——是不是也會看到他？」她衝口而出，「她會看到爸爸嗎？」

她等著我說話，但我說不出話。

我沒告訴丫頭們那個客人找到她們父親的書，以及我在書裡看到「對不起」。我沒告訴她們，而且我很自豪。這裡沒什麼可看的。更甚者，我沒告訴她們我懷疑那句道歉是寫給「我」看的，還有那本書突然出現又突然消失，都是「他」在操作。在現實中，這樣的想法幾乎沒有根據，我很清楚，甚至原諒我自己。這類脫序行為是可以預期的。為什麼我就沒想到我女兒也會有脫序行為呢？

「我也不是常常看到他。」她嘟噥。

「達芙妮——什麼？」我說，「抱歉——妳的意思是——在哪裡——？」這種事若發生在我身上，我輕易就釋懷了，發生在達芙妮身上卻令我驚慌。

「我在外面散步的時候，」達芙妮說，「跟雙胞胎一起，在我們回家的路上，在我們靠近《瑪德琳》書裡的某個地標時——例如聖母院，我會想，我應該找找他，因為他來巴黎就是為了做這件事，為了替他的書查訪地標。」

我們應該待在密爾瓦基的。或者我們應該搬去沙漠。木星。某個他永遠找不到我們的地方。某個我們永遠找不到他的地方。

「那是我們來巴黎做的事，」她改口，「妳知道嗎，有時候——我看見他了。就在眼角餘光。我會轉頭問彼得和安娜貝兒——他們在牽手時特別méchants（頑皮），妳知道，尤其是過馬路的時候；妳只要鬆手一秒，他們就會亂跑，尤其是安娜貝兒——然後他就不見了。」

「噢，達芙妮。」我費力地說，「有時候——有時候我也覺得看見他了。」畢竟這是真的，第一天在夫人的書店外就發生了這種狀況。「有時候人會——有時候想像——有時候我們的想像太真實、太精準，以致於我們以為——」

「媽！」達芙妮說，「不是『以為』、『想像』。那真的是他，vraiment（真的）。」

「妳跟——艾莉談過這個？」

達芙妮搖頭。「媽。」她說。

「我知道……」她等著我說下去。「我知道，」我說，「我們都很想某個人，非常想。」

「爸爸在這裡，」達芙妮說，「在巴黎。」

莫麗告訴我她不學法語，因為他們只在這裡待兩年。而且，她補充，她知道有些在這裡住了十年、十五年、二十年的紐西蘭人——他們連英語都丟掉一些了。現在我問自己，我是不是在短暫的時間裡對女兒做了類似的事：讓她們困在兩種語言、兩個國家、兩套現實之間。或者應該說，困在現實和幻想之間。我沒有告訴她們那些教人應付悲傷的書告訴我的事，結果看看出了什麼狀況：他在她們的想像中行走在巴黎的大街小巷。

現在也進入了我的想像。

我太錯愕了，衝口問出我能想到的第一個問題，假如他還活著；最是傷人的問題。

「可是——乖女兒——那他為什麼不來——」

「也許他撞到頭了，就像帕斯卡！」

達芙妮對《紅氣球》和它奇怪的圓滿結局有一套奇怪的理論。《紅氣球》的結局是帕斯卡的氣球剛被惡霸的石頭砸破，突然間他卻得救了，被幾十個新的氣球帶著飄上天空。達芙妮認為這個遠走高飛的結局並不是真的，帕斯卡一定是被某個亂飛的石頭打到了，因此最後幾幕陽光普照的場景來自他遭受腦震盪而昏迷的意識。從螢幕上絕對看不出這套理論的根據。然而對我們某些人來說——其中主要是我和達芙妮——電影實際拍出來的快樂結局也同樣沒有根據。畢竟，當帕斯卡微笑飛走的同時，他低頭望向地面一定會看到什麼？他最好的朋友，殘破地混在泥土間。

達芙妮繼續說：「爸爸撞到頭了，他在找我們，但也許——也許他不知道他在找。也許——」她用拇指在桌上畫圓圈，「——也許他不知道他在找什麼。」

「甜心。」我說。

圓圈停止了。「妳可以繼續告訴別人——陌生人——他死了，」她說，「我知道妳是這樣，妳說的是『失去』，但妳說的方式，至少是法語版的，我知道妳想讓別人認為他死了，但是——但是我知道他沒死。」

「達芙妮。」我說。

「我也知道妳知道他沒死。」她說。

「妳看——」我開口。

「我是啊。」她說，把每個聽起來如此不搭軋、卻因此更顯強而有力的英文詞彙都用力唸出來。相較之下，法語版的「je suis（我是）」就滑順輕盈得多。「我是在看，」她說，「而且妳以為艾莉今晚去哪裡？她也在看。」

「她什麼？」

「不，媽——聽我說，我們都在看。」

她們確實是。

不光是看他，也在看我，尋找那個有興趣迎接刁難問題的媽媽。

「為什麼，」達芙妮說，「妳沒在看？」

因為妳父親他——

他不——

但我說不出來。

失去，就像法語，有它自己的文法。跟法語不同的是，你愈沉浸其中，愈難精通此道。

7

我們店裡最嚇人的其中一本書，書名看來頗不嚇人：《斯瓦希里語之文法與字彙》。一九二三年出版，作者是「F．伯特太太」，書封是血紅色膠硬粗布，這本書起初藏在一座書架後頭，在我發現它之前，它一定已經掉在那裡幾十年了。我差點把它扔進垃圾桶。光賣英文書我都已經很吃力了。不過我倒是把書翻開，看看F太太有沒有說服出版社好歹在內頁印出她的全名。在那有褐斑且發黃的紙頁上，我看到這行筆跡：致安德森，在獅子之夜。

我決定不丟掉它。

有一段日子，它跟隨達芙妮的包包往返學校。她和我一樣對那行字著迷——這是伯特太太的字嗎？安德森是誰？什麼獅子？——最終還是厭膩了。我從達芙妮那裡拿回書，仔細研究那往左斜的古怪筆跡，拿來跟我印象中羅伯的筆跡比較。

但多數時候我想的是那一「夜」，有獅子的那一夜，以及寥寥數語如何能改變一切：一本無聊的教科書搖身變成緊張的懸疑小說。那行字似乎在慶賀某種脫逃，可是每個人都逃離了嗎？

我沒有，沒有逃離和達芙妮的對話，沒有逃離她提出的關於尋找羅伯的問題。當我試著回答，當我無法回答，她搖搖頭，不發一語地晃回她的房間。她不必跟我說不要跟過去，我並沒有跟過去。她已經不是六歲的孩子了，甚至不是十二歲。她和艾莉都是青少年了，進入另一個國度。母女間的不合舉世皆然。至少我聽說是這樣。但是那道鴻溝在巴黎咧得特別開，當時也確實如此。她們丟下我自己去尋覓了。早在我之前，她們已經先認定他在這裡。

我進度落後了，這表示我看不出她們眼中的下一步。

我走到房間，從床邊的書山取出那本斯瓦希里語言書，把它拿到樓下的店面。街上一片漆黑。我誤解了，或該說只是半理解了那行字。嚇人的不是獅子，而是夜，今夜，當我盯著夜色，我發覺它變得駭人。書，店面，我隔著它向外望的櫥窗，不過最重要的是，達芙妮告訴我她看見的事，這一切都把外頭的街道和更遠處的城市，從一個我以為我很熟悉的地方變回異域。這股感覺席捲我，我必須摸索高腳椅來穩住身體，我不再知道我在哪裡，或者我是誰。情況持續了一分鐘，然後一切又回來了。

我上樓去等待艾莉回來。

「我們都在看」：確實，艾莉和阿希夫那天晚上去梅尼蒙當區看了。我之所以知道，不是達芙妮說的，更絕對不是她姊姊告訴我的——艾莉在凌晨一點回到家，我並沒有下床去質問她——而是因為艾莉的手機。

正是因為沒有質問她，我才拿到她的手機。艾莉睡覺時把手機擺在旁邊，嘲弄我發覺根本無法強迫執行的規定。另一條規定：任何時候，只要我想，就可以無預警地檢查她手機裡所有內容。我從沒執行過這條規定（我不喜歡這種行為散發的歐威爾式氛圍，但我是從一個散發歐威爾式氛圍的網站上看來這規定的，它說光是設置這條規定可能就夠了），但我也從沒取消，這表示我偷偷溜進丫頭們的房間，從艾莉的床頭櫃上摸走手機，把它帶進廚房，這並沒有犯任何錯。我在廚房試密碼連錯了六次，最後終於成功——是她爸爸的生日。

我直接去看相簿。我略過所有簡訊。我不是那種媽媽，我告訴自己。所以我一邊看，一邊盡量不去看。

但我根本不需要擔心。快速瀏覽下，我看到一個熱愛巴黎的女孩，愛的程度就和她愛阿希夫一樣深——如果光用照片來評斷，比愛阿希夫更多。確實，有很多他的照片，包括一、兩張秀出二頭肌的照片。有更多張是他被拱門框住的照片：他經常是模糊失焦的，而他後頭色彩繽紛的花園卻鮮明清晰。有一大堆照片是在咖啡館裡，他沒看鏡頭，也沒發現艾莉注意到的事——別人在看他，在看他們。艾莉似乎和我看出一樣的事，亦即巴黎人樂於欣賞生活中的戲劇化片刻。我欣賞巴黎人隨時預期戲劇化片刻。

有時候，雖然妳的浪漫不及妹妹的十分之一，妳還是會在手機裡開一個相簿，專門放失蹤父親的相片。至少我憑直覺知道艾莉做了這件事。她有好友相簿、喜歡的事物的相簿、白蒙的相簿（只有兩張拍得不怎樣的聖母院和幾張塞納河）。還有一個相簿命名為「爸爸」。我點進去之前遲疑了一下。我原本擔心丫頭們現在沒那麼想他了。我原本擔心我希望她們沒那麼想他。但事實是，我們各自以不同的方式隨身攜帶他。有時候在晚餐桌上，達芙妮會為他多擺一個盤子，就像以前在美國他每次離開時我們會做的事。但在巴黎，她也常默默又把盤子拿起來，在我們開動前收回櫥櫃裡。

有時候，我會發現自己哭了。別人也會發現。有一次，有個比艾莉大不了多少的女孩子和我一起等著過馬路，她望過來，問我還好嗎。用法語，用英語。我發誓原本不知道我在想羅伯，更別說為他而哭泣。紅燈變綠了，女孩跨在腳踏車上。她等著我回答。一輛公車等在她後頭。叮、叮，巴黎公車的警鈴聽起來像從拳擊場偷來的，不過仍然可以發出歡快的撞擊聲，幾乎就像音樂（直到失去耐性的司機終於按了喇叭）。女孩騎向前。那時候，我就和現在一樣，抹了抹臉。我決定不要打開「爸爸」相簿。

我轉而找出存放今晚相片的資料夾。我看到艾莉和阿希夫在我們這條街最北端的巧克力店停下來：咔，伸舌頭，伸出一條手臂。阿希夫在吃東西的照片，微笑。一張艾莉親吻他臉頰的照片。一張公車的照片。一張空曠街道的照片。另一條空曠街道，我不認得這條街，離得最近的建築上那藍色的街名告示牌看不清楚寫了什麼。一張艾莉指著一棟小公寓側面的壁畫的照片——圖案很模糊，但我後來看出來了，一個巨大的紅氣球，包住樓房的左上角。

然後是一張糊成一片的照片，她為了什麼原因而晃動手臂。另一張混亂的照片，再一張，一連串類似的照片，畫面混濁或過度曝光，全都難以辨識。看起來像是阿希夫的手伸向鏡頭，彷彿要把它擋住。

接著，在她的手機裡是一段她拍的影片，時間戳記是今晚。第一格畫面是徹底的黑暗。可是當畫面漸漸成形，我整個人沉浸其中，以致於我沒想到影片的聲音（我應該關靜音的）可能會引來某個人看看我在做什麼。

是艾莉。

她從我背後靠近，一個字也沒說，直到她伸手過來讓影片停止，並且拿走手機。「好樣的。」她說，聲音冷而輕。

「艾莉。」我說。

「我是說，我猜，妳確實有立下那條規定。我只是沒想到——趁我在睡覺的時候，媽？」她問，「妳從多久以前就開始——」

「艾莉，我從來沒有過。」我說，「這是第一次。我只是想——達芙妮說——」

「達芙妮？」艾莉說，「達芙妮說什麼？」

「沒什麼，小艾，總之沒有說妳什麼，她算是在說——」艾莉繞過小桌子，坐在我對面。「她說妳們在找他，」我說，「爸爸。」

「什麼？」艾莉說。

「噓。」我說，朝著臥室點點頭。

「是啊，小聲點，」艾莉說，「也許妳下次偷看的時候，應該把他媽的手機關靜音。」

「艾莉！」

「媽！」艾莉說，「妳什麼時候才要去找？已經五月了，我們都來九個月，他都失蹤十三個月了。達芙妮總是一副：『她要去了，也許她趁我們上學的時候去找。』而我說：『好吧，那她為什麼都沒告訴我們。』達芙妮總是說：『欸，也許她找不到嘛。』而我說：

『欸，也許她應該更努力去找。』」艾莉開始滑手機。

我很好奇，妳們一直都在我背後說三道四，還是只有我表現不佳的時候？我想問她，但說不出口，於是我說：「阿希夫還好嗎？」我沒看到多少影片，但看到了阿希夫跌倒。

艾莉抬頭看我。「還好啊。」

「看起來他好像絆了一跤？他摔倒了？」

「是有點慘，不過他沒事。」艾莉說，目光回到手機上。

「妳確定他——」

「阿希夫很好，媽，」艾莉說，「他覺得糗爆了。其實他不該這麼想——那隻老鼠跟狗一樣大。我也嚇得跳起來——不然我或許可以抓住阿希夫，他就不會跌倒了。」

「妳的影片是在哪裡拍的？看起來像是公園。」

「唉，媽，拜託。」艾莉說。

她把椅子繞著桌子挪了半圈，湊向我。我做的一切都還沒被原諒，但在短暫的瞬間，我假裝我被原諒了：她就在這裡，在我旁邊，她很溫暖、生龍活虎、安全無虞，而且她挪到我旁邊，這樣一來如果她想的話，就能擁抱我。

她沒有。她反而按下「播放」。

梅尼蒙當區。巴黎的阿爾卑斯山，它是一段近乎垂直的城市區域，早就因成為拍片勝地而馳名：那上面的光線很讚。傑基．葛里森在梅尼蒙當區拍了一部感人肺腑的電影：一九六二年的《冷暖心聲冷暖情》，在劇中飾演主角，一個啞巴丑角。知名導演迪米崔．克山諾夫的默片傑作《梅尼蒙當》，於一九二四至一九二五年在當地拍攝，據說它是影評人寶琳．凱爾最愛的電影，劇中的暴力至今仍讓人震撼。當然，還有三十年後的《紅氣球》。拉莫里斯把他的「兒童」電影場景設定在梅尼蒙當時，腦筋是很清楚的。當然，他是需要那裡的光，但他也需要那裡的暗。

艾莉自己的影片也暗得要命，拍得很不錯。現在她當起旁白：她早就想造訪 le quartier du ballon——氣球區，這是我們編的用語，不是巴黎的俚語——但她提醒我我一直反對，說那裡不「安全」。

那裡確實不安全，至少瑪黑區我們這個畏怯角落的其他家長都這麼說：梅尼蒙當不是富裕的區域，幾個世紀以來都是如此。誰知道那裡晚上會發生什麼事？

我馬上就要知道了。

艾莉是掌鏡人，阿希夫則是鏡頭外頗為焦慮的敘事者：艾莉、艾莉，我們該回去了。街道彎曲向上，愈爬愈高，直到坡度變得太陡，人行道終於妥協化為階梯。艾莉為自己拍了一部近乎完美的黑色電影，在偶爾出現的街燈光芒之外，是藍黑色的夜。我甚至有一點嫉妒。我夢想拍電影已經想了那麼多年，艾莉這就拍了一部，哪怕是不自覺的。阿希夫把他的角色扮演得很好：走了啦，他突然急切地用氣音說，好像他剛看見什麼艾莉沒看見的東西。但他們繼續爬樓梯。他們左邊有磚塊，一堵牆，一棟建築，好幾棟建築。他們右邊是徹底的黑暗。有一會我以為那是懸崖，但後來遠處的燈光照出樹木、草地，一座梯田式的公園。艾莉爬著樓梯，視角在彈跳，往上、往上，她轉頭研究鄰近的建築，此時阿希夫大叫一聲。其實應該說吱聲尖叫。好個勇敢的阿希夫。攝影機轉過去，原本看起來像兩棵樹的東西現在動了起來，分開，變成兩個留著大鬍子的男人。他們走向艾莉和阿希夫。他們微笑、點頭，當艾莉和阿希夫結結巴巴地回應，那兩個人又微笑，說了聲「bonsoir（晚安）」便消失了。

「看吧？」艾莉對影片中的阿希夫說，也對看影片的我說。「那上面並不危險，那裡好得很。」片刻之後，艾莉鼓勵兩人再往上爬一段——我們幾乎到最頂端了，那可是電影中最著名的場景！就是這時候，那隻老鼠（就和所有好電影裡的怪物一樣，來無影去無蹤）嚇了阿希夫一跳，他腳步一亂便跌了下去，帶著艾莉一起，帶著手機一起。影片最後幾秒是在地面上拍的，什麼也看不見，只有一盞街燈的強光和後方漆黑的天空。不過收音很清晰：阿希夫和艾莉都在罵髒話，並且向對方道歉。他們討論了一下血、玻璃、在外面待得太晚。真的很抱歉，阿希夫說，妳媽會宰了我。

艾莉說了最後一句話，然後一隻手伸過來關掉相機。現在她在生他的氣。我說的「他」是指她爸爸，不過阿希夫是很方便的代罪羔羊。或者代罪羔羊是我：別擔心，艾莉說，她才不在乎。

艾莉和我把影片看完後，我們沉默不語。羅伯的手稿把那家人帶到巴黎，僅止於此。我說過，在紙頁間隱然暗示要去梅尼蒙當一遊，卻沒有實際描寫到這家人中的任何一人做了這件事。

「所以沒理由害怕。」艾莉說。

我搖搖頭。

「但妳仍然害怕，不是嗎？」她說。

在巴黎待了九個月，我卻沒去過我半途而廢的論文研究的電影拍攝場景。儘管愛蓮娜知道我因為擺脫論文而如釋重負——我內心有一部分仍然對製作電影有滿腔熱血，卻沒有任何理由讓我想要把論文寫完——她偶爾還是會在 Skype 上問起《紅氣球》的「後院」。我總有各種辦法迴避這個問題。我沒有說我擔心會跟羅伯不期而遇，不過現在我覺得那是部分不理性的原因。另一部分是我一直偷偷保留著它，像是盒子裡最後一顆巧克力，因為在那之後還能有什麼高潮？屬於（我自欺地堅持：也是「關於」）我童年的電影，再次活起來。

不過在這段期間，我用巧妙的演講稿撰稿人的手法來防禦愛蓮娜。我對「膠卷背後的真實」不感興趣，我關心的是藝術，電影，完完整整的電影。如果想看梅尼蒙當，我只要按下「播放」就行了。

但我現在用艾莉的手機看過它了。現在我必須去一趟。

梅尼蒙當高踞在巴黎的東北角，夾在蒙馬特高地和拉雪茲神父公墓之間，卻沒吸引到那兩個地方的觀光客。有一部分是因為梅尼蒙當沒有什麼能給 les touristes（觀光客）看的東西，即使連學者和對《紅氣球》著迷的人也差不多。這一區有很大一片地方，包括幫助居民在陡峭地形間移動的不牢靠窄道，都在一九六〇年代一波猛烈的拆除貧民窟行動中被夷平。

因此，拉莫里斯在一九五五年底僅用兩個月時間拍出來的電影，恰好及時捕捉到那裡。來回顧一下：一個很大的紅氣球和一個可人的金髮小男孩（還有短暫出場的一隻貓），在黎明時分於梅尼蒙當頂端相遇，然後彼此作伴遊逛巴黎。一群眼紅的惡霸最終追蹤氣球而來，用彈弓攻擊它。氣球愈沉愈低，直到其中一個惡霸一腳踩下去，然後氣球便縐縮而頹軟地攤在地上，只是一片有乾硬泥土地的空地上又一件被風吹來的垃圾。接著就是達芙妮和我不相信為真的奇怪結局，男孩跟著幾十個趕到他身邊的氣球飄浮飛越巴黎，而男孩的最愛——那個紅氣球，則在遭到踐踏後被遺忘。拉莫里斯的原始劇本寫的是男孩一路飛到了非洲。在最後剪輯完成的版本中，帕斯卡連巴黎都沒飛出去，不過那種飛揚的情緒仍然讓人激動不已。對我來說，這部電影真正的訊息（哪怕是無意間傳達的）黑暗到令人不安：美稍縱即逝，嫉妒極具殺傷力。

拉莫里斯的電影讓任何人嚮往戰後的巴黎都是很奇怪的事，因為他花了莫大的心力呈現戰爭仍然沒有遠離：帕斯卡和他的氣球在遍地碎石和舊公寓的殘骸間被人追著跑；地上零零星星長著幾撮雜草，但稱不上公園。

半個世紀後，這裡真的是座公園了。

不過拉莫里斯的梅尼蒙當有些部分仍然存在，第一個例子就是帕斯卡（和氣球）在電影裡搭的公車路線，隔天早上我默默送大家去學校後，就搭上那班公車。九十六路公車沿著陡峭的路線往上離開瑪黑區，最後讓我在聖母院下車——另一個比較小的聖母院，聖十字聖母院——電影中的男孩和淘氣的氣球就是在這裡被（一個穿拿破崙服裝的接待員）趕出來。

然後就是沿著朱利恩拉夸街往南走，再爬上阿希夫跌倒的那道階梯。我看得出來艾莉為什麼對這裡特別感興趣。這裡的階梯看起來和拉莫里斯電影中的很像，實際上卻是很晚才建造的，大約是和這道樓梯蜿蜒穿過的那座梯田式貝爾維爾公園同一時期。我經過的時候，坐在長椅上抽菸的兩個青年抬頭看我，是那種專注而長久的凝視，我打從住在這裡以後便比較習慣了——法國是直率品評的國度——但他們沒有微笑。我繼續走。

爬到樓梯頂端，我突然發現自己喘不過氣，告訴自己這是因為剛爬了陡路。不過拉莫里斯仍然來過*這裡*。帕斯卡在*這裡*走過。那隻貓，那隻許久之前孤孤單單的貓，那部電影選擇入鏡的第一個生命，就坐在*那裡*，帕斯卡在 00:00:05 從我的左側漫步進入畫面，貓咪在 00:00:16 忍耐男孩友善的觸摸，並且保持靜止，而帕斯卡在 00:00:30 走下（大致是）艾莉和阿希夫找到的那道樓梯。（這部電影總是令我欣賞的部分原因，是它的隨興，以及拉莫里斯在隨興出現的元素方面有多麼幸運，無論那些元素是貓、小孩子或氣球。）

他們全都曾經在這裡。我女兒也是。那羅伯呢？我抓住扶手呼吸。*羅伯會愛死這個的*，我心想，也想到艾莉。*我愛死這個了*。我瀏覽艾莉找到的風景。

電影裡的城市全景瀰漫著煙和霧，但今天空氣驚人地清澈。真可惜觀光客都一窩蜂跑到西北方一公里左右以外、滿是扒手的蒙馬特高地上看風景。這裡安靜多了，也更容易看到艾菲爾鐵塔。

但我沒在想觀光客。我在想艾莉。

還有達芙妮。我們剛到巴黎不久時，達芙妮在某條街的人行道停下來——左岸的某條街，窄窄的住宅區，挺別致的，但景觀無甚特殊——說：「我好像來過這裡。」大家必不可少地聊了一會轉世輪迴、時間旅行和蟲洞——艾莉和達芙妮都很愛麥德琳·蘭歌的《時間的皺摺》——我們歸因於另一個瑪德琳，白蒙的瑪德琳，當然還有《紅氣球》，以及丫頭們上過好幾年的沉浸式法文課。她們兩個的童年有很大一部分，從各方面來說，都生活在法國，除了沒有真的生活在法國之外。

我也是。但我從未像達芙妮一樣對巴黎任何一處這麼有「感覺」，直到我來到這裡。這裡就是我三十二年前在威斯康辛州第一次看到的景象，當我第一次看到那部電影，第一次讀到那本書。我想要大叫，我覺得全身發軟。我進到一間麵包店讓自己鎮定下來，我要對老闆說：bonjour，哈囉，我回來了！

結果我只是站在那裡，氣喘吁吁，露出愚笨的笑容。

他什麼也沒說。店裡僅有的另一個人也沒說話，那個客人緊抓著一個很鼓的紙袋。

幾秒鐘過去。現實像是痙攣了一下。那個客人消失了。

然後麵包店老闆開始解釋，說我闖入了搶劫現場。

但我已經衝出店門，沒在思考，只顧著跑，因為那個盜匪——另外那個拿著鼓鼓紙袋的客人——也搶走了我的皮包。

麵包店老闆跟在我後面。盜匪在我前面。

然後，緊貼在盜匪身後冒出一個新的人物，他比我更快逼近盜匪。不幸的是，這時候率先從我腦海裡蹦出來的是我才剛學會的片語，意思是開快車：appuyez sur le champignon，踩蘑菇。（這是我在巴黎不開車的另一個原因：我知道某些老式的法國車，其踏板的大小跟燈光調節器開關——或是蘑菇——差不多。）這句片語不見得適用於眼前的狀況，但我沒時間細想，只來得及把這個新人物取名為蘑菇先生——不管怎麼說，蘑菇（champignon）唸起來很像冠軍（champion），而他證明了他確實是冠軍。

我們衝下梅尼蒙當。經過一段階梯，兩段階梯。麵包店老闆不見了。再往下約一個樓梯平臺處，先前盯著我看的兩個青年站起來，擒抱住搶我皮包的賊。然後他們抓住了我臨時的盟友蘑菇先生。我不懂為什麼，不過政客最近在互相爭吵（也跟警方爭吵）種族行為側寫的事，我可不想站上這場口水戰的前線。

他們先放開那個賊。他跑掉了，留下他搶的那包錢和我的皮包。接著他們放開蘑菇先生，他鎮定自若，伸手要把皮包拿來還我。他們對他大叫，他吼回去。其中一人壓制住他，另一人從紙袋和皮包裡各拿走五十歐元。

他們微笑說話。法語，但有一股我聽不出哪個地方的腔調，也聽不太懂。不僅如此，他們那帶有惡意的笑容似乎讓我耳聾，因此蘑菇先生——他們再次箝制住他，現在還用一把小刀幫忙——必須擔任翻譯。

蘑菇先生的話我倒是很容易聽懂：他的英語無懈可擊，足以勝任愛荷華州首府得梅因羅斯福高中的學生致詞代表。我是後來才知道這些細節的，包括他的名字：戴克倫。

不過在這個當下，戴克倫有更重要的資訊：他說這是他們的「pourboire」——小費？見者有份。妳報警了嗎？妳被搶了兩次。他轉向他們。別找她麻煩，他說。

然後發生某件事，戴克倫突然在流血，他們跑了，他追上去。

要不是「Accueil et Surveillance」（某種公園管理員之類的）小組的兩個女人攔住戴克倫，他應該可以逮住他們。我追上去，試著解釋誰才是真正的壞人，不幸的是我把我的角色——害怕而困惑的美國人——扮演得太好，她們開始對戴克倫大叫。他平靜地回答她們。她們皺眉。我皺眉。就我能理解的程度，足以判斷他的法語非常精準。

我試著用我不那麼精準的法語表達，她們轉頭看我，態度軟化：啊，一個 Américaine（美國人）。然後她們又對戴克倫大吼。他剛開始回應，之後停下來，咳了一下，再重新開始。這次我能聽懂更多了，雖然（或許正因為）他的法語變差了，他講話有了更多美國腔。

兩個管理員互看一眼，然後不再用吼的對戴克倫說：vous êtes Américain aussi?

是的，他用英語說，看來我們兩個都是美國人。管理員深吸一口氣，搖搖頭，彷彿試著理解一切。美國人跑來梅尼蒙當：接下來會發生什麼事？

醫院，我心想，但戴克倫悄聲對我說：說我們很好，因此我這麼說了，然後我坐下來。坐在戴克倫身邊，好看看他的傷口——就在下巴底下，不超過兩公分長，但很嚇人地咧著。我判定這傷口需要縫合，不過會癒合得很好，留下的疤會讓他更添性格，雖然他可謂不需要這種加分了。

搬到巴黎、接管書店以後，我愈來愈少讀關於巴黎的書，更大幅減少讀由男人寫的任何作品。紐奧良來的退休教師榭麗鼓勵我這麼做。某些時候，我遞給她那一週我為她挑選的書——對她來說，性別（或文類）並不重要，只要書的背景在巴黎就好——她會回給我一本，通常是她從路易斯安那州帶來的。某種程度而言，她接替了羅伯的舊角色：贈書者。但她的出發點比羅伯來得世俗。她說她的船屋就只能容納那麼多藏書，再多就要沉了；她不卸下一些書，就不能接受更多書。不管緣由如何，榭麗使我愛上了艾麗斯．馬蒂森（美國人，生於一九四一年），她在一本小說裡寫到一位高中老師，她班上的學生「眼中無處沒有性，即使是『蓋茲堡演說』。還不只如此。如果蜘蛛要在窗戶上做愛……牠們會選擇費爾德曼老師的窗戶。」

我的意思是，我不確定換作在溫尼伯，或是密爾瓦基，我和戴克倫還會不會注意到對方。但是在巴黎，在被搶劫後，我發現自己情不自禁地注意他的容貌，而他也在注意我的容貌。當然，在法國還有另一個至關重要的細節，是密爾瓦基沒有的（溫尼伯也沒有，不過我確實很想去那裡瞧瞧，這是拜榭麗曾經給我的另一本書的作者卡蘿．席爾茲之賜）。

「書店？」戴克倫說，「妳在巴黎開了一間書店？」

我們去過警局後在討論時，我一直讓話題聚焦在他身上，至少到我的手機傳來簡訊提示音、我宣布我得回去顧店為止。

什麼店？書店。真的？

真的。我告訴他店名、地址。我告訴他我們展示了白蒙的作品。我告訴他我是被什麼吸引到梅尼蒙當（意思是，我告訴他《紅氣球》，不是羅伯）。我感覺自己愈扯愈遠——於是直接往前略過一大段；我要他找時間來店裡看看。我確實提醒他「那裡跟你想像中不一樣」，但我不知道他是怎麼想像的，其實不知道。他的語氣混合了崇拜、嫉妒、訝異——這都很熟悉，至少來自美國人口中，除此之外他還加了一種讓人微微忐忑的新材料：渴望。

「它完全符合我的想像。」他說。從那之後，我經常思索他究竟想表達什麼，他知不知道那些話從他的嘴巴慢慢飄進我的耳朵，在我耳朵周圍逗弄，沿著我的脖子到我的脊椎，然後一路往下踩著碎步移動，像是蜘蛛。

噢，費爾德曼老師，我心想。

但是，當然，接下來發生的事只能怪我一個人。

比蜘蛛更令人不快或不安的：艾莉問我覺得梅尼蒙當好不好玩。

怎麼會？我不是決定不提我的冒險了嗎？我說我晚回家是因為在地鐵站迷失方向，大家都知道這是我的弱項。（我太少搭地鐵了。我深愛這座城市，在地底下是看不到它的。）

可是艾莉有能力鎖定我——至少在地理位置方面——這並不是她已知的技能。她怎麼知道我去了哪裡？

「這裡。」艾莉說，指尖像跳狐步舞般滑過她的手機螢幕。螢幕上出現一個一閃一閃的大紅點，那太吸睛了，以致於我沒注意到背景圖片為何——那是我們這條聖露西亞街的衛星地圖，我們的店就在靶心裡。「看吧，它找到妳了。」

我愣了一下才回過神。「妳可以追蹤我？」我問。

「妳可以別那麼驚訝嗎？」艾莉說，「我們申辦手機時，是妳要求要有這項功能的。」

「有嗎？」

「Oui.（有的。）」艾莉說，「妳買的是forfait familial（家庭套餐），對吧？那表示我們每個人的手機都自動會有這功能。」

艾莉別開視線，但難為情的應該只有我而已。她當然會追蹤我。她已經失去一個家長。她轉回來，試著微笑。「所以，」她說，「妳找到了什麼？」

8

有些人抱怨在我們店裡很難找書，另外一些人卻說這正是他們喜歡我們店的原因。我接手的時候，多年的疏於管理代表這間店幾乎看不出任何有組織的系統。我讓女兒幫忙重整書架，先依照文類再依照作者姓氏順序排列，但艾莉抱怨這樣太花時間了，並建議我們採用她從雜誌看來的做法：把所有書按顏色上架。達芙妮說那太蠢了，艾莉說她才蠢，達芙妮說爸爸也會覺得蠢，這時候我插手，說出我想到的第一個主意——我們用國家來分類。因為我們繼承這家店時，它唯一的秩序就是有個專放巴黎主題書的書架。

這方法很有用。我的意思是，它讓丫頭們閉上嘴。用這種方式整理一間店很奇怪，我不建議任何人效法。文類亂成一團，爭執無所不在：莎士比亞應該放在湯瑪斯．曼旁邊嗎？對，如果是《威尼斯商人》和《魂斷威尼斯》。但《哈姆雷特》歸在齊克果旁邊。格雷安．葛林的《沉靜的美國人》旁邊是瑪格麗特．莒哈絲的《情人》，以及幾本泡過水、孤獨星球出版的越南旅遊指南。另一方面，葛林的《權力與榮耀》則和歐塔維歐．帕茲一起歸在墨西哥書架上。簡言之，不可信的判斷原則。西洋棋書，俄國區。太空探索，美國區。物理學，德國區。艾莉把她無法分類的書放到瑞士區，再加上她還是念念不忘她的原始提議，於是把綠色封面的書（偶爾還包括葛林〔Greene〕本人）放到格陵蘭區（Greenland）。達芙妮則把南極區當成她的百寶箱，她也製作了許多小標示牌貼在店內各處，歡迎路見不平的閒客把書改放到他們認為合適的架上。

儘管我們的系統反覆無常，我卻真心認為它幫助我們賣出更多書。舉例來說，我敢保證走進來想買《東京上空三十秒》的那個男人並不打算買松尾芭蕉的《奧之細道》（或是破破爛爛的詹姆斯．克拉弗爾的《幕府將軍》），但他買了。

話雖如此，由於戴克倫要來，我突然有股衝動想用更專業的原則重新整理整間店，以免我看起來不知道我在做什麼。當時他是那麼讚佩：*妳在巴黎開了一間書店？*如果他把我們的店誤認為是一種表演藝術，那可就糗了。

他沒有，但他來的那一天，一切還是迅速演變得不自在。為了拖延做功課，達芙妮跑來幫我。（她也是為了檢查艾莉是不是又把《小婦人》從麻州區移到巴黎區了，她經常做這件事來惹惱達芙妮。）

戴克倫和我打了招呼，我告訴達芙妮我是在梅尼蒙當認識他的。

「怎麼說？」達芙妮問。

我不相信羅伯的傳心術之說，但我相信同理心，當戴克倫看著我和達芙妮時，他明白該怎麼回答：不要提到搶匪或麵包店老闆，幸好他這麼做了，因為我完全沒告訴丫頭們我的梅尼蒙當之行有那一段插曲。戴克倫用低沉的聲音、用英語說他——或我——或我們——在找地鐵站的事。達芙妮對我點點頭，然後對他說她沒去過那一區，但她耳聞在那上頭要找到地鐵站的確很困難。

她是用法語講的，這是測試。很簡單的測試，每天在巴黎各處會施行幾百次。你會說法語嗎？這個問題從來不是直截了當地提出，而是商店老闆或服務生或麵包店老闆對你說法語，你用法語回答，或不是用法語回答。

除了高聲說出必不可免的 bonjour 以外，我們從沒在店裡用過這個測試。至少我沒有。達芙妮在打什麼主意？戴克倫用法語回應。我聽著。戴克倫講個不停。他在打什麼主意？達芙妮回應，法語對話你來我往。

「妳的法語說得好極了。」戴克倫終於用英語對達芙妮說。

達芙妮的非口語法語也同樣流利，她抖了一下下脣（表示輕蔑，程度在輕微到中度之間）並轉向我，微微抬高下巴。我沒那麼流利，所以我不確定這下巴代表什麼，不過似乎混合了自傲、好奇和某種類似「我認為妳覺得他很可愛」的意味。

看起來達芙妮好像打算無聲地補上一句：現在是什麼狀況？——於是我很快地（用嘴巴）對戴克倫說：「她們兩個都是。」

「兩個？」他說。

當下我感到一陣不熟悉的痛苦——我為什麼要因為承認有孩子而覺得丟臉？因為我的吸引力會減了幾分？我原本不怎麼有自覺我想要吸引別人。

「我的孩子，」我說，「我有兩個。」

達芙妮極度仔細地觀察我們的互動。我看得出她把我們共同演出的電影調成慢速播放，好監控我們嘴裡吐出的每個音節和我們臉上的每條皺紋。我想她認為，我們就快要找到她爸爸了。她已經在城裡看見過他。可是現在有了新的狀況。什麼狀況呢？

我也想知道。

戴克倫因很懂禮貌或是很會見機行事，轉頭看著達芙妮，頗為正經地問她他能不能借用我一下——他說在梅尼蒙當是他幫助我找到地鐵站入口沒錯，不過後來他發現自己零錢不夠時，是我幫忙他買車票的。現在他想報答我的恩情，請我喝杯咖啡。

我發現自己處於有點敬畏的狀態。他竟然當場就編出一套可信的說詞，假裝他（和我）需要達芙妮的許可才能離開，而且他還繼續用完美的法語和她對話，充分展現對她的敬意。

至少在我聽來是完美的。女兒們覺得我的語言能力遠遠落後她們是一件非常難為情的事。對我來說則是非常不方便的事。我上了這座城市提供的課程，讓在電線杆上貼傳單的人給我上課，還透過Skype向一個住貝魯特的女人學習。我通常可以撐一到兩堂課。他們總是想把開頭設定在太簡單的程度，我的程度早已超過了，可是要像達芙妮現在在做的事，我又程度太低——她正在糾正戴克倫的法語：他用來指稱「報答」的動詞用得不對，她解釋。

「達芙妮。」我說。我本來想呵斥她，但我主要的感受是嫉妒。

但她清澈而警醒的眼裡只有他，他眼裡也只有她。

「而且，」她不理我，逕自說：「nous sommes quatre.」講完之後，她向我們道聲再見，便去把《小婦人》放回狄金生、梭羅和卡爾．雅澤姆斯基的行列中。

「她為什麼說『我們是四個』？」我們在附近的露天咖啡座坐好後，戴克倫問道。

我們家的第四個成員——羅伯——在我眼前突然閃現，幸運的是，負責我們這桌的服務生也來了，先給我們點了餐，片刻之後又回來。杯子、碟子、湯匙迅速而安靜地擺放在我們面前，動作精確得就像凡爾賽宮的晚宴。你不是非給小費不可，我不情願地販售的美國旅遊指南如此堅持。他們希望美國人以為應該要留下小費，但這不是強制性的，他們的薪水已經很好了。我付了小費。我是美國人。這個體系仰賴某人多付出一點。即使當我遇到服務不周的時候——當我被忽視——我仍然樂於付小費。整整一個小時都沒人來招呼我，我趁機看完從印地安那州區拿來的一本書：喬治．桑的《安蒂亞娜》（*Indiana*）。

戴克倫的問題懸在空中，但回答它就得違反露天咖啡座的規矩，幾乎和不給小費一樣嚴格的規矩：不要說話，先不要。先適應一下。觀察周遭環境。我這麼做了。巴黎的咖啡店強迫你這麼做；它們的座位總是面向街道。它們試圖重新安排一切，因此與其說你被禁止和同伴面對面，不如說你不可能和同伴面對面，因為各桌之間近到沒有轉圜的餘地。

我們面前有個穿綠色連身服的清潔工推著推車轆轆經過，後面跟著三個高得不可思議、年輕得嚇人的女人——模特兒？——全都穿了一身白。我喜歡在巴黎看別人，這是一種嗜好，就像賞鳥，仔細研究色彩和舉止。我喜歡看什麼東西能吸引人，什麼人能讓人分神。我自己因為那三個女人而嚴重分神——她們是三胞胎嗎？——以致於沒能察覺戴克倫沒在看她們，反而捺著性子在盯著我。

「抱歉。」我說。

「沒關係。」戴克倫說。我等著他開啟新的話頭，可是他沒有。我們是四個。我得把數學算給他看，於是我算給他看了，解釋達芙妮是把她們姊妹倆和雙胞胎加在一起變成「四個」，解釋四個孩子有可能跟四十個孩子一樣鬧，不過其實還好，因為他們都很聽話——至少大部分時候啦，而且——

而且也許因為他聽得出我講得坑坑疤疤，他終於決定換話題了，迅速流暢地講起他所遇過許多不聽話的孩子，他是個留學代辦——工作內容包括在機場接送學生，在羅浮宮幫學生插隊，在學生跟房東、保鑣——偶爾還有警察——發生爭執時解救他們。

我問他要從事這一行必須接受什麼樣的訓練，他微笑說他的經歷都對這份工作沒有幫助。他曾經攻讀卻半途而廢的學位有法律博士學位、詩學方面的藝術創作碩士學位、專攻法文的教育文學碩士學位。現在又在讀國際企管碩士，他發現自己比原本預想的要樂在其中。

「真的？」我問。

他笑了，不是很開心的笑。「也許不是真的，」他說，看看四周，「但我很享受法國。」

「即使電話會在凌晨兩點響起？」我不知道我幹麼這麼窮追猛打。我出門的時候一定被達芙妮潛在的敵意給感染了。「聽起來像是在地獄。」

我們在露天咖啡座，咖啡很好，六小時之內不必煩惱帳單的事，除非我們主動找服務生，而帳單來的時候也只需幾歐元。比密爾瓦基的星巴克便宜。現在沒有下雨。

這些話拐彎抹角地講的是戴克倫接著更為直接地說出口的話：「我在巴黎有我的煩惱，但這裡不是地獄。」

我喜歡他。不只是因為他在梅尼蒙當救過我，而是因為他在這裡，在瑪黑區，又救了我一次。風險現在降低了，或該說升高了；眼前沒有立即的危機，只有徘徊不去的危機。我有我的女兒，我有雙胞胎，我有三個顧客兼朋友，我有年長的伯牙夫人，可是我很寂寞，而我人在巴黎。

巴黎有時候像是成雙成對之城。不只是情侶，雖然這種組合多不勝數，卻也包括朋友，手勾手走在人行道上，在菸草店外聊兩句，在爬上地鐵站樓梯時大笑，在像我們這張小桌子邊彎身湊向對方。酸民說這種桌子的大小跟一個餐盤差不多，是因為店家想擠進更多桌子；浪漫主義者或是現實主義者則相信這只是巴黎行之已久的社會實驗：逼他們坐得只相隔咫尺，來瞧瞧他們會不會真的開始交談。

但我已經疏於練習，不懂得該怎麼閒話家常。我的三個「朋友」都不諳此道。卡爾像個收音機，你只能聽他講。榭麗也許是因為獨居的關係，她對安靜處之泰然，有時候到了她每週來的日子，我們只是交換書籍，交談不超過十個字。我喜歡這樣。至少勝過莫麗來的時候，她會要求我提供我根本就沒有的八卦資料。

除了書店之外——我應該還要有朋友的，但我沒有。跟僑民在一起就表示我得聊在家鄉的生活，也就勢必要聊到羅伯。跟法國人來往則表示我得會說法語。

所以我不知道該說什麼好。我環顧四周。當你跟某人在一起時，這座城市看起來真的會不一樣。而我是跟某人在一起沒錯。我應該享受這一刻才對。我的確在享受這一刻。看起來他也是。我問他的研究所生活。在得梅因的生活。他的工作。他告訴我他很緊張接下來會怎麼樣。

因為我也對同樣的事情很緊張，我把這當作提示，告訴他書店、密爾瓦基、我的人生。我說我失去了丈夫。我垂下眼簾。不是因為我信仰虔誠，或甚至假裝虔誠，雖然如果讓人誤以為是這樣還比較簡單。事實是——事實是我失去了羅伯，更教人迷惘的是，我失去了想他的模式。在我跟達芙妮喝過咖啡之後，我再也不能（向自己）假裝羅伯已經永遠消失。現在我抬起頭看看我是否還能讓陌生人相信這個故事。戴克倫看起來很憂鬱。而且和我不同的是，他看起來值得信任。我想問他，想告訴他：重點是，我不知道。我曾經告訴自己他死了，只是因為那樣比較簡單。現在不一樣了。

「那一定很難熬，」他說，「而且還有孩子……」

孩子，是啊。女兒們。一股持續的焦慮，卻也是便給的轉變，於是我開始進行原本不知道藏在我心裡的單親媽媽告解：關於食物、烹飪、飲食、節食、在巴黎除了我之外每個人胃口都很好。有我的女兒為伴，有那對雙胞胎為伴，我應該過得更好才是。

「孩子啊，他們好像說的是另一種語言。」戴克倫說，「我是說，我又沒那麼老……」

他停頓。我不確定他是要我追問還是反駁，還是——這種感覺最強烈——他要我衝口說出我的年紀。我沒有。

「妳的表情很怪。」他說。怪？我想要照鏡子看看是怎麼個怪法。看看我的眼角和嘴角有多少交錯的細紋。

戴克倫自己的嘴巴現在微微張開。他在等我說某件事。任何事。

我選擇後者。

「唔，說到怪，」我說，「不同語言的怪？在公園時，你對那兩個找你麻煩的女警講得一口漂亮的法語，後來你改變了什麼，不光是口音，還有流利度。你突然聽起來好像不太會講法語，聽起來像美國人，聽起來像——」我本來要說「我」，但他的臉也變「怪」了，張開的嘴闔了起來，嘴脣抿成一條線。

「像她們希望聽見的那種說話方式。」他終於說。

「她們為什麼不希望你的法語很好？我確定這座城市對我的唯一要求，就是能說一口完美的法語。」

戴克倫向後靠。我覺得我看到笑意將至，但接著它又走了，他看起來鬱鬱寡歡。「這座『城市』在不同場合有不同要求。對不同人也有不同要求。」

「好吧。」我說。

「不好。」戴克倫說，「在梅尼蒙當的時候，問題就出在我的法語說得太好了。我說起法語就像我已經說了一輩子的法語，好像我是在非洲長大的。對這裡的非洲人——該死，哪怕是在巴黎出生的黑人——環境有時很不友善。妳也看見了。所以我用上我的美國口音。」

我拿起杯子啜飲，拖延時間，但法式技巧我還有很多沒能精通，其中之一就是如何呵護好我的飲料——咖啡、酒，不管是什麼——我總是牛飲個兩三口，杯子就見底了。部分原因出在這裡用的是娃娃屋式的器皿，另一部分原因是我實在太渴了。

「別人始終拿我當美國人看，」我說，「那未必總是好事。」

「妳的國家做了很多愚蠢的混帳事。」

「你也是美國人啊。」

「我是美國黑人。這些年來，巴黎對美國黑人態度比較好，環境也比較友善。爵士、美國大兵，即使在那之前也是。這裡不 parfait（完美）……」

「不過你的法語很完美。」我說。

「我的法語不錯，我很自豪。聽著，我的法語是很流利沒錯，」他說，「不過我還是會犯錯。法國也是。巴黎也是。」他端起他的咖啡。「我想我不應該愛它吧。有時候我是不愛它。」

「那現在呢？」我問。

「現在，」他說，「我愛。」他望著我。

我盯著我的杯子。已經空了，沒有倒影，也不需要有。我知道自己的感受：難為情，還有興奮。

而且突然間，我感覺年輕不少。

「你到底幾歲？」我問。

「四十？」那天晚上我回家以後，達芙妮說。戴克倫來過店裡之後，艾莉問了他幾歲，達芙妮在雙胞胎後頭大膽猜測四十歲，雙胞胎則猜一百零七歲。

「三十一！」我說。達芙妮還太小，不太會看別人的年齡，但我糾正她的態度也太急了點。她倒是沒注意到，不過艾莉絕對注意到了。

「妳問他的年齡？」達芙妮說。

「自然而然聊到的。」我說。

「這個問題好像很私密。」達芙妮說。

「妳有跟他說妳幾歲嗎？」艾莉問。

「妳幾歲啊？」彼得問。

「我們話題扯遠了。」我說。

「不，是妳扯遠了，」艾莉說，「我以為我們在找爸爸。」

「我們的爸爸在北京！」安娜貝兒說。

「艾莉，」我說，「聽我說。」

艾莉搖搖頭。我們養成一種慣例：只要話題涉及總是不在的喬治，就把彼得和安娜貝兒帶到書店一角一個會轉動的舊地球儀旁，於是現在艾莉做了這件事。

「這不是約會。」我對達芙妮說，雖然我需要發話的對象是艾莉，她現在已經遠到聽不見了。

達芙妮一臉困惑。「什麼不是約會？」

「跟那個男人喝咖啡，那個幫過我的男人。戴克倫。他只是要道謝。」還是我要道謝才對？我想不起我們的說詞。

達芙妮點點頭，望向艾莉，她仍然背對我們。

「妳有跟他說爸爸的事嗎？」達芙妮問。

即使停頓千分之一秒都會讓人誤會，所以我立即回答有。

結果這話仍說錯了。

達芙妮微笑。「很好。」她說，並且從口袋掏出一張折過很多次的紙。新的線索？「聽起來他可以幫忙我們找他。」

那不是線索，而是地圖，不過達芙妮認為它可能引領我們找到更多線索。這地圖印在先前有人發到店裡來的傳單上，宣傳你可以「跟著《瑪德琳》的腳步漫遊」。暫且不管路德威．白蒙在他的書裡可是讓瑪德琳和她的同學在全巴黎趴趴走，這一頁還在杜樂麗花園嬉戲，下一頁就在三公里外的蒙馬特山頂。暫且不管艾莉對白蒙的痴迷更甚於達芙妮。我秉持著對拉莫里斯的痴迷去了梅尼蒙當，卻沒有帶著她們的父親回來。

更糟的是，我還帶了另一個男人回來。

「我們可以參加這個活動嗎？」達芙妮問，一口氣問出來。

「達芙妮。」我開口。艾莉和雙胞胎從地球儀旁往回走。再過一會，我就要聽艾莉說我去梅尼蒙當是個壞主意，就像艾莉她自己去那裡也是個壞主意，就像我們來巴黎也是個壞主意，那個地球儀已經過時了，用國家來給書分類很愚蠢，還有：男人都是白痴。

但是現在仍然很安靜，仍然只有達芙妮和我，仍然有時間讓達芙妮悄聲用只有我聽得到的音量說：「我覺得他找到字條了。」

「誰──什麼字條，乖女兒？」我說。

「枕頭上的字條啊。」達芙妮說。她指的是在密爾瓦基，我實際上沒有留的那張字條。它寫著達芙妮現在說的話。「『我們巴黎見！』」

我看著她。我想看看能不能看見被遺棄的女兒，就像我父母死後的我，那時我的大腦總是處於輕微混亂的狀態：他們在哪他們現在在哪我只是需要問需要說我只是需要知道──達芙妮看起來不像那樣。她的眼睛閃著幽光，她的鼻子皺起來。她說她的想法沒有什麼根據；她只是有種感覺，她說，妳懂嗎？

她──她竟然──微笑了。

我只能點頭。

我相信看起來好像我答應了，不過我現在只知道有太多不知道的事了。我不知道艾莉為什麼生氣。我不知道達芙妮以為她在巴黎各處看到的是什麼東西──或什麼人。我不知道戴克倫為什麼去梅尼蒙當，也不知道為什麼後來跟他一起喝咖啡感覺像約會，而那絕對不是一場約會。

我告訴自己警方仍然沒找到任何線索——沒有蹤跡——一點都沒有。我告訴自己要堅持等待證據。證據：不是疑似看見或虛假的心痛或留在枕頭上的字條或留在書裡的字跡。

我告訴自己要懂得分辨真實與非真實。

我告訴自己別去在意我愈來愈不善於分辨的事實。

既然已經意識到了，我應該更謹慎行事才對。可是答應參加三週後的《瑪德琳》漫遊之旅，又有什麼不謹慎可言呢？或是在活動前一個星期，和戴克倫去吃一頓「高級」晚餐？這是他的主意，完全是為了談正經事。我們要討論即將到來的瑪德琳之旅。單從傳單來看，我們似乎能辦得更好，他說。我對本地的專業，妳對書本的專業……

我沒那麼專業啦，我抗議，但我真正想抗議、想討論的，是另一個較不起眼的詞：我們。我們在打什麼主意？

我正在想這件事時，巴黎第一區的一扇不透光玻璃門滑開了，我們走進「紅氣球」，這是一間我曾讀到——誰沒有？——但從未光顧過的餐廳。不過在這個情境下，店名指的是一種特殊的酒杯，戴克倫對他提出的邀約感到沾沾自喜：他一旦發現我對拉莫里斯的興趣，這個人和他的電影便成為持續的話題。戴克倫似乎也很樂意堅持這頓由他請。

時間剛過中午，餐廳空無一人。酒侍帶我們入座，他是穿著緊身黑T恤的光頭男子。他戴著單片眼鏡，我後知後覺地看出那是刺青圖案。

我得知他和戴克倫是商學院同學。我好奇他們是不是曾針對花朵做個案研究，研究花的費用和效果。在房間中央，一個寬到能容納泰坦火箭的圓柱形天窗底下，盛放著目測有一萬朵的鮮花。紫色、紫色，每一種深淺的紫色。淡紫色的繡球花泡沫般湧出花盆。墨紫色的飛燕草有如長矛，從細長到不可思議的玻璃花瓶裡往外伸。蘭花。大理花。還有碩大的粉紅色牡丹花，花的臉跟丫頭們出生那天的臉一樣皺——也一樣大。這裡的套餐定價是每人兩百五十歐元，如果還要搭配酒的話，我讀到費用可能高達每人一千歐元。結果今天的帳單金額——戴克倫早就知道了——是零；這間餐廳在試驗春末的菜單，僅供應「親友團」。

「連酒都是免費的。」戴克倫在一瓶酒上桌時說。酒？我們要喝酒。我心想我應該拒絕——咖啡是一回事，酒又是另一回事，而且——而且我叫自己冷靜下來。那瓶酒能幫助我冷靜下來。

酒侍讓我們看了酒標，我們盡責地點頭。我抬頭對他微笑，他低頭對我皺眉。我們做錯了某件事，但我不是真的在意。我一向認為在巴黎的餐廳和侍者應對時，尤其跟酒相關的事，我的任務就是做錯事。沒做錯事會破壞人家的期待，剝奪酒侍應得的娛樂，搶走廚房裡的竊笑。隨著很響亮的「啵」一聲，軟木塞拔出來了，戴克倫把他的杯子推向酒侍，他微笑搖頭，朝我點點頭。戴克倫微笑，我也微笑，大家都在微笑。酒侍有點刻意地往我的杯子裡倒了一點酒。我朝酒杯伸出手的時候，想到我在法國沒見過多少女性酒侍，想到他們需要這類人才，想到我可以為這份工作做點研究。我看著酒液沿著杯壁往上湧，映照出室內的光線，而——

酒侍把杯子舉到他的唇邊，啜了一口，做出咀嚼動作，點點頭，終於露出微微笑意。然後他把瓶中剩下的酒倒進一個寬底大醒酒瓶，看起來像從實驗室偷來的。

我舉起杯子。「敬商學院。」

「還有巴黎。」戴克倫說。

「還有酒。」

「還有美食。」戴克倫說，因為第一道菜上桌了。

在巴黎做飯很困難的部分原因——除了本地每一個人都比我強以外——在我們家，羅伯才是大廚。

成為父親激發了他這方面的潛能。在有孩子之前，我不記得我們都吃些什麼，也不記得他對食物有多大興趣。我想我們大部分的熱量是喝下肚的。但我懷艾莉的時候，他成為那一類爸爸：因為在婦產科候診室耗了太長時間，被那裡滿坑滿谷的孕婦雜誌洗腦，便開始嘮叨老婆要改善飲食習慣。而我成為那種惱羞成怒的妻子。我說如果他希望我們——我和寶寶——吃得好一點，他可以負責買菜煮飯。他考慮了一下，為他沒有早點想通這一點道歉。要證明他有資格當爸爸，沒有比廚房更好的起點了。

於是我們吃得新鮮，吃得健康，吃得全面。隨著女兒漸漸長大，他開發更多技能。午餐吃越南法國麵包，放進她們可重複使用的午餐袋裡，用夾鍊封好。晚餐吃羅宋湯，舀進她們打不破的碗裡。有時候我們會邀請愛蓮娜過來，羅伯和丫頭們會表演烹飪秀：他們是廚師，愛蓮娜是名人來賓（我是觀眾）。她大快朵頤。他們大快朵頤。

星期六，他們會去農夫市集、異國市集、圖書館。食譜來來去去，飲食偏好也跟著來來去去。我們吃素，我們嘗試原始人飲食法、無麩質飲食法、海鮮飲食法、非洲飲食法。我們吃赤道食物。我們吃熱帶食物。炙烤料理。一鍋料理。十盤一套的西班牙前菜。慢燉鍋。快炸鍋。我為他們做了同款式的圍裙，他還替丫頭們買了白色廚師帽。他們很神氣地穿戴起這些行頭。我以他們為傲——尤其是羅伯。他們製造餐點，也製造回憶。我刻意忽視我腦中的聲音，它說拖延就是這種滋味。

每次羅伯不在，我們就吃剩菜，或是丫頭們不算帶有貶意所稱的「媽媽餐」。不過丫頭們和我自從來到巴黎之後，其實相對來說吃得比較好，主要是因為「逼不得已」。不過我們從沒吃過戴克倫和我在餐廳吃的那麼高級的料理，而且有鑑於價格，我知道我以後也不會再吃得這麼好了。戴克倫的朋友先是送上蔬食——一小盤接一小盤。白蘆筍和綠蘆筍，接著是奶油什錦蔬菜，上面點綴著小小的綠寶石，後來我才發現那是冷凍豌豆。小黃瓜佐芝麻油。再來是魚：檸香鮭魚，搭配撒有煙燻海鹽的奶油卡士達醬。一支瓷湯匙為我們奉上一口海鱸，在這裡它有個神氣活現的名稱：loup de mer，海中之狼。莙蓬菜和洋蔥。一碗清湯，看似乏味，直到你喝下第一口，發現它竟是——椰子。巴斯克小牛肉。現在是薑，兩個方塊，一塊是生薑，另一塊是薑味雪酪。草莓千層酥。

用完餐，我不但撐得要命，還累得要命。吃這頓飯是我來法國以後所做的最需要生理熱情的事。我察覺到這根本不是嚴格定義上「談正經事」的場合，賦予餐點更大的能量，因此當戴克倫提出要陪我走回去，我做了一件讓我們倆都訝異的事：招了輛計程車，並把他拉上車。我們需要——看一些書，立刻。

由於我的UPS送貨員路宏總是在留意我，甚至（或尤其是）當我希望他不要留意我的時候，總之他在等我。他想遞送今日的貨品，而我不在店裡，夫人又不肯下樓來。

我向他道歉，但路宏沒怎麼在聽，他忙著看戴克倫走進店裡，手裡抱著一個他——戴克倫——主動說要幫忙搬的箱子。我相當確定這是違反規定的，但路宏從來不會拒絕別人幫忙。他先前也讓彼得和安娜貝兒幫忙過。

「妳雇了一個男人是好事。」戴克倫一進去他就說。

「他只是朋友。」我說。

「妳雇了一個朋友是好事。」路宏說。他微微笑了一下。我有點微醺。酒侍替我們倒完第一杯酒後，用英語說這酒喝起來會像是「舔絲」。確實如此。

「就這些嗎？」戴克倫已經折回來了。

「也許不是。」路宏說。他轉身擺弄貨車的捲門——只是為了把氣氛弄得尷尬——最後終於點了一下頭，挑了挑眉，開車走了。

「他挺有意思的。」戴克倫說。

「第一週他送我花，」我說，「當開幕禮物。第二週又送我花，那時候我就醒了，發現他是想約會。」

「噢。」戴克倫說，他很困惑，就像我突然也很困惑。

我根本沒想清楚就講了這些話。在跟戴克倫第一次談話之後，我始終在羅伯周圍搭起一道整齊的牆。我只用「我丈夫」來提到他，而且我堅持第一種故事版本，簡單的版本：我失去了他。我藉由這種做法，只對戴克倫說出我對任何其他陌生人透露的事：*我在很突然的情況下失去了丈夫，在很年輕的時候*。而他們會望向我仍然戴著的戒指（只是樸素的結婚戒指）並且說：*真是悲劇*，這件事就算過去了。或是他們會問：*怎麼回事？*而我會說：*我寧可不談*。然後這件事就算過去了。

伯牙夫人知道更多——稍微多一點。我甚至沒告訴她羅伯是作家。我只說我原本有丈夫，他失蹤了。當她問起細節，我說警方懷疑是自殺，我也有同感。她慫恿我開始大聲說出我只在腦中說過的話：*他死了*。

否則的話，le récit vous suit，夫人說：故事會跟著妳。

她是對的，但望著戴克倫，我發現她也錯了。無論如何，故事都會如影隨形。你的目標是確保它不會跑得比你還快。

「所以——你們曾經——你們現在——」戴克倫開口。

「不。」我打斷他。因為我沒有跟他約會——丫頭們會怎麼想！——但我一講出這個字，便意識到我是在對自己說話：不，除非妳知道羅伯出了什麼事。

時間一秒一秒過去。

「妳在——自言自語嗎？」戴克倫問。

「DHL。」我說。

「抱歉，妳說什麼？」

「我在想像打電話，從UPS換到DHL。」

「妳真幽默。」他說。

「只是想保有選擇權。」我說，這讓我不自在地聯想到我為艾莉訂的一本書——表面上是為了放在店裡賣，實際上是給她看的——《給女孩看的抬頭挺胸約會指南》。這是給高中生看的。封面看起來很潮很有趣，而且我喜歡它的文宣品。這本書連瑪丹娜都說讚！

她已經老得可以當阿嬤了，媽，艾莉說，這是她跟這本書最後的互動。但我讀得津津有味。要是我在高中、大學或之後有這麼一本指南該有多好。我的約會史總是缺乏尊嚴。確實，我並沒有讓自己輕鬆度日。我聰明又自傲，去專放外語片的電影院，還參加了三個星期的樂儀隊（我負責粗管上低音號，這是我絕對不會告訴戴克倫——或艾莉——的另一件事）。這本書的頭號法則——也是貫串全書的主旨——就是坦誠面對妳的男伴。當然，這我完全沒有問題。不過這條規則底下還有一個子項目——這讓我愕然——告訴他妳喜歡他。就這樣。書裡有提醒，他可能會說他並不喜歡妳，或是沒那麼喜歡妳，或不是那種喜歡，那都沒關係——接下來一整章都在教妳怎麼好好大哭一場，還有失戀的時候好朋友有多麼重要。這書很有幫助地聲明這一切都是正常的，更重要的是，健康的，除非妳一開始就說出實話，否則這一切都和妳無緣。

值得注意的是，這本書對於可能死了也可能沒死的丈夫，並沒有任何著墨。「我真的很喜歡你，戴克倫。」我說，並等著。等著有人手持場記板走向我們，大叫一聲：卡！等著達芙妮憑空出現，叫我把剛才說的翻成法語。等著艾莉充滿鄙夷地搖頭。等著羅伯從廚房走出來說：但我說了對不起。

「我——我喜歡妳？」戴克倫說。

也許那個問號是我的幻聽。不過後來我倒是清楚地聽見他問，他能不能在丫頭們上學時找個時間過來。我說「為什麼」和「好啊」，他就帶著花和酒來了，我把前門的標示牌翻到「休息中」——因為那是午餐時間，因為那天伯牙夫人出門了，沒辦法幫忙顧店——然後我們上樓去。

「敬拉莫里斯的生日！」戴克倫說。

我沒有假裝這不是約會。我沒有假裝這是約會。我沒有假裝羅伯死了，也沒有假裝他就在樓下。我倒是假裝戴克倫沒記錯拉莫里斯的生日，雖然實際上差了四個月。

酒的滋味很棒，莫麗那週稍早帶來的內衣也是。她丈夫每逢生日、聖誕節——顯然還包括每兩週的星期二——必定會送她內衣，那些內衣已經多到超出她想要的程度。她需要的程度。我則顯然需要這東西，她好像是這麼說的。還有：「祝妳玩得愉快。」在仍包裝得好好的盒子中，躺著半截式小可愛，重量和寬度都和一張面紙差不多。

那天早晨，在戴克倫來之前，在我穿衣服之前，我把盒子拿出來。我走到鏡子前盯著自己看：羅伯失蹤以後我變瘦了，在法國又輕了更多。我認為我形容枯槁，但我們每次見面，戴克倫都很可靠地、不失謹慎地讚美我的外表，現在我仔細看著自己。仍然是那些痣組成的星座圖案，仍然是經歷兩次懷孕、生下兩個女兒的肚子，同一個服從命令做了很多工作的身體，而且我愈來愈常覺得它回瞪著我，疲倦地說：現在還要幹麼？

現在顯然是：酒喝完了，我們在我的廚房一頁頁翻看《紅氣球》的照片書。

我跟這個男人還有這本書，在我的廚房裡做什麼？

笑著。聽著。快要死去。我們翻到了最後一頁。我們抬頭看著對方。他看不見另外那個房間床上準備好的小可愛，但他的表情像是他看到了。我再度低下頭。我翻回開頭。

妳很愛這本書，戴克倫說。

電影，我說。

氣球，他說。

我呼出一口氣。

好吧，我是喜歡氣球，我輕聲說，現在是對著書最開頭的跨頁說話，那是一張帕斯卡站在梅尼蒙當陡峭階梯上的照片，他仰望他的氣球，那隻貓也在看，電影裡沒有這一幕。我愛這個巴黎，我說。

戴克倫盯著書頁，傾身靠近——靠近我，靠近書。妳看，他說，我們在照片裡耶！戴克倫把書壓平，指著一道門口的兩個淡淡的影子。那裡哪有什麼東西，他只是在鬧著玩。我突然沒了興致。真不敢相信我們沒看見他！戴克倫說，他指的是在梅尼蒙當的帕斯卡，但我眼裡只剩下一個重點，我敢發誓我從沒看過這張照片的這個部分，戴克倫現在彷彿也視而不見，可是在這個部分，我看到有個模糊的人影站在窗邊往外看。

我說過，這張照片、這個角度，是電影裡沒有的，只收錄在書裡。在電影裡，階梯上的場景是在多雲的陰天裡拍的。在這張印著書名的照片裡，陽光燦爛到你幾乎能看見拉莫里斯為了讓氣球的顏色更明亮，而在飽滿的紅色氣球裡吹起的一個鬼魂般的橘色氣球。這個小花招很成功，你不會把目光焦點放在別的地方。

也許正因為如此，我從沒看過這個位於頁緣、位於窗內的人影——一個鼻子，一隻手，一張臉，我的丈夫。

Incroyable（不可思議），戴克倫說，他還在開玩笑，沒看見我所看見的，因為沒人看得見。這張照片早在我丈夫出生多年前就拍了。拉莫里斯不可能拍了一張我丈夫的相片。那很奇怪，因為他就是拍了。不可思議？

不可思議，於是我說出來，用英語。

就只是戴克倫用法語說了一個詞，就只是我用英語說了一個詞，但那時候英語發揮了它在巴黎的作用：不論你陶醉其中的是什麼白日夢，它都會把它扯開一道小小的裂縫，於是那間可愛的咖啡館現在只是坑觀光客的黑店，那個速寫畫家只是另一個美國人，你在梅尼蒙當搶案過程中認識的朋友現在只是朋友。我說我還有事要忙。戴克倫等著我抬頭看。我抬起頭並道歉。他一臉悲傷，然後微笑，我送他出去——態度很專業，沒有擁抱，只是很有力道地快速握了一下他的二頭肌——我繼續掛著「休息中」的牌子，並且把門鎖上。我看著櫥窗內原本擺著羅伯的書的空位，然後我穿過書架密門進入內室，坐下來，聽從《給女孩看的約會指南》的建議，也就是：哭到淚水流乾。根據指南所言，到那個時候就停下來。

9

保持隊形，我們循著《瑪德琳》的腳步出發時，導遊叮嚀我們。到目前為止，看來都還不錯。照那張傳單的不專業程度，我本來就沒抱什麼期望，但我們來了：一個導遊，一群觀光客，兩個英國雙胞胎，一個愛荷華人，還有來自密爾瓦基的母女三人，她們對這趟行程的要求遠超出它所能給的。等一下！導遊大喊，我幾乎吼回去：真的。

牽起手，他修正說法，還意有所指地看著達芙妮。達芙妮站在戴克倫旁邊，她看了看他。戴克倫看了看我。那表示沒有人在看艾莉，她放開彼得和安娜貝兒，衝過來把達芙妮拉走。艾莉，從來沒牽過達芙妮的手的艾莉。艾莉，她可能有也可能沒有傳心術，不過她還是成功地對戴克倫無聲地大喊：你敢給我試試看。

但是太遲了，我已經「敢」了。我邀請戴克倫同行。因為達芙妮說我可以，因為我對「不是拉莫里斯的生日」那天在我廚房裡的尷尬狀況感到愧疚，也是因為——說出來很荒謬，但卻完全是真的——我希望那種尷尬延續下去。

不論我的腦子耍了什麼花招，才把羅伯放進那張照片裡，總之我被嚇到了。儘管（或正因為）戴克倫吸引我，卻能讓我鎮定下來。（他也受我吸引嗎？《給女孩看的約會指南》有一整個小節在講「訊號！」，但我害羞到不敢去對照。）送戴克倫出門的時候拍他的手臂，主要不是為了和他有肢體接觸——嗯，還是有部分原因是啦——而是向我證明，向任何在旁觀的人證明：戴克倫是真的，有血有肉。羅伯不是。

導遊是個年輕的男人，講得一口厚實而抑鬱的英語。他顯然對白蒙的創作沒有愛，只是想掙點錢罷了。彼得問他叫什麼名字，導遊假裝聽不懂彼得的法語。安娜貝兒悄聲向彼得說出某本法文童書的角色名，他們恨透那個角色了——不知怎地，導遊倒是懂了這個，於是叫他們安靜。那時安娜貝兒用英語向我討一根棍子。這不算什麼奇異的要求——她是我們這裡初露頭角的博物學家，什麼東西都想戳一戳，不管死的還是活的——但不是什麼好兆頭。

我們沿著塞納河往東走，遠離聖母院的方向，這時我的女兒們情不自禁地注意到各種erreur（謬誤）。

「媽，他一直叫她『瑪德蓮』。」達芙妮抱怨。彼得和安娜貝兒把這名字當球一樣傳來傳去。達芙妮說得有道理。如果你不按照書名的（錯誤）拼法唸「瑪德琳」，而是按照法語的正確發音唸「瑪德蓮」，整本書的押韻都跑掉了。達芙妮帶了她自己的書，一路不停比對。「而且排成整齊兩排的小女孩有十二個才對。」

「二十四個！」彼得說。

「不是，」達芙妮開口，「是——」然後又放棄了。

對我的女兒來說，任何一種直線排列都是《瑪德琳》或白蒙這個人最無趣的部分。她們喜歡彎彎曲曲的線條，喜歡白蒙畫作生動而鬆散的筆觸，那些頁面看起來好像是他用三十秒草草畫出來的（但羅伯說它們常常是打了三十次草稿後的成品），不過她們最愛的是，儘管巴黎很美，每個角落後頭卻潛伏著危險：《瑪德琳》系列第一集裡，區區三百五十個字就囊括了一樁搶案、一個受傷的士兵、從老虎嘴裡噴出的帶血的水霧、一場暴風雪、一場暴風雨、搭乘救護車穿過艾菲爾鐵塔的支架，當然，還有深夜的割盲腸手術。在密爾瓦基，達芙妮和艾莉都曾數度在萬聖節扮成瑪德琳去討糖果，但她們對我的手作帽子和緞帶沒什麼興趣：她們更樂意秀出羅伯在她們肚子上畫的小小割盲腸傷疤（用簽字筆畫的，連我都不得不承認它很神似白蒙的鋼筆畫）。

丫頭們從未向我強調她們對白蒙的喜愛——羅伯有時候倒還會試著這麼做——她們不需要；我看到她們的生活中充盈著那種愛。現在這趟行程中，我用嶄新的眼光看到那份愛，因為我們的導遊提供的錯誤資訊接踵而來。

「拜託？白蒙是『美國人』？」艾莉看著我。我有一次犯了個錯，把白蒙寫給成人看的非小說作品跟其他曼哈頓作者一起放在「美國／紐約區」。艾莉認為他的全部作品都應該跟巴黎人放在一起。

「他確實住在美國？」我說，純粹是因為艾莉在瞪我才加上問號。

「他是比利時人嗎？」戴克倫試探地說。他並沒有討好的意思，也或許有。他看起來真心好奇。「他的姓——」

「比利時！」艾莉嗤之以鼻，「他是奧地利人——不是澳大利亞人，達芙妮——」達芙妮有一次為了惹毛艾莉，把白蒙放到我們的「澳洲區」，艾莉仍餘怒未消，「——土生土長。至少有一段時間啦。後來去了德國。」我們都轉頭看她。「然後……美國。」艾莉說。

我們走到了新橋，在《瑪德琳》系列第二集中，瑪德琳就是從這座橋上掉進塞納河，後來被一隻狗給救起，那隻狗是瑪德琳的同學認養的狗，名叫日南斐法。日南斐法是巴黎的守護聖者。現在艾莉解釋，日南斐法原本叫邋遢鬼，是白蒙的編輯要他改掉的。安娜貝兒興奮起來。「邋遢鬼！」

「我不記得書裡有寫到這個。」彼得說。

「不是那本書，」達芙妮說，「艾莉看了寫給大人的書。」

我們的導遊渾然不覺，也沒有提到那隻狗、聖人、邋遢或任何有價值的事。

艾莉再也受不了了。「Excusez-moi!（不好意思！）」她大聲說。導遊停了下來。全團的人看著艾莉。她深吸一口氣，問起落水、狗、辯論——這是她和達芙妮之間的辯論——瑪德琳究竟是從哪座橋掉下去的，因為白蒙剛開始畫《瑪德琳》的時候，是在卡魯塞爾橋旁邊的伏爾泰堤道上—— mais（但是）……

導遊搖搖頭，我們可能比他更了解巴黎讓他氣炸了。但我們確實比他了解，我們了解這個巴黎，白蒙的——羅伯的——巴黎，非常了解。

剩下的觀光客——顯然我們每走過一個街區都會流失幾個人，因為導覽行程變得愈來愈雜亂無章——轉頭看艾莉。

「這座橋——」艾莉開口。

「這座橋！」導遊大聲說，開始用法語對艾莉喝斥，他說這座橋確實很重要，但是跟她那本愚蠢的書一點關係都沒有——一九六八年，勇敢的無政府主義者就是在這裡差點成功刺殺美國大使，要是他們成功了豈不是太好了嗎，因為它會引發連鎖效應，現在這個世界就不會被無知的、吃屎的美國人所統治。他說白蒙是德國人，美國人沒有加諸在這世界上的恐怖，德國人都補足了，而且還會再一次危害世人。

他漲成醬紫色的臉（還有睜眼說瞎話，至少針對他所謂的暗殺未遂事件）顯示他並不認為艾莉——或達芙妮——或我們任何一人——能說流利的法語。的確，同團的人似乎都聽不懂他說的半個字。但達芙妮懂得夠多，因而哭了起來，艾莉則開始大叫。這使得彼得開始生悶氣，安娜貝兒則放聲尖叫。導遊對這一切的回應是一串粗野的俚語，我完全沒聽過。

戴克倫倒是對他說的話不陌生，他用法語叫他閉嘴，說他應該感到羞愧，收了這些人的錢卻提供虛假的導覽行程，還惹哭小孩子……

導遊搖搖頭，退後一步，再一步，然後融入人群中。

彼得和安娜貝兒跑到戴克倫身邊——想要安慰他，或是因為他們知道他剛才為他們挺身而出。

Je suis désolé，戴克倫說。這句話的意思是「我很抱歉」，不過我總會聯想到「我很孤寂」（I am desolate），我確實是，或者很接近那種狀態。達芙妮搖搖頭。彼得看起來餘悸猶存，安娜貝兒則像是她現在真的很想有根棍子。

但我們的行程怎麼辦？我轉頭看著這一小群人，思考該說什麼好。來我們店裡吧——那裡只離這裡不到一公里——你們可以買原著來讀，或只是逛逛也好。我代替巴黎向各位道歉。我不認識那個導遊，不過我確實住在這裡，然後——

「巴黎有不止一棟建築物或學校，聲稱它是瑪德琳學校的原型，也就是那著名的『爬滿藤蔓的老屋宅』。事實上，白蒙採用的原型是他自己在奧地利讀過的學校——一所男校。」

這是艾莉在說話。每個人都盯著她。

他們當然要盯著她了，她講話充滿權威。頭抬得高高的，腳踩得穩穩的。她站在橋的護欄上，兩手輕輕勾住一根燈柱，身體轉著圈。

「他說德語，還有很多種語言。」

我看著戴克倫，他朝著橋對面的兩名警察點點頭，他們剛邁開步子朝我們跑過來。團體中的爸爸們對這聰慧活潑的孩子微笑。安娜貝兒也是。媽媽們則看向我——我會阻止這個狀況對吧？馬上？

對，但要怎麼做才不會導致她掉下去？我盯著她。艾莉回盯著我。這表示她不怎麼能看見戴克倫正從另一個角度接近她。

「好，我們都知道克拉薇小姐吧？」艾莉高聲說，「書裡那個像老師或領袖的人物。她也不是德國人。不論如何，她的原型是他女兒的老師。白蒙的女兒不叫瑪德琳，她叫芭芭拉。不過說到他太太，她原本住在一間有點像女孩們學校的女修道院當修女，後來她不當修女了，跑去曼哈頓當一個藝術家的模特兒，他就是在那時候認識她的。不過重要的來嘍：白蒙的太太叫米米，這是暱稱，她的全名是瑪德——」

我以前的老闆，也就是大學校長，從來、從來就不懂得戲劇化停頓的重要性。那樣做的意義到底是什麼？她會說。而我會說：意義可大了，停頓等於告訴聽眾：「準備好。」

但我老闆的主張是：她不希望任何人準備好。停頓只會讓人群中的某人有可乘之機，藉此大叫、詰問，打亂她的步調。

達芙妮正是做了這件事。

三個英文字母，一個音節：爸！

艾莉霍地轉身。

爸？這個詞讓我的動作延遲了至關重要的半秒鐘。但戴克倫沒有，他的動作像是他什麼也沒聽見，像是他真的認為他可以在艾莉掉下去之前接住她。

他沒有。她掉得太快了。

我衝向她剛才站的位置。

更神奇的事發生了：她只掉下去一公尺左右。護欄底下有一道寬寬的外緣，艾莉現在就如釋重負地站在那上頭。彼得和安娜貝兒鼓掌。大家都鼓掌。艾莉低頭看著救了她的石頭表面，我也是。那道外緣寬度約六十公分，微微傾向河面，上頭有一層綠綠的東西，應該是黴或水藻或青苔吧——總之是會滑的東西，因為當她朝我伸出手（雖然戴克倫離得比較近），她突然就消失了。

接下來如何？有人在尖叫（不是艾莉）；戴克倫控制住達芙妮、彼得和安娜貝兒，不讓他們亂跑；我拔腿狂奔。叫喊聲、喇叭聲、哨聲，遠方某處傳來漸漸變大聲的兩段式警笛，接著又出現另一個同樣的聲音，尖—平、尖—平，這聲音總提醒我，我已經不在密爾瓦基，而且有好一陣子了。

艾莉選擇落水的位置很好，離一座消防艇崗哨站只有一百公尺，一群蛙人正在那裡測試新裝備。如果避免蛙人介入而讓她的媽媽救她，會是更聰明的做法，但我從離得最近的階梯跑下去，卻跑到了對岸，所以我沒辦法介入，只能眼睜睜看著消防員把她從水裡撈起來之後交給警方。

戴克倫、達芙妮、雙胞胎和我在當地警察局與艾莉會合——那是一座裝飾華麗的 petit palais（小型宮殿），看起來像凡爾賽宮的附屬建築——我們簡短地表達團聚的喜悅，然後戴克倫就去辦正事了。在去警察局途中，他向我們保證他從更糟的處境中解救過許多美國年輕人。我們其他人坐在一座兩層樓高拱廊的長椅上——這是警察局大廳，不過稱它為大廳好像有點蠢——戴克倫則走到幾步之外替我們辯護。

艾莉不肯跟我說話，只是碎唸她希望這事不必耗上好幾個鐘頭。我則暗自希望耗上好幾個鐘頭，覺得我至少需要那麼長的時間來搞清楚發生了什麼事。達芙妮喊了什麼？誰看見了什麼？

這是我看見的：從橋上到水面的墜落距離比白蒙畫的來得長，不過沒有長到大學生（戴克倫表示）和偶爾為之的十五歲美國女孩不能輕鬆駕馭的程度。真正的挑戰——除了避開船隻之外，這一點感謝幸運之神眷顧——是爬上岸。水的流速比看起來快。但艾莉自始至終沒有驚慌失措，我甚至好像看到她微笑，我猜她笑是因為發現自己意外做出我絕對不允許的特技表演。重點不是那條河（儘管汙染程度不像以前那麼嚴重）沒安全到可以游泳：這件事的吸引力在於她被禁止做這件事。事發後，在小巧可愛、天頂上像擺了一堆盆栽的紅白色巴黎消防隊駁船上，救起她的蛙人再度強調這一點，似乎只是讓她更得意。（不過讓她最開心的可能是救她的年輕英雄都無比英俊。她在船上跟船員拍了許多自拍照，從照片看來，那些消防隊員好像配合度也太高了點。）

這是我沒看見的，不管在橋上、在水裡、在後來去的警察局裡都沒看見：羅伯。

我假裝我聽錯達芙妮說的話了。她沒有叫「爸」——就算她叫了爸，艾莉和雙胞胎都沒有聽見，不然他們現在一定會討論這件事。我不想主動提起，因為——因為我不想被人當成瘋子。在警察面前不行，在我的女兒面前不行。

仔細想想，在戴克倫面前也不行，他掋著笑回到我們身邊——他說他說服他們撤銷了罰款——

「不小心掉進河裡要罰錢？」我問。

「不用，」他說，「可是站在護欄上要罰錢。總之，那都沒差了。」

「謝謝你。」我說，起身準備離開。

「不過有個交換條件……」

原來還是要罰錢。或者喬治用神祕手段替我們張羅的簽證有問題。如果是的話，那比罰錢更嚴重。

「姑娘們，」戴克倫說，「妳們只需要跟某個人談一談，好嗎？妳們的媽媽也會在場，一部分時間啦。」

「什麼人？」達芙妮說，憂慮從她的眼睛擴散到額頭、整張臉。

「一個 psychologue，」戴克倫對我說，「一個心理學家。」

「什麼？」艾莉說。

戴克倫解釋說，他用這種方法把他負責的好幾個留學生弄出警局。他說只要避談政治就沒問題了：唯一有麻煩的那次，是喝醉的學生坦承自己忠實崇拜英國前首相柴契爾夫人。除此之外，戴克倫說頂多三十分鐘就能搞定。

這時候達芙妮說了些什麼，聲音輕到戴克倫必須要她再說一遍：「你有沒有告訴他們——」她又停頓，我等著她提到她爸爸，但她沒有。「你有沒有告訴他們導覽行程的事？」達芙妮問，「瑪德琳？提到我們開了一間書店？」

艾莉換上「上場吧」的表情，站了起來。「他們可能就是因為這樣，才認為我們瘋了。」她說。

戴克倫想陪我們進去，但過來帶我們的女警皺眉，再說雙胞胎也需要有人看顧。因此達芙妮、艾莉和我進到一間看起來像醫院病房的辦公室。羅伯和我在密爾瓦基看的諮商師在市中心有間面河的漂亮閣樓，乾淨整齊，線條簡約。它總讓我聯想到日間水療中心，寧靜、平衡、微氣泡式的安詳。羅伯說他總聯想到宜家家居，有那麼多難以理解的指示牌。

但這個房間令我和丫頭們想到《瑪德琳》，尤其是瑪德琳割盲腸的那間一九五〇年代的醫院。四公尺高的天花板下方有六張行軍床沿牆壁和一排可以打開的大窗戶排列。這裡看起來古老而無人使用——不過也很乾淨、安靜、平和。一進門的桌子上放著細頸長花瓶，裡頭插著一枝玫瑰，黃色的，是真花。

就連剝落的油漆——也是黃的，淡淡檸檬黃，正如同不久後他們給女孩們當點心的水果塔的顏色——都很美。艾莉成功看出另一個與《瑪德琳》的相似之處——我們年輕的女主角在為盲腸手術靜養時，從她醫院病房的天花板裂紋看出一隻兔子的輪廓——使我們的天花板裂紋變得雅致許多。至少對我來說是。對那個心理學家來說——他是個戴眼鏡的中老年人，堅持對我們說英語（帶著一股把人搞糊塗的蘇格蘭口音）——這只是強化了他的判斷，認為我們母女的心理健康都需要照護一下。

達芙妮再次講述導覽行程、書店、《瑪德琳》、白蒙的來龍去脈。

白——蒙？不，男人說，他不怎麼知名。

艾莉開始解釋書、橋、白蒙本人有過自殺的念頭，雖然沒有證據證明他曾經跳下一座橋或想要——

Mademoiselle（小姐），他打岔。

C'est vrai（真的），達芙妮附和。

男人看看他的寫字夾板，再看看我。

「丫頭們。」我說。

艾莉不理會我，自顧自地講下去。事實上，這整個系列的創作靈感發源自醫院，當時白蒙動了個小手術，在一間類似此處的病房裡休養，結果他跟一個小女孩當了朋友，有個好心的修女、一個護理師，每天都來探望她，那修女戴著斜斜的白色物件，像是帽子？艾莉望著我。「包頭巾？」我說。

艾莉看著達芙妮。「Comment dire『包頭巾』en français?（法語的『包頭巾』怎麼說？）」達芙妮搖搖頭。心理學家看著我。艾莉繼續。

白蒙和那個女孩用天花板裂紋構成的圖案編故事，藉此消磨時間。

達芙妮打岔說當時還沒有智慧型手機，生活比較無聊。她是用法語說的。

妳會用行動電話嗎？男人用英語問我。行動電話上有很多危險。我知道美國在這方面不一樣，但這裡不是美國。

艾莉問他想不想聽更多故事。我說不想，男人說想。

白蒙和女孩——女孩年齡跟達芙妮差不多——住的醫院不在巴黎，而在法國的另一個區域。他知道那裡嗎？比斯開灣的利勒迪厄，就在羅亞爾河河口以南。

心理學家嘟起嘴，然後用法語喃喃自語。「我們現在去分開的房間？」他說，「不同的房間，不同的問題，媽媽，女兒，這類的事。」

妳們的媽媽會打妳們嗎？他劈頭就問了這個問題，達芙妮在我們回到家、哄睡雙胞胎之後立刻向我告狀。她和艾莉說她們回答non。

他還有問別的嗎？

她和艾莉用眼神商量了一下。Non。

可是在單獨審問我的時候，心理學家並不是這麼說的。他確實提到他問了她們有沒有被打——他說根據他的經驗，美國人聲稱不來體罰那套，但很多人一離開美國就放棄原則……

但他也說他有問起她們的父親，對話是這樣的。

姑娘們，妳們的爸爸在哪裡？

Il est parti。他走了，丫頭們說。他問她們多久了；她們告訴他。他問她們他去了哪裡，她們告訴他——或者應該說，告訴他她們也不確定。這時他追問她們，而「小的那個」終於說：有些人說他已經死了。

夫人，心理學家越過他的鼻尖低頭看我，她說這話時沒有哭。這不正常。

我心想，如果我替她們哭算不算數？她們沒有流淚並不能證明她們恢復力驚人，雖然這幾個月以來我都讓自己這麼想；它只能證明她們活在妄想中。這確實不正常，她們的爸爸消失不正常，她們確信他會回來也不正常——或者，由剛發生的事來判斷，由幾個星期前達芙妮邊喝咖啡邊說的話判斷，羅伯已經回來過了，這也不正常。羅伯走後有許多個夜晚，我都暗罵他太不為人著想，沒想過他失蹤將如何擾亂我們的孩子——但現在我擔心是我擾亂了她們。度過我們初到巴黎那段跌跌撞撞的日子後，我陷入幻想，認定來巴黎對她們有好處。畢竟有哪個少女不想來巴黎？我一向想的。而現在，我長久以來的夢實現了，我在這裡，在一間警察局和心理健康專家在交談。

他繼續說：然後大的那個說：「可是我們不相信他死了。」他看著筆記。然後我問她們：「妳們為什麼不相信他死了？」我問這個是因為弄清楚很重要。死亡不是小事，要談論它一定要很明確才行。於是小的看著大的，大的看著小的，然後大的說話了。

「『他在找我們。』」他說艾莉說。

「『我不懂。』」心理學家說他這麼告訴她。

「『你不會懂的。』」他說艾莉說。

我是不懂，心理學家對我說。

我也不懂，不完全懂，所以那天我哄艾莉上床睡覺時——我就像艾莉一樣，趁著特殊事件做出以後再也不會被容許的事——我跟她說我們需要談一談。我本來想跟達芙妮說一樣的話，但我還來不及想到夠溫和的方式，她就已經睡熟了，這刺激的一天讓她累壞了。

「我在聽。」艾莉說，她趴在床上，臉別向另一邊，眼睛閉著。隨著她的呼吸變得緩慢而深沉，隨著我撫摸她的頭髮，隨著公寓發出它晚上會發出的嘎吱聲，外頭的街道幾乎徹底靜了下來，但還不是完全靜下來，我也聽著。

我本來或許會坐在那裡一整夜，就這麼坐著睡著，但我聽到一陣水流聲，宣示樓下有人打Skype找我。我任由自己想像那不是辦公室電腦發出的聲音，而是來自某個遙遠的教堂塔樓，但鈴聲又響了，我心想：一定是——

愛蓮娜。艾莉把她的蛙人照貼上網，對愛蓮娜來說，艾莉是她跟我們母女在廣大而混亂的社群媒體世界中唯一的連結，因此她看到照片後，想知道究竟出了什麼事。

於是我告訴她了。一切。以我的版本來說，等於什麼也沒講的意思。我告訴她我們參加了導覽行程、遇到無禮的導遊、艾莉雄辯滔滔、她落水又獲救。我沒提有個叫戴克倫的男人幫忙我們跟警察周旋，我沒提我覺得聽見達芙妮喊了什麼。

我沒提，但我知道不久後我就不得不提了。說到真相這回事，愛蓮娜是一種獨特的重力，會不斷把真相往她那裡拉。

「妳看起來很高興。」我近乎惱怒地說。

愛蓮娜哼了一聲。「自從尤金．麥卡錫贏了新罕布夏州以後，我就沒有『高興』過了。我是欣慰，甚至樂於見到我的教女學會在人生的水域中悠游自如，不論是比喻上的水域或是真實的水域。」

「愛蓮娜，我不能——」我說，「不要耍小聰明，現在不是時候。」

「那我就直話直說了，」愛蓮娜說，「艾莉為什麼會掉下去？」

「說到水域，」我說，「我們的房客怎麼樣了？我們在密爾瓦基的舊家怎麼樣了？妳願意擔任房東真的很好心。夏天要來了，地下室會積水——」

「乾得跟骨頭一樣，跟艾莉相反。莉雅，發生什麼事？」

「她沒站穩。」我說，愛蓮娜等著。「有事情讓她分心。」愛蓮娜看著我，好像她已經知道我要說什麼了。我不認為她真的知道，但這是我瓦解心防的唯一藉口。「好吧，」我說，「達芙妮大叫一聲『爸！』，至少我聽起來像是『爸』，好像她看見他了。事後她沒提一個字，她們兩個都沒有，我今天晚上本來要跟她們談談這件事的，但我他媽的臨陣退縮。也許那反而好，也許我聽錯了，也許她只是叫了一聲『啊』——」我停下來。「愛蓮娜，」我說，「現在是怎樣？」

她搖搖頭。「莉雅，」她說，「她們想爸爸了。」她謹慎地停頓一下。「她們當然想。」

「我也想她們的爸爸。」我說，這全然不是我打算說的話，我已經好久沒說出這種話，因此我沒再說一個字，愛蓮娜也是。我感覺到她看著我，我也感覺到我別開目光。

我確實很想羅伯。成為單親家長就像拍一鏡到底的電影，攝影師的壓力超大，不能被纜線絆到，不能撞到指向型麥克風，不能搞不清楚哪種發燒值得在凌晨四點打電話給小兒科醫師哪種不用。我以為還在密爾瓦基時的我可以駕輕就熟——畢竟那麼多次筆遁我們都好好撐過來了。但我得承認，煮飯、打掃、安排行程、責備和鼓勵：沒有人幫忙是很困難的。在巴黎這裡，每週要做出幾十次主觀判斷也很困難。該給女兒零用錢嗎？如果要，要給多少？錢從哪裡來？我們該轉學到國際學校嗎？我們該養隻貓嗎？

我們該回家嗎？

你可以坐在一張缺了一條腿的四腳椅上：你只是需要多用點力氣，多用點專注力。巴黎就像臨時用來湊數的一疊書，功用是當椅腳的代用品，至少撐了一陣子。沒有真正的椅腳那麼篤實、那麼穩固，不是長久之計，但我們還挺得住。現在已經過了夠長的時間，讓我們有可能在一、兩毫秒的時間裡忘了他已離去。長時間以來，認為他死了能幫助我們遺忘。但這時候總會有人來從書堆裡抽走一本書，也許是扉頁寫著「對不起」的那一本，使得椅子搖晃起來。然後我們其中一人——例如達芙妮——會大喊「爸」，有人會掉下去。這次是艾莉，下次會是誰？

「我要問妳一件事。」愛蓮娜說。

現在我模仿愛蓮娜的伎倆：什麼也不說。

「我以為妳會打岔。」她說。

我還是什麼也不說。

「唔，這是Skype的好處之一，」愛蓮娜說，「不管是怒是喜，它都是免費的。打電話的話，沉默感覺好奢侈。」

我搖搖頭。

「我可以向妳引述一位專家的話嗎？」愛蓮娜問，「恐怕我必須這麼做，因為這是關於我一無所知的主題，也就是孩子。這位專家告訴我，年幼孩子受傷的嚴重程度，是跟事件發生到尖叫出聲之間經過的時間成正比的。事情愈輕微，叫聲來得愈快。如果事情很嚴重，尖叫要過很久才會來，因為還有很多別的狀況在發生：孩子要逐漸理解發生了什麼事，要吸入更多的空氣來發出更響亮的尖叫聲——」

「這是我告訴妳的。」我說。

「我知道。」愛蓮娜說。

「我有沒有提過最糟的狀況，那就是尖叫聲一直沒來？」

她毫不退縮。「沒有。誰會講到自己家人的死亡？即使只是假設？」

我退縮了。我確實必須停頓一下才能開口說話。當我開口時，我發現自己幾乎沒了底氣，由憤怒挾帶的力量也隨之流失。我是說，我仍然氣得要命——氣愛蓮娜，氣羅伯，甚至氣我的女兒，氣她們讓他復活，哪怕只是一種幻覺——但我也覺得累了。所以我才會在那本書的頁面上看見他。所以我才會覺得他無時無刻不在盯著我。那不是因為他還活著，而且人在巴黎。那是因為我已精疲力盡，而且非常孤單。

「他不是個孩子，」我說，「他沒有掉下去。我們並沒有在等羅伯尖叫。」

「對，我們沒有。」愛蓮娜回答，「我們有達芙妮，她以為她看見他了。我們有妳，妳在他的一本書上看到手寫字跡。我們有我發現的一百頁手稿，描寫一個夭殺的與我認識的家庭相似的家庭。」她說。

我們來到了轉捩點：我等著愛蓮娜這麼說。但她說了別的話，我這才意識到愛蓮娜和丫頭們老早就到了轉捩點，我也該跟上腳步了。

「我們沒有在等他發出點聲音，」愛蓮娜說，「因為他已經發出聲音了。」

10

羅伯很靜，他說這是職業病。記憶中，在我們的婚姻生活裡他大叫過三次（應該吧）。一次是達芙妮六歲時，她在男女混合的足球隊裡殺出重圍，得到致勝的一分；另一次是艾莉十歲時贏了拼字比賽（題目是scrumptious）；第三次，也是最不尋常的一次，是我們跟足球隊的其他家長一起，在聚會快要結束時那個晚上發生的。在密爾瓦基，這類聚會偶爾會變成這樣：一杯酒演變成十幾杯酒，大約十一點的時候，大家開始打給保姆延長鐘點，因為某人提了個好主意，說我們去跳舞吧。

我很愛跳舞，也許是因為我很晚才接觸這個領域。我到了研究所才開始跳舞，等於處在跳舞的青春期。所謂的青春期不是指一段時間，而是我表現出的態度。生孩子之前，我曾拖羅伯去跳過一、兩次舞，他雖然願意配合，但跳得並不出色。在那之後，我多半跟我研究所的好姊妹出去玩，等她們變老了或離開這座城市後，我就完全不去跳舞了。現在我們在缺乏判斷力的狀態下跳著舞：沒什麼特別的，只是在一間酒吧的後側，不過我們買通了DJ，音樂棒極了。羅伯和我跳得像暴風雨中晾衣繩上的衣服。我們為那些二十幾歲的常客賣力表演，他們對我們很寬容，因為我們很有娛樂效果，也因為他們知道我們永遠不會再來了。也許是他們其中一人叫了警察，警察在午夜左右抵達，說有人投訴噪音問題。燈打開了，音樂停了。羅伯站在房間中央，大喊：不——！在那之後出現深沉而突兀的靜默，這靜默源自警方的暗示，他們不知道羅伯不會傷害人，不知道他是個作家、是個爸爸。他們緊緊盯著他。整個房間的人也是，我也是。我咧著嘴在笑，因為我喝醉了，看到羅伯這麼生龍活虎真是有趣，但後來我不笑了，因為他的尾音仍在延續，我聽出他心中受到壓抑的一切；「不」不光是在抱怨音樂停了，也是在抱怨他生活中曾有的魔法消失了。也許我將這一刻做了過度解讀，但作家的妻子本該如此。除了這個，還有就是走向她的丈夫，牽起他的手，吻他，然後戲劇化地轉身面向警察和人群，假裝一切都是表演，鞠躬。晚安，各位！

撇開層層的深意不談，有好幾個月的時間，我們在足球場邊津津樂道那場跳舞惡作劇。還記得警察來的那次……？密爾瓦基有許多故事無法在巴黎述說，這是其中之一。我在莫麗身上試過，她皺起眉頭，在她的紐西蘭耳朵聽來，所有美國故事似乎都脫離不了警察或槍或兩者皆是。她說她去的教會開設的有氧舞蹈班在討論要辦個女孩之夜，我想去嗎？我搖頭。晚上要出門太難了，我告訴她。女兒要有人顧，店也要有人顧……

從幾個月前開始，我就叫丫頭們努力發揮創意，想想有什麼方法能提升店裡的來客率。我現在發現專賣死去作者的書，不但有點古怪，還很愚蠢：死去的作者不會開朗讀會；我們從來不辦活動；除了莫麗以外，我們的客人多半都超過六十歲。我建議艾莉和她朋友能辦幾場已故偉大作家的朗讀會。「好啊。」她說（在她逐漸減少的英語詞庫裡，這個詞和許多詞一樣，只代表相反的意義），然後找阿希夫合作，開始籌畫以青少年開發及使用的手機應用程式為主題的晚間活動。我們店裡這方面的書硬是一本也沒有。

沒關係。預定日期的那天傍晚，店裡出現前所未有的人潮。就連夫人都下樓來察看（她一聽到主題就皺著臉回去了）。我好奇艾莉是怎麼認識這麼多年齡比她大得多的人——後來才驚覺他們根本沒有比她大。她和阿希夫召集來的二、三十個與會者都是同學、青少年，但這些青少年穿戴高跟鞋、休閒西裝外套、絲巾、鬍鬚、足球上衣、穆斯林罩袍、牛仔褲、惹眼的眼鏡，還有到處都是的笑臉。達芙妮和雙胞胎也在笑，雖說他們的笑容有點謹慎，他們聚在櫃檯沒有擺滿食物的那個角落。我原本擔心艾莉會要求供應酒，但她沒有，反而端著一大杯茶招呼群眾。她（達芙妮似乎也是）有點感冒的前兆。這時門上的鈴響了，「意外的特別來賓」——今晚的主講人——到了。

戴克倫。

不意外的是，他們愛死他了。他對這類觀眾很熟悉，結果他對寫程式倒是不怎麼熟悉——不過他是笑著承認的，於是引來更多笑聲。然而商學院確實教了他一些行銷方面的事，他很樂意分享，大家也很樂意聆聽。活動結束後，大家拍照、交換地址。沒人買任何一本書——或該說連提都沒提起任何一本書——但艾莉覺得活動超級成功，我也只能贊同。

戴克倫留下來幫忙善後。達芙妮帶雙胞胎上樓。艾莉陪阿希夫走去地鐵站。戴克倫解釋他之所以沒告訴我他要來，是因為艾莉要他保留驚喜。他說他希望那沒問題。他希望我沒問題。他希望艾莉沒問題。希望一切都沒問題，因為之前情況變得有點怪。

我說沒有怪啦，任何事都不會怪，不過其實每件事都很怪。威斯康辛州還是沒有任何可以驗證的、羅伯存在的跡象——沒有從自動櫃員機領錢、監視器沒有照到他的身影、我們在密爾瓦基的房客也沒有通報說他出現在門口。但巴黎處處都是他的跡象。那提醒了我，我仍然已婚，跟一個失蹤人口有婚姻關係。我感覺隨時都受到批評，因為我隨時都聽見羅伯的聲音：妳讓艾莉穿「那個」？妳讓達芙妮讀「那個」？妳們晚餐又吃冷凍食物？

對、對，完全對（法國的冷凍食物可能是這個國家繼巴爾札克之後，送給人類文明的最大禮物）。

現在我聽到我的聲音在問截然不同的一種問題。

戴克倫，你想去跳舞嗎？我有個僑民朋友有聚會，我說，而他的法語能幫得上忙。事實上，我說如果他能建議某個地點會幫上更多忙，因為——

這時我聽到羅伯在說「不——！」，但聲音很微弱，因為戴克倫的聲音蓋過了他，他剛才說「好！」。他說他要速速回家一趟換衣服，傳簡訊告訴我可以去哪裡，等不及了，待會見。然後他就走了。

事實是，我沒有什麼僑民朋友要去跳舞，但我在店裡度過了一個愉快的晚上，我很享受再見到他，我想要宣洩感情——更精確地說，我感覺我快要爆炸了。我趕緊傳簡訊給莫麗，看能不能使謊言成真：跳舞嗎？現在？

我在巴黎有時候會考慮傳簡訊到羅伯的手機，不過我知道它在某個地方的證物櫃裡，而且電池早已沒電了。

莫麗回傳：莉雅，已經快半夜了！

我後方，店的後頭，傳來一聲咳嗽。

是艾莉。她在那裡站了多久？

艾莉又咳了一聲。「不要說。」她說。

我知道有其他爸爸祈禱生出兒子，一想到女孩就搖頭。羅伯愛他的女兒。他在聚會中說他要當家族中最後一代男性，告訴我他很自豪他「克服」了孤兒的DNA。他為艾莉和達芙妮錄製「我的某某錄音帶」（實際上是CD），專門收錄女性歌手的作品。他希望他的女兒能接受這個世界的挑戰。我真希望他能看見她們已經準備好了。

而且我希望他看到她們似乎把我視為牛刀小試的第一戰，尤其是艾莉。

我需要他幫忙。我需要他認可我在他缺席時所做的一切。

我需要去跳舞。「不要說什麼？」我問。

「那不是因為親了阿希夫。」她說。

「嗯哼……？」

「咳嗽。我們的朋友都在取笑我們。他感冒了，現在我也感冒了。所以別人以為——但我不希望妳以為——倒不是說我在乎——」

「阿希夫是個可愛的年輕人。」我說。

「別這麼說。」艾莉說。

「妳咳嗽是因為掉進河裡。」我說。她聳聳肩。這只是很細微的挑釁動作，卻足以讓我乘勢追擊。「妳為什麼會掉進河裡？」我問。

又一聲咳嗽。這次是假咳。

「我又不是故意的。」她說。

「我知道。」我說。

「都是達芙妮啦。」她說。

我點點頭。「她大喊……」我說，試著引導艾莉填空。

「她大喊的內容每次都一樣。」艾莉說。

「她從來不會大喊大叫。」有其父必有其女。

「如果你不等她就先過馬路，或是在人行道上走得比她快，或是雙胞胎拿她最心愛的書來畫畫，」艾莉說，「她就會叫『啊——』或是『停下來』或是『看我！』。」

「她才不會叫『看我！』。」

「不過她很想，」艾莉說，「她嫉妒我爬上護欄，吸引所有注意力。」

「她不是會嫉妒的人。」我說。

「欸，這個嘛。」艾莉說。

「哪個？」

艾莉等了一下。「她不是戴克倫的頭號粉絲。」她說。

「妳在顧左右而言他。」我說。

「並沒有，」艾莉說，「如果我們在談嫉妒的話。」

「不是。」我說。

「她說只要戴克倫在，爸爸就不會回來。」艾莉說。

「什麼？」我說。

「他不會回來，是不是？」艾莉壓低音量，認真地問。「爸爸？」

花了那麼大工夫假裝羅伯死了，而且我告訴自己事情必須是這樣。但是看著艾莉，我發現我也需要她們假裝、相信他還活著。

她的右耳——離我比較近的一邊耳朵，最先接收到我的無力言詞的一邊耳朵——有一縷極細的髮絲拂在它上頭，現在我最想做的事就是走過去，幫她把髮絲勾到耳後。她嬰兒時期過了很久才長頭髮，然後頭髮來了——不停不停地長，從那之後我就跟不上進度了。她在巴黎變成熟了，我引以為榮，她的風格、她的步伐、她的姿態。我在她的年齡，這些我全沒有。我有吧檯抹布和一屋子喊我「小鬼」的流鼻涕男人，之後他們還會喊我別的。沒有什麼是我應付不來的，但我成熟得太快了。

也許艾莉和我的共通點比我想像中多。

所以：幹。我希望我的女兒想當多久的小孩就當多久的小孩。艾莉不再是小孩都怪我。都怪巴黎。都怪羅伯。

「噢，艾莉，我不知道爸爸會不會回來。」我說，這幾乎是一種解脫，因為我終於說了一句關於羅伯的真話。

我沒有得到任何獎賞。「妳沒有他的消息？」她問。

「艾莉，」我說，「有的話我會告訴妳。」

「是嗎？」

「艾莉。」

「妳知道某件事。」艾莉說。

我知道妳掉下去了，我心想。我知道那條河叫塞納河。我知道艾菲爾鐵塔在五公里外，密爾瓦基在六千五百公里外。我知道妳的眼睛和達芙妮一樣，和他一樣，是灰色的。我知道我在妳身上看見他。我知道我每天都看見他。每天都看見妳。我看著妳，心想：他怎麼可能死了？

「我不知道。」我說，因為——我知道嗎？我不知道。不確定。我不知道什麼是能讓她寄託希望的事。或是讓我寄託希望的事。還不知道。

她盯著我看了彷彿永遠那麼久。「妳從來都不知道。」她說，然後開始爬上樓。

該如何解釋接下來發生的事？接下來我和戴克倫去跳舞了，儘管我的女兒生著病且生我的氣。

或者，更貼近事實的說法是：正因為她這樣，我才去了。

戴克倫和我互相傳了好幾小時簡訊——原本看似有趣的心血來潮點子，實際執行起來卻需要比我想像中更多的策畫和等待。戴克倫說這是當然的，凡是值得去的地方，沒有一個在午夜之前就值得去。所以我打了個盹，然後走來走去，然後泡咖啡，然後聽女兒們睡覺——沒有咳嗽聲——然後繼續走來走去。我不應該去。我不應該跟艾莉賭氣。我應該跟達芙妮好好談一談。因此我告訴自己我會這麼做，明天；首先我要找達芙妮談，再來也要和艾莉談。那會比今晚的任何對話都來得好，因為明天早上我已經藉由跳舞擺脫一些壓力了。羅伯會筆遁是吧？那我要開啟所謂的舞遁。

戴克倫終於傳訊息來，說會有一輛三輪迷你計程車——一種以手機應用程式為基礎的非官方叫車服務，這是當天晚上稍早時他在店裡從一名青少年那裡知道的——在大約二十分鐘後來接我。

我在店裡繞著圈子。我喜歡獨占這間店和它的藏書的感覺。小時候，大部分晚上媽媽輕吻我的臉頰後就會回到酒吧幫忙爸爸，我得自己上床睡覺。我會用書把自己埋起來。不光是我心愛的《紅氣球》電影書，還包括從圖書館借來的書，還有我在清倉拍賣會上用二十五分錢能買到的任何書。「神探南西」系列、「哈迪兄弟」系列、《神奇收費亭》、奧運年鑑，還有一本一九六〇年代出版的百科全書，「C」字首的那一本，我小學時代幾乎每一份報告都參考了這本書：「起司（Cheese）」、「西洋棋（Chess）」、「中國（China）」、「煤炭（Coal）」、「加州（California）」、「心臟學（Cardiology）」、「南北戰爭（Civil War）」、「電影（Cinema）」。

「電影」那一條後來在研究所吸引了我的關注，是一種自然而然的發展，有一次一位自大的教授如此告訴我：因為我的童年生活極為貧乏。但並不是這樣。我見過世面，「住過」法國。我喜歡電影（但只喜歡用大銀幕看，電視總令我聯想到酒吧），卻永遠深愛書籍。

我曾短暫擔憂羅伯失蹤會讓這份愛走味——我眼看著書，或該說與書相關的產業，慢慢毀滅他。因此，儘管我們的店很弱小，這份與書相關的產業竟然能支付我的生活，還是讓我大感意外。但它確實做到了。

有個研究所朋友曾用臉書上的一張照片令我眼紅，照片中的她在一座穀倉旁笑得燦爛。她休學之後去了好萊塢和電視圈：我上星期才寫出這個，他們這星期就蓋出來了！

我不再使用臉書了（它問過我太多次：「妳在和誰交往嗎？」），但如果我還在用，我會貼一張書店的照片，因為它比我的「前」好友貼的東西更棒。不光是因為書店比穀倉好，而是因為這間書店，就像巴黎，就像（儘管說來突兀）羅伯那份未完成的手稿，是真實的。

我本來應該不喜歡日日受到提醒，想起手稿、想起羅伯，想起在巴黎不但有更好的方式賺錢，也有更好的方式賠錢。但這間店是多麼可愛啊，這種職業又是多麼親密。我是挺喜歡卡爾、榭麗、莫麗和我其他的顧客，但我最愛的是打開角落裡微黃的燈，在燈下放一張椅子，椅子裡只有我和書，安適地存在這個世界。

我從沒告訴過丫頭們，但我喜歡我們依地理位置來給店裡的書分類，其中一個原因是它讓我聯想到羅伯和我在威斯康辛州各地冒險，我們有能力跑那麼遠——從莫斯科到古巴——卻幾乎不耗費任何時間。我愛那些城市，以及愛我們每一本書的另一個理由，是它們之中深藏的希望。法國的巴黎——或紐約的巴黎——行不通嗎？沒關係，試試威斯康辛州的巴黎吧。這類希望是能迅速恢復的。每座城鎮、每本書，都等於在說：看，有個新的方法耶，不同的方法。書店裡的每一本書都是新的開始。每一本書都在又一次述說一個非常古老的故事。因此，每一間書店就像存放文明的保險箱。

就像挪威那個洞穴——是挪威的挪威，不是威斯康辛州的挪威——他們把能拯救地球的種子貯存在那裡，我們也把同樣的種子貯存在我的書店深處。這不必是很大的一間店，只要是間好店就行了。我們的店有幾千本書，字數從十個字到二十萬字不等。咱們姑且算個平均字數五萬字好了，也就是我這裡儲存了幾百萬個字，甚至十億個字。當世界末日來臨——現在一天到晚就世界末日——來找我們時，我的十億個字裡總有一、兩個能讓世界恢復常態。從任何地方開始都行。從「bonsoir（晚安）」開始吧。

就像夫人現在所做的一樣。她像個化成實體的思緒飄忽出現，她先前就待在書店後側的角落裡，現在走出來找我。

「噢，妳嚇了我一跳。」我說。

夫人抬高下巴。「Bonsoir.（晚安。）」她又說了一次。

「Bonsoir, Madame.（晚安，夫人。）」我說。「Je suis désolée.（我很抱歉。）」我說。然後：「Excusez-moi de vous déranger.（抱歉打擾妳了。）」卡爾說後面這句話是五個字組成的軍備裁撤協議；永遠都要為打擾他們道歉，哪怕受到打擾的人是你。

這招見效了。「不，」她說，「我很抱歉。我需要弄亮燈光，但我不喜歡，我不想要街上看見我，而且……」她走到櫃檯後頭，好像打算替我結帳。燈光僅足以讓我們看到對方的臉，像是從老電影剪下的片段。「我以前睡不著的時候會下來，」她說，「Et vous...?（妳也是……？）」

「我也是。」我說，假裝我也是因為失眠才在這裡。我不打算告訴她我要跟別人出去，尤其是跟稍早之前把一堆人吸引到她店裡聊「手機應用程式」的那個男人出去。

我告訴自己，如果那輛迷你計程車在這時候出現，我會不理它，假裝它不是來接我的。我會上樓去，傳簡訊給戴克倫，告訴他計畫改了。

我再次開口。「然後……」

但我不確定我要說什麼。冬天這幾個月下來，夫人一直在遠離我們，某種程度而言也在遠離安娜貝兒和彼得，不過她偶爾會去喬治家看他們。但我們愈來愈少在店面和公寓的樓梯間看到她。一開始，我以為夫人常常不在是去探索她新獲得的自由了——她確實會離開巴黎去看朋友，有一次還越過英法海底隧道去了倫敦——但最近我開始懷疑她是不是後悔收留我們、後悔讓我掌握經營權。（她似乎並不後悔收下我們的錢，畢竟那讓她能一趟趟出遊。）

「Oui?（嗯？）」她說，等待著。

「我是想說『謝謝』，」我說，「Mille mercis.（真的很感謝。）」

她俯身靠在櫃檯上，以便更仔細地看著我。我猜不出她多老了，七十歲或八十歲，或是有少年白的二十歲瑜伽老師。「『謝謝』，對，但是為了什麼？為什麼要謝？」她說。

「為了——為了這個，」我說，「為了公寓，為了讓我買下這間店。為了這些書。」

她微笑。至少是用她的眼睛微笑。現在她指著她的眼睛，暗示我，我過了半晌才理解。

「還有晚霜！對喔。」

「很有用。」她說。

才沒有，我並沒有用那款保養品，不過我點點頭。有用的是巴黎。有用的是我。我還沒有拍出一部電影，但我為我們找到住的地方，為我找到工作的地方，為丫頭們找到上學的地方。我的法語很破，但程度足以賣掉一本書，或買到一根長棍麵包、一條絲巾或一雙跑鞋。我每週七天裡有四天會穿著那雙鞋沿著塞納河跑步，那表示我減輕的體重不完全是源自壓力和焦慮。我住在法國的巴黎。能夠說出這句話，本身已經是奧運等級的成就了。世界上也許還有另外兩、三個城市能引來同樣的豔羨，但威斯康辛州的巴黎不是其中之一。

我不知道夫人如何知道、甚至是否知道我在說謊，但她的眼睛停止微笑。她審視我，她看向外頭，她深吸一口氣。「我真蠢。」她說。

「夫人——」

「不，」她說，開始從櫃檯裡往外走，準備要離開。穿過書架密門，穿過小小的辦公室，爬上窄窄的後側樓梯。但她要先作出聲明。「我一直到現在才明白，」她說，「妳要離開了。」

再過一會，我馬上就會發現我誤會她了——她指的是那輛滑稽的小三輪車，戴克倫叫的計程車，它剛才開過來停下——但是在那之前，我以為她用X光掃描了我的靈魂，而她比我更清楚我們什麼時候會離開巴黎。

「夫人！」

「姑娘們知道嗎？」

我們真的要離開了嗎？她有千里眼嗎？她怎麼可能知道這種事？她不能。

「Bonsoir（晚安），夫人。」她說。

「我認為我丈夫還活著。」我說，聲音輕得我不確定她是否聽見了。

但她聽見了。「他是開計程車的？」她說，並朝櫥窗點點頭。因此我終於轉頭，看見那待命中的車輛，終於恍然這才是她所謂的「離開」，這才是她問丫頭們知不知道的事。

或許不是。「Bon courage.」她說完便走了。這句話的意思類似「祝妳好運」，卻又不完全是；字面意義直翻過來是「祝妳勇敢」，這應該是很有用處的提示。*莉雅，勇氣有很多種，適用於不同的情境。今晚——難得改變一下？——選擇好的那種吧。*

迷你計程車無法靠近戴克倫給我的地址，街上人太多了。不過我設法走到那個地方之後，戴克倫就在店外找到我。親吻，親吻，一側臉頰，換另一側，我的朋友呢？不能來，我說，他咧嘴一笑，介紹我認識站在一旁的兩個年輕女子。老朋友？新朋友？落單的學生？我試著分辨她們先前有沒有來過店裡，但我認不出來，當然不；戴克倫當然擁有我不曾參與的生活。他當然還有別的朋友。其中有一些是女的。比我年輕。比他年輕。

羅伯一向看起來比我年輕，而我一向很滿意這一點，我覺得那使我看起來比實際上更性感、更大膽。但是現在別人看著我，我透過他們的眼睛看著我，發現我比較老。我反射性地握緊右手——不是出於憤怒，而是出於焦慮。羅伯總是牽我的右手。

不過話說回來，羅伯牽我的右手是因為能搭配他的左手，他的右手經常會痛——他聲稱是寫字造成的，他最初的草稿是用手寫。一開始這一點令我著迷，後來則令我焦躁。寫作總該有某方面不是讓人受苦的吧，我說，於是我們經常不再牽著手了。

店內的一個服務生朝我們叫嚷。戴克倫大口喝下他的酒，女孩們大口喝下她們的酒，我則小口啜飲——喝不出是什麼——然後戴克倫帶我們進去。Dansons!（來跳舞吧！）他大喊，我很樂意，但店內比外頭更擁擠。

看來這會是那種夜晚：腳踏實地，沒地方讓我坐著耍自閉。戴克倫引領我們進入酒吧，愈來愈深入，這不合理，因為愈裡面只是愈擠，根本沒有空間跳舞。不過接下來我們來到房間後側的一道門，有兩個身材魁梧的壯漢守著。這下有意思嘍。他們看都不看一眼就讓戴克倫進去，但我跟上去時，他們伸出一手阻攔我。「那是我朋友。」我用英語說。這時候我的朋友已經消失在門內的人群和音樂裡。

「Mon ami.（我的朋友。）」我修正道。

「Non,」其中一個保鑣告訴我，「Toi, c'est non.」妳不行（他說「妳」時甚至沒用正式的 vous）。就這樣。那個保鑣從我自己手中拯救我。這世上柔弱無助的女人是多麼幸運，有那麼多男人準備好在各種危險的情境下照看我們——譬如說進入夜店跳舞。

可是現在，戴克倫的其他「朋友」，也就是先前見到的年輕女人，一邊點頭一邊露出幾乎不加掩飾的竊笑，從我身邊溜過去。那兩個保鑣微笑目送她們經過。

用法語跟人爭辯一向是我的痛腳，因此我決定加速流程。這檔事很需要技巧，我是指bakchich，疏通關節的小禮物，我從來就搞不清楚該付哪種人多少錢。（在密爾瓦基單純多了：如果有暴風雪要來，而你需要修理吹雪機，只要五分之一瓶傑克丹尼威士忌就能讓你插進隊伍最前端。至少我聽說是這樣，這些事都是羅伯在處理的。）

尷尬的是——我喜歡想成是有創意——我離開書店前在胸罩裡塞了五十歐元。我不想帶皮包，而且老實說，我並不預期需要付任何錢：戴克倫的功用就是這個（再加上幫我保管手機，我在店外已經把手機給他了）。此刻我卻得在內衣裡挖找緊急備用金，我十九歲以後就沒幹過這種事了。

不幸的是，此舉只是讓保鑣提高警覺，而接下來我在找一張面額夠小的鈔票——畢竟這並非那麼緊急的狀況——讓他們更加沮喪，其中一個開始和另一個激烈爭辯。他們講話速度飛快，口音也很重，但我能夠聽出他們在說：我想給錢讓他們很難堪。這個嘛，難堪的不只有他們。不管怎麼說，他們接下來說的話我完全能聽懂：vite, vite（快點、快點），其中一人說，並快速揮手要我進去，還拒收我的錢。我並沒有追問。我把錢藏好，眨了一下眼睛，便穿過門進入另一個世界。

藍色，然後紫色，然後白光一閃，然後黑暗。樓梯——人潮把它擠成一道令人暈眩的螺旋梯，沒有扶手——在房間一端。一座小小窄窄的舞臺。一盞枝形吊燈，真正的枝形吊燈，滴著光芒。投射在牆上的影片滑向天花板、地板、客人、吧檯。我在吧檯找到戴克倫，我大聲罵他把我丟在門口不管。他聽不到我說什麼；我也聽不到我說什麼。音樂陣陣鼓脹，環繞，更像是脈動而非聲響，我感覺到它，就在那兒，在我胸腔，然後往下。戴克倫依然帶著微笑轉過身去，片刻之後又轉回來，手裡拿著一杯飲料，清澈透明的東西，伏特加。我搖頭。其中一個撩人的女孩走向戴克倫，他點點頭，笑著把他的飲料遞給她。她消失在舞池裡。但是——我就站在舞池裡，地板是黏稠的霧黑色。每個人都在舞池裡。這個房間——全都是音樂，全都在跳舞。

戴克倫是我耳邊的一個聲音。在我左邊，在我右邊。他說這個，那個。看那裡，看這裡。我不知道這是他喝醉以後的樣子，還是他一整天都是這個樣子。Regardez（看）這座教堂、那個角落、那扇窗戶。今晚他問我有沒有看見那邊那個穿燕尾服的男人，多酷啊，多滑稽啊，多巴黎啊？我沒有看，因為如果那人身穿燕尾服，他就不會是羅伯。我看了，不是羅伯。我點頭，我微笑，我跳舞。房間的兩個角落用鐵鍊吊起來的平臺在搖晃，不然就是我在搖晃。戴克倫湊向我的耳朵：DJ是他朋友的朋友的朋友。他的身體抽回去，跳舞，旋轉，又來到我耳邊：我是舞會國王。我微笑，點頭。我無法停止跳舞，他無法停止說話。我想要覺得煩，但我不能，因為他的每句話都伴隨著笑，伴隨著他在我耳邊呼氣，伴隨著他的手扶著我的手臂，是為了穩住他自己或防止我飄走。我知道附近有間咖啡館，他終於說，而我終於對他說，先對著一耳：停止，再對著一耳：說話。

他那嘴脣微張的表情，充滿同樣程度的愉快和渴望：我想那是我造成的。我跳舞。我想我能做任何事。我跳舞。任何事。我乘著音樂，香汗淋漓，看著、等著戴克倫再湊過來，而他終於這麼做了。我們走吧。

我們走得不夠遠。我們走了兩條街，就被一間小咖啡館分散了注意力。或該說我被分散了注意力。一個矮男人，留著滿腮的白鬍鬚，穿著縐巴巴的圍裙，堅持要我們留步。他朝我們揮舞菜單。戴克倫揮手打發他，但我停了下來。這座城市其他的咖啡館——我是指需要這類助力的咖啡館——現在都雇用年輕女人招徠顧客，多半是東歐女人，清一色都很漂亮。但這裡不一樣。這裡只有這個男人。來自另一個年代，另一個世界，他鞠躬，牽起我的左手，深深地吻它。再多一毫秒就會嫌太久，但他心裡有數。他親吻、牽起別人的手已有幾十年的經驗。他抬起臉，把我們趕進兩個座位，在我們之間點起裝在杯子裡的小蠟燭。

戴克倫點了咖啡，但我突然想喝啤酒，於是他也改了飲料。然後我們花了好多時間在笑。我有一本巴黎剪貼簿，那是我從自己的店裡偷來的，頁面是美麗的奶油色，還附了一小袋老派的相片套角，可以把相片固定在頁面上，我打定主意有朝一日會這麼做，只要我被允許回到過去，捕捉所有我第一次沒能拍下的畫面。我打算把這本剪貼簿的其中一頁留給這兩瓶啤酒、這張小桌子、這一夜。我們聊天、歡笑，真正地笑。不知怎地，一切都變得好滑稽。戴克倫好俊美，好聰明，好擅長和孩子相處——尤其是我的孩子。當然，他也很擅長叫計程車，找到夜店。找到耳朵。

「我還以為戒指會讓男人退避三舍呢！」我說，朝大鬍子活招牌舉起酒杯，他已經回人行道上幹活兒，找別的手來親吻。我們的啤酒被細心倒入梨形酒杯，但我現在直接就著瓶口喝，一邊打量我的小戒指。它朝我擠擠眼睛。我擠擠眼睛回應。只是覺得好玩。

可是戴克倫不覺得。他也啜了一口啤酒，然後別開臉。

「怎麼了？」我說。

他仔細看著我，等待著。

「Excusez-moi de vous déranger.」我微笑說道。他沒有笑。「卡爾說這是軍備裁撤協議。」我喃喃道。

「什麼——？等等，卡爾是誰？」戴克倫問。

「噢，卡爾是我三個之中的一個——」戴克倫的表情令人心驚，混合了厭惡與痛苦，我停下來。「噢，你吃醋了，」我說，「拜託，我——」

「拜託。」戴克倫說。

「卡爾是個客人，」我說，「書店的客人，三個之中的一個，這是丫頭們的玩笑話。他喜歡推理小說，而且他都可以當我爺爺了。」

「那我呢？」戴克倫說。

我搖頭。「不，」我說，「我覺得你當不了。」

「莉雅，不要開玩笑。」他說。我這輩子，男人（尤其是心理學家）總是這麼對我說。除了羅伯之外的男人。他從沒說過這句話。也許是因為他從沒發現我在開玩笑吧，不過這仍然是我喜歡他的一個特點。羅伯從不對我說不。至於足球夜的DJ、那群人、那些取締噪音的警察，最後，這個世界：是的，羅伯對他們說「不——」。

但羅伯從未對我說不，直到那天晚上我說：咱們帶你去尋求幫助吧，真正的幫助。不是諮商師給我們的工具箱幫助，而是住院病人的那種幫助。不，他說。

「我該走了，」我對戴克倫說，「沒在開玩笑。」

「請不要走。」他說。

「戴克倫。」我說。

「莉雅，」他說，「我們——我們花了很多時間相處，我很喜歡這樣。我很喜歡——妳。我想要——不是今晚，也許時間太晚了，或太快了，只不過並沒有太快——該死，怎麼這麼彆扭？感覺好像回到國中。」

「我國中的時候沒有兩個女兒。」我很認真地對著我的啤酒瓶說。

「這是關鍵所在嗎？」他說，「因為——我是說，當然。也許某天晚上，或白天——除非白天很怪——上次很怪——」

「不，這才怪。」我說。

男人總是叫我不要開玩笑，可能是因為我不擅長開玩笑。因為他們想要的，戴克倫想要的——以及在他之前的羅伯想要的——只不過是明明白白的答案。莉雅，我們行嗎？

戴克倫牽起我的手——我的——左手。他的手乾爽、平滑而堅硬。

原來戴克倫的手的觸感是這樣。原來再度被人牽著手是這種感覺。

「這很怪。」他說，用他的拇指輕點我的戒指，一下、兩下。然後他放開手。我感覺我站在夜店裡其中一座用鐵鍊吊起的平臺上，而它剛剛傾倒了。「我是說，我懂，」他說，「或該說我原本懂，但有事情發生了。」

「我已經告訴你發生了什麼事。」

我以為我愈來愈會說謊了，畢竟最近我經常練習。

「不，是最近有事情發生了。不是今晚，在今晚之前。有事情改變了。我們本來會一起出去，那很有趣——」

「今晚也很有趣啊。」

「妳告訴我妳『喜歡』我。」

我短促地吸了口氣。「那是真的。」

「然後有事情發生了。我想說的是，在那趟愚蠢的《瑪德琳》導覽行程中，有事情發生了。」

長長地吸一口氣。「顯然是。」

他等著，搖了搖頭。「看吧？」他說，「就像現在，妳的表情：妳不——妳不在這裡。」

「我完完全全在這裡啊。我就在這裡。」

「妳心有旁騖。」他說。他在退縮，或至少他的眼神如此告訴我，但我置之不理。「我不——我不懂。」他說，進一步軟化。真是不忍卒睹。看著我一定感覺更糟。「除非……還有別人？」他問。他又看著戒指。「我不是指……」

最美妙的是，也最恐怖的是，他並不是指羅伯。而我指的就是羅伯。還有別人。我有書裡的三個字：對不起。我有一百頁手稿，有橋上的兩個女兒，我有一個可能也在場的丈夫。不管怎麼說，要這麼想像都很容易。更容易，卻也更心痛。

我聽到我的手機在戴克倫的口袋裡發出叮的一聲：來了，生活，我過的真正的生活，相對於我假設戴克倫過的那種虛構的、無憂無慮的巴黎生活，回來了。我的手機又響了一次，再一次，一塊小小的鐵砧，不安在那上頭可以鍾煉成憤怒。

萬一是艾莉呢？或達芙妮？或愛蓮娜，有新消息要通報。

或是，來得及時，羅伯本人？

戴克倫從他口袋掏出我的手機，看了一下螢幕。「該死。」他說。我隔著桌子都能看到螢幕上擠滿訊息和提示。「真抱歉，」他說，「我一定是沒聽到——或感覺到——」

他傾身越過桌面，把手機輕輕放在我們之間。「我想妳漏接了幾通電話。」他說。螢幕的資訊比那更詳盡：十通未接來電、六封語音留言、十二則訊息，最近的一則來自艾莉，內容自動顯示在螢幕上。

醫師說他們需要跟母親談……

11

戴克倫提議找一輛「真正」的計程車，但我拒絕了，逕自上了一輛在我們爭論時悄悄經過我們身邊的非法計程車。

大錯特錯。我的司機並不是罪犯，但他不會說法語，或是英語，而且對巴黎完全不熟。我對瑪黑區以外的地方也沒什麼概念，所以甚至一直沒察覺我們的方向錯得多離譜，直到艾莉——我一直焦急地在跟她傳簡訊——叫我問司機他到底在幹麼，因為她追蹤到我（或該說我的手機）在拉雪茲神父公墓。

我往窗外看。C'est vrai（真的），是公墓耶。我叫司機停車，然後藉由手機上叫出的地圖和大吼大叫，這才弄清楚他打算帶我去機場。當然了，這是他所知道唯一一種處理歇斯底里美國人的方式。我告訴他我女兒生病了，病得很嚴重，然後下車走開。他甚至沒有咒罵我。就算有我也沒聽見。不過兩個警察開車來到我旁邊。他們要不是聽見我說的話，就是他們的公告板上宣布要捉拿一個潛逃在外的瘋女人、騙子、全世界最爛的媽媽。

雖然他們費了番工夫才說服我我沒有被逮捕，不過我終於接受他們的好意，迅速送我去那間醫院——內克爾兒童醫院。專收生病孩童的醫院。

艾莉在街區盡頭跟我會合，等著帶我走進院區。

「妳跑哪去了？」艾莉說。

「她怎麼樣了？」我問。

「我是說，手機顯示讓我知道妳在哪，但是——」

「艾莉、艾莉、艾莉。」我說，同時世界在我旁邊飛逝而過。倒不是說我們箭步如飛——我甚至不確定我們有在走路；我感覺我懸浮著、遊移著，沒有形體，而我的視覺只聚焦在艾莉一人身上，其他的一切都是模糊的。達芙妮在哪？我的皮包呢？

艾莉在說話。法語，英語。她在對我說話。

「醫師必須做一件事，叫做腰椎——『腰椎穿刺』？」艾莉說。

「這是妳翻譯的還是他們翻譯的？」醫院會有翻譯人員嗎？達芙妮是我們最好的譯者。

「這不是翻譯。」艾莉說，「是他們說的，就這四個字，用英語說的。他們用法語提到後腰還有戳刺什麼的。『Ponction』？」

「妳怎麼知道要來這裡？是夫人告訴妳的嗎？這裡離書店很遠耶。」

「我敲了她的門，她沒有回應。我沒有試很久。是達芙妮叫醒我的，她去了妳的房間找妳——她——一看就知道她狀況不妙。她胡言亂語，倒在地上就沒起來了。我打給 les pompiers（消防隊），他們來了以後說達芙妮最適合送到這個地方。」艾莉說，「或該說我認為他們是這麼說的。他們向我問起妳，我說我不知道，然後我說妳正在趕來，那時候我們就到了。一間兒童醫院。好像只收小孩子。」

「只收小孩子？」我說。因為我的十五歲女兒不可能知道這個。因為我刻意忽略艾莉確實想辦法做到的事：把急救人員找來書店樓上的臥房，讓急救人員不去追究孩子的母親不在場的事實，確保她（和我不同）守在妹妹的身邊——至少直到她得去人行道接由警車送來的媽媽。

「我想是。」艾莉說，她的嗓音變尖了，開始有點不穩定。「他們給了我一本英文小冊子，上頭寫說聽診器是他們發明的。」

我們通過的第一個入口有充分證據顯示這可能是真的——一道有尖刺的柵門，鍛鐵材質，巍然聳立，裹著一層毛狀鏽斑。這所醫院自從發明聽診器後，都把資金用哪去啦？

「好、好，」我說，「艾莉，達芙妮在哪裡？」

她帶著我穿過一座又一座鋪著鵝卵石而凹凸不平的中庭，經過抽菸的人、號哭的人、被手機螢幕光線照成灰白色的一張張寂寞臉龐。我們終於來到一塊現代化區域，有玻璃牆還有風格強烈的時尚家具。一旁站著一隻高大的卡通狗，頭上蓋著一大片橘毛。它一定嚇到過不止一個小孩。

「Daphne, nom de famille, Ea—（達芙妮，姓伊——）」我對櫃檯的女人說，這時艾莉把我拉走。

「我們已經完成這個步驟了，」艾莉邊說邊走在前面，「但妳之後需要拿我們的 carte Vitale（健保卡）再來辦手續。」

「妳不能就這樣闖進去。」我說，同時我們闖了進去。

「妳不能就這樣丟下孩子跑出去——妳在做什麼啊？」艾莉說。

「艾莉。」

「我負責管事沒問題，好嗎？我是指一切都正常的時候。可是我——我該怎麼辦？」艾莉說，「我甚至不確定該打幾號——阿希夫說是一一二。」

這確實令人混亂：緊急求救號碼因地而異，每個國家的人各有偏好。

這些都不重要。達芙妮在哪裡？他們真的要做腰椎「穿刺」嗎？我不知道我們要去哪裡，但我有點算是慢跑起來，這使我超前艾莉，因而她能看見——

「妳穿的是什麼呀？」她問。

我把裙子往下拉，揮手要她前進。我們快步通過一條藍綠色的長走廊，然後又通過一條黃色走廊。這顏色，這設計，一切都太喧譁，尤其是這間醫院本身那麼安靜，更是形成強烈對比。來一、兩聲尖叫如何？哭泣聲？許這種願望好像很不厚道，可是我確實這麼想。大家都跑哪去了？達芙妮在哪裡？我們愈走愈快。達芙妮！我們沿著漆在地上的一條粗紅線走了一分鐘，再跟著橘色動物掌印走了一分鐘。艾莉剛才提到需要我們家的健保卡，但我知道那無法給付住在這裡的全額費用。非貨幣成本。巴黎，你要什麼？我心想。把達芙妮還我，我就給你我的命。我聽到巴黎嗤之以鼻。我會放棄書店。巴黎等待著。我會放棄巴黎。兩扇巨門從中分開，我們進入一個大空間，這裡充斥著人和光和聲響。我們像是闖進一艘星艦的艦橋，整個空間的周圍環繞著一圈用玻璃隔開的小小艙房。

艾莉帶我去達芙妮的艙房。

我伸手握住她的玻璃拉門上的把手，用力一拽。艾莉大叫一聲抓住我——我甩開她，再次朝門伸出手。艾莉又叫了一次，來了一個護理師。她一手按在艾莉的手臂上，一手按在我的手臂上。她輪流直視我們的眼睛。然後她閉上眼，做了個深呼吸。做這個，她不用開口就說道。呼吸。艾莉照做，我也照做，我願意為這個護理師做任何事，她指著門上的一張貼紙。寫著法文INTERDIT。它的意思是：「禁止。」

「可是我是她媽媽。」我對護理師說，她現在指著我們剛才進來的方向。我還把她當大好人呢。我張開嘴準備大叫。艾莉站到我們之間，含著淚用十幾種方式向護理師道了十幾次歉。Excusez-nous de vous déranger.（抱歉打擾了。）護理師用法語滔滔不絕地回答艾莉，然後轉向我，用英語說了一個詞：等著，然後就走了。

艾莉轉頭看我。「我們可以進去——他們一點也不想讓我進去，但如果妳說『可以』，他們就會讓我進去，所以妳最好說可以。我的咳嗽已經好了。」她咳起來。

「好吧。」我說，「艾莉，當然可以，沒問題。那我們進去吧。」

但我不能。因為我要花一點時間才能把前面這幾小時發生的事收拾好。也是因為我們發現如果艾莉要進去看達芙妮，或是我要進去看達芙妮，我們必須戴上口罩。還有乳膠手套。還要用髮罩包住頭髮。還有很輕的「防液體、防淚水、多層式」隔離袍，它不像浴袍在前面打結，而是在後面，因此妳需要讓某個人（譬如妳的長女）替妳繫緊——這讓她有機會再次細瞧我原本為今晚選擇的服裝。

「這是我的裙子嗎？」艾莉問。

我沒回答。我已經進去了，我看著達芙妮，而她一點都不像我的孩子。這具軀體有我女兒的五官——她向上揚的黑色眉毛、她的朝天鼻、她的美人尖、她柔軟而靜止的下巴上剛開始出現青春痘的蹤跡——但她不可能是我的達芙妮。她臉色蠟黃，完全像是假的，我認不得的一張臉。反胃感像個拳頭從我體內往上衝。我真是個白痴，竟然假裝我可以在一分鐘的時間裡假裝羅伯已經死了。死亡跟假裝一點關係也沒有。然而生命卻跟相信息息相關。這個身體是達芙妮的，她還活著，唯有我站在這裡付出念力，她才能繼續活下去。這不是一種交易，又或許是，總之代價是我的一切。

我感覺好幾個鐘頭過去了，其實只過了幾分鐘。她被抽了血，用導尿管抽尿。現在來了一個穿白外套的男人，對著我們說話。我只聽到有聲音而已。我生艾莉的時候，值夜班的是個老派的護理師，她一直在嘟囔健康照護體系的陰謀論，不過她特別要我記住一件事：白外套愈短，那個醫師愈菜。後來有好些醫師告訴我那不是真的，但我都不相信。

這個男人的外套短到腰部，簡直像服務生。這不是好事，除非法國的民情不同。不過法國的一切都與眾不同。我無助地望向艾莉，她替我翻譯。

「他想知道她有沒有打過預防針，是預防——」

她突然中斷，用法語對男人說了什麼，還做出寫字的動作。他寫下什麼。我發現法文的手寫字沒有比西里爾字母好懂到哪去：1看起來像7，7像生氣的表情符號。我從來就讀不懂。我把便條本交給艾莉。

「我不知道這是什麼。」她說，抬頭看著男人。

「她打過ＭＭＲ了。」我說。艾莉試著翻譯。「麻疹、腮腺炎及德國麻疹混合疫苗。」

我說。艾莉也轉述這句。他搖頭，指著便條本，看著我。

艾莉再看看便條本。「肺炎？」她說，對他說也對我說。

「她沒有打過。」我說。

男人說了一個很長的詞，我捺著性子再加上便條本幫忙，翻譯出他說的是「肺炎雙球菌性腦膜炎」。我可以回去找放在家裡的檔案夾，那裡面放著她們的出生證明、護照和疫苗接種紀錄，但我不需要，因為我知道。以前在威斯康辛州，其他媽媽說那種疫苗有點不對勁——或許不是那一個，而是所有疫苗，或是一下子打太多疫苗。總之我說不打了，所以達芙妮沒打肺炎雙球菌性腦膜炎疫苗。

後來我覺得自己是個傻瓜，結果還是帶她去打了。只是不是在表定時間打的。這樣有關係嗎？沒關係，密爾瓦基的小兒科醫師這麼告訴我。

小兒科醫師不是這麼說的嗎？

我試著向艾莉解釋這一切。

「搞什麼鬼啊，媽。」艾莉說。

「妳是按時打的啊！」我說。

男人用法語劈哩啪啦地對我說話。我的語言能力在恢復，但速度很慢，來不及跟上。他可能說了腦膜炎有好幾種，疫苗大部分時候有效，但不是百分之百，防不了所有腦膜炎，而且天知道美國人是怎麼辦事情的？

然後我聽到「腰椎」和「穿刺」和「風險」和——我絕對聽到這個詞——「守規矩」。

我吸了特別大一口氣，望向艾莉。

「呃，他叫妳要『守規矩』，媽。」她說。

「嗯。」我說。

「妳聽懂他要妳允許他『穿刺』她的背那部分嗎？」艾莉問。

「嗯。」我說。

「媽？」艾莉說。

「如果是『腰椎穿刺』的話，」我說——他點點頭——「那麼我答應。但告訴他我要找一位真正的醫師，現在就要。」

「媽。」艾莉說。

「他的外套他媽的太短了。」我說。

「妳到底在說什麼？」

但他懂我的意思。原來他會英語。

「真的醫師現在來他看，」他說，「但由我真的戳。」

「我要真的醫師戳。」我說，當我的菜法語派不上用場時，就用我的菜英語。

「我就是醫師，」他說，「我的訓練快結束了。」這麼說，他是實習醫師？住院醫師？我沒辦法問，因為這時候他轉向艾莉，用法語繼續說：如果妳媽媽打算把這生病的女孩一路帶到巴黎另一頭，帶到納伊的美國醫院找「真正」的醫師，那她真的是瘋了。在這種三更半夜，那裡只會有從德州來度假的牙齒矯正醫師（orthodontist）——我猜他想講整形外科醫師

（orthopedist），也可能不是——掩飾他們假裝有醫師的真相。我受過做這個的訓練，我們就在這裡做。他離開房間。

美國醫院，我並沒有提到，不過這點子太棒了。三十分鐘車程外。

「媽。」艾莉說。

「親愛的，對不起——真的對不起——也很抱歉妳得聽那個imbécile（蠢蛋）說教。」我說。

「妳到底去了哪裡？」艾莉問。

我看著達芙妮。艾莉看著我。

「我不在現場。」我說。我受夠計算成本了。我在巴黎一直做這件事。我在不同時候用不同方式加總，羅伯付了多少錢買機票，我們付了多少錢買下書店，食物、學校用品、祕密香菸、咖啡館和地鐵票花了多少錢。幾千、幾萬的美元、歐元。花了那麼多錢，現在又要付出這個代價。要是我們留在密爾瓦基，達芙妮就不會生病。要是羅伯留下來，我們就絕對不會離開密爾瓦基。如果他真的在附近，如果達芙妮或艾莉真的看見他了——現在，這一秒，就是他現身的絕佳時機。我思忖這個念頭直到頭痛。我好奇達芙妮是不是跟我一樣，如果不是腦膜炎，而是某種中風、某種動脈瘤，源自拉扯太久的渴盼。

「我知道妳不在現場，」艾莉說，「還記得嗎？因為我在。」

我們做父母的時時擔心孩子做錯事或說錯話。其實我們應該更害怕他們對的時候，當我們被發現有所虧欠，當我們一心只想道歉——而他們還沒大到知道那就是他們想要我們給的東西，而且那是他們應得的。

「對不起。」我說。我知道玻璃外頭有人，我知道他們跟艾莉一樣，在等我做出正確的事。「很抱歉我不在場，很抱歉我有時候人在心不在，很抱歉我帶我們來巴黎——」

她朝我輕揮一下手。

「很抱歉我讓妳承受那麼多事——」我說。

「還有達芙妮！」艾莉說，「妳以為她為什麼會生病？」

「不是因為這個！」我說。我並不知道，但我看到艾莉眼中重新亮起某種火花——她感覺到眼前畢竟是個大人，可以說什麼都算數的大人。因此我說了另一件我不知道的事。「她會沒事的。」

艾莉看著我，看著達芙妮，看看房間四周，然後撲進我懷裡，哭了。我用雙臂摟住她。「對不起，小艾，」我說，準備好重複一百次，但第二個音節還未說出口，她就退離了我的懷抱。

「聽我說。」她說。她用隔離袍盡可能吸乾眼淚。「別再跟醫師生氣了，好嗎？我們在這裡需要朋友。」我們現在距離沒有近到可以擁抱，但我還是感覺到她用實際的聳肩動作把我甩開。她走到達芙妮的左側，我走去右側。

我觸摸達芙妮的手和臉。他們叮囑過不要這麼做。隔著手套，她摸起來挺熱的，但不算太燙。她的臉色還是充滿仙氣地缺乏血色，而且呼吸很急促。她打著點滴，點滴架上裝著一塊顯示面板，呈現一串迷宮般的數字。我完全不知道怎樣算好、怎樣叫差。我只知道達芙妮動也不動。我想把她搖醒，我想尖叫，我想吐。我想做以上所有的事，可是我知道只要做了其中一件，我就會被趕出去，艾莉將再次一個人肩負起所有事。

醫師為什麼不是現在就在這裡？為什麼沒有護理師隨侍在她身旁？我扭頭看看能找誰出氣，當我轉回頭，艾莉正小心地爬上床躺在達芙妮旁邊。

「艾莉，」我用氣音斥道，「妳不能這樣。」

「我打過預防針了，」她說，「妳說的。」現在她側躺在妹妹旁邊，瞪大眼睛盯著近在幾公分外的達芙妮。

「艾莉——那不是——話不是這麼說——妳會害我們惹上——萬一達芙妮——」

艾莉什麼也沒說。我看看四周，搜尋醫師或護理師，或是最後一次尋找羅伯。艾莉會聽他的。

而他——他這方面做得很好——會聽她的。

他會躺下來。

我研究出怎麼把護欄放下，然後我把半邊屁股和一條腿放上床墊，往內挪移一公分、兩公分，緊貼著她。我隨時都可能掉下床，把所有東西弄翻——點滴架、顯示面板、管子、布簾——但我沒有掉下床。我終於躺在達芙妮身邊了，僅僅兩個月前她過十三歲生日時，她要求我送她「我挑的一本書」還有「特別的東西」，後者對她而言是兩個可頌。在咱們家，一個可頌是標準配給，兩個可頌則聞所未聞。我買了六個給她，她說：「太多了啦。」但她露出微笑。我把那微笑珍藏在心裡。

「達芙妮。」我悄聲說道。全世界最安靜的醫院在我們周圍，發出啪嗒和咔啦和呢喃的聲音。

「艾莉。」我說。免洗髮罩幾乎包不住她那一頭蓬草；它在達芙妮的輪廓後方鼓動，有如一大團沙沙作響的藍色雲朵。

「沒關係的。」艾莉說，聲音輕到我不確定是不是我在幻想。

「謝謝妳。」我說。

「謝什麼？」她說，她的聲音很遠，很飄忽。這裡不是睡覺的地方，但時間那麼晚了，而且她被折騰得夠累了。

我沒有回答。我想起我們一起躺在床上的久遠回憶，低語劇場，我怎麼也想像不到此時此地我們會像這樣躺在一起。我聽著達芙妮細小而急促的呼吸聲，以及她姊姊努力不發出呼吸聲。那就這樣吧。我也不能呼吸。

片刻之後，門開了，寂靜消失，工作人員把我和艾莉驅逐到玻璃外，我們看著非常年輕的醫師——現在他穿著長度得宜的外套——準備進行醫療行為，而一個較年長的醫師，肩上鬆鬆地披著很長的白外套，戴著印有翻跟斗橘色狗圖案的紙口罩，在一旁觀看，滿臉的睡意和厭倦。然後布簾就拉上了。

等到達芙妮確診時，必要的抗生素已經加進她的點滴裡了。她的呼吸變得均勻，臉色也恢復紅潤。這畫面實在太令人感動，我的手機費了很大的勁才引起我的注意，它振動個不停，因為簡訊一直傳進來，多到我終於把手機關機。艾莉和我互看一眼。

年輕醫師向我們說明情況，他預估達芙妮很快就可以完全康復，然後他就離開了，笑得像是他剛發明出聽診器。

到了早晨，艾莉不想離開，但我們說好她回家休息一下，換個衣服，給手機充電。告訴伯牙夫人現在的狀況。替我找一套衣服。*我有一條俏麗的新牛仔褲，妳可以試穿看看*，艾莉挖苦地說，那時候我就知道她沒事了。她甚至讓我趁達芙妮睡覺時陪她走出去。更棒的禮物：在橘狗旁的出口前，她毫不彆扭地跟我深深擁抱了一下。

等艾莉走了，我想既然都出來了，就順便看一下手機吧。我打開手機，滑過我錯過的所有訊息，一開始是所謂的鄰近行銷廣告——我一直想讓艾莉幫忙把這功能關掉——發送者是附近的服飾店。「*好消息！*」我只看到這裡就把訊息刪掉。我不光是不滿這間店就跟很多法國商店老闆一樣，假設用英語我們就能溝通，也不喜歡它用「消息」二字：這是我被愛蓮娜傳染的怪癖，那就是在電子郵件中，一律把這兩個字視為和用作貶義詞。（那些收到她寄的主旨為「部門消息」的電子郵件的人，還以為內容不會有什麼殺傷力，真是可憐。）

手機還為我應付了什麼事？一通戴克倫的未接來電，一封同一個人留的語音留言，然後是他傳的簡訊，問我是否一切安好。

喬治的未接來電，沒有語音留言。

聯合航空傳的訊息，我正準備當作廣告給刪了，卻發現它宣布有個叫「愛蓮娜」的人和我分享了一項旅行計畫：抵達巴黎（戴高樂機場）的日期為……

這時喬治又打來了，我決定接聽。我知道他要帶雙胞胎去度春假。當然，這時候不用照顧他們很剛好——但我不介意花短暫時間討論他們平凡的後勤問題，藉此轉移一下注意力。也許喬治一路開到戴高樂機場才發現他忘了帶他們的護照——前幾天晚上雙胞胎才向達芙妮炫耀過他們五花八門的簽證和章戳。或是他忘了他們的床邊故事書。或是某些衣物。

或是他忘了告訴我某件事：我是個爛媽媽。我真的是。夫人不能告訴他的事，我能。

我知道我欠他一句道歉，所以我連招呼都沒打，就立刻道歉了。他頓了一下，然後說：莉雅？我仔細聽——我聽到背景音，聽起來很熟悉——不是在機場，也不是在海灘。他在書店外面嗎？我問了他，並再度道歉，假如他以為我在店裡，因為——

他用鼻子噴笑，說他在醫院的走廊——或該說某條走廊。我在哪裡？

棗紅色圍巾、深紫色襯衫，搭配的竟然是一套條紋西裝和襪子，看起來既不搭又滿搭的：除了那隻迎賓狗之外，喬治是這醫院裡好一段時間以來最色彩繽紛的東西了。他拿著兩杯星巴克，因此他試著和我擁抱、互吻的動作挺尷尬的，但是——我發現——覺得尷尬的人只有我。我們坐在達芙妮病房外的長椅上，其中一杯飲料自然而然地轉移到我手裡。艾莉跟夫人講過話了，夫人打給他，他就取消了度假行程。這是雙胞胎堅持的。就算他們沒說，他也會這麼做。達芙妮！他們好愛她，她還好嗎？

我解釋說，如果一切順利，我們可能在四十八小時內就可以回家了，不過在那之前，還是必須遵守隔離的規定。

「這是什麼？」我說，看著他給我的杯子。我只顧著講話，還沒喝上一口呢。

他轉動我的杯子，好看看側面寫的字。「威士忌咖啡。」他說。然後：「妳還好嗎？」

我抿了一口咖啡，差點沒噴出來。

「天啊。」我說。

「嗯。」喬治說，「我覺得威士忌很療癒。很抱歉裡頭攙了咖啡，我想說妳也需要咖啡因。」

我放下杯子，讚嘆地打量它一會，還有喬治。「你不必取消你們的行程，」我終於說，「她會沒事的。這個世界仍然會奉送奇蹟，即使是對我這種母親。」

「妳的意思是漂亮的母親？」他問。

我噗嗤一笑。我在密爾瓦基是為大學校長服務的簡報檔專家，也是精通很多種美國運動的最佳場邊家長。現在我在巴黎，在醫院裡，穿著我大女兒的裙子，守在小女兒的病房外，因為泡夜店而精疲力竭，並且和全巴黎打扮最出色的英國人一起喝威士忌。

「我是個很差勁、很差勁的母親，喬治。」我說，「真的很抱歉——如果從現在起，你想把雙胞胎送去別的地方，我完全能理解。我建議你把他們送去別的地方。」

「真是典型的美式作風，」他說，「不完整的道歉，刻意的錯誤解讀，糟糕的建議，三個願望一次滿足。」

「喬治。」我說。

「喝妳的藥吧。」他說。

我微笑，或該說試著微笑。「你今天真是火力全開。」我說。我看著他的飲料。「你也在服用你的『藥』嗎？」

「我的是『無藥』款。」他說，舉起杯子揮了一下。「白巧克力摩卡，再加上新的維他命精華什麼的。越南的咖啡比較好喝，長棍麵包也是。這裡的人會找到訣竅的。」

「真希望我也是。」我停頓一下後說。

「拜託妳別說傻話了，莉雅，」喬治說，「真要說起來，我——」

「別說你是更糟的家長，」我打岔，「因為——」

他一臉驚恐。

「因為我不是，」喬治說，「我是很棒的家長。我的生活很忙碌，我不見得每天都會跟我的孩子見面，但他們吃得飽穿得暖，他們不恨我，也不恨他們的媽媽。這一切我當之無愧。我也很自豪地說，我教安娜貝兒和彼得品味、禮儀以及英語的正確用法。世界上有很多不及格的父母，我知道其中一個嫁給伊斯蘭教教長，另一個老得多的擁有一棟公寓，一樓是書店。但妳和我不是壞家長，差得遠哩。妳最小的孩子生了病正在康復，她的病完全不能怪妳。妳最大的孩子有能力在三更半夜，在一個不是她的祖國、官僚到極點的國家替妹妹找到需要的照顧。妳在巴黎替妳自己和妳的孩子打造出一種生活，還有餘裕容納我的生活。不要漠視這一切。莉雅，妳根本就可以打進『全球最佳父母獎』的決選名單了。」現在他從我的杯子喝了一大口。「天知道，競爭者並不是多如牛毛，不過還是很了不起。」

「可是——喬治，我……」我不知道我要說什麼，不過我想我是認為說話可以擋住淚水吧。結果並不行。

他把他的口袋巾遞給我，我不但接過來，甚至還用了，雖然那質料摸起來好像比我擁有的所有東西加起來都貴。

「搬來這裡——我知道在巴黎生活不容易，可是沒想到這麼難熬。」我說，「我是說，不光是這件事，還有……」我沒說下去。

他等了一下才開口。「妳知道嗎？我在美國住過一段時間。」他說，「我在那裡念商學院，加州。很意外吧。我也很意外我愛那裡。生活——學校——都好愜意。我住的地方兩個街區外就有一間藥局——那叫什麼來著？CVS——他們賣威士忌——還有藥還有保險套還有基本日用品，更別說有一整條走道的電池了。襪子。它一天二十四小時都開著，每週七天從不打烊。超方便的。可是在巴黎，我跟妳一樣，住在離塞納河畔不到一公里的地方。查理曼大帝曾經在這裡散步，至少直到他把神聖羅馬帝國的首都移到亞琛以前，不過那是他犯的錯。不是我的。不是妳的。」他抬起頭，「也許在這裡比較難熬，某些日子啦。但是每天都會更好一些。」

我任由他逗我笑了。我看著我的杯子。他把它還給我。「查理曼大帝中午以前會喝酒嗎？」我問。

現在換他微笑了，他說話聲音很輕。「只在他離開以後。」他說。他舉起杯子敬我。「敬妳的健康。」他說。

等喬治走了，我才終於繼續看我的手機。聯合航空告訴我什麼來著？跟愛蓮娜有關的。

愛蓮娜？

對，手機堅持道，現在還提供一連串她傳來的被掐頭去尾的簡訊，我得滑動螢幕才能讀到完整訊息。

請打給我，當……

刪除。

如果妳有……

刪除。

妳在哪裡……

刪除。

最後是：莉雅，我有……

我滑過去。

……消息。

12

一般來說，愛蓮娜講出「消息」二字意謂我必須立刻打給她。但我當下不想跟她通話，更絕對不想聽她的「消息」，所以我用我的消息封殺她的消息，透過簡訊的方式。我說明達芙妮在醫院，正在康復中，如果一切順利應該很快可以出院，還有——

我知道，愛蓮娜說。我要過去了。

艾莉比我早聯絡愛蓮娜，通知她達芙妮的消息。

愛蓮娜現在解釋道，她稍早之前急著想分享的「消息」是她訂了機票要來看我們，不過一聽說達芙妮的狀況，便戲劇化地加速她的計畫。

這個副詞、強調語氣、戲劇性：全都是她的原汁原味。噢，她得費多大工夫來調整航班啊！但她還能怎麼辦？畢竟，哪裡最需要她？如此等等。我們待在醫院期間，簡訊和電子郵件讓我的手機忙得不可開交，狀況還延續到我們回家。這本來應該很煩人才對——護理師確實覺得很煩——不過達芙妮因此露出愈來愈燦爛的笑容。

達芙妮的狀況愈來愈好。也許是因為知道愛蓮娜要來，也許是因為我寸步不離她的身邊，也許是藥物很有效，也許那個醫師的外套畢竟是夠長的。

對不同人來說，戲劇化的加速有不同的意義；對愛蓮娜來說，這表示她會在一星期之內抵達，接近中午的時間。

換言之，是個上學日。艾莉要求待在家，不只是為了迎接愛蓮娜，也是為了照顧達芙妮。但達芙妮固執地堅持要去上學——醫師謹慎地表示縮短上學時間是可行的——而我固執地堅持艾莉也要去學校，以防有任何狀況。同樣的，我也不會去機場，而是待在離學校不遠的店裡待命。

「也許戴克倫可以去接愛蓮娜？」達芙妮困惑地問。

他們要我們仔細觀察達芙妮會不會出現一些異狀，包括聽覺改變，不過到目前為止，她跟原本一樣，只是稍嫌蒼白。

「他很忙。」我說。

他確實忙得很，忙著傳給我一封又一封熱切的簡訊，我一概忽略：一切都好嗎？我能幫忙嗎？

世界上每個人都比我更了解簡訊這檔事，卻沒有一個人能告訴我如何回溯到從前去傳簡訊，例如我現在想傳給愛蓮娜剛到巴黎時的戴克倫。我可以——應該——回答他第一個問題：不。以及第二個問題：能。

因為愛蓮娜帶來的消息比她一開始透露的更多。

我得知她訂的是商務艙機票，但她選擇的住宿地點與機票並不相稱——她沒有訂麗茲酒店——那地方很舒適，而且近得要命。真要命。精確說來，跟我們只隔三戶：電影旅館。我們在這條街上住了這麼久，我從來沒意識到它是一家旅館。憑良心說，它的店面就跟我們一樣窄，看起來就像一間店面——大玻璃櫥窗，好吧，上頭的確標示著「電影旅館」四個大字，但是櫥窗裡是堆積如山的帽子、假髮和電影攝影機。牆上貼著經典電影海報。這間店應該會引起我的好奇心才對，結果它反倒一直讓我覺得沮喪。從來沒有人進出這間店。我以為它又是一間巴黎精品店，不管在過去或未來，都沒有人能想像它是營利場所。

正當我往櫥窗內窺視，試著判斷它到底是不是營利場所時，愛蓮娜的車來了。

「看看誰來啦！」愛蓮娜邊喊邊由車裡脫出。

「Bienvenue en France!（歡迎來到法國！）」我快速回轉身子說道。我想上前擁抱她，但她正忙著給司機過多的小費，司機感激地鞠躬，並且貼心地打開後車廂，讓愛蓮娜可以自己把五個行李箱搬下車。

愛蓮娜一搬完，他就疾速駛離，我們對望著。

「妳氣色很好。」她評論道。

「妳這麼說就表示我氣色不好。」我說。

「妳好瘦。」她說。

「也沒那麼瘦啦。」我說，「這可能是我第一次聽到有人反駁這句評語。或是聽到兩個大學裡的女人在久別重逢幾秒之內，就不帶諷刺意味地聊起外表。」

「真的。」愛蓮娜說，然後她咧嘴一笑，抓住我，給了我一個又久又深的純美式擁抱。我們鬆開對方，但沒有完全放手，兩人都盯著對方的苦惱表情。

「噢，那件事真該死。」愛蓮娜說，「全都下地獄去吧。」

「妳是說哪件事？」我問。

「達芙妮生病——」

「達芙妮好多了。」我說。

「羅伯——」

「羅伯？」

「噢，」愛蓮娜說，「我是說——才剛到這裡，見到妳，我——」

「羅伯還是不在。」我說。我們放開對方。

「可是——」

可是這趟航程很長，我心想——真的太長了，如果她在途中唯一做的事就是反覆思量過去十三個月發生的事。現在是五月，他失蹤剛剛超過一年。我們來這裡還不滿一年。我找到又失去那本寫有「對不起」的羅伯的書，不過是幾週前的事。「我們能不能——能不能不要——不要馬上就談這個？」我說。我用手比向左右街道，它看起來就跟大多數的非假日時候一樣，灰灰的、沙沙的、很完美。「愛蓮娜，」我說，「妳在巴黎耶。」

她微笑。她的眼睛看起來好像有了淚光；我試著回想她有沒有來過巴黎。

「我是啊，」她說，「我的天，妳也是！」她環顧四周，「全法國最棒的兩個小美國人在哪裡？」

「學校。」我說，「但她們很快就回來了。我們先讓妳住進妳的——旅館？」我們趁這個機會打量奇特的門面。「至少我猜想它是間旅館。」

「我們試一試吧。」她說。

我們試了不止一次才把所有東西都搬進去，進門之後，一切看起來更加古怪，不像以電影為主題的旅館，比較像電影主題旅館的電影布景。

一扇門後頭冒出一個瘦瘦的年輕人，他留著淡淡的小鬍子，看起來好像畫上去的。

「Bonjour,（妳好，）」他嚴肅地說。

「Bon-jour,（你好，）」愛蓮娜說。「這裡是旅館？」

他謹慎地看看愛蓮娜，再看看我。「Oui,（是的，）」他說。

「妳確定？」我悄悄對愛蓮娜說。

「這裡真的好特別。」愛蓮娜說。她盯著一尊卓別林的半身胸像，它的臉頰似乎凸顯得太過頭了。「我敢說孩子們一定覺得很有趣。」

「Madame?（夫人？）」櫃檯的男人說。

我切換成法語，很快地告訴他愛蓮娜沒有小孩，不過確實有預約，她想登記入住。

他用英語回答我。「預約很好。」

「唔，那我們快點辦正事吧。」愛蓮娜說。

他們果然辦起正事來。更多員工現身，穿著一九三〇年代豪華電影宮式的服裝——暗無光澤、有鈕釦的短上衣，迷你帽子——風一般把愛蓮娜的行李捲走。他們發給她一副「名流墨鏡」，那是旅館送的禮物，看起來像一九六一年左右奧黛莉．赫本戴的那種。我搖搖頭。她試戴墨鏡。我正準備跟著她的行囊上樓，愛蓮娜卻摘掉墨鏡然後重重地坐進大廳的椅子，還拍拍身旁的另一張椅子。

「我想妳一定累壞了吧。」我說。

「是啊。」她說。

「妳要不要上樓去休息？事實上，我們今晚先放輕鬆點，明天再進行盛大的重聚儀式吧。」

「我們現在就要進行盛大的重聚儀式。」愛蓮娜說。她又拍拍椅子。「妳覺得他們有供應爆米花嗎？」她問。我搖頭。「真可惜。」她對著空氣說。然後她轉向我：「莉雅，坐下來，否則妳可能顯得比我還緊張。」

「我才不緊張。」我說，不過我是很緊張。我一直任由自己以為用Skype進行的那些對話，就和被愛蓮娜當面審問一樣激烈，但其實不然。「等一下，」我說，同時坐下，「妳為什麼要緊張？」

她深吸一口氣，然後咳起來。我們四周有灰塵在迴旋。「因為我確實想要談羅伯。之後我還想和妳女兒談他。他已經消失了那麼久——該是時候——」

「愛蓮娜——」

「莉雅——」

「愛蓮娜，」我說，「我們哪裡還談過別的——」

「現在不一樣了。」她說。

「現在確實不一樣。」我說，「妳現在累壞了，我現在也累壞了。如果妳認為妳可以對那個才離開病床幾天的可憐孩子、或是她姊姊說一個字——」

愛蓮娜在疲倦容許的範圍內擠出一個微笑，那並不太算是微笑。「妳的語氣好像我。」她說。

我望向外頭的街道，一條又一條圍巾經過。沒有人往裡看。我在顧自己的店時注意到這種現象，總是因此覺得沮喪。巴黎人行道上有這麼多美好——陳腐的美好，像是這間電影旅館塞了太多雜物的大廳；或是有文化素養的美好，像是我搖搖欲墜的書店——卻只有偶然的幾個觀光客才會轉頭看看櫥窗？我自己待在巴黎時，從頭到尾都不看我要去的方向，而是不斷左顧右盼。這裡有間寬度跟披薩盒一樣的外帶披薩店。這裡有間拼圖店。另一間賣拐杖、助行器、氧氣瓶的店，則漆成了法國藝術家伊夫·克萊因都自嘆弗如的寶藍色。前面有格里羅夫人的世界一流拖把。隔壁街區有油漆匠遺棄工作梯的空店面。

我以為我已經十分融入巴黎生活，但這座城市一定是這麼看我的，一個訪客，一個觀光客，會往櫥窗裡看的人。一個寡婦。

「可以跟妳打個商量嗎？」我說。

「大概不行，」愛蓮娜說，「但我歡迎妳試試看。」

「我們不要今天做這件事好不好，」我說，「妳很累，我也很累，而且我還不想開始跟丫頭們談這個，至少不是像這樣。我想跟妳討論該跟她們談什麼……」

愛蓮娜閉上眼睛，靠向她的導演椅椅背。「重點是，」她說，「你們兩個我都愛。我愛你們的概念，也愛你們的實體。你們兩個的存在，你們創造出的女兒，還有我充當名人來賓參加過的在你們家廚房上演的烹飪秀——你們是我最偏愛的一種版本。請原諒我，原諒我對這樣的家庭深深著迷。」

「我以為我們還沒有要談這個。」我說。

「對不起，」她說，「我已經累到根本不知道我在說什麼了。」

艾莉救了我們。她沿街走來，而她往窗裡看了。不完全是我，也不完全是羅伯。我花了一、兩秒欣賞玻璃那一側的創作。

愛蓮娜也看著她，只不過心不在焉。

「他們說得沒錯。」愛蓮娜說。她若不是比我認為的更累，就是她真的認不出艾莉。「巴黎的每個人真的都比地球上其他地方來得美。看看這女孩。」

我笑了。「我是在看啊，」我說，「每天都看。」

愛蓮娜看著我，然後站起來瞪著窗外。

「老天爺，」她說，「這是艾莉？妳們離開了好幾個月，她卻像成熟了好幾歲！」

艾莉看到愛蓮娜了，她衝進旅館，這幾個月來第一次表現得像我在美國曾經有的女兒。

「小愛阿姨！」她叫道。

「我親愛的丫頭。」愛蓮娜說。

她們擁抱的時間長到我幾乎視它為一場競賽——愛蓮娜抱了我還是艾莉比較久？——但她們沒有放手，她們一直一直黏在一起，於是我發現艾莉贏了，輕鬆獲勝。

然後愛蓮娜張開眼睛看著我，難以覺察地微微搖頭，讓我知道我也贏了。我們今天不會討論羅伯了。

先做重要的事。愛蓮娜根本沒費事跟著行李上樓去。想也知道房間會長什麼樣，愛蓮娜說，小小的，貼著一張卓別林的《大獨裁者》海報，只不過是法文版。（結果她錯了：是有一張海報沒錯，不過是法文版的《綠野仙蹤》。）她反倒是直接走出旅館，跟艾莉手挽著手，走了兩戶去看看剩下的家庭成員。還有書店。

愛蓮娜先從外頭欣賞書店。她仰起脖子看招牌，然後走到對街，千鈞一髮之際避開一輛差點要了她命的蛇行偉士牌機車。艾莉走過去跟她站在一起，我看著她們兩人，教母和教女，她們一層層指著：這是我們睡覺的地方，這是我們吃飯的地方，這是女房東住的地方。手勾著手，兩人走回來——這次有先察看兩側——然後進到店裡。

艾莉留達芙妮顧收銀機，達芙妮像個鬼魂在那裡飄浮，上學以及住院讓她耗盡元氣。她應該在樓上躺著休息才對，但她躺了一會覺得躺不住。她堅持進到店面反而能讓她平靜。而且顧客很可靠地不存在，意謂店裡幾乎和她的臥室一樣安靜。不論如何，我透過愛蓮娜的眼睛看達芙妮，還是忍不住畏縮。達芙妮好一些了，但還沒徹底康復。這是我沒有回覆戴克倫簡訊的其中一個原因。我希望能夠說一切都很好，實際上卻並不好。

「Tante Eleanor! Bienvenue!（愛蓮娜阿姨！歡迎！）」達芙妮說，讓自己被摟個滿懷。

「哎唷，」愛蓮娜嘴巴壓在達芙妮的頭髮上說，我覺得她的頭髮仍散發醫院的氣味。我擔心我的大腦會確保那氣味永遠不散。「法式歡迎呢！好時髦啊。」

「Les jumeaux sont où?（雙胞胎去哪了？）」我說，我想展現我的人生在某些小方面也是有競爭力的，撂法語也算。

「彼得和安娜貝兒在樓上的童書區。」達芙妮說。由於達芙妮提出明確的要求，希望雙胞胎回到我們這裡；由於我的立場無法拒絕達芙妮的任何心願，我便向他們提出了要求。要說我不喜歡有他們在那是騙人的，他們的愛很簡單、強大、普及。

「啊，是的，」愛蓮娜說，「那兩個棄兒。我很好奇，很想見見他們。」

「達芙妮，」我說，「妳把他們 tous seuls（單獨）留在樓上？」

「Ma mére,（我的母親啊，）」艾莉說，「我們只是住在一棟十九世紀的房子裡，那不表示我們不能使用二十一世紀的科技。」

「Qu'est-ce que c'est?（什麼意思？）」我問。

達芙妮舉起一臺小平板，那是我用來搪塞她的盜版 iPad，以免她吵著要真正的手機。之前達芙妮一直把艾莉傳給她的二手 iPod 視為珍寶，不過這臺平板其實很不錯；我在買這臺平板時還一併買了更炫的攝影機，默默盤算我可以趁達芙妮上學時研究研究它拍電影的功力。以前念書的時候，想拍電影得去借設備，借來的設備總是缺了重要零件，不然就是還沒拍完就得歸還了。現在人人都擁有設備（現在包括手機在內的所有東西都功能齊全），任何人都能使用。連我都是。尤其是我。我終於可以拍我的電影了。

只不過我會先得知有人在拍我的電影。我們所有人。

「阿希夫在那上面裝了一部攝影機，」艾莉說，「專為這個原因。」

愛蓮娜揚起眉毛看著我。我以為她是聽到有攝影機而警覺起來——現在我正是為此慌亂——接著我才意識到她在意的是阿希夫。

「阿希夫裝了什麼？」我說。

「阿希夫是她的 petit ami（男朋友）。」達芙妮對愛蓮娜說。

「他並不 petit（小），」我對愛蓮娜說，「比我高。很帥。」

「他是個好朋友。」艾莉說。（她甚至還臉紅了，愛蓮娜看了有點警覺，我倒是鬆了口氣。我原本擔心艾莉已經不會為任何事臉紅了。）

「可是等一下——他在我家裝攝影機是怎麼回事？」我問。

艾莉嘆口氣。「妳知道，我們的童書區總是被偷走更多書，因為我們沒有派人看守上面。所以現在我們不必擔心了。妳只要點一下就能看，用任何裝置都能看，甚至是妳的手機。」

「真有意思。」愛蓮娜說。

每個人都望向我。我想像一部攝影機轉向我。遠景，特寫，靜默。

當時誰都沒吭氣，直到我的語言學家、我聰慧的次女達芙妮說「un ange passé」，有個天使經過，這是對話間出現尷尬的停頓時可以使用的一種說法。這次她使用的時機並不完美，但我仍心存感激，至少直到安娜貝兒恰好選擇這一刻走下樓梯，訝異地望向達芙妮。

「Un ange?（天使？）」安娜貝兒問，「是妳爸爸嗎？」

Non.（不。）

愛蓮娜難以置信。我們面前所有食物都是冷凍食品？

噢，oui（是的）。

是莫麗介紹我們認識皮卡德主廚的，她先前曾為我們「煮」過一、兩餐。當時我以為她超越了自己的極限：滷蕈菇佐鴨胸；芥末醬豬里脊；鮟鱇魚；奶油嫩四季豆；酥脆的蘋果塔，口味偏鹹香而非甜膩。但我們很快得知，她——以及巴黎所有男男女女，以及不在少數的餐館——所做的僅止於拆掉包裝、啟動烤箱。

皮卡德主廚是我們自己取的暱稱，那些食物全來自連鎖冷凍食品超市——皮卡德，在莫麗終於揭曉她的一手好菜源自何處之前，我一直避免走進那間店。當我總算走進皮卡德，我的第一印象是它看起來有多麼整潔無菌。整個空間充滿玻璃櫃，打上明亮的白光，牆壁儘管漆上鮮豔的色彩，卻近似空無一物。不過包裝本身印著品質堪比博物館的照片，而且和美國不同的是，它們會精確地呈現內容物。我有時候只為了看那些食物而烹煮「皮卡德餐」，在這種時候，我經常想起羅伯的創作，想起和愛蓮娜共度的「烹飪秀」。

冷凍或鮮食暫且不論，總之這頓飯徹底征服愛蓮娜的心——我選擇讓她、艾莉、達芙妮和我吃義式薄切生牛肉佐橄欖油和羅勒，彼得和安娜貝兒則吃 pépites de poulet panées——雞塊。（莫麗傳授我一項訣竅，亦即以皮卡德為基本食材，自己再加點小花樣，不過我對皮卡德的原始內容物已經很滿意了。）愛蓮娜關心丫頭們上學的情況（她們說課業很難，使她們覺得美國學校教的好像太簡單了）、巴黎的生活（她們希望教堂鐘聲不要那麼早且那麼常響），最後問起書店。

「我還是個小姑娘的時候，」愛蓮娜說，「我的夢想是住在書店裡。」

「是喔？」彼得問。我看得出他覺得愛蓮娜比他的外婆伯牙夫人更有外婆味。「哪種書店呀？」

「噢，」愛蓮娜說，她放下刀叉，拿起餐巾，「我想是一間在遙遠地方的紅色書店。」

「我們的爸爸經常去很遠的地方。」彼得說。

「這間書店是紅色的！」安娜貝兒說。

「而且我夢想那間紅色書店樓上有一間小公寓。」愛蓮娜很快地說。

「這間店樓上有一間公寓！」彼得說。

「我隨時都可以去看書。」愛蓮娜說。

「我們不能那樣，」安娜貝兒說，「我們的爸爸說我們會分心。」

「我想像不出還有什麼比書更好讓人分心的東西了。」愛蓮娜說。

「Mais oui.（沒錯。）」達芙妮說。

「我覺得妳夢想中的店就在 ici！」彼得說。正如同羅伯被問號定義，彼得也被驚嘆號定義。就連這兩種符號的形狀都符合他們——羅伯覺得受困時，會彎腰弓身成問號狀？熱情洋溢的彼得則經常像要從鞋子裡蹦出來！

「Ici 是『這裡』的意思。」達芙妮說。

「對，我想我夢想中的店確實就在這裡。」愛蓮娜說。

「有時候，」艾莉說，「它像一場噩夢。」

彼得扮了個鬼臉。安娜貝兒喜歡整他，總是要求我們在他們睡前唸《我第一次做噩夢了》——一本關於噩夢的法文繪本。艾莉戳了一下安娜貝兒。達芙妮努力憋笑。我看著他們大家的臉——這是一個家庭，一種家庭，我們五個人。就算少了個父親，就算有兩個向另一個父親借來的孩子，我們還是一種獨特的緊密而「正常」的家庭，會在晚餐桌上互相取鬧、共享美好食物的家庭。

然後我再次心想：羅伯會愛極了這個。這不是臆想。都寫在他的手稿裡了。這家人愛巴黎，它也用愛回應他們幾乎每一個人。

「咱們還是不要在接近睡覺時間聊到噩夢吧。」愛蓮娜說。

「我的意思只是經營一間店並不容易。」艾莉說，「有時候很難，有時候有人會偷東西。」

「例如吉普賽人！」彼得說。

「彼得！」艾莉說。僅僅一個月前，艾莉（和阿希夫）才去市政廳聲援沒有國籍的羅姆人，主張人們總是習慣性地指控羅姆人犯下他們沒有犯的罪。艾莉規定我們不准講「吉普賽人」這個詞，甚至不能唸白蒙的《瑪德琳與吉普賽人》。這對彼得來說最難受，因為那本書裡有個馬戲團。（他認為所有書裡都該有馬戲團，實際上有馬戲團的書遠遠不夠多。）

「有一次有人偷走一本我的書。」安娜貝兒說。

「天啊。」愛蓮娜說。

「唔，如果妳把自己的書隨意亂放，」艾莉說，「妳以為還會有什麼結果？」

「以為別人會很潔身自愛。」達芙妮說。

「我們不都這麼以為嗎？」愛蓮娜說，然後看著我。「對了，睡覺時間到底是幾點？」

「今天剛來過一群小孩，」達芙妮說，「艾莉去旅館找妳們的時候，有一群小孩進到店裡，我知道其中一個偷了某本書。」

「艾莉，」我說，「這就是為什麼我不喜歡留達芙妮一個人顧店。」

「我喜歡顧店。」達芙妮說。

「我只是去隔壁的隔壁的隔壁而已，」艾莉說，「妳也是啊。」

我們對順手牽羊的人有一套標準處理程序：讓他們偷。有時候，如果嫌犯比艾莉年紀小，她會違反我們的規則，直接在店外與他或她（令我訝異的是後者比較多）對質。我經常會讓艾莉的警察工作功虧一簣，直接把書送給對方。有一次艾莉攔截到一個有雀斑、胖胖的小女孩正在偷《神啊，祢在嗎？》。我要向作者茱蒂・布倫說聲抱歉，但我認為年輕女孩正應該偷這本書（這也是為什麼儘管茱蒂・布倫尚在世——祝她長命百歲——我仍然進這本書的原因）。成年人會偷聖經和廉價版的莎士比亞，背包客則會偷地圖。

還有一位非常特別的罪犯，偷走了非常特別、寫了字的羅伯・伊迪作品《中部時間》。

「我覺得有幾個人我好像看過，在艾莉辦的手機應用程式之夜的時候。」達芙妮說。

「好樣的，」艾莉說，「怪我嘍？」

「不是！」達芙妮說，「也許我看錯了。他們人好多，我心想，*這可真怪*——感覺就是怪怪的。也許是因為其中一個小孩，我甚至不確定是不是小孩——他戴著墨鏡和帽子——」

「他拿走什麼？」安娜貝兒問。

「也許是噩夢繪本。」艾莉說。

「艾莉。」我說，但安娜貝兒已經衝去確認了。接著彼得自言自語地說「《丁丁歷險記》」，結果他也跑掉了。

「幹得好啊，丫頭們。」我說，「達芙妮，我很遺憾發生這種事，妳不會再陷入這種一個人顧店的窘境，不過我們還是盡量記得不要在jumeaux（雙胞胎）面前講這種事，d'accord?（好嗎？）」

「我覺得一切都很好。」達芙妮說。

現在換艾莉站起來跑走了。

「唷。」愛蓮娜說。

「在『溫故知新』，一刻都不無聊。」我說。

「我會擔心妳們耶。」愛蓮娜說。

「用不著擔心，」我說，「順手牽羊的人——很煩，不過也很正常。妳可能記得我也在一間書店偷過東西。」

「這個故事我聽過，」愛蓮娜說，「但我以為我們沒有要談——」

艾莉回來了，眼睛盯著達芙妮的平板。

「那是我的。」達芙妮說。

「我知道啦，」艾莉說，「只是用這個看比較方便——等一下——」

「吃晚餐時不要使用科技產品，艾莉，妳知道規則的。」我說。

「我只有最後一小段，」艾莉說，仍盯著螢幕，「它只會存最近兩小時的影像，然後就會覆寫紀錄，我猜啦，所以我們已經錯過這傢伙的大部分畫面了，我甚至看不出他偷了什麼，或是究竟有沒有偷東西，但他在這裡，正要走出書店。」

不知為何，她先拿給愛蓮娜看。她把頭往後傾。「說真的，」愛蓮娜說，「我沒戴老花眼鏡什麼都看不清楚。」

艾莉把平板給我。達芙妮過來越過我的肩膀一起看。「對，就是他。」她說，我們仔細研究他，艾莉一下按暫停，一下又放大這裡和那裡，結果我們一致同意，在達芙妮接待的那群人中，確實有個男孩確實偷了一本書。（攝影機甚至讓我們看到書名：《雲之圖》。）

但更值得注意的事是這個。

在場似乎只有我一個人看到，就在「竊案」（這是艾莉的用語）發生的那一刻，還有另外一個人從人群中脫出，朝著螢幕的相反角落移動。當艾莉放大畫面看那竊賊時，這個人迅速消失在鏡頭外，而我說過他當時待在竊案現場反方向的角落裡。那表示沒有人會注意他。

不過當然，我注意到他了。

我的丈夫化成灰我都認得。

這跟在靜止的書頁中看到他，幻想我在半世紀前拍的照片中看到他不一樣。這是一段影片，兩小時前拍的。這是羅伯。這是人生追上了我的想像，或是相反。

自從來到巴黎，我就愈來愈難想像他已經死了，是因為他來到巴黎了。

他來到我們店裡。

我們找到他了。我找到他了。

他找到我們了。

我看著丫頭們，但她們已經跟著雙胞胎跑開，去童書區看看還少了什麼。我看著愛蓮娜，但她只是很睏地對我搖頭。我感覺視線凍結渙散，彷彿我的眼睛只是另一項不聽使喚的科技產品。

羅伯還活著。

13

艾莉把平板留下，現在我將它拿起來，用手指慢吞吞地來回滑動，「倒轉」、「播放」，往左，再往右，有點像羅伯的舊實驗，那本會自動消除的書籍，來來回回，只不過這次不一樣。每經過一次，故事都變得更清晰。

是他沒錯。

這不算是一張他的好照片。攝影機始終沒有拍到他的臉，只有他挪開的身影。他看起來瘦了許多，不過在這段粒子很粗的短片中，仍然呈現出他的身形、他的輪廓、他的動作。他在書籍之間移動的樣子，對我來說是最大的鐵證。這幾乎符合我們去過的任何地方的任何書店留下的印象。他以一種壓抑的靈巧或優雅經過書籍，像是一頭知道自己身在瓷器店的公牛，深怕他的腳蹄會不小心滑向外側。我知道書深深吸引他，它不光是閱讀的材料，也是一種物品。我認識的作家沒有一個不喜歡拿著書的觸感，感覺它的重量。（我發現有一招可以確保成功交易，那就是把書塞進客人手裡，讓他們感覺它、翻動它。）我能體會：由紙張和黏膠構成的實體書籍，是藉由重量來傳達它的價值。以前的人喜歡在書架上排滿百科全書，不是因為他們認為天天用得到，而是認為他們可以天天欣賞書背：這個世界很複雜，而沉重的書就像是條護城河。

縱然羅伯那麼愛書，他也漸漸變得痛恨它們，尤其是沒有進他的書的書店，卻也討厭有進他的書的書店：他的書在特價區做什麼？他怨恨其他人出版了他沒有出版的書。他厭惡被他厭惡的書的作者，甚至鄙夷他愛的人寫的書。他在我們的巴黎書店的特價桌，做了跟他在每間其他書店的每個特價桌每次做的完全一樣的事：他拿起一本書，很快看一眼底部。如果頁面底部有一道黑色記號——基本上對全世界所有人而言，這記號都是隱形的，只有作者和書商例外——那就表示它是削價拋售的回頭書。意思是它第一次上市時沒有以原價賣掉。那表示另一個作者和羅伯一樣，失敗了。我知道羅伯把那種記號視為安慰。而且不用說，那些記號也表示優惠。他喜歡優惠。儘管他變得痛恨書籍，到頭來還是不能不愛它們。在密爾瓦基他失蹤時，我的第一個念頭是去圖書館。我跟警察說了，他們也去了，沒找到他，所以我又去了，儘管我也沒找到他，卻彷彿看到他，我可以想像他待在每個角落，在一個搖搖欲墜的書架底下，一本巨大的字典掉落給予他致命一擊，或甚至是被那種電動移動書架給夾死。那是我預見的他的結局，不過我相信他一定不這麼想。那種死法太顯眼了，太死得其所了。

愛蓮娜勇敢地提議她要接手睡前活動，那足以激勵每個人奔上螺旋梯。同時她分派我去旅館大廳：她說，晚點，我們談一談。

最後我們終於談了，對話內容卻不如我所預料。我等了她一個小時——當然，他們全都要求聽床邊故事——那個小時我不斷倒轉、重播、放大、縮小，向我的眼睛證明我當下已經打骨子裡知道的事——之後我和愛蓮娜分享我的發現。她的反應不怎麼好。一開始，我以為她的反應源自她對科技的普遍反應：不可信任。結果不是。可是這裡，我給她看。我把速度調慢，一格一格地播放。我說：不，妳看不見他的臉，但妳可以看到他的肩膀、他的臀部、他的動作——我告訴她他有什麼習慣動作，她自己一定也看過，不是嗎？我還是需要想辦法見到活生生的他，在某個地方，但在那之前——

她搖頭。

「妳這是什麼意思？」我說，「為什麼妳就是看不出來？」

她的眼眶發紅，眼中充淚，但眼神堅定。「因為我知道羅伯出了什麼事，」她說，然後重新起頭。「莉雅，我一直想告訴妳這件事。我知道那個人不是他，因為，幾個月前——其實是幾天前……」

我等著。

「真的很對不起，親愛的。」愛蓮娜說，「我打給他們了。」

他們：我們要來巴黎前，我跟警方見了一面，做最後的「更新進度」。我用引號把這四個字標起來，是因為根本沒有進度可以更新。什麼都沒有。這可能不是他們的錯，但我因此崩潰，因此怒不可遏。我猜是遷怒。我大喊大叫，一張椅子因我而翻倒，一扇門被我砰地甩上，我得反駁，門上的玻璃本來就破了。不過當愛蓮娜提議從那時候開始，她成為我的指定中介人，我沒有反駁，警方也沒有反駁。我們甚至還簽了一張表格。

我發現我喜歡有個緩衝物，直到這一刻之前都很喜歡，但這一刻我的緩衝物告訴我，羅伯，我的丈夫，那個作者，達芙妮和艾莉的爹，已經死了。

因為警方這麼說。因為「偏多的證據」如此表示。愛蓮娜要離開美國的那一天，很盡責地和他們聯絡，而他們這麼告訴她——我恰當的指定代理人，看來他們打算做出這樣的判決了。他們還在準備報告，不過——

不過我才剛看見他。

愛蓮娜還在說話：「沒有找到——我想要把這當成一種安慰，但我知道沒用，而且我真的不想用那個詞——沒有找到——」

「沒有找到屍體。」我輕聲說。

她看起來很訝異，然後點點頭。「很遺憾，莉雅。」

我仔細看了她一會。

「還不夠遺憾。」我說。

「莉雅。」

我說的是實話。愛蓮娜把羅伯的手稿寄給丫頭們！在那之前，愛蓮娜慫恿我們前往巴黎。在那之前，愛蓮娜一心相信，相信羅伯還活著，並且認為我也該相信。而現在，現在我知道——

「我很遺憾，」我說，「很遺憾妳錯了。」因為她一定錯了，警方也是。沒有找到屍體，是因為身體在這裡，在巴黎，我才剛看到它，不過是活的，在一間書店裡閒晃，離愛蓮娜和我現在坐的位子不過三十公尺。

我拿起平板，卻只能盯著漆黑的螢幕。我太累或太困惑或太生氣，無力把它打開。

「有時候，」愛蓮娜說，「我們會看見一些事……」她把嘴脣抿成一條線。

「他們說什麼？」我問，「他們看見什麼？」

「有一艘船，」她說，「大學的帆船中心。」

我準備好聽她說他們在橋邊找到一雙鞋和一張字條，或是一輛被棄置在綠灣以西一小時車程的出租車。或是在牙買加的蒙特哥貝。總之是老套到我可以說：不是他，不可能是他。他有很多特質，但他從來不是——哪怕是一點點——平庸的。

然而帆船中心，那是他很重要的隱遁之處。他從來不是出於對帆船的熱愛而去，而是出於對離開、獨處的需求，水域能滿足他。他第一次去是為了替他早期的一本著作進行研究，書中描寫年紀太輕的女主角要從邁阿密駕帆船到古巴。（當然，羅伯不走一般的套路，設定的航向跟別人相反。）我記得他很快就體會到密西根湖和墨西哥灣是兩碼子事。誠然，那裡沒有鯊魚，不過密西根湖的水也不是暖的。它是內海，天氣變化很快。沉在水面下冒泡的船隻殘骸多到歷史學家都數不清。不過只要訓練得當又有膽識，最重要的是，天氣良好的話，你是可以成功在那裡駕駛帆船的。前提是你有充分的準備。前提是你有對的船。前提是你有同伴，不過我說過，他討厭和別人一同駕帆船。規避這項原則很像他的作風，尤其是如果他不打算回來的話。

「不久前，海岸防衛隊在密西根州這一側的湖岸找到一艘船，它不只是『大湖』，還是一座巨湖。」她說，「巨大到這艘船——應該說，這艘關鍵的船——可以失蹤這麼久。我們知道這就是關鍵的船，是因為帆船中心有一筆紀錄。」我等著，啞然無語。「我的意思是——妳會收到警方的長信，下回他們打來時妳應該接聽。有些法律方面的程序要辦，那會讓妳很煎熬，不過最終妳的生活會因此而比較輕鬆。」她暫停讓我有機會回應。看我沉默不語，她又繼續說：「警探說妳會看到這筆紀錄顯示羅伯簽名借了一艘船。那天羅伯本來不應該一個人出海的——或該說任何一天都不該——尤其是在那種日子，風速是黃色警戒之類的——誰知道？我們活在大家依賴幼稚園式用顏色標記安全性的時代——總之他借走一艘船。天氣稱不上狂風暴雨，但海水確實漲得很高，氣象紀錄是這麼說的。他借走的是一艘好船，但不是為那種天氣設計的。它太小了。」

卻堅固到可以在那座大湖上漂個一年？

「這是哪一天的事？」

「他失蹤那天，一年多以前。」她上下打量我。「這些事衝擊很大。」她說。確實是。

我並不相信她，不過——

「帆船中心？」我問愛蓮娜，「妳是不是——他們是不是確定——」

「不是。」愛蓮娜說，「我是說，我不確定，可是警方很確定，再說，嗯，那確實讓我更確定了一點。很難相信帆船中心的白痴竟然沒發現船不見了，當時他們甚至跟警方說一切都很正常。可是現在，過了一年之後，海岸防衛隊找到一艘船，有人清點了一下——告訴妳，那裡還真是亂無章法。我去機場的路上順道過去看了一下，結果——我不知道妳有沒有去過——」

我沒有，那是羅伯的小天地。他私密的驕傲和慰藉。

「想當然耳，那裡亂成一團。學生負責運作的嘛。我是說，那裡有船——不是一隻手數得出來的，而是有幾十艘——全都有程度不一的破損，救生衣扔得到處都是——」

愛蓮娜離題的碎唸，還有那股怒意——對警方、對俱樂部，我感覺還有對羅伯——某種程度上緩和了她的消息所帶來的衝擊。而且我還有我自己的慰藉，我的自欺。我有自己的證據，雖說在這巨變面前，它們似乎不攻自破。別管什麼海岸防衛隊、警察、學生運作的帆船中心了。我最焦慮的是，現在愛蓮娜相信羅伯已經不在了。

「完全沒有他的蛛絲馬跡？」我說。

「親愛的，」愛蓮娜說，她漲紅臉，把臉轉開。「我就知道這事很難。」她自言自語。她再次看著我。「如我所說，之後有些法律手續要辦，妳得準備。我會幫忙妳準備。不過有一部分的工作是和ㄚ頭們談。」

「準備？」

「在威斯康辛州和大部分的州，法律規定當一個人失蹤七年、沒有任何蹤跡時，可以宣告死亡。」

「才過了將近七分鐘耶！」

「已經六月了。」愛蓮娜說。

「六月初！」我說。

「莉雅，有差嗎？重點是，在某些情況下，妳不必等七年。」愛蓮娜說，「這段時間以來，銀行那裡沒他的蹤跡，信用卡沒他的蹤跡，密爾瓦基任何地方都沒他的蹤跡——」

「因為他媽的他在這裡，」我說，指著平板，「我剛剛才看到他。」

愛蓮娜環顧室內，好像在尋求支援，卻什麼也沒找到。「還有誰？」她說，她並不生氣，但很堅持。「我們都看了影片——妳自己的女兒也看了——沒有人看到他。」

「達芙妮在橋上看到他了！」

「那次也一樣，沒有別人看到。」愛蓮娜說。

「我找到他寫在書裡的『對不起』，」我說，「那個我很確定。」

「我相信，」愛蓮娜說，「但妳確定他是什麼時候寫的嗎？也許是好多年前在另一家二手書店。妳能肯定是他寫的嗎？」

我不能。因為我不能確認。因為他又把它偷走了。

「我很確定他寫了那份手稿！」我說，「妳總不能說妳不確定吧。一百頁，每一頁都有他，妳是第一個堅定認為如此的人。」

「而我要堅持妳從第一頁看起，那一頁強調它是『小說』，每年九月我都要悲哀地提醒我的大學部學生，那兩個字代表接下來的每一頁都是虛構的。」

「它是真的！妳去過那間店。」

「我去過妳的店。但我沒有見到——那個妻子叫什麼名字來著？——卡莉？——而且我相當確定我也沒見到那個丈夫。」

燈光昏暗的大廳讓愛蓮娜看起來很老。我相信我看起來更老。這個房間也會吞食聲音：我的喉嚨感覺像嘶吼了一整晚，但我一直幾乎聽不到我自己說話。

「對不起，莉雅，」愛蓮娜說，「我很生氣。不是氣妳。或該說有一點氣妳，因為妳不讓我幫妳。但我主要是氣自己，因為我想不出來該怎麼幫忙。也因為我應該要能回答妳的問題卻不能。我確定警方是對的嗎？我確定羅伯死了嗎？我確定他沉在密西根湖湖底嗎？我不知道。我只知道我現在相信什麼，那就是他已經不在我們身邊了。」

我還是沒有抬起頭。我能感覺她在看我，等我迎向她的視線，但我不能，所以我沒有那麼做。

「妳必須想像一個沒有他的未來，莉雅。」

問題就出在這裡了，那也正是令我生氣的原因。我已經在過那樣的未來了。那是一個小心建構的未來，依賴某些有彈性的曖昧空間而存在，就像人行道上的縫隙讓鋪面能隨著季節伸展和收縮。我的生活有時好有時壞，可是隨著每一天過去，我學著度過沒有羅伯的生活。有一部分的我喜歡沒有他的生活。我想念那個作者，卻不想念那種憂慮。我想念那個父親，卻不想念那個懷疑者。我想念追著我跑的男孩，卻不想念讓我追了他將近二十年的男人。

我不知道如果逮住他我會說什麼。

你為什麼要去？我們為什麼要花這麼久才能到巴黎？

然後呢？我很高興你回來了？

再見？

那就是我為什麼不想聽愛蓮娜說話，那就是我為什麼不希望他死了。不再希望。如果他死了，我就離不開他了。如果他死了，我可能會再次愛上他。我只希望他回來。為了女兒，為了愛蓮娜。也許——如果我可以擁有那個男孩和他的書和他的微笑和他的眼睛和他的巴黎和他的威斯康辛世界地圖——也是為了我。

不過最重要的是，我希望這是由我來判定的事。不是警察，不是愛蓮娜，甚至不是羅伯。如果我想在書頁之間看到他，或在一段粒子很粗的影片背景裡看到他，我就會看到他。因為我確實看到了。

我擁有那份恩惠，或說負擔，因為我是最後一個看到他活著的人，那最後一晚，在我們密爾瓦基的家裡，羅伯說：不，他沒有買機票去巴黎為旅遊指南做研究，他不認為他能忍受那個計畫，當下他能忍受的事情實在很有限，然後……

然後我告訴羅伯，如果他不振作起來，不論如何，我都要離開了。

意思是我要走人，閃人，在他想出辦法讓狀況好轉之前都不會回來，我不管他要不要訴諸藥物，要不要去諮商，要不要以寫作為生。

我等著他說什麼，但他沒說。他反倒和現在愛蓮娜做的事一樣，不發一語地起身上樓。

在愛蓮娜消失的同時，我判定羅伯未完成的手稿不是一份正在進行的作品，而是被打斷的作品。問題不是出在我們照著羅伯的手稿過生活，而是我們的紙張不夠用了。

隔天早晨，巴黎抖振了一下讓自己甦醒，掃乾淨它的花園，將水灌進它的水溝，讓人布滿街道，擦亮它的店面，並假裝前一天晚上什麼也沒發生，假裝我不是剛聽說我丈夫死了，假裝我不是剛看見他還活著的證據。也許在隱藏的悲劇過後，任何一座城市都會這麼做吧，但那天早晨巴黎特別閃亮地做了這件事，並且特別用力地忽視我。這讓我聯想到那種時候——現在已經發生過太多次了——我在巴黎遇到士兵，總是三、四人一組，手裡總是捧著武器，在隨便哪條街和我迎面交會。對他們來說，外來的美國書店老闆是隱形的。這可不是小事，因為我看得出他們把所有事都看在眼裡：停在那裡的車，那邊幾扇拉下窗板的窗戶、那輛箱型車、那幾個男人、那個包包、那輛嗡嗡經過的摩托車。除了我之外的一切。某一次，我實在覺得太不可思議了——整條街可說是空的，他們就從我幾公分外經過——我衝口說了一句「bonjour（你好）」。他們繼續走，臉色一沉，好像他們一時跑錯攝影棚。

Tfk？

戴克倫和艾莉從好一陣子之前就試圖教我簡訊法文。但我光應付口語法文就一個頭兩個大了，而且簡訊的變體複雜到我覺得根本沒必要的程度，除了青少年誰也參不透。舉例來說，tfk並不是什麼下流話，雖然我第一次看到艾莉的手機閃現這個字串時，很確定它就是下流話。

它不是。它的意思就只是戴克倫現在想表達的意思：tu fais quoi，妳在做什麼，一切都還好吧？

我跟愛蓮娜談過之後起了個大早，把大家都送去學校後，正在店裡閒蕩。

我盯著手機。我學會的寥寥幾種縮寫語在這裡都派不上用場：tg，閉嘴；t où，你在哪裡；mdr，大笑。他們教我的用語，沒有一種表示：戴克倫，收到你的音訊，讓我意識到我們需要見面，需要談一談，也許我們該從「戀人未滿」的狀態中喘口氣，因為現在我的人生真的變得很複雜。我幾乎考慮傳簡訊問艾莉「要怎麼講『不是你的問題，是我』？」，但問了也是白問。最近艾莉捨棄了縮寫語，轉投表情符號的懷抱，尤其是代表翻白眼的符號。

因此，我回給他一個字母：Y，意思是：對，我起來了。至少我是這麼想的。

片刻之後，手機響了。我看著它。是戴克倫打來的。

「『為什麼』（Why）？」他說。我沒意會到他是在引述我的簡訊內容。

「你在說什麼？」我說，「還有，早安，但我想不起來這一句的縮寫語是什麼。」我的聲音聽起來很怪，好像我裝扮成沒那麼心煩意亂的自己，而我現在多希望那是真的。

「字母Y，」戴克倫說，「是妳自己傳的。」然後停頓一下。「嘿，」他說，「出了什麼事？妳還好嗎？」

「Y的意思是『對，我起來了，我在這裡』，」我說，「不過它也代表我很內疚我搞失聯。最近有很多事——太多事了，我很抱歉。我……」

等一等，我心想，我要在電話裡說這個？我需要和戴克倫見面。雖然可能很尷尬——嗯，也許並不尷尬。他畢竟是個朋友，而且個性比愛蓮娜溫和。我不必討論警方發現的事。或我發現的事。

「你有空嗎？」我說，「只要二十分鐘——或一小時？我們應該見個面。」

「我不只是有空——午餐過後才有事——而且我有一瓶超讚的酒，是某個學生的家長買給我的，因為我幫他們在羅浮宮插隊。」

我微笑，或試著微笑，雖然他看不見也聽不到。也許他可以。

「莉雅？」他說，「我們……有一陣子沒見面了。」

「是啊。」我說，然後又沉默了。因為約他見面是個壞主意。我所需要的是時間——一個星期，一個月，更多——來重新評估，把事情想清楚。

「那條隊伍排得真的很長，」戴克倫終於說，「所以他們真的很感激。也真的很有錢。」

「戴克倫，」我說，「我不能——我是說，聽起來很棒，可是——我們還是喝咖啡好嗎？還是免費的——我請客。」

「那不是我真正想說的。」戴克倫說。

「我知道，」我說，「我想說的也不是我所說的。」

這話聽起來比我錯得最離譜的簡訊用語還要荒腔走板，不過當我們很有效率地約好要在孚日廣場見面，我從他的聲音——悲傷、沉重、疲憊——聽得出來，這是整段通話中他唯一能徹底理解的一句。

Bises，一邊臉頰，另一邊，那氣味和笑容，幾乎讓我停下來，直接親吻他的嘴唇。可是這時候我的手機振動，我的另一段生活來打岔了。

早安我親愛的昨晚的事很抱歉我需要咖啡現在就要：這是愛蓮娜傳的簡訊，當然很重要，但我擔心她根本不知道在法國使用她的美國手機有多貴。我搖搖頭，向戴克倫道歉，並迅速回傳簡訊給愛蓮娜：我在跟一個朋友見面。當然，我是用英文寫的，不過我很懷疑她會怎麼解讀「朋友」二字。

我們需要聊一聊，愛蓮娜說。一匹馬（horse）後在店裡見。

「是艾莉嗎？」戴克倫說。

萬歲（Hooray），愛蓮娜傳。

「對不起，」我說，「我能待的時間比我想的還要少一點。」

小時（HOUR），愛蓮娜傳。

戴克倫和我只花了更少的時間就略過噓寒問暖，直接進入憤怒階段。

「我們就這樣結束了嗎？」戴克倫問。服務生為我們送來咖啡。我其實不想喝咖啡；我想來一杯酒，甚至是啤酒。我希望這是我們第一次一起喝酒，我希望很快又能去跳舞，我希望再一次在我的廚房翻看《紅氣球》，這次我不會在照片中研究羅伯的臉，我想要把書闔上，研究戴克倫的臉。

「對不起。」我又說。

「妳知道嗎，我已經超過一個星期沒有妳的音訊了。」戴克倫說，「我是說，我很抱歉在妳女兒生病的那天晚上帶妳去跳舞，但那是妳提議的——」

「戴克倫，」我說，「很抱歉我沒有打電話，很抱歉我沒有回你的簡訊。你人真的很好。之前我有別的事分心，我現在還有別的事分心。最近事情真的很多。」

「我相信，」戴克倫說，「我是說——我知道。醫院，達芙妮。一定很嚇人吧。」

我把玩杯碟，久到足以讓我的憤怒融為悲傷之後，我告訴他愛蓮娜的事，還有一切。我早該告訴他的所有事。我告訴他我先前並不是寡婦，現在可能是——只不過我愈來愈確信我丈夫還活著。我曾在書裡看到訊息，達芙妮曾在橋上呼喊。我的青春期女兒的加拿大男友安裝的自製監視系統畫面中一個模糊的角落，曾出現某個人的後腦杓。

我告訴他我在巴黎最美好的回憶幾乎都有他，戴克倫。

「例如在梅尼蒙當被搶劫？」他說，「或是妳學會『警方的心理學家』的法語怎麼說那次？或是當妳邀我出來喝咖啡，好做我們現在在做的這種事？」

「例如因上百萬朵花而增色的五十道菜的下午茶，例如大白天在我的廚房喝酒而不是咖啡、無以名之的約會，例如你帶我去跳舞，事後還一直問我是不是一切都好——即使我沒有回應，你還是一直問。」

「妳現在也沒有回應我。」他說。

「什麼意思？」

「我不知道，」他說，「我——如果我沒聽錯妳的意思——」

「你沒聽錯。」我說。

「不可能啊。」他說，「妳說有個女人從密爾瓦基來了，她告訴妳警察認為妳丈夫死了。有一艘船，某種報告。妳的女兒還沒有聽說這件事——」

「之後也不會聽說。」我說。

「妳一直假裝我不認識她們，我是說妳的女兒？」戴克倫說，「是沒有多熟，但也熟到足以知道——她們會——」

「好吧，對，我需要告訴她們，但那是我的問題，不是——」

「可是那不是——我甚至不覺得用『問題』來稱呼是正確的。」

「Problème 是個很棒的詞，不管英文或法文都是。」

「『問題』在於妳認為——妳知道——他還活著。而妳認為——妳認為妳看見他了。妳認為之前妳收到過他的訊息，妳認為之前妳看見過他，可是現在——現在妳知道。」

「我認為我知道。」我說。

「好吧。」戴克倫說，但他是對他在想的事情表達認同，不是我在想的事情，我想的是：你能等嗎？你能不能當個朋友，只是朋友，等我搞清楚事情的真相？可是當我抬起頭，他已經不在了。他仍坐在那裡，但他不在了，他離開我的身邊，而我找不回他。找不回他輕鬆的對話或他的眼睛，或是他的肩膀、腿、他的手。全都不在了。我的皮包拯救者、跳舞護衛者、日間陪伴者，不在了。

「戴克倫。」我說。

「真的很遺憾，」他說，「我是真心的，我真心想表達這個詞的每一種涵義。我為妳遺憾，為我自己遺憾。」他扭身尋找服務生。

「戴克倫，」我說，「這不是——我希望這不是再見。」

「不是，」戴克倫說，「這是更奇怪的東西。」

路宏也覺得情況有點奇怪，至少我回到店裡時，伯牙夫人是這麼轉述的。我沒有在店裡簽收上午送的貨品，這表示路宏得想辦法叫醒夫人讓她簽收（據我對路宏的了解，他會叫她自己把箱子搬進店裡）。夫人不喜歡路宏（他有一次告訴她他不喜歡書，書太重了，他更喜歡運送拖把）。夫人不喜歡被叫醒。夫人不喜歡我平常開店的時間——中午到晚餐時間——最近常常沒開店，使得她無時無刻不被煩擾。她既然把業務交給美國人來管，本來就沒抱太高的期望，但還是高於現狀。最糟的是，這間店現在彷彿在吸引危險的人。

一開始我以為她指的是艾莉、阿希夫和戴克倫那天晚上聚集的人，可是不是：路宏說他看見有人在店的周圍「潛行」。我不像夫人那麼有信心「潛行」這詞用得很恰當，不過路宏想表達的意思很明確。

夫人想表達的意思也很明確：要不我得想辦法改善經營狀況，要不她會想辦法趕我們走。畢竟我們的簽證條件是我要擁有商店的部分經營權，如果那間商店沒有商店的樣子，我們的資格也會被撤銷。

夫人的恐嚇當然讓我很不快——這是我自然的反應——但我也希望我們能表現得好一點。有一部分不算小的原因是我想做給愛蓮娜看。也許我生活中其他方面全都一團糟，但我希望愛蓮娜看到我至少有辦法在巴黎生存。

我們就要成功了。我們已經花掉很多羅伯的獎金，但我們狀況還不錯。夫人的威脅暫且不論，喬治神奇地為我們取得的簽證仍然在施展魔法。喬治也幫我們協商，申請到政府有時會給予獨立書店的補助。如果我得付學費或健保費，賣書的收入確實不夠，但我不需要付那些錢，喬治會付給我們優渥的酬勞。而伯牙夫人沒有在數落我經營不善的時候，充分展現出她也有她的弱點，那就是當我遲繳每個月該付的錢時，她不會按時催繳（這筆錢的名目很亂，我們用英語討論時稱它為「抵押借款」，可是用法語時她又會使用「租金」那個詞）。

我本來盤算愛蓮娜在巴黎完整度過的第一天，我和她會在城市裡漫步——這是調整時差的良方——那表示我又要關店。要是我的現金流足以請一個助理的話（莫麗簡直是求我讓她擔任這工作），事情可能就不一樣了。

我正把路宏送來的最後幾箱書搬到內室，就聽到門上的鈴響了，這才想起我忘了鎖門，應該等到正式開店時再打開。現在說這個太遲了，不過這樣也好，提早開張有助於我們彌補漏洞。來者有可能是打電話來的那男人，他想找蘇菲．卡爾一九七九年神祕的影像散文集《威尼斯跟蹤》初版，我們確實有這本書，但始終賣不掉，因為它是伯牙夫人自己的收藏，她開價五百歐元。如果今天早上我能以那個價錢把書賣掉，就絕對可以彌補今天下午關店——或是雇用莫麗——的損失。

「Bonjour,（妳好，）」我喊道。「Bienvenue, bienvenue.（歡迎、歡迎。）」我說，拍掉手上的灰，把書架密門往旁邊推。

「早安。」愛蓮娜說，但語氣顯示她這個早晨一點都不「安」。

「我——嗯，妳來啦。我本來打算一安排好這裡的事就要聯絡妳的。」我說，一邊用力眨眼。「妳沒睡好嗎？」我問。

「床鋪糟透了，」愛蓮娜說，「而且我想為昨晚道歉。」

「我也是。」我說。我停頓一下。

我猜我以為愛蓮娜會先說吧，但她什麼也沒說，所以我也沉默著。

「唔，好在話說開就沒事了。」我說。

「不盡然。」愛蓮娜說，同時從她的皮包取出一個資料夾。「那間旅館真該無地自容，竟然收那麼高的列印費。」

「噢——？我們可以免費幫妳印的。」

「我想先看一看。」她望著我，「是警方的報告。我不知道是因為我打給他們才讓進度加快，還是事情剛好都湊在一起，但是——東西出來了。裡頭沒什麼新的資訊，我全都告訴過妳了。」

我盯著資料夾。裡頭的頁面看起來少得很羞辱人。比羅伯的手稿還薄。

「我說過了，」我輕聲說，「我需要時間。」

「莉雅——」她朝我伸出手，我反射性地退避。她動作僵住，被刺傷了，然後她把資料夾收起來。「莉雅，我想給妳的正是時間。」

她期盼地望著我。

「什麼？」我說。

「艾莉跟我說妳有個追求者。」

「我有——什麼？她該不會真這麼說吧。」我說。

「她有眼睛。」愛蓮娜說。

「如果艾莉有眼睛，她就會看到我是照著妳的話去做——交朋友。我已經交到四個朋友了。五個，如果妳還能算作一個。」

「我應該排第一個。」愛蓮娜說。

「唔，第五個只是個朋友，他名叫戴克倫。他確實很貼心又英俊，但僅此而已。這很清楚明白。」

「是嗎？對所有相關人士都是嗎？」愛蓮娜說。「妳有權利繼續過妳的人生，」愛蓮娜說，「那是我想幫助妳的。我不會比妳希望警方的報告是真的，但妳要超越傷痛，看出那份報告其實是個禮物。」

「UPS的司機說他看到有個男人在附近徘徊。」我說。

「他有報警嗎？」愛蓮娜說。

「我覺得不是那種狀況。」我說，試著不去看資料夾。

「那妳有報警嗎？在巴黎，或密爾瓦基？」愛蓮娜說，語氣變得比較柔和了。「當妳在影片裡『看到』羅伯？當達芙妮在橋上『看到』他？當『他』藉由妳偶然發現的書裡寫下沒附簽名的『對不起』向妳道歉？」

只要一個「暫停」鍵。我對全世界的科學家只有這一個要求。要求「停止」鍵是太過分了。但是暫停，只要暫停一下，當你不想聽見——

「他死了，莉雅。」愛蓮娜說，「該是使用這個字的時候了，不要迴避。我知道感覺好像他才剛死，結果證明他已經死了好一陣子。時間久到現在該採取某些步驟了。」

她是怎麼辦到的？用她的聲音、眼神、凝重的表情？抓住我僅僅幾小時、幾秒鐘以前還深信不疑的事——我在影片中看到羅伯了——把它打得歪向一旁？人生沒有「暫停」鍵，但顯然愛蓮娜有個按鍵可以推著你快轉，我現在就感覺到了，一股實實在在的拉力，帶我經過眼神哀悽的警察、經過律師、經過密爾瓦基點頭致哀的朋友、經過痛哭的女兒。這一切，都即將上演。

14

可是一切都由我開始，由說服我什麼是真實、什麼是虛構開始。「他已死去」這個理論有各種證據，除了羅伯的屍體以外。「他還活著」這個理論沒有證據，除了羅伯的——什麼？我不知道該如何歸類他短暫的客串演出，以及現在回想起來像是陰魂不散的存在。

我感覺愛蓮娜在看我，在評估我。我剛告訴莉雅她丈夫死了，她卻似乎無動於衷。但我的心有被撼動，或該說從一種信念移動到另一種。

按下「播放」。

「我會聽妳說，愛蓮娜，」我說，「但妳會聽我說嗎？」我還不確定接下來我有什麼話好說。

店裡的電話響了起來。

「拜託接一下，」我說，這是我能想到的第一件事，「那會有幫助。」

愛蓮娜拿起聽筒。「Allo,（哈囉，）」她說，看著我尋求認可。我點點頭。「溫故知新書店。」她說。

她聽了一下。

「你能說英語嗎？」愛蓮娜問。她又聽了一會，接著說：「我不懂法語，這裡是英文書店。」

她又聽了一下，這次時間比較短。「『利—扣』？這是作者的名字嗎？」

L'école。學校。是學校打來的。「Allo, allo,（哈囉、哈囉？）」我接過話筒說。現在學校打來比丫頭們打來還讓我驚嚇。「Je suis désolée. Mon — assistanté ne parle pas français. Ça va bien, les enfants?（對不起。我的——助手不會說法語。孩子們都還好嗎？）」

Les enfants，孩子們，我是指我的孩子，結果他們指的是喬治的孩子。

我趕到他們的學校後，立刻摸了摸他們的額頭——天啊，千萬別讓我們回到那間發明聽診器的醫院——不過摸起來不燙。那個女人用英語解釋，說他們班上今天要去公園，但雙胞胎不能去，因為他們的家長同意書沒有簽名。我說我可以馬上補簽，女人慢慢搖頭：我不是他們的母親。

可是我卻能從學校把他們接走？

我們已經在校外的人行道上了，她開始關門。她說他們沒有人手看顧沒有同意書的孩子。Je suis désolée.（對不起。）

喬治傳簡訊說他也很抱歉。愛蓮娜倒不以為意；雙胞胎很討她喜歡。我們何不自己帶他們去公園？盧森堡公園可以嗎？旅館的人告訴她那裡有很多可以讓小孩子玩的東西。

要是我在「等」什麼人，我們也不是非得出門不可，她說。我有嗎？我不喜歡她的強調語氣，但也不想被關在店裡，所以我贊同她的計畫。我打給榭麗，問她能不能幫忙顧櫃檯，她叫我直接關店。我沒有打給卡爾，因為他每次給我他的聯絡方式，我都會把它刪掉。最後我打給莫麗，她說她的飛輪課一結束就會過來。她來的時候，性急的愛蓮娜已經戴上太陽眼鏡，只是點個頭就算和莫麗打過招呼了。

「她是那個女明星對不對？」莫麗悄聲說，我正在教她一些不必要的事，例如如何登記售出紀錄。

「我不確定耶。」我悄聲回應。

莫麗咧嘴一笑。「我愛巴黎。」

我們離開的時候，我的新雇員偷偷拍了一張我們的照片。

眼前這段路程並不短——三公里，至少要走四十分鐘，很可能更久——因為路線很怪的關係，搭地鐵幾乎也要花一樣長的時間。（這阻止不了彼得央求我們搭地鐵，他把地鐵視為世界上最長也最方便的雲霄飛車。）我打到樓上想跟伯牙夫人說我請莫麗顧店，她沒有接。我問愛蓮娜我們能不能延後討論……妳知道的。她沒有回應。

因此當困境和分散注意力的事物在我們眼前浮現，我感覺鬆了口氣。我們經過一座旋轉木馬，它不知怎地在一個地鐵站入口旁的狹窄安全島上找到立足之地。這個城市中點綴著幾十座旋轉木馬，多到不合常理。從空中鳥瞰，巴黎一定像個有無數齒輪、呼呼運轉的機器。人行道沒有因為剛坐完旋轉木馬而暈眩踉蹌的小孩而變得更擁擠，真是個奇蹟。然而我看出彼得的注意力集中了：旋轉木馬還有地鐵站入口？盧森堡公園和它的鞦韆（尤其還有帆船）可以再等一等。

但安娜貝兒想上廁所。小小的危機變成大危機，因為旋轉木馬附近連續兩個自動清潔式人行道公廁都故障了。現在彼得也想上了。我們繼續走。繼續走。我們離盧森堡公園和它的廁所還遠得很，所以我帶大家走進我們看到的第一間小可麗餅專賣店。它的寬度幾乎和撞球檯一樣，是間專作觀光客生意的店。有一個外帶窗口直接面向街道，還有一個亂七八糟放著可口可樂相關產品的陰暗冷藏櫃。顧櫃檯的男人是唯一的店員，他看起來不會比我更像巴黎人，但我還是不會像愛蓮娜那樣預設他會德語，不過他們很快就聊開了。

才一轉眼工夫，我們已獲准使用一扇未標記的門後一塵不染的洗手間。之後我們又被帶進另一扇未標記的門，來到餐廳後方一座迷你中庭。這裡擺了一張桌子、兩張椅子，還有一組小型兒童遊樂設施。

玩具。

這是他的後院，他的孩子的玩具。我轉身想對愛蓮娜發表看法，但她正熱烈地跟顧櫃檯的男人在協商。

等他走了之後，愛蓮娜清了清喉嚨。「改天再去盧森堡公園，」她宣布，「今天，我們要在艾當公園用餐。」彼得和安娜貝兒一臉困惑。「我的新朋友艾當——他是土耳其人，因此他精通廚房裡的技藝，美國人甚至是法國人都望塵莫及——要招待我們一頓盛宴。」她說，「孩子們，看！」由於彼得和安娜貝兒沒辦法對任何人給予的任何特別待遇無動於衷

——在皮卡德超市遇到笑容僵硬的陌生人替他們扶著門，都會讓他們臉紅——他們整個雀躍起來。

「Des jouets!（玩具！）」他們大叫。

「愛蓮娜，」我說，同時雙胞胎撲向玩具，「妳真是了不起。」她確實是。她沒再提關於羅伯的一個字。我好奇我還有多少時間。

「噢，聽妳說的，」愛蓮娜說，「酒都還沒上桌呢。」

酒：看來我的時間就那麼多了。艾當送來一瓶氣泡酒。我們喝第一杯的時候，看著雙胞胎把遊樂設施拖過來拖過去，並小心地擺放較小的玩具。三不五時，其中一人會把某個玩具交給對方；雙方略作交談，一切又都重新配置。

「他們在開一間小店，不是嗎？」愛蓮娜終於說。她伸手拿酒瓶，替自己又倒了兩、三公分深的酒。

「這是住在書店樓上和書店裡面所附贈的苦惱，」我說，「他們每次玩都玩這個。我想他們跟自己爸爸見面的機會不夠多，所以不知道怎麼玩國際顧問的遊戲。」

「別稱它為苦惱，」愛蓮娜說，「是福利。」

我們第二杯酒喝到一半時，艾當送來一個小披薩，雙胞胎吃了，然後回去繼續玩。不久之後艾當又現身，帶來他和愛蓮娜談好、菜單上沒有的特製餐點。不是什麼高級料理，但很有異國風味——番茄小黃瓜沙拉，但番茄和小黃瓜大部分都用柳橙丁和橄欖取代。愛蓮娜堅持她吃到香菜的味道。我說是辣椒粉。她問戴克倫是不是愛爾蘭人，我說不，我們沒有。

「妳說什麼？」愛蓮娜說，這時我才驚覺回應的是我內心邪惡的一面幻想她問的問題，也就是我有沒有跟那男人上床。她看著我想通這一切，然後她也想通了這一切。「老天啊，莉雅。」

「拜託。」我說。

「噢，天啊，你們做了。」她說，「我從妳的語氣聽得出來。」

「我們沒做，」我說，「妳從我的語氣聽出來的是——其實我不知道妳聽到什麼。我聽到的是這個女人，另一個我，正面臨新的——不同的——生活？」

「單身生活？」愛蓮娜說。

「獨立生活？我一個人腳踏實地的生活。我不知道耶。感覺還——滿有意思的。」

「意思是？」

「也許是『好玩』，只不過不完全是那樣。有時候我覺得迷惘，有時候覺得愉快，但主要是我跟他出去時，會覺得戴上一副新眼鏡。妳知道當你跟某人走在一起、當你跟某人一起坐在塞納河畔、當你跟某人一起喝酒，這座城市看起來有多麼不同嗎？」

愛蓮娜舉起杯子。「我完全沒想到我在八卦，」她說，我看著她。「我是說，我是在八卦沒錯，但我真的只是好奇他究竟是不是愛爾蘭人，因為——」

「愛荷華，」我說，「他現在在巴黎讀企管碩士，不過他是愛荷華州人。」

「噢，真是的，」愛蓮娜邊說邊往後靠，「妳為什麼不一開始就說呢？我在那裡教過一年書。如果讓愛荷華人來管事，這個世界會變得更好。以後不會有戰爭，我們會準時上床睡覺，在非常乾淨的馬路上開車，三不五時讓路給自傲又能幹的阿米希人和他們的馬車。的確，我們會吃更多豬肉，但我發現只要烹調得當，豬肉也可以很美味。」她叉起一塊飽滿、有橘斑的紅色蔬菜。「這個也是。」她補充。她朝酒瓶點點頭，於是我幫她倒了最後一小杯酒，也幫自己倒了一點。我們絕對來不及趕回去迎接放學回家的丫頭們。我拿出手機傳簡訊給艾莉，告訴她我們有事耽擱了，莫麗在看店，她們必須先做功課。

我感覺愛蓮娜盯著我，但我直到按下「傳送」後才抬頭。

「是艾莉啦，」我解釋，拿著手機揮了一下。我想向愛蓮娜（或是我自己）證明，我是那種會隨時告知孩子我在哪裡的母親。

「妳有跟她談羅伯的事嗎？」愛蓮娜說，「我的教女從來不是脆弱的類型，不過——」

「她很沉著冷靜，」我說，「跟達芙妮不一樣。」我的記憶很無情地閃現一幅畫面，那是達芙妮在醫院裡發著高燒。

「她就算冷靜，也不表示她不想談一談。」愛蓮娜說。

「她們兩個都想談一談。」我說。我的語氣很平板，因為這話來自我的感覺，而非我確實知道。有時候，我感覺我們把那些書裡提到的哀慟階段給瓜分了：從達芙妮的沉默和魂不守舍的表情判斷，她分到了悲傷；艾莉分到了憤怒；而我，當然，分到了否認。

愛蓮娜的表情告訴我，她很清楚地讀出我的不確定。「可以給妳看個東西嗎？」她問，一邊擦手。

「請不要。」我說。

她伸手拿我的手機，又把它遞回來。「叫它做那個網路的事。」

「什麼？」

「那個──我痛恨這個詞──瀏覽器。打開瀏覽器。」我開了，她又把手機拿走，吃力地輸入一些字，等它載入，同時口述整個流程。「妳知道艾莉的課程計畫嗎？攝影。」我搖頭。「我想也是。她當然非常有天分。」她把手機還我。艾莉開了一個攝影部落格──巴黎街景，特寫許多不同的建物。我鬆了一口氣。原來這事只是關於一個部落格（另一個令人受不了的詞），關於艾莉的隱藏才能，但實際上一點都不是祕密：我去梅尼蒙當的前一晚就看過她的手機了。我知道她有才華，有慧眼。

「她確實很有天分。」我說，快速滑過一張張照片。我欣賞艾莉避開老套的對象──這裡沒有艾菲爾鐵塔或聖心堂，只有巴黎各處隨機的商店和路標。每張照片都瀰漫著疲憊而蒼涼的氛圍。跟我很像的女孩。也跟拉莫里斯很像，雖說她會反駁。但這不是愛蓮娜的重點。

「莉雅，」愛蓮娜柔聲說，把手機拿過去。她將手機平放在我們之間的桌面上，再次滑過一張張照片。「妳看出來了嗎？」

我湊近。愛蓮娜──艾莉──也捕捉到他的身影了嗎？

我花了點時間才看出愛蓮娜看到的東西。不是每張照片都有，也未必在中央，不過──確實存在。我拿起手機。那裡，那裡。鞋店，餐廳，家飾用品店。門上，遮雨篷上，招牌，菜單。羅伯商店。羅伯與露意絲餐廳。羅伯爐具。羅伯的店。羅伯出版社。羅伯父子企業。

「我的天啊。」我對著手機說，對著艾莉說，不管她在哪裡。我扭頭看看這陽光燦爛的花園，看看開心的雙胞胎，看看後側鄰居晾在晒衣繩上的衣物。我什麼都看見了，卻沒有看出我自己的孩子——我的長女——心有多痛。我沒看見她看見了多少東西。「這太可怕了。」我一找回我的聲音便說。

愛蓮娜搖頭。「這很美才對。」我放下手機。我必須停止看下去。「但那確實表示——她很想他。」愛蓮娜說。

「我知道——我本來就知道——愛蓮娜，我不是個怪物——」

「我知道妳知道，」愛蓮娜說，「但我也知道她們不知道，不知道她們的爸爸出了什麼事。而這就是結果。」她把手機翻成螢幕朝下，然後才繼續說。「告訴她們警察認為——知道——他死了，不會是容易的事，尤其是一開始，但事情終究會好轉的。」

「等我們告訴她們他死了之後，艾莉就會停止在巴黎各處拍下『羅伯』嗎？」

「她大有可能終其一生都會拍這種照片。妳至少應該買一臺像樣的相機給她。她的前景看好。」

「愛蓮娜——」

「妳們全都前景看好。但如果妳不接受他死了，她就不會接受，達芙妮也不會接受，這個謎團就會永遠糾纏妳們三個。」她拿起手機，愈來愈用力地連按了幾下，設法把部落格關掉。「日後還會引來沒這麼美好的結果。」

看來時候到了。

「發表妳的論點吧，」我輕聲說，「為什麼說他死了。」

愛蓮娜深吸一口氣。我也是，但那口氣哽住了，我過了一會才能吐氣。

「這不是我的論點。」愛蓮娜說，並且從她的皮包裡取出資料夾。裡頭的報告寫得很差，除此之外一切都如愛蓮娜所說。有一艘船被借出，同一艘船被發現。沒有發現屍體，但由於「當事人」行蹤不明，在網路上及網路之外也都沒有發現「存活的證據」。警方當局建議尚在人世的配偶請求法院宣告「失蹤人士」死亡，因為他面對「迫在眼前的危險」——兩百七十七公尺深的「大湖」——並且「沒能夠返回」。

我把資料夾推回給她。我沒有說最令我不安的是他的指紋。不是他們從任何可疑的表面採得的指紋，而是他們歸檔用的指紋——我猜是從駕照或護照的資料複製過去的。我說不清楚，只是那渦紋，線條交會或中斷時，它細緻的輪廓，似乎都無可否認地代表他，雖然事實上我根本沒看過他的指紋。它們讓我聯想到他的眼睛，那鮮豔的色彩。它們讓我聯想到他。

「我不知道該作何感想，愛蓮娜。」我說。

她彎下腰，沙沙地在皮包裡找東西，然後拿出一條手帕給我。我完全不知道要拿它來幹什麼。叮、叮：這是公車的警鈴聲。我現在聽到了，艾莉手機裡那個資料夾，我沒有打開的那個。「爸爸。」

愛蓮娜做出按壓臉頰的動作。我在哭。

「莉雅。」愛蓮娜說。

我彎腰在自己的皮包裡找面紙，但我知道找不到。我還是繼續找，藉此隱藏我的臉，我聽到愛蓮娜離開桌子，對雙胞胎說了「榛果可可醬」之類的話，然後又回來了。我聽到通往餐廳的門吱呀打開，砰地關上，接著一切都安靜下來。我坐直身子。

愛蓮娜仔細看著我。「好啦，哭也哭完了，孩子也滿足了，巴黎也暫停了。」她說，「現在妳的機會來了。發表妳的論點。警察已經發表了他們的論點。請盡情發揮。」

過了一會，我開口了。

「我不知道該說什麼，」我說，「我是說，這幾個月以來，我一直逼自己相信他死了。直到『線索』或『徵兆』或『幻覺』——不管我們要怎麼稱呼它——開始出現以前，我幾乎是很成功的。我幾乎在腦子裡用意志力讓他死去了。我一直不相信，沒有打從靈魂裡相信，但我變得——能理解它。在心智方面。這說法合乎情理。」

「『情理』。」愛蓮娜複述。

「直到它又不合情理了。直到假裝他死了不再讓事情比較好辦，卻變得更奇怪。那就是我現在的處境。那就是為什麼這份報告……」不適用，我想講，好像這是某種審查的場合，好像在密爾瓦基發生的事到了巴黎就失去意義。

「莉雅，只是說——我擔心如果妳不——」

「愛蓮娜——好吧，」我說，「如果妳來巴黎是為了讓我簽某種表格，而妳認為我簽了那表格就會讓羅伯真的消失，那我願意簽。我們把他刪除。到了這個地步，他只不過是手稿中的一個角色，對吧？一部電影。」

「莉雅。」愛蓮娜說。

「因為這樣說比較容易，勝過問道：什麼樣的男人會那樣丟下他的家人？我說的不只是拋棄所帶來的負擔——教養的責任加倍，不光是洗衣服就好，還要應付孩子能製造的所有他媽的危機所帶來的壓力——我說的是把愛收回這件事。妳愛上某個人，他愛上妳，你們結了婚，然後他對一切厭倦了，而且卑鄙到沒有告訴妳。或是死去。他反倒徘徊不去，他鬼鬼祟祟，他讓妳心神不寧，讓妳再怎麼努力也無法繼續前進。他決定繼續過他原本的生活，只不過這次是待在窗戶另一側，從外往裡看？警方說他死了，他們也能確保他不會復活嗎？」

「莉雅。」愛蓮娜又說了一次，這干擾足以讓我停下來思考——他到底為什麼會復活？但我也能聽到愛蓮娜說：因為妳，親愛的——因為丫頭們。他復活是因為愛妳們。

可是她並沒有說這些話。她在說他已經不在了。

「愛蓮娜，」我說，「我明白。他們認為他死了，現在妳也認為他死了。對，我能理解這個，我只是沒辦法再假裝我相信了。證據在哪？我知道證據就是沒有證據，可是——」

「可是有……這個。」愛蓮娜說。她抽出另一個資料夾，遲疑了一下，然後打開來攤放在我們之間。「我在轉換話題，」她說，「也或許不是。」

再過一分鐘左右，我們會怒目相視，牽起雙胞胎，付清餐費，然後幾乎完全沒有交談地走回家。她回到她的住處，我回到我的住處，我會一個人處理晚餐和睡前故事，然後我會下樓到店後的小辦公室，打開檯燈，坐在那裡，被灰塵和黑暗籠罩，再次翻開資料夾。

但那都尚未發生。在這當下，在好心的艾當先生的後花園裡，她看著我看著她拿出來的東西——然後迅速道歉，開始把它塞回資料夾。「該死，」她說，「我真是蠢極了。」

確實很蠢。但我犯蠢的程度大於她，而且事情是開始於（或該說結束於）超過一年前，羅伯放棄寫作的那天。

這是三月的事，離他放棄我們家只有幾週時間。我相當清楚地記得那一天、那一刻，是因為那天是達芙妮的十二歲生日。我們要開一場特別盛大的派對。在慶祝活動開始前兩、三小時，他私下向我宣布這個消息。我受夠了，他說。我受夠寫作了。受夠紙、筆、鍵盤，還有——

好極了，我說。一陣停頓。他說：我不確定妳聽到我說的，雖然我聽到了，我還是停下來等著，因為我也不算聽到了。我只分了極小一部分大腦來聽羅伯說話，部分原因是我最近養成了這種習慣，部分原因是我的心思都在我們冰箱的內容物上：我們還需要去店裡買什麼，有哪些東西可以扔了，如果攝影師也想拍一張冰箱裡的照片我該如何回應？

攝影師。等一下再來詳細談他，不過現在先要知道，在某個時間點，羅伯的經紀人——現在早就沒了——說過，我丈夫的職業生涯有一大問題，那就是他不夠資格稱為「品牌」。沒有足夠的讀者知道他是誰。

我盡責地翻了個白眼，說了我的臺詞，但他搖搖頭說：莉雅？

全部就這樣了，但這樣已經足夠了。我將漸漸熟悉那種語氣，融合疑問和抱怨，世上不止一對夫妻都很熟悉這種語氣。但羅伯的版本中還悄悄摻入新的情緒，當時我沒能辨認出來，現在發現是懷念、渴求、孤寂。有時候他喚我名字的方式——每次我沒有好好回應某種與存在有關的請求時他喚我名字的方式——讓我一時間覺得我們不是在同一個空間裡交談，而是在講電話，長途電話，彷彿回到講電話要錢的時代：聲音模糊不清，因為昂貴流逝的每一秒而焦慮。我沒有去任何地方，但即使對我來說都感覺我離開了似的。

因此，達芙妮生日的那天早晨，他呼喚我的名字時，我仔細地聽了，因為語調變化很重要；莉雅可以代表「妳覺得我寄給妳的那篇《紐約時報》文章，講那個（成功的／知名的／富裕的／得獎的）作者的，寫得怎麼樣」，或是「我昨天一夜沒睡，沒辦法做妳剛才要我做的家事」，或是，像那天早晨一樣，「現在是什麼狀況？」。

這事真的很尷尬。有個鄰居開了一個本地鄰里消息的部落格，獲得很大迴響——主要是因為她放上了可說社區裡每個人的照片——她在募款好把部落格內容印刷出來。她選中我丈夫成為創刊號封面人物，因為他算是小有名氣，於是幾天前她就請一位超級年輕的記者來採訪他。今天還有一名攝影師要來。

時機真不湊巧，這天不但是達芙妮的生日，還是她的金色生日，也就是壽星的歲數跟生日日期相同的那個生日（十二號生的達芙妮過十二歲生日），威斯康辛州和周邊區域的父母都必須在這樣的日子煞費苦心。超苦的苦心。這應該是所向披靡的日子，類似聖誕節和國慶日遇上難得返回的哈雷彗星，只不過你的金色生日永遠、永遠沒有第二次。我知道有些父母訂餐廳和小馬，也聽說過二十一歲的壽星跑去拉斯維加斯（從此再也沒有回來）的謠傳。艾莉在九號過九歲生日時，要求我們帶她坐頭等艙去迪士尼樂園玩。可是當時我們負擔不起，現在我們的存款還更少。達芙妮想要騎小馬，羅伯提供的則是「做一本自己的書」派對。他把我們價值三十元的噴墨印表機搬到樓下的餐廳桌上，其他工具也很齊全！

所以那天並不適合讓攝影師來。但我們的編輯鄰居只能在那天把他請來——她是用交換條件請到他的——於是她轉而收買我：如果她能讓廣告商送我們花呢？我猶豫著。很多花，她說。我指出我們家已經為這個「金色生日」堆滿雜物了——這時她尖聲喊道：我想到了！有一間新開的美甲沙龍可憐兮兮地尋求曝光——不如讓達芙妮和她的小客人來個居家「美體日」？攝影師可以拍完羅伯再拍達芙妮和她的客人，留著當作後幾期的報導，於是——

於是棄權書隨著邀請卡一起裝進信封。小朋友的媽媽打來詢問詳情，不過大部分的人覺得這事很有趣：計算自己在那個部落格出現的次數，是本地盛行的消遣。沒有人退出。

除了那天早晨的羅伯以外。

我關上冰箱門。他今天的任務：去拿蛋糕（我們付的）還有花（免費，但不含運費），還有掃門廊。很簡單。不管怎麼說，都比在後院給小馬建一座圍欄簡單多了；達芙妮對這事抱持著不理性的期望：小馬也可以修趾甲。她們會給牠的馬鬃編辮子。

「我們別說什麼放不放棄的。」我說。「即使只是開玩笑。」我補上一句，給他一個臺階下。我等著看他領不領情。他不領情。我可以極其自豪地說（現在就是）我很善於控制自己的語氣。羅伯一點都不懂得看時機。他可能會在妳偷童書偷到一半時跟妳搭訕，他可能在幾年後出去跑個步就從妳的人生中消失，他可能在一本雜誌派攝影師來找他、要撰寫他身為作家的故事的同一天，告訴妳他要放棄寫作了。

「不是開玩笑。」他輕聲說。

「媽！」艾莉的聲音帶有警告意味，高聲從二樓傳來。達芙妮在試穿一套套衣服，畢竟有個攝影師要來呢。（艾莉從未讓我們忘記，艾莉過金色生日時我們去了一家本地的披薩店，放眼望去沒有半個攝影師。）

「我不會破壞這個日子。」羅伯說，他繼續壓低音量，儘管四周沒有任何人。「我只是想在確定之後盡快告訴妳。」

我看著他，對我聽到的話感到不可思議，對他近乎興奮的表情感到不可思議。

「你應該知道我以你為榮。」我說，雖然這不是真的。「不管任何條件。」我說，雖然在當下這件事事關重大。

「莉雅，」他說——又是那種語氣，「不要用工具箱。」諮商師的工具箱。那時候我幾乎已經忘了還有這玩意，我很訝異他沒忘。譬如說，他沒有提供「事先通知」說他決定放棄寫作了。我試著回想工具箱裡有沒有鐵鎚，如果有的話，我現在或許可以拿出來用了。我是不是太「依賴幽默感」了？不，因為那並不好笑。所以沒有鐵鎚，但我確實記得我們應該「用肯定的語氣發言」。

「好吧。」我說。

工具箱裡還有最後一樣法寶：在難熬的時刻或對話（不是「爭吵」）中握著對方的手。他朝我伸出手，我霍地把手抽開。

「這不是夫妻吵架的模式。」我說。

「我們沒在吵架，」他說，「而且我以為妳會——我以為妳會為我開心？」

「開心？」我不確定這是不是仍屬於工具箱式的談話。諮商師對開心有種特殊的定義：偽神或虛偽的目標之類的，我記不清楚了。滿足，平靜，那才是你應該追求的。「你工作的時候我很開心。」

停頓一拍。

「我工作的時候我不開心。」他說。

「也許這樣，你才會知道那就叫工作？」我說。

「妳不講道理。」他說。

「我不講道理？現在不合理的是你想讓我說的話或做的事。你想要我說『萬歲，你要拋棄你的天賦了』，還是『不，親愛的，別這麼做，不要』？告訴我，快點告訴我，因為這齣劇本的下一幕戲是關於一個開心的孩子。」

他別過身去。

他在掙扎，這我了解，我們都了解。但他似乎始終不了解這對我們來說是多大的負擔。他把自己看成是孤獨的西西弗斯，每天早上都把巨石推上山坡。但他累到沒有注意，每天晚上石頭滾下山坡時，都對等在那裡的我們母女三人造成生命威脅。

「媽！」現在是達芙妮在喊了。我內心的人類學家早就注意到，她們從來不大聲呼喊爸爸，除了他離開家或長或短的時間後回來的時候。不管是一小時、一天、一個星期，他的出現總值得一陣狂喜。

「好了，我不知道這個危機是打哪冒出來的，」我說，「但如果跟那篇愚蠢的報導有關——沒有人會讀那篇報導的。有幾個人會看看照片，而我說的『幾個人』指的就是我們幾個。」

「那不是重點，」他說，「我已經厭倦了——」

厭倦：這是從另一個箱子裡取出來的詞，每對夫妻在大喜之日都會收到這個又深又寬的箱子，你要把接下來每一天遇到的好事、壞事都裝進去。它像是情感上的嫁妝，只不過你會一直往裡面添加東西。如果你加進太多同一種東西——太多憂慮或愁思或疲倦——太少別的東西，像是無憂無慮的金色生日，或是能變成成功書籍的成功手稿，或是能建立新軌跡的成功「實驗」，這個箱子就會爆開，把裡頭的東西撒得滿地都是，在賓客來臨前幾小時製造大混亂。

「這是重點，」我說，「我知道你厭倦了什麼，我只是不知道該怎麼處理它。」

有那麼一刻，屋子裡沒有人說一個字或喊一個字。冰箱嗡嗡響，屋前有輛車的車門開了又關上。也許就是這一刻，羅伯的下一本書，他的最後一本書，開始萌芽，他終於開始寫了，真正地寫了，即使他想要放棄，就在那個房間裡，就在那對看著我的眼睛後頭。他的右眼虹膜閃現最初令我沉醉的色彩，令我非他莫屬，我愛這個男人，因為他有滿身的問號，包括他曾經加在那個關鍵詞後面的問號：結婚？

好，我當時說。嘴巴直接貼在他肩膀上說，因為我抱他抱得好緊。當時我是那麼快樂。也許現在我應該抱他，遵照專業的指示握著他的手。可是那麼一來，我就會錯過他接下來做的事，那件事使當時的我懷抱無限的感激，雖然其實不該是這樣的。我應該看出它的本質——那是某種無法逆轉的事物的開端，規律地取出嫁妝箱裡的東西，直到每個角落都露了出來。

但我沒看出來。我看到的是：一個微笑。他的。小小的微笑，似笑非笑，甚至可能是從工具箱裡取出來的微笑，工具箱說你有時候應該刻意讓臉部肌肉咧嘴笑，藉此引起你精神上的交感反應。

我變得憤怒、惱火，我問他：我應該怎麼辦？現在他說「不怎麼辦」。我微笑（他在微笑）。他微微轉開身，他那像小萬花筒的虹膜也跟著轉開。他轉回來，色彩也回來了。「很抱歉，」他說，「妳什麼也不必做。」

然後他去拿了蛋糕和花和——天知道在這麼臨時的情況下他怎麼辦到的——一匹小馬，牠載著達芙妮和她的朋友們，直接從我們家後院進入一份雜誌的樣稿，這份樣稿是愛蓮娜帶到巴黎來的，並且在一間土耳其可麗餅專賣店後側擁擠的草地上一套兒童遊樂設施旁拿給我看。我以為他們取消這個計畫了。我聽說紙本始終沒有進入印刷階段。來巴黎後我上那個部落格看過一、兩次，發現它沒再更新內容了。而且編輯跟我吵了一架，因為派對結束後她用電子郵件寄發票給我：「一場誤會。」我抗議，她抗議，最後我設定信箱，把她的信自動送去垃圾信件匣。我以為這事就這麼結束了。

可是，不，我坐在辦公室裡，拿出愛蓮娜列印的稿子，發現是那時候的報導。編輯用電子郵件把稿子寄給愛蓮娜：「我聽說妳可能知道莉雅和羅伯的聯絡方式？」編輯解釋她本來負責一份雜誌，後來停刊了，我們有過爭執——她沒有提發票的事——而她對整件事覺得很遺憾，不過希望把未出版的樣稿寄給我們，讓我們看看「本來會是什麼樣子」。

我們先前看過初稿——只有文字，看起來不怎麼樣。但這次是完整的排版稿。「作家就在轉角處」，封面標題歡快地寫道。文章裡沒有提到羅伯失蹤了，那是我讀了如此不安的一部分原因。它既是瞥了一眼我們的過去，也像是用快門捕捉到我們幻想中的現在：密爾瓦基的一個家庭。一棟房子，一個媽媽，一個爸爸。

更讓我不安、後來讓我在巴黎輾轉難眠的，不是文字，而是照片。那些照片漂亮極了。我不知道他們是不是用了特殊的相機或是電腦修圖，還是那個攝影師的正職是在《時尚》雜誌工作，但是色調、我們的臉、細節，全都像是暫時停滯的液體。羅伯的獨照很英俊，還有更多照片。派對的、小馬的，達芙妮跨騎在小馬上，害怕又咧著嘴笑，那笑容會在她的臉上和我的臉上維持好幾天。

最後，是一張我們的全家福。他們選中的是我們正在喬拍照姿勢的一張照片。我們在客廳，還在討論是要坐著或站著，要緊靠在一起還是分散一點，要微笑還是正經。達芙妮似乎是唯一遵照指示的人：她站得比我們都直，但她覺得我們在做的事很滑稽，從她的表情就看得出來。也許是因為美體店的人用了化妝品的關係，她的氣色看起來比在巴黎任何時候都好上十倍。艾莉則看起來很窘，卻也很亢奮；她一手搭著達芙妮的肩膀，另一手準備伸向相機；她想要說「等一下」或「現在」！我在她們後面，臉上掛著也許只有我看得出來的堅決表情——不過任何人都看得出我非常得意。我看起來像有什麼大事圓滿完成了，事實也的確如此。我們平安度過爭吵；小馬出現了；羅伯出現了，而且不光是人在心不在。結果如何？丫頭們看起來很美，羅伯看起來很自在，他很可能滿開心的，顯然以他的家庭為傲。他的嘴脣微微張開；他馬上就要說些什麼了。

什麼呢？

我不知道。只是一個月後，我威脅要走，而他真的走了。

愛蓮娜也有個應付爭執的工具箱。我不確定她有沒有自覺，但我發現了，我也知道那裡頭只裝著兩種工具：很有耐性的犀利眼神，還有在緊急情況下使用的分散注意力的事物。

我說過，我們從艾當的店走回家的一路上幾乎沒有交談，但也不盡然如此：她試了卻仍然無法逗我回答最溫和的問題——人行道一向這麼擁擠嗎？天氣經常這麼像在海邊嗎？——愛蓮娜終於提出一個她知道我必須回應的問題，因為跟書店有關。

「不知道會不會太麻煩——我不擅長看地圖，但我先前看了，我發誓它就在這附近——我們可不可以在莎士比亞書店停留一下？只是看看？」

回想起來，要是我們真的去了也許就會看到的事物，真是耐人尋味，但我當時撒謊說那家店不在附近。她揚起一眉，不過在我們走到我們的店之前，她沒再說一個字。

我並不嫉妒莎士比亞書店的成功。它是大部分美國人知道的唯一一間巴黎書店（如果他們知道任何一間的話），包括英文書店和其他書店，從羅伯的手稿判斷，他也只知道這一家書店。雖然羅伯手稿裡對書店的描述很詭異地符合後來的「溫故知新」，事實上它更偏向於直接描寫莎士比亞書店。譬如說，他說書店是綠色的，附近有一座小噴水池。他還說那間生意興隆，而絕對不會有人如此形容夫人的店。當然，莎士比亞書店確實生意興隆。他們擁有歷史——這間書店的最初創建者雪維兒．畢奇為喬伊斯出版了《尤利西斯》、資助海明威，一直維持興旺，直到二次世界大戰迫使她關店。後來另一間店使用同樣的名字，自此之後，源源不絕的背包客和觀光客（以及某些本地人）便在書架間流連忘返。

不過這些人當中不包括我。我曾經過店門口一、兩次，卻從沒進去過，因為我發現那裡跟羅伯手稿的相似處，著實令我發毛。

然而再走五百公尺就是知名度較低的一處地標，艾莉曾拉著達芙妮和我（還有阿希夫）前往，那就是聖母院西北側、位於鴿街上的白蒙舊酒吧。現在我帶著大家往那個方向走，確信這個停留——還有艾莉大膽研究的故事——可以讓愛蓮娜忘了莎士比亞書店。

可是我們走到那個街角時，回憶湧上心頭。我們最初造訪過這個街角後幾個月內，我自己也做了些大膽研究，因為我很好奇是怎樣的「心碎」迫使白蒙賣掉酒吧。我什麼也沒查到。在他的自述中，他提到一九五三年《假期》雜誌派他到巴黎來畫下這座城市的落魄潦倒，後來他便愛上了一間深得他心的酒吧。

他買下它，計畫重新裝修整間店，藉此提升來客率。事後證明這個決定是個財務上的災難，不過他重述這段經歷的文章語氣倒是充滿感情而輕鬆愉快的。他和他的承包商在某個時間點醒悟到，他們沒辦法更新排水系統，因為他們在地底發現一條中世紀以前就建來供聖母院使用的水管。結果在酒吧重新盛大開幕的當天，白蒙雇來兩輛加長型禮車——一輛標示「MESDAMES（女士）」，另一輛標示「MESSIEURS（男士）」——悄悄把他的賓客載到附近的公寓解決方便問題。

我讀到這段文字時覺得很有趣，可是在天色將暗時與愛蓮娜和雙胞胎經過那裡，那個街角卻顯得陰森。我們繼續走。

越過塞納河進入瑪黑區，我想著雪維兒・畢奇和她美麗的書店。根據傳言，在她拒絕把最後一本《芬尼根守靈夜》賣給一名納粹軍官後，這間店就關門大吉了。她並沒有佩戴猶太人戴的黃星星，但她的年輕朋友兼助手弗蘭絲瓦茲有。她們結伴在城市裡行動時，也一同面對所有猶太人都面對的限制——不能去咖啡館，不能進電影院，不能進戲院，不能搭任何交通工具，只能騎自行車，也不能坐在長椅上。有一天她們在戶外野餐，還特別留意坐在地上，不敢坐旁邊的長椅。那是焦慮的一餐。

那個軍官始終沒拿到他要的書，或是那間店。軍官憤而離去後幾小時內，一群朋友就幫忙她搬家，還把整間店的書都藏了起來。他們甚至把店外的招牌用油漆塗掉。然而納粹還是找到了雪維兒，把她送進拘留營關了六個月。之後海明威本人宣稱，他在納粹逃走後「解放」了那間店，但雪維兒已經元氣大傷。雖然她又活了十八年，這間店卻不曾再以她的名義重新開張。

路德威・白蒙和雪維兒・畢奇的卒日只隔了四天。我有時候會想，不知道他們有沒有見過面。一定有，即使他們大部分的人生都在不同的陸塊度過。我根本無法想像，在這麼親密的城市裡，兩個應該找到彼此的人卻從未相遇。

15

隔天早晨，愛蓮娜睡到很晚，這倒也好。我有種奇怪的宿醉，把孩子們送去學校時試著掩飾這種感覺。宿醉部分源自在艾當的後院沉醉於美酒的午後，不過也是因為雜誌。讀它讓我悲從中來——再次翻閱，我發現頁面被我的一、兩滴眼淚沾溼而鼓了起來——但今天早上，我感覺心情不一樣了。

可是密爾瓦基……

我再次看著頁面。

跟巴黎相比，密爾瓦基在許多方面相形失色，以致於沒有發覺我讓我們在美國生活的回憶也褪色了。可是這些頁面上明擺著證據：密爾瓦基棒極了。我們的家庭也是。我們有微笑的動力。即使在爭執過後，即使在那個瘋狂、悽慘又滑稽的日子，我們四個人還是找到方法咧嘴而笑（成就了一張封面照）。某個攝影師也找到方法讓我們看見真實的我們——不是因西洋棋比賽和狂暴的天氣和迷失方向的作家而鬱鬱寡歡，而是一個偶爾能耍寶、能相處融洽的家庭。

我們曾經還不錯。

羅伯失蹤後，我又去找了那個伴侶諮商師一次，就一次。我想要告解一件事。結果我離開的時候告解了兩件事。第一件事是我發現自己對羅伯的離去有很糟糕的感覺——儘管難熬，儘管心痛，白天裡卻會有幾分鐘、有時候甚至長達一小時的時間，我會感覺輕鬆。跟羅伯在一起生活可能很辛苦，沒有他的生活也很辛苦，但你不需要那麼頻繁地確認天氣預報，只因為你的丈夫寫不出一百五十字的段落，就覺得世界末日真的要降臨了。我等著諮商師拔掉筆蓋，拿出她用來記錄全世界最差勁妻子名單的紅色大簿子。她沒有。她反倒說「那很理性」。由於我不喜歡贊同任何人，尤其是諮商師，所以我說：「唔，讓我告訴妳不理性的部分吧，那就是無論如何，我都不後悔跟他結婚。」這是我告解的第二件事，而且直到我衝口而出，我才知道我有這個想法。

但我一說出口就知道是真的，不只是因為我們的婚姻創造出兩個女性，而我堅定地相信她們有一天會拯救地球。我愛我們的婚姻，我愛我們。我愛我們嘎吱作響的房子，我愛密爾瓦基、它的酒吧和書店。我愛羅伯的烹飪秀。我愛把小馬載來的拖車上還有一頭山羊，因為羅伯說：「沒有山羊算什麼小馬？」當時我不知道，但原來有一匹小馬再加上山羊再加上隨之而來的所有笑容，就像是贏得世界上最大的獎，而在千中選一的那一天，羅伯感到一切順心——獲得一篇好的評論，或是書稿賣出一筆好價錢，或是他花了一個星期挪來挪去的該死逗號終於找到完美的落腳處——則是更好的獎賞，但最棒的還是已婚狀態。真的是。

「妳現在仍然是已婚狀態。」諮商師說，我就是這時候決定不再去見她。

在我們書店裡已經快爆滿的「美國／紐約」區，放著葛蕾絲．佩利的著作（羅伯太常給我看她的書，有時候會忘記我根本沒見過她本人）。他最喜歡的一篇她的短篇小說〈欲求〉

也成了我的最愛，用區區七百九十一個字就刻劃出一段婚姻完整的起起落落。早年，那對夫妻年輕而貧窮，住在一間公寓裡，牆壁通風良好到你不想聞鄰居的早餐都不行。多年後，他們不期而遇，已經成為前夫的丈夫得意地吹噓他的計畫——跟一艘帆船有關——並且酸酸地對她說：「妳將永遠無欲無求。」

撇開帆船不談，羅伯絕對不是那個丈夫。我也不是那個妻子，但正如故事中的妻子稍後所抗議的，我也想反駁：我確實有所欲求，確實想要什麼，想要很多，包括有朝一日能拍一部和協同合作無關的電影；能培育出勇敢獨立的女兒；能讀完並喜愛我店裡架上的每本書。

可是長久以來，我最最想要的是羅伯健康、快樂，在這裡。

他想要在別的地方。

我想我之所以抗拒愛蓮娜的看法以及警方的判斷、抗拒羅伯已死，是因為如果默認了，不光是代表把羅伯釘入棺材，而且還宣布原本的我們過得非常不好。無論他需要從我們這裡得到什麼，我們都沒有供給他。無論我們需要從他那裡得到什麼……

但他為達芙妮找來她需要的，一匹小馬。還有攝影師，那張照片。我還有別的照片，有好幾箱。我有回憶。那份雜誌樣稿只是我擁有幸福生活的無數證據中的一項。在他追著我和我偷走的書而來之後，我又追著他離開第一間酒吧，這不是錯誤的決定。

想像他死了也不是。最近我說服自己他還活著也不是錯誤的。我沒有瘋，我是在循環。最終這循環會停下來，我會休息。一個人。在巴黎一間書店的走道間。

所以我練習那種生活：我站在店裡，賣法國、倫敦、歐洲和波羅的海地區的地圖給一對來自加州納帕郡、皮膚晒成金色的夫妻，並且告訴他們可以去哪裡吃東西。我賣給一個年輕人一本海明威的《流動的饗宴》，我撕下幾頁書把他嚇了一跳。我賣了十本《大亨小傳》給一個年輕女人，她說她是家教老師，奉派指導一間在巴黎拍片的美國製片公司；我請她一定要再來。她說她會帶那些年輕的明星來，還得意地唸出他們的名字——我很識相地點頭微笑，實際上一個字都沒聽過。

我不是「正牌」賣書人，但是——我在學習怎麼假扮成真正的賣書人。我有時候會拿榭麗來練習，她是我的三個客人中最有耐性的。有一次我向她強迫推銷朵貝．楊笙的《公平競爭》，這本小說是關於住在同一棟房子彼此作伴的兩個女藝術家創作的故事。榭麗知道楊笙的童書，主題是名叫「姆米」、住在瑞典、長得像河馬的奇特雪怪，但她不知道楊笙「也有寫給成人看的書」。

「不是所有成人，」我說，「只寫給藝術家。」

榭麗隔週回到店裡，船屋的平衡也不管了，把我手邊所有楊笙的作品搜刮一空，包括幾本零散的瑞典語版本。

今天我這裡缺少藝術家，倒是不缺奇怪的童書。我看到有人從法文童書區解放了Le Poids d'un chagrin——《憂傷的重量》——把它放在櫃檯邊。這本書令彼得很著迷，卻讓我很驚恐：書裡把憂傷畫成髒髒的綠色背景上一個巨大的毛球，這憂傷如此 gros qu'il m'a dépassé, submergé, dévoré, un chagrin si lourd à porter que pour m'en sortir, j'ai dû le grignoter à mon tour。有一回彼得很認真地把這段話翻譯給我聽——有時候悲傷大到把我吃掉，呃，很重的門，我過不去，我想走但走不了，所以我吃點心？不，小口小口地啃——我請他別再說了。

現在我把它放在櫥窗裡，上頭貼了一張小貼紙，用英文寫著「免費」。

我看看表，該喝點茶休息一下了，也許可以用一下電腦。美國來的電子郵件通常要快到巴黎時間的傍晚才會開始進來，我喜歡這樣——因為我有機會在下一批信件出現之前清理收件匣。反正大部分是垃圾信。我在巴黎的電子郵件聯絡人很少；法國就和艾莉一樣，似乎很久以前就轉投簡訊的懷抱了。不過每天我還是會收到幾封法國電子郵件，通常是Electre寄來的，這是一個神奇的網路服務，能幫助像我們這樣的店家觸及幾百萬的讀者（或該說如果我搞懂的話就可以），以及「邦戈」之類的廣告商（他們在比利時販賣整箱的禮物卡，這似乎很有賣點）。

今天，有一封沒有主旨的電子郵件。

許久以前那個諮商師說，電子郵件可以算是「事先通知」。我想談一件事。我說那聽起來像迴避策略——那就是迴避策略——不過說真的，光是掃視收件匣的標題，就能讓眼睛和腦袋有一點思考餘裕。

有時候，尤其當主旨欄是空白時，這餘裕並不夠長。

莉雅，已經好久了，太久了，久到我不知道是否能解釋或是你決定完全不想讀，你被難以置信的情緒給淹沒，以致於你被逼出你的身體，因此你什麼也不能做，只能站在那裡看著你自己按下「刪除」。

那正是我的情況。

我的收件匣裡有一封羅伯寄來的訊息，而我把它刪除了。

熱水壺的氣笛響了，我起身去把爐子關掉。我翻找茶包，最後決定泡洋甘菊茶。直到熱水在地上積成一灘、燙到我的腳，才發現我根本沒對準茶杯，於是我放下熱水壺，看著地板，注意到茶杯碎片。它一定是掉在地上了——我說不準是什麼時候的事。

也許寄電子郵件的人並非羅伯，而是冒充他的人——他的電子信箱包含他的本名，但那不是他以前用過的任何一個電子信箱——我刪除它是完全正確的決定。

可是那不是冒充者。

他真的是羅伯。

我知道真的是這樣，因為我回到電腦前，找出我從來沒怎麼點開過的資料夾——垃圾桶——把他的信救回來，然後打開。內容很短，短到你可以理直氣壯地說裡頭沒有證據顯示真的是他。你可以理直氣壯，但我不打算這麼說。因為我終於受不了了。也是因為除了羅伯以外，沒人有更充分的理由冒充羅伯：這件事他已經做了許多年。

所以他是羅伯，他寫信給我，他承諾我們很快就會見面。

羅伯。

現在讓我訝異的是這讓我多痛。

怎麼沒有——喜悅？或是安心，或甚至憤慨？我是對的，丫頭們是對的。他還活著！

他還活著，這讓我心痛，這表示這麼長時間以來他一直都還活著。這表示他只會再離開一次。

因為他就是這麼寫的：

莉雅，已經好久了，太久了，久到我不知道是否能解釋，即使是向我自己解釋。我知道我想嘗試。所以儘管很突然，而且也許這要求太過分了，但我想我們應該很快見個面，在我走之前。我真的這麼想——

我專注在最後六個字上頭，我真的這麼想，就是這句話說服了我，這痛苦的、彆扭的認真。這是羅伯。專注在這六個字上頭讓我不去注意——暫且不去注意——前面五個字：在我走之前。

我打開新視窗寫回信，然後又關掉。

要怎麼寫信給已經不存在的人？他沒有死——愛蓮娜可以跟我爭，或許警方也可以跟我爭，但我知道，就像來到巴黎這幾個月丫頭們一直都知道。他還活著。這封電子郵件明擺在眼前。但我也知道，我所認識的那個羅伯，我嫁的那個男人，即使露面了，即使我摸到他了，那個羅伯也不會在。我講得好像是物理問題；並不是。只是時間加上距離，乘以巴黎，減掉愛情⋯⋯

也許就是物理問題。物理是理科科目中最燒腦的，而我的腦子只因為一項事實就快燒壞了：羅伯，活著。

不光是活著，顯然還有膽量快閃回到我們的生活中。再快閃離開。
我再度打開回信視窗。游標在等待。
他人在巴黎？
他寫的那五個字——很快見個面——有這種意味。
雖說從芝加哥飛過來也只要八小時。
廷巴克圖，只要七小時。
他可能在任何地方。
他在這裡。
他就在這裡，我要跟他見面了。
不。不？
不；或該說還不要，因為我需要先打給愛蓮娜。

愛蓮娜的第一個想法是通知大使館：他們可以派海軍陸戰隊來。遇到緊急情況時，大使館就會找他們，如果這還不算緊急情況，什麼才算？

但這究竟算什麼？愛蓮娜鎮定下來後，立刻回到這個問題上。我打到她的旅館時，她飛也似地趕來書店，粗率地把一個客人趕走，然後仔細研讀那封電子郵件，一下子戴著老花眼鏡讀，一下子摘掉眼鏡讀。

「網路上的人隨時都在假冒別人。」她說。

「這麼久以來，他都活著，」我說，「現在還活著。」

「我們兩個都不是什麼電腦高手，」她盯著螢幕說，「我們實在沒資格判斷這到底是不是真的是他。」

「我有資格判斷。我是他老婆。愛蓮娜？我花了太長時間才接受事實，但我接受了。我是對的。」

愛蓮娜來的時候就一副大受打擊的樣子，現在變得更蒼白了。「如果我對時間表的概念沒錯的話，」愛蓮娜說，「丫頭們比妳更早『是對的』。或者該說她們從來沒錯過，因為她們從沒說服自己他死了。」

我搖搖頭。我不確定她想帶往什麼結論，但我希望話題岔往不恰當的方向前先把它截斷。「愛蓮娜——」

我甚至不需要把話說完。

「當然。絕對不行。」愛蓮娜說，「她們不能見他，這次不能。要先等我們知道是他沒錯。」

「是他！」

「妳要——妳要我去見他嗎？」愛蓮娜說，展露異乎尋常的猶豫語氣。

「妳想見他嗎？」

她搖頭。

「不，我不想。」她說，「我會為妳做這件事，因為我願意為妳做任何事，但我並不想見他，因為我非常氣他。我有這項優勢。我不是他的妻子，我不是他孩子的母親，所以我可以沉迷在純粹的、一點也不複雜的憤怒裡。」她鼻孔歙張，我想是無意識的。要是羅伯在場，就算被磚塊敲頭，也不會比她現在凌厲的目光讓他更痛。「再說，我的想法根本不是重點。妳有什麼感覺？」

我感覺不安又緊張，憤怒又害怕，悲傷，還有一種出乎預期的感覺，來自我的腳底深處，有一種微微的顫慄，感覺像是最初的——絕對不可能是快樂吧。不過還是很像。

「感覺很奇怪。」我說。

愛蓮娜又看了一遍電子郵件，很刻意地上下滑動頁面。她問我還有沒有收到別的電子郵件。我看了，沒有。她說再檢查一次。我說我再開信箱的時候，就是為了寫信給他了。

「好吧。」愛蓮娜說，「也許我們不需要找海軍陸戰隊，甚至是警察，先不要。但我們必須擬個計畫。」

所以我們想辦法擬了個計畫，從要怎麼跟丫頭們說開始：我們一致同意，什麼也別說。也許永遠都不說。總之，在我們查出更多事之前，什麼也不說。要查出更多事，我就得跟他見面。在某個公開場合，愛蓮娜堅持，這樣她本人才能躲在附近，帶著——

唔，確定不要通知大使館嗎？也許他們可以派一支「小型海軍陸戰隊」來，她說，「穿著平民的服裝——」

「海軍陸戰隊有更重要的事要做。」我說。

「有任何人可以幫忙嗎？」愛蓮娜問。

我想到路宏。喬治。我的三個常客。戴克倫。

「沒有。」我跟愛蓮娜說。

「那我們只好自己應付了。」愛蓮娜說：約在一座公園，不要太大，不要太小，要有人會去那裡活動。還要有長椅。我可以坐在特定的一張長椅上，愛蓮娜和（或）裝甲部隊可以坐在附近另一張長椅上。

我跟愛蓮娜說，夫妻應該有權擁有一點 à deux（兩人獨處）的時間。

「可是，」愛蓮娜說，「我只是想要在現場，看看……」

我等著她繼續說。

但她只是重複自己的話，自言自語：「看看。」她輕聲說。

這讓我崩潰了。她想要為了我而在場，但她也想要為了羅伯而在場。不管到時候發生什麼事，事後她都會在那裡支持我，跟我隔著很短的物理距離，這一點是很大的恩惠。可是她也能看見他——那才是她想去公園的真正原因。

我現在看出來了，這也是她來巴黎的真正原因。如果她真心誠意、徹底認為他死了，她就會立刻把表格寄給我，就像之前她把未完成的手稿寄來一樣，那些頁面一度向她證明他還活著。

「那就這樣吧。」我說，「可是妳不能嚇到他。我確定他如果看見妳——或是路過的警察，或是有個剃平頭的高大海軍陸戰隊員在附近裝沒事，身上還掛著刺刀——他一定會繼續走，不願停下來。」

「他不會看見我的，」愛蓮娜說，「我會戴著旅館送我的墨鏡。」

「Parfait.（好極了。）」我說完，信心滿滿地站起身。這種信心只持續到我站起來為止。我感覺頭暈目眩。

「為什麼是現在？」愛蓮娜說，「我幾乎能理解所有事，除了這一點之外。他為什麼現在想要回來和妳談？」

也許他想知道雜誌社為什麼花那麼久準備那篇報導。當時他們說幾週之後就會出刊了。羅伯依照他對出版業的了解，並不相信這個說法，而根據我的前鄰居寫給愛蓮娜的悲傷的信，他不相信她是對的。

不過當時一切都在趕趕趕，那個特別熱心、特別年輕的記者，僅在他來訪後幾天就把沒有照片的初稿寄給羅伯看了——後來才知道，羅伯是他的偶像。

羅伯恨透了那篇報導，尤其是語氣。

唔，我不喜歡羅伯的語氣。那時候已經是深夜，我在睡覺。

感覺好像作者認為他很了解我！他說，就憑一個下午的相處！

還有一匹小馬，我說。我沒睜開眼睛。我感覺到他坐在床鋪邊緣，床墊朝他傾斜過去。

誰有資格說你是誰、你是什麼樣的人？他說。

我睜開眼睛。我嫁給你，我說。

莉雅——

因為你是那樣的人。

曾經是，他說。

丈夫。父親。現在式。我又閉上眼睛。

妳嫁給一個作家，他說。而我不認為我還是個作家。

我嫁給一個有志讓順手牽羊賊改過自新的理想家，我說。一個對兒童友善的廚藝大師。一個「以巴黎為背景的童書」行家。

（他確實是這些人。還不止呢。有些日子，我根本無法想像離開他；其他日子，那卻是我唯一的念頭。）

我的意思是，他說。

我等著。

發自內心，他說。

我等著。

我是為了你的心而嫁給你的，我說。你，你的心，我的心。你的夢，我們的夢。那是我的意思，意思是……

我沒把話說完，因為「意思」開始指的是另一種意思。

我感覺、聽到他站起來。

我懷念當——當我們——我懷念妳，他輕聲說。

我現在在想他指的是不是「她」，另外那個妻子，我曾經擔任過的妻子，那個為了他眼中閃爍的光芒而墜入愛河的人，那個人不曾顧慮到那種光芒會點燃怎樣的火焰，會燒掉什麼，火勢要過多久會全面失控。

或是他後來幻想的妻子，過著另外那種生活、住在另外那個巴黎的妻子。

另外那本書。

可是我就在這裡啊，我說，翻了個身。

正因為如此才這麼難，他說。

愛蓮娜不情願地回旅館去準備了。她本來想貼在我身後看我寫回信，但我再一次拒絕，我的語氣終於莫名地引起她的注意。

我面對空白螢幕過了兩分鐘後，更加慶幸愛蓮娜不在我旁邊。我還擔心她對我寫的每個字都有意見呢，結果卻發現我根本無話可說。我聽到門上的鈴叮叮響。我第一次沒有回應它。或者應該說，我第一次沒有因為沒回應它而感到內疚。就讓客人感覺被冷落吧。讓客人把店裡洗劫一空吧，如果她想的話。我可以雇用莫麗當全職員工。

Allo, allo?（哈囉、哈囉？）一分鐘後我聽到。然後地板像海盜船一樣嘎吱響，然後有人在碎碎唸，然後門上的鈴又響了，客人走了。

羅伯從沒遭遇寫作障礙之苦，至少他在五年前的一篇訪談中是這麼說的，那篇訪談刊登在確實印刷出版的雜誌上：我不明白別人說的寫作障礙是怎麼回事，除非那是真實可見的事物。如果障礙在你腦子裡，那太好了——文字也在那裡。只要越過牆頭看一看就行了。在那之後，他收到很多冷嘲熱諷的黑函，有個學生甚至給了他一塊磚頭，上面用簽字筆寫著：寫作障礙。羅伯拿它來當書擋。

坐在電腦前的兩分鐘延長成十二分鐘，再來是二十分鐘，我開始思考：這就是事情的真相嗎？羅伯終於遇上寫作障礙，而且它的威力全面征服他。有一天他越過牆頭張望，卻什麼也沒找到，沒有任何有價值的東西。羅伯會挑剔我說「有價值」。如果真有寫作障礙這種東西，那也只是給「完美主義」取了個比較笨拙的名稱。文字就是文字。創意就是創意。

但是在這件事上，我對羅伯的反對者比較同情，勝過崇拜他的人。有些日子，亂七八糟的文字一定就是無可挽救地亂成一團。

我打字：你還記不記得關於寫作障礙的不幸事件？

我刪掉這行字，重打：不幸事件（contretemps）——現在很難記清楚哪些法文詞彙是我在家鄉用的，哪些是在這裡學到的。不過你還記不記得關於——

我停頓下來，因為我不再關心他媽的寫作障礙了。

關於學生在報告裡使用褻瀆言詞的不幸事件？還有——

我也不在乎那個。我在原地踏步。我同時又在寫作又有障礙，只因為我想寫：你還記不記得關於睡眠的那場大戰，關於嬰兒猝死症，關於「躺著睡最好」的口號，我們應該讓艾莉寶寶仰躺，但後來有個護理師在某天深夜輕聲告訴我們——才剛生完不久，我們都還住在醫院呢——「讓她側睡」，你點點頭，護理師走了，然後我們試了，我們走到護理師剛讓艾莉側躺好的嬰兒床邊，而艾莉——她當時像顆花生米，只是個小東西，她搖搖晃晃，一個翻身就面朝下了。而你一把抱起她，她醒了、哭了，感覺又過了幾小時她才在你胸前睡著，當然是面朝下，臉埋在你身上，而我們望著彼此，我發誓我們眼中都充滿了淚水，準備大哭一場，可是接下來我們其中一人——是你嗎？一定是你，我太累了——開始笑。只是很小聲很小聲地笑，不過害得我們兩個都在笑，你雖然努力強忍，卻再也憋不住，你大笑出聲，把她給晃醒了，可愛的女兒。那時候她沒有哭，只是把眼睛睜得大大的，伸出一隻手臂，就像你扎扎實實打了個盹之後會做的動作，你說了類似「這總不是壞事，被笑聲弄醒」。確實不是壞事。我記憶中沒有再用這種方式吵醒別人，我自己也不曾被人用這種方式吵醒，但我記住了醫院裡的那一刻，每一顆原子都記得。我記得你對於我們究竟該不該生孩子很緊張，我也記得你抱著她說：「妳是對的。」我記得她和你和近乎全黑的病房和微醺似的笑聲，心裡想著、嘴巴也說著：「我全都放棄了。不管我的人生中應該得到什麼美好、什麼平靜，我都放棄它們，因為我經歷了這個。」而你說——天啊，你是什麼時候說的？——「不，莉雅，一點都別放棄。」我記得輕聲細語，你是輕聲細語地說的。所以也許確實是在醫院沒錯。我們的寶寶在睡覺，你說不要放棄任何東西。我記得當時心想你是對的，不該跟超自然力量談跟我們女兒有關的交換條件；我記得當時心想你是錯的，我可以為她犧牲任何東西，所有東西，無論代價為何。然而多年後，你走了——離開我，我們所有人，趁我們睡覺的時候——我懷疑是不是「帳單」終於到期了。

現在我無眠地躺著，離那個生活有一洋之隔，我讚嘆地想著那個交換條件，想著我是多麼樂意說出口，而它的效力又維持了多麼久。我懷疑我能不能再次把我遇到的好事都拿去抵押。因為我想這麼做，我想這麼說，我想再說一次我要放棄一切，只願讓你回來，讓我們回來，讓我們的家恢復完整，讓你的人生回到有我們的狀態。

我很想見你。但你要知道，如果我們見面了，我會問：當初我還能做什麼？因為我們的孩子——她們仍然讓我笑。艾莉睡著時仍然很美，而且她只肯趴著睡。

而且巴黎的魔法太強了，足以混淆來收債的任何東西、任何人。

我停頓。

如果你認為我們無法改變，我們是可以的——我們已經改變了——我們會改變的。

然後我寫：你變了嗎？

然後，什麼都沒有。

然後：回來吧——只要說怎麼做，只要說什麼時候。

沒有人訪問我關於寫作的看法，但如果有的話，我會說作家最需要怕的不是寫作障礙，而是寫作刀刃，用阻礙你的同一塊石頭敲打、磨利的刀刃，足以切穿任何東西。

我把所有東西都切掉，只留下我剛才寫的最後兩句話，是不是做錯了？

所有東西。我切掉艾莉的故事，切掉笑聲，切掉賭注，切掉魔法。我切掉了「親愛的羅伯」和「愛你的莉雅」。

我切掉了「回來吧」。

我切掉一切，直到剩下這個，我傳送出去：

只要說怎麼做，只要說什麼時候。

16

一分鐘過去，沒有回應，我為了讓自己轉移注意力，於是傳簡訊給愛蓮娜：*寄了回信，等待回信。*她立刻打過來，想要問個仔細，我告訴她沒有任何細節好講。我沒有提出見面地點，我要他來提。愛蓮娜開始針對談判技巧對我說教，碎唸女人經常不善於談判，她們可以也應該要成功的——要點似乎在於「先發制人」，我從善如流，掛她電話。我覺得內疚，又傳簡訊道歉。她回傳簡訊：*這就是我所指的，她說。永遠都別道歉。*

我再次察看我的收件匣——法語的收件匣叫 boîte de réception，實在是很浮誇又很優美——什麼也沒有。門上的鈴響了。我 clique（點）了我的 boîte de réception。Rien，什麼也沒有。我真希望我把店給關了，先把這件事搞定再說。

現在我的手機響了。羅伯？（怎麼會？）

不，只是愛蓮娜。

我沒跟這天到目前為止上門的任何一個客人打招呼，算是可以原諒的失誤，至少就一個外來的美國店主來說。讓兩個客人進到店內，而我沒有喊出必要的 bonjour（你好），則幾乎足以構成讓我被驅逐出境的條件了。但如果我不接愛蓮娜的電話，她只會再打一次。然後再一次。

我對那個隱形的女人（只是猜測，因為很安靜，男人很會製造噪音）喊了聲bonjour（妳好）。沒有回應。她一定在靠前側很遠的那個角落，不然就是上樓去童書區了。「Je suis désolée（很抱歉），我得接這通電話。」我一邊宣布一邊側身走出狹小的後側辦公室。「Une minute.（等我一分鐘。）」

我接起手機。「Bonjour,（妳好，）」我說，「抱歉，哈囉。我有點忙不過來。」

「忙什麼？」愛蓮娜問。

「只是——有一個客人，在某個地方——」

「我在想我們的——妳的計畫，」愛蓮娜說，「關於不讓丫頭們參與見面的事。我覺得這是錯的。這事不只跟妳有關——而是跟妳們全都有關，全家人。他需要明白這一點。」她又停頓。「妳需要明白這一點。」

「愛蓮娜——」我說。

「不，」她打岔，「這事我很確定。我想應該有辦法籌畫一下，讓妳——讓妳先跟他見面，可是然後——我們也不必搞得像在拍間諜片似的——妳和他在某張長椅上碰面，我和丫頭們則帶著雙胞胎在隔著一小段距離的遊戲場，除非，我建議採取這個做法，我們把那兩個小的交還給他們自己不負責任的爸爸一天。不過不管怎麼說，一旦聯絡上了，一旦妳完全確定是他，妳只要——引導他走向我們。」把雙胞胎丟包給他們的爸爸是個好主意，除此之外我討厭這個計畫，而且早先我已經跟她說過了。「妳懂嗎？」

「愛蓮娜——」我說，然後話音戛然而止，因為我終於見到那位客人了。

「說妳要放學後跟他見面，就是今天。妳知道怎樣嗎？就算我們帶著雙胞胎也沒關係——讓他認為妳一直很忙。因為妳確實很忙。當妳——如果妳——見到他，妳完全不要擔心自己產生幻覺，因為我也會在那裡。」

剛才我沒在呼吸，很久沒呼吸了，現在我終於深吸一口氣打算開口說話。但我不能。

「親愛的，妳忘了我多麼擅長應付沉默。」愛蓮娜說，「那就一言為定嘍。我會去丫頭們的校門口接她們，再去雙胞胎的校門口接他們，艾莉和我會搞定一切的，然後我們就直接去一座方便的、有戰略優勢的公園或廣場。我有地圖，我有妳聰明的女兒。好嗎？莉雅？」我不發一語。「唉，妳真是太扯了。妳現在該這麼說：謝謝妳，愛蓮娜，聽起來不錯，再見。」

「再——見。」我說，我的嗓音沙啞而尖銳。

她可能還說了什麼，我不知道，因為我把手機螢幕朝下放下，好像它是老式的電話聽筒，曾經有線、基座，以及可靠的、令人期待的撥號音的那種。

我現在就聽到那樣的聲音了，那是我唯一能聽見的，它大聲到彷彿我在振動，彷彿整間店都在振動，彷彿要是我不抓住某個東西就會摔下去，所以我這麼做了——我是說，我抓住我的客人，他不是女的，是個男的，看起來和我一樣驚愕。

所以我擁抱他。我抱著他好久好久，直到羅伯終於慢慢地、畏懼地回抱我，好像我們其中一人或兩人可能會碎掉。

我抱著一個陌生人。他肩膀變寬了，胸膛變厚了。他的下巴在我的肩膀上找到屬於它的位置，但它只是輕輕擱在那裡，沒有嵌進去。他的頭髮變稀疏了，聞起來不像他。他聞起來不像他。不過當他開口說話，聲音是他的，眼睛也是……

這不是幻覺，他是真實的，他是羅伯，而他已經不是我丈夫了。

「歡迎回來。」我說，幾乎聽不見。

他搖搖頭，幾乎看不出來。

「歡迎來到巴黎。」他說。

我笑了，就笑了一聲，然後笑聲變成哭聲，哭聲變成彎腰乾咳的嗚咽。從我父母的喪禮以後我就沒這樣哭過了，而且我不確定在他們的喪禮時我有哭得這麼厲害。現在我哭到會痛，我的喉嚨像火在燒，我的肚子肌肉還有肋骨都在燒。彷彿過了永恆的時間後第一次見到羅伯：他沒有死；我快死了。這太難了，太過分了。

他不知所措。他輕聲喊我的名字，試探地伸手按在我肩膀上，終於他進到內室去找面紙，然後我緩過氣來了。我不能說話，但我能看見他，還有面紙，感覺好些了。我閉上眼睛又睜開。還在那裡，羅伯。我耳裡的轟鳴也還在，不過正在消退。還不足以讓我聽懂他在說什麼，但足以聽到我自己的心跳，咚，咚，咚，足以聽到我自己說：「羅伯？」然後轟鳴更明顯地消退，我能聽到他說話了。

「對不起。」他說。

我點頭。

「你——你沒事吧？」我問。

我看著他看著我。那是他，卻也不是他。他看起來很擔憂，不過也很好奇，類似：嘿，這挺有意思的。相對於：嘿，這可是莉雅呢。

「也許我們可以去——散散步？」羅伯說。

我感覺虛弱無力。我需要某個東西來穩住我，我們，然後我抬起頭，看到我們在一間書店裡。我的書店。我的書。我的生活，現在。

「你想先看看這間店嗎？」我用空洞的聲音說。他點點頭。我剛才是坐在地板上；我站起來，假裝沒看見他伸出來拉我的手。

我們小心翼翼地邁步，好像我們剛爬出登月艙。又或許我們是水肺潛水員，有種既是完全浸入卻又完全被封裝起來、全然隔離的奇妙感覺。這是我對我們沒有立刻開始交談所做的唯一解釋，我們沒有談丫頭們、他去了哪裡、他要去哪裡。我們沒有談是因為我們無法談，還不能。

於是書店開口了。我們周圍有成千上萬頁論述在聲嘶力竭。成千上萬頁故事、旅程、丈夫和妻子和康乃迪克州的教室裡的蜘蛛。我告訴他艾麗斯．馬蒂森賣得很好，他微笑。我為他取下葛蕾絲．佩利，他面露憂傷。他翻到〈欲求〉開始讀，我也是，然後我們都讀不下去了。他把書闔上。我說明我們搞怪的地理式圖書分類法，他說聽起來很棒。我帶他去「瑞典」區，給他看朵貝．楊笙，我還來不及解釋她是誰，他就說：姆米！——當然了。羅伯對書很熟，他愛書，他無法抗拒地被這間店吸入更深處。

真的很對不起，羅伯說，不是因為他離開，我知道，是因為他回來了而且又要走了。

我去了「英國」區，他跟在我後頭，卻在店中央停下來，彷彿害怕我下一本要取下什麼書。我也是。我還沒有意識到我在做什麼，已經撥下廉價的莎士比亞平裝書在懷裡，朝他扔了過去。還有那一排書架上剩下的書。然後再一排。然後是幾本精裝書。然後是更多平裝書。然後是「加拿大」區，為了一本超大的書：《愛斯基摩雕塑》，它打在他身上時發出咚的一聲。艾麗斯．馬蒂森也飛出去了，葛蕾絲．佩利也是。這些女人知道她們的方向。我去拿在櫥窗展示的《瑪德琳》系列。這套書既好丟飛得又快，像是飛盤，像是瓷器，像是鋸子刀片。我找不到《紅氣球》，不過有一本在講棒棒糖的書。有些書重到不適合丟，它們會掉下來。有些在他周圍翻滾。有一會兒，他讓書在他身前堆積，然後隨著火力持續攻擊，他抱頭閃躲，我讓書砸在他肩膀、背上、頭上再彈開。請停下來，他說，我停下來了，不是因為他求饒，而是因為我已精疲力盡。門叮的一聲打開，有個法語聲音說：「bonjour?（妳好？）」我吼回去：「fermé!（關店了！）」那人走了。羅伯走到門邊，鎖上門，把標示牌翻了一面。我走到櫃檯裡面坐下來，雙手抱頭，由著他去做他在做的事。聽起來像在撿書。等他做完了，四周安靜下來，好像他在等我再次抬頭看他，但我沒有。我聽到他的鞋子靜靜地爬上螺旋梯到童書區。他去了五分鐘，或一個小時。等他下樓來，我終於抬起頭。他的臉很紅，是因為哭過、羞愧或是被書砸的。有一本幸運的書把他的臉頰狠狠刮了一道，另一本砸到他眼睛一角。

「我們可以談談嗎？」他說，聽起來像以前的羅伯，伴隨著以前的問號。我聽起來也像以前的我。「好吧。」

「在這裡？」他問。

「在這裡。」我說，等著他告訴我為什麼消失。

結果——這是最終的線索——他告訴我他是如何消失的。

密爾瓦基那個四月的清晨，他像平常一樣出門晨跑，心裡並沒有打算來一場大冒險。後來他經過港口，看到那些船。

那天風太大了，不過那一季也太多暴風雨，至少對他而言，至少就創作方面而言。太狂風暴雨也太漫長了。路德威・白蒙在最後一段人生裡找到了油畫，他幾乎是咬著牙在畫，這耗去他前所未有的心力，但至少他找到能讓他饜足、讓他自由的事物。而在密爾瓦基，羅伯仍然咬著牙，仍然在尋覓。

那天早晨，他特別專注地看著港口。那裡有水，有船，有解決辦法：在做任何事之前，他要藉由晨間航行來讓頭腦清醒一下。附近沒有一個人，但他知道大門密碼，知道他們把裝備間的鑰匙藏在哪裡。他拿了他需要的所有東西（除了必須要有的航行同伴），在登記簿上登記他借出一艘船，小心翼翼地駛出船塢，然後駛出港口，一切感覺太棒了，他不禁心生瘋狂的想法：我要橫越這座湖到密西根州去！一個船遁式的筆遁。這是艘小船——太小了——但他不是第一個做這件事的人。這天吹的風，讓他能在不到一天的時間橫越整座湖。他幾乎成功了。但後來一波莫名的浪抓住船頭用力一拉，他先是被桅杆撞暈，接著又栽入水中。

湖水讓他甦醒過來，但羅伯沒辦法把船翻正。他整夜都臥在上下傾倒的船身上，有時還會被浪打回水裡。雖然已經是春末了，可是湖水感覺像冬天。每多被打進水裡一次，他都變得更冷、更虛弱、更不確定自己還能爬回船身，也更不確定他還想爬上去。

接著到了早晨，陸地隨著天光出現。「我設法游到淺灘、沙灘，」他說，「事情就是那時候開始的——當世界和我——當事情開始變得不合常理。我渾身溼透，跌跌撞撞地從水裡走出來，穿過一座小公園，然後是某個拖車公園。那裡看起來不像威斯康辛州——絕對不是密爾瓦基——但我心想：我不可能真的到了密西根州啊。一開始我不想問人。感覺很詭異。我看到一些人，但他們好像看不見我。」

我很好奇那些人看到了什麼。一個溼淋淋的陌生人，從他們的窗外經過？我猜換作是我也會假裝沒看見。他們一定這麼想：只要那個人繼續走，也許他就會走出我們的生活。確實如此。

「我讓自己走路走到身上都乾了，」他說，「那只是讓我更像隱形人。我因此心生一種想法。就是那個想法。我是說，那天早晨開始跑步時，我根本沒打算駕船，而我開始駕船的時候也沒想到密西根。」

但他說他想了很多關於他如何「使我們的生活烏雲密布」，所以一旦他開始走了，他就讓自己繼續走。因為那天早晨他在慢跑時，突然覺得如果他繞過轉角回家去，或是他駕船出發後一小時就調頭折返——如果他立刻就回到密爾瓦基，誰知道會發生什麼事？

連他都不知道，只知道不會是什麼好事。他已經到了「那個地方」。他沒有說那地方在哪或他是什麼意思，但他不需要說。它不在我們的舊地圖上。它在他腦中。事實上，它掌控了他的腦袋，而現在它也很惡劣地悄悄鑽進我的腦袋。我看到他所看見的，他徹底想過什麼事，那會讓他的身體面朝下趴在某塊地板上，或是被消防員從屋梁上解下來。或是別的。方法多得是。

但是也有很多理由，尤其是某三個理由，使得他不應該這麼做、這麼想。

「你絕對不會……」我剛開始說，又停下來，因為當然，他並沒有做。我想要他愛女兒的證據，而這就是了。卻也不是。

他搖搖頭。「我不想要——我不想要藥物、醫師、醫院。一定會有間醫院等著我，對吧？」他指著自己的腦袋。「精神——？」他說不出口。「之類的地方。那種地方只會讓我變得更糟。而且我不是——我不是生病，我只是……」

自私，我心想。或者用另一種說法，的確是生病。他的腦子病得夠重，才會拋下愛他的家人。

不過他在密西根州狀況好到能找到一間收容所。如果他在那裡待久一點，警方可能就會找到他了，但隔天早晨就有人來徵採果工人。莓果。某一種莓果，然後另一種莓果。我等著聽他說他多麼迫切地設法聯絡我們，結果卻聽到六個星期火爐般的烈日曝晒，以及在煤渣磚宿舍裡度過的漆黑夜晚。他不是那裡唯一沒有身分證明、不想交談、願意只拿一半工資的人，而且是現金。接著農作物成熟了，整個工作團隊要繼續往南走。他心想他要跟著他們走。不過他先想到了家：他不會永遠摘莓果，但他決定要漂泊一陣子。某種永久性的筆遁。新材料，新計畫。

所以，他說：「我得找到妳，告訴妳，當面。」

我試著想像那個荒謬的場景會如何發展下去。我判定：正如同現在的狀況。

另一個場景，更讓人震撼、更鮮明：他去完密西根州回到密爾瓦基，回到我們的社區，我們家。他發現我們不在。

他說他沿我們家附近那一條零售商店街走，墨鏡、長髮、留了幾星期的鬍子掩蓋了他的身分，因此沒有人注意到他。不但沒有人注意到他，他還注意到沒有「失蹤協尋！」或「你看見了嗎？」海報，而我們不見了。他再度開始感覺渾身溼透。

我發現我很難相信他。我發現我更難不相信他。不過我還是試了。

「你回來過？你只要沿著街走——按個門鈴，問問房客，或是鄰居，」我說，「走到校園去問愛蓮娜——」

他搖頭。「愛蓮娜會把我生吞活剝。」

「然後幫你——」

但他不需要愛蓮娜，他說。他自己想出來了。（現在他講話速度更快、聲音更輕，好像在自言自語。）我們走了。徹底消失。我們只可能去了一個地方：巴黎。那些機票。他說他不會買機票，但他還是買了；他把訂位代碼藏在穀片盒裡，我們一定是發現了。當時他想去巴黎，後來沒去成。但那不表示丫頭們和我不會按照他的原訂計畫走，不是嗎？我們執行了我們的工作。他必須執行他的工作。

因此他執行了。我看著他。他弄到錢、一本護照、一張機票——從頭到尾沒觸發任何螢幕上的任何警訊。或許警方沒有把他列入觀察名單。或許在某個重要時刻，有關當局認為我才是騙子。那個妻子才是有毛病的人，誰不想逃離這位女士？

來到巴黎，他當然設法進了一家書店。他聽說莎士比亞書店預備了一、兩張帆布床給愛書人過客，只要你不介意幫忙做點雜務就成，而他並不介意。在他第一個空閒的下午，他出門去找，還做好永遠找不到我們的心理準備。

結果只花了他一小時。

他找到我們了，但他沒有進來，因為他現在極為肯定他出現了幻覺。他曾經從我們在密爾瓦基的房子外經過，只不過那已經不是我們家了，有房客住在那裡。我確實曾經威脅要走，他說——我沒有點頭、沒有眨眼，只是聽——不是嗎？什麼時候發生了什麼事？究竟發生過什麼事？他不再確定了。還在家鄉時，一切都還沒真正惡化時，他就開始寫一份關於住在巴黎的一家人的手稿。一旦他真的來到巴黎，他就去了他在寫作時從地圖上挑的那條街——聖露西，作家的守護聖者！——這表示夫人的店並不令他驚訝，他在網路上看到一間類似的店，所以才把故事場景設在這裡，可是——店裡面——那些人——看起來像我們。

他說他站在我們店的對街，敬畏地、驚恐地盯著店內。他未完成的手稿化作現實了：找到我們證明他終於失心瘋了。他跑掉了，卻沒辦法保持距離。他寫了一百封電子郵件給我、給愛蓮娜，卻通通刪掉了。他說我們會以為他瘋了。有一天，我們不知所蹤，只有一個老女人在櫃檯，他便走進來，在他的一本書上寫下「對不起」。至少他在架上找到了他的書。

「後來我把那本書放在櫥窗。」我說。

「妳知道是我嗎？」他說。

我沒說話。

「妳知道。」他說。

「我知道，」我說，「但我又覺得不可能是你。」或該說不應該是他。

「我——那就是我的感覺，對一切事情。丫頭們——艾莉、達芙妮——」他幾乎講不出這幾個字，「——我甚至不確定那是她們。她們好……」我想要說，我們不確定是你，但是丫頭們當然是確定的，比我早得多。「我心想：玻璃後面不可能是她們，玻璃後面不可能是妳。但玻璃後面真的是妳。」

「你還是沒有主動聯絡我們。」

他搖搖頭。「妳們會——我想妳們會——一切都會——消失。柯立芝——這很瘋狂，可是——有個文學獎——那不重要。柯立芝在腦中構思好那首著名的詩，準備寫下來，寫了五十四行，然後——有人闖進來——夢就消失了。」

「我們沒有消失。」

「我確信妳們會消失。我在不碰破泡泡的情況下盡可能靠近它。」

「直到現在。」

「莉雅，我不知道該怎麼說……」他在櫃檯上畫了個小圓，就像達芙妮。「但是妳們都，妳們*看起來*在這裡很快樂。」他說。

「『快樂』？」我憤憤地說，因為我已經變得太像巴黎人。快樂是美國式的情緒，甚至是苦惱。它讓美國人看不出這座城市、它的市民、它的房東、UPS司機和醫師有多麼難相處，它的橋、河、書店有多麼危險。它的每一塊石頭、故事或電影有多麼脆弱。

然而，有人提醒過我，查理曼大帝曾在這裡漫步。還有白蒙和拉莫里斯和葛楚・史坦和畢卡索和聖女貞德和瑪麗・居禮和伊迪絲・華頓和珍娜・福蘭納和詹姆斯・鮑德溫和喬伊斯和雪維兒・畢奇，現在還有我。還有羅伯。

「我們很快樂，」我慢吞吞地說，「不是隨時都快樂，但丫頭們解決了一些難題。這是種適應的過程。我們還在適應。」我能看到那些字在我前方堆疊，我跌跌撞撞地想要避免說出那些字。「而，而現在，現在你回來了，就會，我們就會……」

來了，停頓。當他的眼神掃遍店裡每一寸空間，就是不看我的臉，最後終於鎖定我的眼睛。鎖定它們，看著它們，心想：*這是真正的莉雅嗎？*

這是真正的羅伯嗎？這真的是我們的生活嗎？有他回來它會變得多好呢？他可以——我們可以——*羅伯可以在附近租一間公寓*，也許。我們會想出辦法的。

那樣的停頓，然後羅伯開口了。

「我想也是。」他說。

「不，」我說，「不——聽我說，羅伯——丫頭們……」這就是他為什麼要大中午地突襲嗎？為了確保丫頭們都在學校？

「她們——她們沒有我過得更好。」

「你光是站在人行道上偷窺我們，就能做出這種判斷？」

「莉雅，對不起——當然——我很想念——甚至找不出一種詞彙來形容我的心情——」

「『罪惡感』？『羞愧』？」他點點頭，但我搖頭。「作戰。」我說，我指的是跟我作戰、對抗我，但當然，也是為我作戰。

「莉雅——那些筆遁，」他說，「我以為不但是為了我好，也是為了妳們好。」

「去你的。」

「真的！」他說，「我需要它們——沒有錯，千真萬確。愈來愈需要。但我需要它們是因為在家工作——或是工作完在家裡看到妳們——我看到妳們看我的臉，而——我——我不喜歡妳們的反應。丫頭們需要幫忙時，從來不會找我。」

「每次你一回家，就能聽見滿屋子的『爸！爹地！』！」

「可是她們——」

「可是她們撲進你懷裡。」

「每一次我都怕害她們摔在地上。我覺得我會令她們失望。我知道我令妳失望。」

「並沒有。」

他瞪著我，等著我說出我突然間說不出口的謊言。

「妳說我死了。」他說。

「什麼？」

「這條街上那個賣拖把的女士？」他說，「我問她書店幾點開門，她說她不知道，『有時候開，有時候關，不過真難為她了，那個開書店的女士；她的丈夫死了。』」

「有很長一段時間，」我說，「我試著說服自己你死了。」

他笑了，或試著笑了。「有很長一段時間，我也確定我死了。我是說，直到五分鐘前，妳開始丟那些書。它們打得我很痛——」

「抱歉——」

「不，那是——我活該，甚至還不夠呢，也許我可以寫篇論文講到電子書絕對不會這麼有殺傷力，畢竟它們沒有重量……」

停頓。

「你又開始寫作了。」我說。

停頓。

他的頭往左點，再往右點。是也不是。

「太好了，」我說，「你……」但我不確定我要說什麼，因為我似乎滑向某種等式：你離開我們，結果寫作、藝術、生活又恢復了可能性。

「羅伯，一切都還好嗎？因為——」

「一切都還可以，」他說，「只是還可以，不過還可以已經比原本好太多了。有一陣子一切都不好。」

「因為這裡也有醫師。藥物，心理學家。說來好笑，連我們都跟一、兩個心理醫師打過交道呢。」

「不——我是說，我已經不——我已經不在那個地方了。現在沒有。正如我說的，那天早晨我去跑步、駕船的時候，情況很糟。我並沒有打算溺水，不過我也不見得打算回來。我想我是讓宇宙來決定吧。」

「別把宇宙扯進來。」

「讓湖決定。」

「湖？」我說，「我都沒說話的份嗎？」

「我知道妳會說什麼。」

「所以你才不打電話嗎？」

「我打了！」他說，「用地球上僅存的公用電話打的。早在我回到密爾瓦基之前，在我從水裡爬出來幾小時後。在去收容所的路上，在去採莓果之前。我看到區碼，這才知道我在密西根。我打了對方付費電話，沒人接。」

「你就試了一次？你應該再打的，應該找一間他媽的圖書館寄電子郵件。」

他搖頭。「我沒有藉口，或者我剛才已經給妳我的藉口了。我的腦袋不正常。我不想死，但我確實想獨處。我知道如果我回來——『羅伯』、『爹地』——」現在他的眼中終於有了淚水，「——妳只會想要救我，而我不想——」

「夠了。」我說。

「已經太多了。」

確實太多了。我們在密爾瓦基剛在一起的那段日子，我記得我在羅伯那間家徒四壁的公寓裡看著他，他窩在廉價書桌前，被他的書石筍環繞，我心想他看起來好寂寞、好孤單。但是那跟現在漂流在外的他的心情比起來，根本就沒什麼，可以算是沒什麼。我不想知道我接下來問的問題的答案，但我不能不問。

「羅伯，丫頭們呢？你怎麼能忍受和她們分開，不聞聞她們，聽她們笑……」我在說這些話的時候，他的嘴唇在動，但我什麼也聽不見。感覺就像丫頭們小時候的「低語劇場」，全都是無聲的氣音，每個音節都如此重要、強調卻又難以分辨。直到你終於聽懂了。

我愛過妳。我愛妳。我愛她們。艾莉、達芙妮。妳。還有妳，莉雅。妳。

我想我聽到這些話。我知道我聽到了，可是我傾向前去仔細聽時，動作自然轉變成擁抱，那使他沉默了。在寂靜中，我想著丫頭們低語的故事，我們睡前窩成一個繭，我好奇在那些夜晚，當他把頭探進來，他看見了什麼，聽見了什麼。

我現在能說什麼使他留下來？我想要他留下來嗎？我不知道。如果我把他留下，那會是我為他做過最充滿愛意的事，也是我對丫頭們所做出最殘酷的事。只要他一回到我們身邊——我能看出這個，感覺到這個，從喉嚨裡嚐到這個——他就會再次離去。也許好幾年。也許一輩子。

我還是說：「留下來。」

他搖頭。「莉雅，我不能——」

「看看丫頭們。」我說。

他的肩膀向前拗，好像我打了他。

「她們都長大了。」我說。

「她們很漂亮。」

「是因為巴黎。」我說。

「是因為妳。」他說。

我心想：這像是電影結尾，不是DVD，是電影，三十五毫米膠片，每秒二十四格飛掠而過，直到一盤膠片跑到底，咔嗒，咔嗒，咔嗒——

但完全不是那麼回事。這是一本書，它要結束了。

「父母應該待在孩子身邊。」我說。

他嗤了一聲。

他語氣的變化和眼淚消失得太突然，我過了一下才醒悟是怎麼回事。我懂了。

「好吧，不是，聽著——你的父母沒這麼做——我的父母也沒這麼做。」他瞪著我，他被困住了，他想反抗。我得拚了命才不避開視線。「我拒絕承認我們是差勁的父母，」我說，「我不是，你也不是。你在的時候，你表現得棒極了。而且你常常都在。」

「也許太常了。」

「什麼？」

「這些年來，我的寫作，我的工作？只是每況愈下。」

我直直盯著他的眼睛。「你不能，你不准把那個怪到我們身上。」

「我不能也不是也不會那麼做，那是我自己的錯。我沒把工作做好。」

接下來我說的話是真心的。「羅伯，工作？好吧，我知道，但——誰在乎？改行做水電工，或是畫畫，或專心做菜給孩子吃。這個世界上有很多書，包括你寫的幾本好書。就算沒有更多書也無所謂——」

我沒聽見自己補了一句「我是指你寫的書」，直到我看到他的表情。看到之後，我吶吶地想收回那句話，但他揮揮手不聽我說。現在他不生氣，只是疲倦。「我知道，」他說，「我知道對這個世界來說無所謂。」

他深吸一口氣，看向外頭。

「我懷念那張野餐桌，那個大垃圾桶，那條空曠的鄉間道路。」他看回我身上，「我懷念巴黎。威斯康辛州那個。」

「羅伯，」我說，「那是——」

「陳年往事了。但我有一次『筆遁』時又去了一趟。我從沒告訴妳——我應該告訴妳的——但我不應該回去。桌子不見了，垃圾桶不見了，玉米田不見了。」他吁出一口氣，「我甚至不確定我找對了地方，但地圖說就是那裡。」

我不需要地圖告訴我。他去過那裡，現在心也在那裡，我從他的表情看得出來。而我也能記起那一晚，那個月亮，那些親吻，那種熱力。

「票也不見了。」現在他的嗓音非常輕。

「票？」我問。

「票。我……」他停頓，「我本來買了一張到巴黎的機票給妳。到法國的巴黎。在很久以前。在我們去威斯康辛州的巴黎之前。妳從沒去過巴黎，所以我打算那天晚上在那個巴黎把機票送給妳。我的存款加上信用卡額度，只夠我買一張來回機票，但我心想：那就夠了，因為這下她能去，她終於能去了，然後我想——」

「羅伯——」

「結果那天晚上，我看著妳，心想：『別傻了！巴黎？她去了就不回來了。』我盯著妳，妳盯著我，然後妳不停講著結婚的事，我簡直不敢相信我這麼幸運——這個美妙的、瘋狂的女人——就在這裡，她想要我跟她求婚？而我還打算送她上飛機？讓她飛走？後來我們做愛，我們一言為定，妳睡著了，我撕掉機票扔進田裡，向我自己許諾會想辦法彌補妳，總有一天，藉由寫作或是創造很棒的東西來改變我們的人生。許諾我們會去那裡。」

「羅伯。」我輕聲說。

「對不起，這是我一直想說的。很多年了。」

「羅伯，」我說，「我們在這裡，我們做到了。」

他搖頭。「是妳做到了。」

我的手機響了。他看向門。

「留下來。」我說。

他瞪著我。

「今晚就好。」

「我得離開。」

「聽我的。」

「莉雅，我不能——」

他的嗓門抬高了，我也是。「真不敢相信我們的對話內容，」我說，「真不敢相信你就在這裡，你又打算離開了，在你給我——我們——僅僅二十分鐘搞清楚前因後果之後。」

手機鈴聲停止。

「我用了很長的時間思考——」

「我沒有！」我說，「一個鐘頭怎麼樣？一個星期？」

現在我也望向店門。丫頭們怎麼就不能恰好現在走進來呢？

這時他閉上眼睛，我不知道他看見什麼。我或是那張野餐桌或是威斯康辛州的巴黎郊外的農田。或是他看見艾莉或達芙妮，或是他要去的下一個地點。我不知道他是不是看見了他曾經是個好爸爸，而且可能再次成為好爸爸。我用力瞇起眼。我想要看見。

「莉雅，」他說，「也許我們可以——」

手機又響了，兩分鐘內響兩次？

愛蓮娜。來電者顯示功能秀出一張近期的照片，以免我忘了令人忘不掉的愛蓮娜是何許人也。我給羅伯看，他勉強笑了一下。

「你知道嗎，她在法國。」我說。

笑容立刻消失。

接著艾莉的號碼和臉出現在手機螢幕上，與愛蓮娜並列。羅伯身體往後仰。我是徹底的科技白痴，沒辦法刻意做出我接下來做的事，但我不知怎地便能同時和她們兩人對話。

「Oui?（喂？）」我說，把手機湊到耳邊。

「彼得——」艾莉說。

「安娜貝兒——」愛蓮娜說。

「妳在哪裡？」我說。她們慌亂的語氣讓手機消失了，感覺就像她們直接站在我面前。但她們不在，這裡只有羅伯。「出了什麼事？」我說。

「媽！」艾莉說。

「他們不見了。」愛蓮娜說。

17

彼得和安娜貝兒有那個，他們怎麼稱呼它來著——雙胞胎智慧，雙胞胎兒童常有的那種獨特理解力。這賦予他們特殊的求生技能。至少現在當整件事被鉅細靡遺地重述時，我祈禱那是真的。（細節實在太多了，但愛蓮娜和艾莉一直在糾正和補充對方的說法。）

愛蓮娜去接了艾莉、達芙妮和雙胞胎後，宣布他們要好好享受下午的陽光——這是好幾天以來第一次出太陽——去一座小公園待一待。彼得看我不在，認為機不可失，便提議去聖殿廣場，那是離書店約一公里的小型parc（公園），有一座禁忌池塘。安娜貝兒馬上附和。

艾莉對此不感興趣，她提了格勒諾伯，然後就氣呼呼地走開了，達芙妮只好負責向愛蓮娜解釋，那不是一座公園的名字，而是法國阿爾卑斯山區的一座城鎮，坐客運大約要八小時才會到（她們有一次校外教學去了那裡），或是搭TGV高速列車三小時（我沒有為這個選項買單）。

愛蓮娜提議大家折衷一下。他們先去公園，如果還有時間，就去火車站看「高速火車」。彼得不為所動，直到愛蓮娜刻意自言自語地說他們也許可以搭地鐵去公園？成交。連達芙妮都贊成。

艾莉不贊成。她用手機查了路線圖，宣布搭地鐵沒有意義：去那裡要轉乘三班車、花三十分鐘，走過去頂多只要一半的時間。

愛蓮娜說如果艾莉願意陪他們搭地鐵，她會買給她「在世界上最想要的東西」。仔細考慮過後，艾莉答應了。

我很好奇當艾莉——或達芙妮——走下樓梯進入地鐵站，穿過人群來到月臺時，心裡在想什麼。她們最想要的東西是買不到的。

彼得最想要的也買不到——「搭ＴＧＶ高速列車走海底到紐約」——但艾莉還來不及解釋這是不可能的，彼得和安娜貝兒就不見了。

不是「噗」一聲像變魔術，而是「砰」一聲，像是地鐵車廂門從近傍晚的人潮中硬是切過去關上，把他們一夥人分成兩邊：雙胞胎在車上，愛蓮娜、達芙妮和艾莉在月臺上尖叫。太扯了。

隨著列車滑開，爭執也開始了。達芙妮說一切都會沒事的，他們的計畫是只搭一站，就要下來轉車。艾莉說彼得想去紐約，他們的計畫根本應該是走路。達芙妮指出艾菲爾鐵塔對面有一條紐約大道，艾莉說ＴＧＶ高速列車不去那裡。

達芙妮說有一套系統，一套家庭緊急計畫，專門適用於這種狀況，內容是不管誰上了火車，都應該在下一站下車，不管那一站在哪裡；並且等待，不管要等多久。

艾莉說達芙妮分不清她從書上讀來的東西和現實生活有什麼差別，這也不意外，因為達芙妮和爸爸最像，而且在住院時變得與現實脫節。

這時候達芙妮做了一件糟糕的事……

「發生什麼事？」羅伯悄聲問。

「雙胞胎……」我說。我把手機壓在胸口隔音，「他們——他們想搭TGV——但他們上了地鐵——然後——」

「雙胞胎？」他說。

「孩子。很小。我們負責照顧他們。有收錢的。因為——」

「ㄚ頭們要來見——我？我們？在這裡？」

「去他媽的，羅伯。」我說，「愛蓮娜要帶他們去一個適合的場所，一座公園。她想說如果我們——如果我們都在那裡碰面——」

「現在和她們碰面？」羅伯說，他生出一股新的緊張，掃視著店內，甚至還後退一步。

我搖頭。片刻之前我的重大道德難題已經轉變成邏輯推理了。「他們搭上地鐵要去公園，車門太快關上了，雙胞胎搭著地鐵離開地鐵站。」

「他們幾歲了？」他問。

「你竟然不記得了。」我說。

「我是說雙胞胎，」他說，並默默補上：「艾莉今年秋天要十六歲了，達芙妮今年春天滿十三歲。」

我聽到艾莉的聲音從手機裡對我大叫。我再度把手機舉起來接聽，結果卻聽見愛蓮娜在說話。

「好了、好了。」愛蓮娜說。這是她應付系務會議的混亂時的語氣。「艾莉沒事，好嗎？」愛蓮娜說，「我們要走了。」

「等一下，艾莉怎麼了？」

「達芙妮推了她，她跌倒了。在軌道附近，所以搞得人仰馬翻。」

「我的天啊——」

「不是跌在軌道上，只是月臺邊緣，達芙妮不該這麼做的，很多人已經用各種語言向我們指出這一點了。但達芙妮生氣又害怕，而我的教女剛好在使性子。總之，我重申：艾莉沒事，這反而是件好事，因為我們終於引起一個警察的注意了，這還挺難的呢。他們發出失蹤兒童警告了，至少就我的理解是這樣。」

艾莉插話。「媽，吉普賽人——」她的失言讓我知道她跟我一樣慌亂。

「艾莉，」我說，「彼得和安娜貝兒知道你們要去哪裡嗎？他們知道什麼時候該下車嗎？」

「實在是太蠢了，轉三班車去五百公尺遠的地方。」艾莉說，「我不知道——他在說TGV，還有格勒諾伯——」還有紐約，達芙妮在背景中喊道，「——我甚至不曉得他們知不知道我們的電話號碼。」

「我去找妳們。」我說。

「警察叫我們回家。」愛蓮娜說。

「請妳拿出系主任的威嚴好好訓斥他們。」我說，「艾莉，不要打給喬治。」

「莉雅，」愛蓮娜說，「我知道最近事情一樁接著一樁，我知道妳承受了太多，但現在這事已經不是我們能掌控的了。」

「喬治是他們的爸爸。」艾莉大叫。

「莉雅，」愛蓮娜說，「我要問——」

我按下手機上的紅色FERMÉ（結束通話）鍵。

接著出現另一個驚奇，這次比較安靜，但某種程度來說，一樣令人愕然。我面前站著以前的羅伯，從頭到腳。冷靜、過於認真，徹底地、不帶情緒地專注於眼前的工作。

「莉雅，我們該怎麼做？」羅伯問。

幾乎成功了。這個男人突然回來了，我跟他結過婚、吵過架、做過愛、生過孩子、一起包裝過禮物、一起辦過生日派對，也為他辦過生日派對、祝賀他獲得一項又一項又一項又一項成功，直到再也沒剩下可以祝賀的酒或可以祝賀的事——要是這個男人跟我一起來巴黎，而不是誤導我來巴黎找他，這一刻我們應該會相擁而泣，然後出發去找那兩個孩子。

幾乎成功了，但沒成功。我沒有哭，反而開始跑。跑出門，沿著人行道跑。

他在格里羅夫人的店前面追上我。「好吧，」他說，「我不打算叫妳不要跑。」

「你不能叫我做任何事。」我說。

「他們說什麼？」他問。

「他們說——誰？警察嗎？警察顯然叫她們回家，好像那是合乎常理的。」

「那對雙胞胎知道妳的地址嗎？」他問。

「知道。」我說，「就算他們不知道地址，也知道店名。他們不是白痴，他們的爸爸也不是。或許他是，才會放心把他們託付給我們這些人照顧。我。該死。」我停止跑步。

「我們——妳不該待在家裡嗎？」他說。

家。「不。」我說，「我要去這條街北端的地鐵站，以防他們知道怎麼回來，或是他們懂得告訴別人自己要去哪裡。」

我看著他，我閉上眼睛。

「我們回去吧，」他說，「妳和我，我們回去店裡，等待。」

我聽著，我聽到「妳和我」，那三個字——那一個字：「和」——喚回了將近二十年的時光，喚回一整個世界。我聽到了，我看到了，又沒聽到沒看到。我把全家人帶到巴黎，我讓兩個女兒吃飽、穿暖、上學，而且直到今天以前，還成功照顧了另外兩個孩子，都是我自己做到的，只是偶爾有一個年輕英俊的國際企管碩士生和紐西蘭移民和愛書的冷漠老女人幫忙。我曾經愛著羅伯，我曾經威脅要走，但我沒有，如果他沒有走，我們可以合作想辦法繼續在一起，他和我。我睜開眼睛。

「你回去店裡，」我說，「我要去地鐵站。我要打給艾莉和愛蓮娜和達芙妮，叫她們去找人。」

「去找人？」他說。

「丫頭們已經駕輕就熟了。」我說。

我猜，因為這部分的故事還沒寫出來，他只能用沉默回應。

因為我不知道這是哪部分的故事，我沒有說再見。

彼得和安娜貝兒不在我們家這一站——聖保羅站，於是我衝去他們原本要去的公園——聖殿廣場。沒看見他們——幸好也沒有消防隊的蛙人在打撈池塘。我回到聖保羅站，搭上往東的列車，一路搭到終點站。愛蓮娜說她要往西找，結果她卻往南——說真的，後來艾莉還得深入左岸去找她的教母，她正試圖沿著麵包屑撒出來的隱形記號回到艾當的後花園，卻迷失了方向。

在那之前，艾莉搭市際列車在里昂站下車，往格勒諾伯的TGV高速列車就是在這一站發車。她在一列列火車的走道間來回奔走，大叫：Quelqu'un a vu des jumeaux, de faux jumeaux — très jeunes?（有人看到雙胞胎嗎？異卵雙胞胎——小孩子？）

達芙妮跟我一樣，去了我們這條地鐵線的東向終點站——文森城堡站，如果雙胞胎一直沒下車，在這站也會被迫下車。我很有把握他們會在月臺上。他們不在，但達芙妮在，所以我們往回搭，一次一站地朝聖保羅站和我們位在聖露西亞街的書店前進，在每一站的月臺上尋找他們的身影。我們看到一些警察在四處走動，達芙妮問他們是不是在找雙胞胎，他們都和顏悅色地回答她，卻對我面露鄙夷，因為我是弄丟兩個小孩的美國母親。

我接到一通電話，要我立刻去警察總局報到——他們還沒有找到雙胞胎，但有文書作業要處理，而且最好現在就處理。我沒等他們說完就掛電話。下一通電話來自美國大使館：是卡爾。我很訝異他這麼神通廣大，知道我有麻煩了。他跟阿希夫一樣，也偷偷裝了監視器嗎？可是並沒有，是愛蓮娜打給大使館了。卡爾聽到風聲，頗為擔心：有個叫愛蓮娜的女人說什麼我有丈夫？而且我收養了兩個英國小孩？我應該盡快到大使館去跟一個承辦人談一談。卡爾向我保證在面談時他也會陪同。

「謝謝你，」我說，「但我真的得找到那兩個孩子。」

卡爾回答：「我們這裡有一份會講英語的顧問名單。」我心想：不要又是諮商顧問。但後來我才想到他指的是法律顧問。我掛掉電話。

達芙妮和我在我們家那一站聖保羅站出站。我們去boucherie（肉店）和boulangerie（麵包店）和chocolatier（巧克力店）察看，我們去了旋轉木馬和皮卡德主廚，我們回到聖殿廣場、雙胞胎的學校，然後是丫頭們的學校，然後繞著街區回到愛蓮娜的旅館。我們在路上經過的每一家店停留。

這一切都徒勞無功，只是延後我們回到店裡的時間，所以雙胞胎回到店裡許久之後我們才到。他們自己找到回家的路，有個親切的男人在那裡迎接他們，為他們唸了一本書再一本書還有《紅氣球》，之後就把他們單獨留在溫暖而明亮的店裡，讓書來保護他們。

我抱著雙胞胎久久不放，連達芙妮都問我在幹麼，然後我也抱了她。於是她哭了起來，為她把艾莉推到軌道附近道歉。我告訴她我能理解——因為我真的能；我甚至感受到同志情誼，因為除了我以外，還有其他人的憤怒也失控了——我告訴她，她真正該道歉的對象是她姊姊。

「Mais Zeus!（可是宙斯！）」安娜貝兒聽到這件事後表示意見。「宙斯」是達芙妮給標示牌上的人取的暱稱，在所有電氣化軌道旁都有這種標示，標示上有個被永久電擊的人和一道閃電並列。NE PAS DESCENDRE SUR LA VOIE, DANGER DE MORT（禁止進入，有致死危險），黃色標示牌寫道。這是夠直白的了，不過對我來說，還是很法式：這些標示牌本身很低調，無襯線字型顯得親切而文靜，沒有point d'exclamation（驚嘆號）！你可能會注意到它，也可能像達芙妮一樣，一時間忘了它的存在。

「Ecoutez!（聽著！）」彼得說，「Qui est le nouvel monsieur à la librairie? Il est très gentil.」

店裡有個新的男人，人很好。但他是誰？

「Nouvel monsieur?（新的男人？）」我說，「Qui est-ce?（他是誰？）你在說什麼？」

達芙妮和我回到店裡的時候，它是空的——或看起來是空的。標示牌翻到「休息中」那一面，門也鎖上了。我打開門鎖，門上的鈴一響，彼得和安娜貝兒就從螺旋梯飛奔下來。

「噢，他現在走了。」安娜貝兒說，「他說妳很快就會回來。結果是真的！」

「妳雇了新的人嗎？Est-il nouveau Declan?（他是新的戴克倫嗎？）」彼得問。

達芙妮用她大而睿智——而且我現在發現——永遠都很悲傷的眼睛望著我。我在想她會不會知道是誰接待了雙胞胎，要他們帶他逛一圈書店，問他們最愛的書是哪一本，還變出兩條獅牌巧克力棒讓他們大快朵頤。但達芙妮什麼也沒說。因此我不再盯著雙胞胎因為重述這驚奇的故事而神采飛揚的臉，轉而審視達芙妮。要是艾莉或愛蓮娜在這裡，一切都會不同了。但愛蓮娜仍然迷路中，艾莉去接她了，這裡只有達芙妮和我和雙胞胎。達芙妮什麼也沒說，所以我也什麼都沒說。

我沒跟雙胞胎說：那是兩個姊姊的爸爸！我沒問他們他怎麼認為可以把他們單獨留在店裡，而且他們好不容易才回來。我沒有要他們詳細說明男人長什麼樣子或他說了什麼或他摸過什麼、他坐在哪裡、他的指紋現在可能印在哪裡。雙胞胎說他唸了幾本書給他們聽，然後趁他們自己看書的時候下樓了。

「艾莉和愛蓮娜 Tante（阿姨）去哪了？」彼得問。

「那男人會回來嗎？」安娜貝兒問。

我還來不及回答，達芙妮就插話。

「不會。」她說。

我停住了——因為這是真的，因為聽到我之外的人這麼說使它顯得更真實——結果雙胞胎只是聳聳肩，問他們能不能回到樓上的童書區。我點點頭。達芙妮和我看著他們消失。

「媽，那不是他，」達芙妮說，「那個男人，陪雙胞胎的人。」

我不確定我該不該說話，不確定這是不是她和自己的對話——如果是的話，我不介入會不會比較好。我低下目光。

可是當我再抬頭，她正看著我，等待著。

「我知道。」我說。

「如果是他，」她說，「他就不會走。」

我只是搖搖頭。

「不會連張字條都不留。」她說。不過她其實不是這麼說的；她加了個問號，懸在我們之間的空氣裡，像個折彎的小小別針，毫無用處，危險。他留了字條嗎？這次會寫什麼？我希望那張字條寫了什麼？

我說不上來，只知道它應該要比他以前留的小紙片多上很多很多頁。

達芙妮希望它寫什麼呢？這個我倒是知道。不是六個字母，而是五個字。

很快就回來！

她仍然看著我。我剛才心不在焉地回答了我自己的疑問，卻沒有回應她的問題：我爸爸會不留一張字條就走嗎？

「不會。」我說，我的聲音往上揚，另一個問號在我們之間蠢蠢欲動，我及時穩住自己，「絕對不會。」

我打給警察，讓他們知道已經沒事了。警察打給大使館。卡爾打來跟我確認一切都好。

「那還真是驚險。」他說，一時間，我還以為他是指羅伯。是啊，我說。

艾莉想要出門去「慶祝」，這是當然的；她單槍匹馬地把愛蓮娜救回來，她成功避免掉到軌道上，她跟達芙妮達成某種和解，她出門去找雙胞胎，雖然不是她找到的，但他們現在在這裡，安全、完好、笑容滿面。

最困難的一項成就（儘管她本人沒有意識到）則是她沒有見到她父親。她聽雙胞胎說起那個客氣的男人，立刻判定是卡爾。彼得和安娜貝兒不同意，不過沒有繼續爭下去。艾莉是la grande sœur（大姊頭），他們早就知道她永遠是對的，即使當她錯得離譜。

我絲毫沒有外出用餐的興致，愛蓮娜也是。我想挖個洞鑽進去。我想鎖上書店的門和我們住處的門，搬一、兩箱書來當作屏障，把我們關在裡頭。我想要來一頓冷凍皮卡德大餐，還要拿很多酒來配。我們正要往樓上走，愛蓮娜刻意留在後頭，悄聲向我提議：也許艾莉可以當保姆，讓愛蓮娜和我可以偷溜出去tête à tête（說悄悄話）？我站在樓梯上比她高一階的位置，所以我轉身要拒絕她時——最終我還是拒絕她了，但不是現在——吻了她的額頭。

「不要吃我豆腐。」愛蓮娜說，那讓我微笑。

我放寬了「只准在廚房吃東西」的規定，我們大口吞下皮卡德偏美式的菜色——Penne rigate au jambon et fromage，多國語言的標籤內包著起司通心麵撒上碎培根——一邊看臺灣導演侯孝賢二〇〇七年向拉莫里斯致敬的作品《紅氣球》，這是愛蓮娜向她投宿的旅館借的。

我們沒看完。看到中後段時，餐盤隨意棄置，叉子戳在靠枕和地毯上，彼得和安娜貝兒睡著了，達芙妮專注地看電影，愛蓮娜專注地看著我們所有人，艾莉起身把電視關掉。

「氣球不夠多。」她說。

侯孝賢的電影談到一項主題，那就是缺席的（但並非遙不可及的）父親。我不知道這是不是艾莉把它關掉的真實原因。我也不知道羅伯離開的真實原因。我知道我看見什麼，我看見一個非常害怕的人。也許彼時彼地，他只是怕我，但我認為他怕的是我們全部，怕的是我們有多愛他，怕的是那份愛多麼強烈地要求他在場。還有我想——這是最奇怪的——他也怕巴黎。他怕這裡的魔力，那種魔力不但使他妻子變成書店老闆、他的女兒變成Parisiennes（巴黎人），還讓他的小說變成現實。

只不過他的小說並沒有變成現實，不是逐字逐句。譬如說有一個橋段，在羅伯的手稿中讓這寒酸的小家庭抵達巴黎後不久，他們出門去遊覽。當他們在一個未提及名稱的區域瀏覽商店櫥窗時，那個妻子脫隊了；孩子和父親繼續往前走。這是某種陰暗的先兆，那個丈夫再過二十頁左右就要失蹤了。

不過首先寫到這個：那個妻子不知被什麼吸引注意力，總之當她的漫遊結束了，她跟在家人後頭沿街而行。她過了一會才找到他們，但她找到了，他們排排站在一間冰淇淋店明亮的窗內，正咧嘴笑著和店員談得熱烈。要這個口味還是那個口味還是兩種都要？

妻子離開了好一陣子，所以她應該鑽進店裡，滿臉堆笑地道歉。但她沒有。她就站在店外看著他們。這間店很開朗，她的家人也是。如果她走進去，整個構圖就會偏離了；套句羅伯的話，泡泡會破掉：文字敘述清楚表明她幾乎能看見、感覺到世界在傾斜，這間店也跟著滑開。

妻子觀望了很久，以致於這家人走出來時她還站在那裡。接下來是一串驚訝和開心的反應。孩子們舉起他們的紙杯、湯匙：嚐嚐、嚐嚐、嚐嚐！

丈夫對她說：我再進去幫妳買一份，妳要什麼？

這一幕就停在這裡了。我們得自己想像妻子怎麼回答、她臉上有什麼表情、她張嘴的時候脣形如何，或是她究竟有沒有張嘴。

羅伯和雙胞胎在店裡的時候曾經說了某些話，我從監視器畫面看到的。不是對雙胞胎說：羅伯在樓上唸書給他們聽時，有個客人進來，羅伯一定是聽到鈴聲了——阿希夫的監視設備沒有錄聲音——於是他走到螺旋梯頂端。停頓。他當時一定想：時候到了，我帶著女兒回來了。他停頓，看看雙胞胎（他們已經自顧自地繼續讀書了），看看四周彷彿在找另一個出口。他往樓梯下方看。（不管樓下的人是誰——監視器沒拍到他們，他們一定沒走進來多遠——都已經走了，很可能是因為沒人對他們喊 bonjour〔你好〕。）

羅伯說了什麼，然後往下走了幾階。

雙胞胎沒有抬頭看，所以他一定不是對他們說話。也許羅伯沒有大聲說出來。但他想說某句話，一個字、幾個字——我看到他的嘴唇在動。我儘管用盡全力，也讀不出他的唇形。

當羅伯出現在樓下的螢幕上，他的動作變快了。他環顧店內，沒見到任何人，唇形做出輕易可辨的一聲「幹！」（莉雅和丫頭們又走了嗎？他一定這麼想），朝門的方向邁開大步，一步、兩步，撞上一張桌角，三步，他到門邊了。他把門用力拉開。樓上的雙胞胎似乎沒聽到狂亂的叮鈴聲，他們太專注在閱讀了。樓下，羅伯探出門去。他往街道北端望向格里羅夫人的店和地鐵站。他往街道南端望向電影旅館和塞納河。來來回回，來來回回。現在他跨出門了。映在玻璃上的陽光讓人很難看清他。他看看表，往店裡看，抬頭看二樓。他往街道北端看、往南端看，這時光線和鏡頭連成一線，監視器直接拍到他的正面。他的眼睛閃著光。他別開頭。

他最後一次掃視街道。然後他做出抉擇，然後他開始走。

我重複倒帶，把這最後的時刻看了十幾遍。來來回回。

我讓手指停留在螢幕上，結果叫出我不知道這軟體有的一項功能：刪除錄影？

我考慮的時間比羅伯短得多。

羅伯要什麼？我愈來愈少問這個問題。不是因為我對某個答案有了更多把握，而是因為追尋答案已經讓我精疲力盡。我的思緒崩潰了，也許是因為他的思緒也崩潰了。雖然說來無趣，但也許是因為他沒有超過某個年齡、尚在人世、可以觀摩的父母——成人——範本。（我也沒有，但我有愛蓮娜。）我確實知道他想要事業成就，並藉此獲得認同，至少是某種程度的認同，但因為他一直在改變衡量標準——年輕讀者、老讀者、喜歡把螢幕上的字抹掉的讀者——他確保自己總是差強人意。而他的焦慮——他的恐懼——終於膨脹到他感覺把自己從他的人生中刪除掉是唯一選項。

因此，我所擁有能支持這套理論的唯一線索就很弔詭了，那線索就是他把自己加入他的手稿。有很長一段時間，他用來申請文學獎的劇情概要中失蹤的人是妻子，這件事令我百思不解。因為顯然我並沒有失蹤。同樣明顯的是，我心想，我就是那個丈夫，那個演講稿撰稿人，而他是她，卡莉。畢竟那個妻子是小說家，或是想成為小說家。她急躁、緊張，也許還有百分之四十一的瘋狂。的確，她比他更實事求是（就書稿看來），更有魄力、更堅強、更聰明。但這些改變，或改善，是我也能做到的。

然而另一個想法開始糾纏我，更直觀的想法：那個妻子就是妻子，她就是我。因為我確實消失了。他則留下來。不是就實際角度而言，而是以夢想的角度而言，我們曾經有一個夢，或該說他有，而我從酒吧跟著他回家的那一個晚上，我們便開始朝那個夢前進。我不斷不斷跟著他，過了一頁又一頁，一年又一年，結果在某個時間點，他一定認為我說了不。從無數方面來說，這是真的。不，我們今晚不能去喝一杯——我們要幫忙當這個練習或那個練習的教練。不，你不應該一直做一些會賠錢的實驗，因為你似乎也賠上你的理智了。

不，你不是一個失敗者。我也說了這句話。可是他漸漸相信正好相反。

我不知道接下來發生了什麼事，或精確來說它是什麼時候發生的。單純是家庭生活把他給壓垮了嗎？或是他心想：這個婚姻裡，只剩我是真正的夢想家了，我得抓住飄過身邊的任何氣球，即使它會把我帶走。或是那一切，藝術、生活、人生的交叉路口，感覺起來變得愚蠢無比。

但我知道，我就像故事中的卡莉一樣，變得憤怒、變得灰心，我逃走了。

我逃走了，卻沒有去任何地方。我從小說逃向現實生活，不管現實生活是多麼蒼白無力的次等獎或目的地。我寫演講稿，我拍影片。我沒有拍自己的電影，但我沒有停止閱讀——我讀了他給我的書，我讀了我自己找到的滿書架的書。我仍然相信假裝有意義，但他的信念一定是相反的，而且他一定相信那使他成為一個虛構國度的唯一主宰者，那個虛構國度完全屬於他，他只有不在場的時候才能待在那裡。那就是為什麼他不能藉由離婚這麼平庸的方式離開我們。那就是為什麼他在巴黎不能和我們保持距離。

我們是他的作品。而他，也永遠，是我們的作品。

18

愛蓮娜走了。一年過去了。春天回來了。羅伯沒有回來。

然後——

我又不按順序講了。

事情是這樣的。

我失去了我的丈夫。

這次羅伯消失得更徹底。不知怎地，當他離開時，他也成功離開了我的想像。我不再覺得從眼角餘光看到他，或是在《紅氣球》的照片裡看到他，或是在他自己的書的頁面上看到他。沒有訊息出現，哪怕是草草塗寫或其他形式。感覺像是我們的錯，像是他在巴黎出現純粹是源於我的意志力和丫頭們的渴望——像是事實上這十八年來，那是使他陪在我們身邊的唯一理由。當然，那不是真的，但法律上……

法律上。跟愛蓮娜商量了很久之後，我告訴丫頭們警察告訴我的事。或者應該說，我跟她們分享了其中一小部分。我說警察解釋，如果某個人失去音訊長達七年，法院就能宣告那個人死亡。換言之，我沒提帆船的事，包括警察拼湊在一起的部分故事，以及羅伯本人部分證實的版本。而不提這個故事，就沒有什麼好提的了。不論是巴黎或密爾瓦基——或是她們臉上，都沒有他的蹤跡。我原本預期她們會尖叫或哭泣，會掐我的脖子。什麼都沒有，只有坦率的難以置信。

「所以我們得等？」艾莉說。

「唔，是有加快速度的方法。」我說。我在說什麼？我聽著自己結結巴巴地講下去。「如果警察認為——愛蓮娜說——有一種流程。」

達芙妮看起來很困惑。「那個流程使他——」我等著她說出那個字，但她沒有，「——不是活著的？」

「唔，」我說，「就法律上來說，我猜是這樣沒錯。」

「就法律上來說？」艾莉說。現在事實證明，她最喜歡巴黎的一點是這座城市滋養持續的示威遊行——示威和罷工運動，為了勞工、羅姆人、移民、學生發聲。

「如果他真的回來了呢？」達芙妮問。

又是那個問號，折彎的別針。

「我猜會有另一種……流程。」我說。

「什麼是『流程』啊？」達芙妮問。莫麗早就警告過了，我們的英語都在以一次一、兩個詞的速度退步。幾天前，我試著向幾個觀光客說明 Vélib 單車租借系統時，怎麼也想不起

「停車柱」（kickstand）這個詞。他們還以為我在講足球（soccer）。當然，他們指的應該是美式足球（football）才對。

但是有另一個詞，我們都失去了，不論是法語或英語：père，父親，papa，爸爸。我注意到現在大家提到羅伯時，總是只說「他」，例如：

「他不會回來了。」這是艾莉說的。接下來的日子裡，當我把這句話反覆思量，它似乎使得任何法律請求都變得多餘。

我們失去了書店。

在羅伯走出「溫故知新」後將近一年時，夫人宣布一件事，我不能說我很驚訝。她和我愈來愈少交談，而且當她對我說話時，經常是透過喬治。做這個，做那個。我沒聽話。我知道她想要我賺錢——由於我沒能賺到一開始談好的金額，我應該每個月固定支付她我們營業所得的一定比例來償還債務——結果她不敢相信這間店的生意竟如此慘淡。至少喬治是這麼說的。我向他尋求他個人的商務見解。不要開書店，他說。我指出我們非開不可。

他說儘管他巧施奸計替我們拿到第二年的簽證，或許算總帳的一天終究會到來。

那一天確實來了。

在一個安靜的早晨，夫人來店裡找我，問我能不能上樓一下。從我們一開始談好條件後，我就沒有再進過她的公寓。不消說，我更是從來沒有一路上到閣樓，也就是「書樓」，夫人在早期倒是經常提到我可以去瞧瞧。但她從來沒說什麼時候，所以它一直鎖在一道我不敢靠近的門後面（當然，艾莉有這膽子靠近，所以我才會知道它上了鎖）。

夫人打開門鎖，我跟著她上去。

藍色印花壁紙環繞整個房間，是獵人和鹿的重複圖案，接縫處起了縐。一扇和咖啡館托盤差不多大小的圓窗，捕捉到一塊灰色天空。房間中央有一塊東方地毯，已經磨到經紗都露了出來。這個房間很小，在屋頂下彷彿彎腰駝背。地毯上有一張幾乎和我們剛才穿過的門一樣大的木桌，還配著一把椅子。桌上有吸墨紙、筆筒、幾張紙；有些布滿手寫筆跡，有些則沒有。

這裡沒有書。

應該說，這裡不像我想像中有滿架滿架的書，只有一個矮書櫃，幾乎是空的，寬度不到一公尺，高度更是不到寬度的一半。書櫃頂端有一本黃色的 Larousse 法文字典，還有一幀小小的瑪瑙浮雕女孩肖像。下面一層架上有十二本書，全都長得一模一樣，只以書背上的數字作區別。夫人遞給我一本。封面很光滑，是染成綠色的軟皮革。頁面的頁緣漆上金色，老式的那種金。

書內，在那一頁上頭只有一個字。Un。一。

她看著我，看我懂不懂。

我懂。我曾經是作家之妻。Un。一。第一章。她不需要把剩下那些小心堆放的日誌取下來，讓我看看那些頁面也是空白的。

「夫人，」我說，「我都不知道。」她取走書收好。「我都不知道妳是個作家。Un écrivain?（作家？）」

她用鼻子哼了一聲。我在想是不是我說錯了。Masculin ou feminine?（陽性或陰性才對？）

「Un écrivain écrit.」她說。作家會寫作。

而她並沒有寫。她一直想寫，打從她小時候起，打從她比安娜貝兒還小的時候。但有太多事從中阻撓。生活、她女兒席爾薇。（早在席爾薇出生之前，席爾薇的爸爸就讓自己完全不礙事——消失了。難怪夫人認為她那麼懂我和我隱形的丈夫。）養活她自己和孩子的需要礙了她的事，因此她在一條以作家的守護聖者命名的街道上一間書店給自己找到工作。最後，她擁有這家店、樓上的公寓、整棟樓。她什麼都有了。

她有十二本鑲金邊、包綠皮的無字天書。

她以為書店能給她靈感。結果，它反而占去她所有時間。

然後我們出現了，她說。

她看著我，確認我懂。她說的是法語，但那不成問題。我茫然地回望著她。她嘆口氣繼續說，對她必須講得那麼明白感到不快。

我們就是問題。

「我心想，把店賣給妳們，我就有更多時間。我那麼多年來都沒有的時間、liberté（自由）。但妳們沒有給我時間。掉進河裡、醫院、警察。有夠忙的！有夠吵的。這一年來比較安靜了，但是——書店裡太安靜了。還有那些書。」她停頓一下，好像在想下一句話用英語怎麼講。「這是probléme（問題）。底下那些書，每天晚上都變得更囂張。『夫人，妳今天做了什麼呀？』它們問，『書在哪裡？』」

我心想：出口在哪裡？

我也有了別的感想：我終於以一種不曾有過的方式，了解羅伯的筆遁了。幽閉恐懼症有很多來源，我們只是其中之一。

卻是夫人現在集中火力抨擊的對象。

「莉雅，」夫人說，「我想說的是：妳必須離開。」

「抱歉，」我說，轉身要走，「當然好！」

夫人搖頭。「不對，」她說，「公寓，書店。我很抱歉，全都是。」

「夫人？」

「妳買下經營權，沒錯，」她說，「可是沒買下建築。所以現在——妳搬走。」

我聽說過其他外國移民很突然地被他們的法國女房東驅逐的事，協商這類事情幾乎算是戴克倫的第二專長。但我從沒想過……

我們有一種理解，一種協議，一種連結——這不是因為——這是因為書。不是嗎？「找一個新地點開店？居住？那我們的特殊簽證怎麼辦？」

「我不知道。」夫人說，「特別是對美國人來說，這並不容易。也許喬治可以幫忙。也許妳們可以回家，回美國去。我認得願意買下存貨的人，買下書，所有書。時候到了。」她說，然後嘆口氣，「妳第一次來的時候，我想：『這是她需要做的，這間店——』」

「還有雙胞胎。」我說。

「他們現在比較大了，」她說，「喬治不再那麼需要妳。」這是真的。「而妳需要——妳需要更多。我需要更多。」

「我——我不明白。」我說，不過審視著這個空房間，我已經一點一滴地懂了。

夫人看看她小小的書櫃，再看看我。「許多年，」夫人說，「現在所剩無幾。Je suis à court de temps.（我的時間已經快沒了。）」她補上一句，「妳知道那是什麼意思嗎？」

我知道。那表示我今天剩下的時間可以休息了。我走下樓，收了一件路宏送來的包裹，當我提早把標示牌翻到「休息中」那一面時，忍受他對我大搖其頭。

這一年以來，我終於跟他出去約會過一次，這事似乎無可避免。同樣無可避免的是，結果不怎麼樣。他帶我去一家專賣漢堡的連鎖餐廳，並且告訴我在我們結婚前我必須學會煮菜。不過他會付錢的，他會付錢的，他一再地說，好像我咄咄逼人似的。因此我付了這頓飯錢，並且留他在座位上。我有兩個星期沒收到任何貨物。當他再度開始送貨，他說他原諒我了：如果我想負責付錢，那也好得很。我說如果他想當朋友，只是朋友，那也好得很。

我是用法語說的，他看著我的表情好像我弄錯了什麼關鍵語法，我想這也是事實。我已經完全沒朋友了。

羅伯第二次離去時，彷彿所有人都在等他的提示。卡爾來店裡，憂鬱地宣布他接到新職務了——要去象牙海岸。他送我一張他皮夾大小的官方肖像照——穿著棕色夾克，右手邊有美國國旗——然後親吻我，兩邊臉頰都吻。我輕巧地退開，他仍扶著我的手肘。要堅強，他說。我試著堅強，但接著那個紐奧良來的文靜退休人士榭麗也離開了。沒有親吻，只是吐出一口氣。她丈夫召喚她回家。我想時候到了，她說。

當莫麗宣布她們一家人要走了的時候，她說時候早就過了。確實如此——我該炒她魷魚的時候早就過了。她是個不幸的員工，顯然也是個差勁的顧客。她在走之前，還給我兩箱我不知道她買了的書。「退款直接加到我最後一筆薪水裡就好。」她說。

「可是我們這裡不退款的。」我說。

她困惑地看著我。「可是這幾個月來，我都有還顧客錢啊？」

我考慮打給戴克倫，卻沒有打。這一年來我們見面喝過兩、三次咖啡，但只是喝咖啡。從來不喝酒。喝完從來不回公寓。我們告訴彼此，好忙啊，我們好忙，巴黎好忙。我們分開時會說 à bientôt，那既表示「不久後見」也表示「再也不見」。

於是跟伯牙夫人面談後，我大步走開，沿著街道往北，一個人。往北走——不是往南走向塞納河、聖母院、比較漂亮的巴黎。我想要醜陋。

只不過這裡並不醜。不管我走到哪裡，都美慘了，我真心覺得慘，因為有時候你希望景色反映出你的靈魂，你希望天空和街燈和你經過的每一棟建築的門都皺眉頭，都對你張牙舞爪，都看起來蒼白憔悴。可是巴黎啊，即使天空是灰的——今天出著太陽，上頭藍得讓觀光客和本地人都頻頻駐足抬頭——它也毫不費力、毫不停歇、惱人地製造魔法。我低頭看。某個裂縫裡飄起一縷淡淡的尿臊味。

三天後我將歸來，這是拿破崙寫給約瑟芬的名句；別洗澡。

來巴黎之前，我對這句話的理解角度，一直純粹是一個犯了相思病、精蟲衝腦又有一點怪癖的士兵所做出的懇求。住進這座城市以後，我有了不同的心得，而且不只是因為我等了不止三天。理想與真實，在這裡全都水乳交融，根本不必費心去梳理拆解，它們只會再度撲向對方。

我終於轉彎了，經過我最愛的那間廢棄店面，有工作梯、蘋果、油漆漬的那一間。它就這麼昏昏暗暗地擱了一整年，有一次我鼓起勇氣把臉湊到玻璃前，看到那顆蘋果不見了。這是當然的。但今晚這間店亮著燈，裡頭立著一把新梯子，頂端有一顆新的蘋果。綠色的。除此之外，門上還有個招牌，用英文寫著：蘋果專賣店。蘋果公司聽到消息而讓它勒令停業只是遲早的事，不過現在，在這裡，那顆蘋果熒熒發光，我試了一下門把，發現沒鎖，於是走進去。我喊了聲bonjour（你好），沒人回應我。一切聞起來都乾淨而輕盈。我拿起蘋果，咬了一口。我一邊嚼一邊環顧周圍尋找隱藏式攝影機，不過一個也沒瞧見，我猜這才叫作隱藏吧。我回家去。

家在何方?密爾瓦基。我想我們可以找到方法待在巴黎,但我也知道這事我們已做過一回,最後卻走到這個死胡同。(用法語說叫 impasse。)養育孩子其實就是讓自己當個成熟的人,現在我已經足夠成熟,我和羅伯不一樣,我知道何時該離去。

我拖著達芙妮出門,去里沃利路的 boucherie(肉店)買一份現成的烤雞。不曉得聯邦快遞有沒有辦法把它熱騰騰地送到我們在密爾瓦基的家。我不認為我在想像這畫面時有泛淚,可是當我向肉店老闆點單時,他看我的眼神彷彿知道有什麼事不對勁。在巴黎,你絕對不可低估肉店老闆和藥局老闆的同理心,果不其然,現在 boucher(肉店老闆)開出他的藥方:我一定要買一份 rôti——烤豬肉,他這裡正好有一份,裡面塞了杏桃和梅乾,直接放進烤箱就行了。

我看起來一定是懵了,因為他的注意力轉向達芙妮,向她說明怎麼設定溫度和時間、如何判斷烤好了、如果烤太久會是怎樣的災難。接著他解釋我們需要去隔壁買一些青蔥和 haricots verts——四季豆,再去隔壁的隔壁買一瓶上好的勃根地葡萄酒。「Madame,(夫人,)」他說,轉頭看著我,用英語繼續說:「也給這姑娘一點酒吧,她是好幫手。」達芙妮半是微笑半是皺眉地把臉別開,雖然我已經發誓不會再為任何事感到驚訝,但還是被我認為剛剛看到的事嚇了一跳:達芙妮在跟人打情罵俏?接著肉店老闆免費送我們六條肥美到嚇人的培根——還有一小袋香料,他要達芙妮必要時撒一點在她的 mère(母親)身上,因為這美麗的女士看起來有點凝重。達芙妮短促而尖銳地笑了一聲，說了merci（謝謝）和再見，然後便帶著我們離開那家店。我們走的時候我對肉店老闆微笑，他揚起一眉——他以為我在打情罵俏——但我沒有。我很自豪。因為達芙妮，也極度因為我自己。因為我帶她走了這麼遠。就生理上來說，也就情感上來說。她堅強到能在巴黎悠遊自如，也善良到能容忍我跟著她。

「真不知道為什麼大家都不住在這裡了。」達芙妮說，我們走路回家，身上掛著大包小包，像是聖誕樹上的裝飾品。

「這裡夠擠了。」有人撞了我一下，我說，但達芙妮沒聽見。她已經在人行道上領先好幾步，靈巧地穿梭在人群中。她看起來愈來愈像艾莉了；她們兩個看起來愈來愈不像她們的父母。我很慶幸我沒有成功讓她們和她們的爸爸碰面。他不在這裡，沒能看見她們已長成年輕女人，讓我心碎神傷。

我們打開書店的門，店裡是暗的，很好，因為我能掩藏住表情。達芙妮說我們應該再找愛蓮娜來玩——我有沒有看見她住的旅館掛了一塊標示牌，宣布他們已經「翻新」過了？

我看見了，不過我對我的法文程度有點存疑，因為我往裡看的時候，大廳看起來仍然滿是灰塵又不通風，擺滿假的電影小道具，暗紫紅色的牆壁則讓你覺得你闖進人類心臟的陰暗角落。

不過話說回來，我注意到原本掛著《紅氣球》海報的牆上有了一個新東西。《紅氣球》海報不見了，現在換成拉莫里斯另一部電影《情人的風》海報。達芙妮也看見了。「我從來沒聽過這部。」她說。我說吃完晚餐我跟她說一說，不過後來她就忘了，真是謝天謝地。

《紅氣球》某些段落略嫌乏味，不過整體來說，它能提振士氣，甚至激發靈感。拉莫里斯的生命盡頭卻不是這樣。

那是一九六八年，他大放異采之後僅僅過了十二年，然而亞爾貝・拉莫里斯的事業一落千丈，他那時甚至在為伊朗沙王拍電影。

拉莫里斯睡得很不好，深受夢魘折磨，他夢到死亡、墜落和水。

而這些正是他的命運，當時他在卡拉季水壩拍攝一段難度很高的畫面——拉莫里斯想要去掉這一段，但沙王堅持；他想要呈現他的王國有多麼現代化、多麼先進的一部紀錄片——結果拉莫里斯的直升機纏到了電纜，因而墜機，拉莫里斯罹難，享年四十八歲。海軍潛水員潛入水底搜尋遺體。

不過電影膠片倖免於難，八年後，拉莫里斯的遺孀和兒子——帕斯卡，只演過《紅氣球》這麼一部片的童星，現在已經二十幾歲——根據拉莫里斯的筆記剪輯出伊朗的連續鏡頭。這段影像全是拉莫里斯愛的長時間定格全景，幾乎不包含沙王要的任何元素。沙王於一九七九年一月十六日逃離伊朗。這個日期過後將近整整一個月，拉莫里斯再次成為奧斯卡金像獎入圍者，這次是憑他的遺作獲得最佳紀錄片獎提名，那部遺作就是《情人的風》。

我那未完成的論文強力主張，這部電影長達七分鐘的刪剪片段集錦更具洞察力，這些片段是拉莫里斯團隊中剩下的伊朗工作人員拼湊起來的，當作紀錄片正片的某種後記。它包含沙王想要的所有元素，並且就某種層面來說——畫面轉切、加速和放慢、拉近或拉遠的表現方式——成功地用每一個鏡頭來控訴沙王該為拉莫里斯之死負責。

要欣賞這部電影，知道拉莫里斯的人生故事並不是必要條件，不過確實有幫助，尤其是在00:02:30附近，運用蒙太奇手法使鏡頭突然切換到在一間實驗室拍攝的輔助畫面。在一根試管開始注滿看起來像稀釋血液的物質之前，有個穿白袍的男人把手伸向一根細長的玻璃管頂端。從那個位置，莫名其妙地，或該說理所當然地，有個紅氣球短暫膨脹起來。

旅館的海報提醒了我，雖然我應該不需要任何事物來提醒才對：線索永遠都在，只要你用心去看。

丫頭們做功課時，我下樓去整理店面。

我不會懷念開書店的這個部分，跟在別人屁股後頭收拾一點都不好玩——如果那個別人是你的家人，或是在你店裡川流（或該說涓流）不息的客人。我承認我們店的陳列方式甚為獨特，可是客人為什麼選擇把書放回架上時要上下顛倒，或是書背朝內，或是橫放而非直放，我實在猜不透。這不是出於懶惰，有些人幹的好事顯然要費一番力氣。

我從《瑪德琳》展示品開始，因為它已經特別亂了一段時間，很多娃娃都不見了。我希望是賣掉了，不過很可能有幾個瑪德琳和佩皮多不翼而飛。我承認，自從羅伯留下雙胞胎、離開書店之後，我們的白蒙系列書籍整體而言受到我的關注變少了。這不見得是我有意識的作為。又或者確實是。或者也許，今晚，是因為我從晚餐桌帶下樓的那杯酒。

店外的人行道空無一人，我對此心存感謝。我並不想現場表演重新布置櫥窗。瑪德琳和佩皮多娃娃的手上有小塊的魔鬼氈，我便善加利用這個特點。我把一本《瑪德琳》精選集立放在椅子上，壓住佩皮多的腿，讓他垂下手來拯救瑪德琳。他們的頭不是活動式的，所以雖然佩皮多的臉正對著瑪德琳，瑪德琳的臉卻帶著笑容直盯著窗外。我喜歡這種效果。後來我重新觀察一遍，把兩個娃娃對調，讓佩皮多成為處於危難的一方。我更喜歡這樣。然後我在一旁放了一本《紅氣球》，當作他逃亡的另一個選項。

玩娃娃玩夠了。我開始整理我們的「巴黎」區書架，邊整理邊去蕪存菁。海明威的《流動的饗宴》被我移到「伊利諾州」區書架。把他放在那裡，我們能賣掉的本數比較少，但我無所謂。我在「中西部」區書架發現一本擺錯位置的詹姆斯・鮑德溫，於是帶他回到法國。而M. F. K.・費雪在「密西根州」區——那是她的出生地，但她也早該回到「巴黎」區了。她熱愛巴黎——奇怪的是，也熱愛里昂車站的附設餐廳，艾莉在找雙胞胎的時候曾經一邊喊叫一邊穿過這間餐廳。我知道要是費雪在場，她一定會幫忙。費雪寫了一些關於美食的書，那引領我找出茱莉雅・柴爾德，我把她從「波士頓」區挖出來——反正她在那裡坐得也不舒服——跟費雪並排放在「法國」區。還有莫妮卡・張！我走過去從「紐約」區把她撈出來。

她不在已故作家之列，謝天謝地，但我為她破例，因為我太愛她這本關於葛楚・史坦的越南廚師的書了——《鹽之書》屬於「巴黎」區。我把這些女人從她們不同的事發現場帶出來，並且盡可能挪走更多男人，好在「巴黎」區騰出空位。別了，費茲傑羅！Adieu（再會），福特・馬多克斯！Au revoir（拜拜），羅伯・伊迪！

羅伯・伊迪？

我停下來。我們的「密爾瓦基」區——我們確實有關這一區——已經沒有羅伯的作品了，只有幾本講打字機（在那裡發明的）和卡爾・桑德堡（他和我一樣，曾經在那裡擔任演講稿撰稿人）的書。

可是這本在「巴黎」區。這不是《中部時間》。

我拿起這本書。這是新書。

羅伯・伊迪新出的小說。

一本新小說，《巴黎書蹤》。沒用筆名。羅伯・伊迪著。

這裡的光線不足以閱讀。光線只是勉強夠用。

我打開書。

羅伯修訂並完成了他的手稿。

開頭仍然和我記憶中一樣：

他們愛他們的生活和他們住的地方，但他們還是忍不住想：接下來會如何？

這時我停下來，把書闔上，看著封面。沒有艾菲爾鐵塔，出版商這麼處理一本關於巴黎的書很勇敢，只有一間——很像我們的書店的特寫。應該說，那就是我們的書店，但有人大膽運用了修圖軟體，那倒也很好。茂密的藤蔓（參見《瑪德琳》）是不錯的畫龍點睛。可是店名——書店的店名還是一樣：溫故知新。我看不清楚櫥窗裡擺著什麼——那樣我就有線索判斷這張照片是什麼時候拍的——但那絕對就是我們的店。

法國有個詞叫 self-fiction，翻譯過來是「自傳式小說」，但不十分精準。我一直認為這詞用英文講有一點高高在上或批判的意味，而 self-fiction 完全沒有這種意思。它更像是點明了我們都會做、或是都應該做的事，而且是應該經常做，那就是編輯與整理我們的生活，直到找到適合我們、能補足我們的敘事口吻。直到現在為止，我一直刻意略過一個細節，那就是我和羅伯對話時，當他承認是他在書裡寫了「對不起」，他在閃避我的眼神，於是我心想：他在說謊。

真的嗎？我不確定。我甚至不確定真相很重要，只知道我的版本比較好，亦即他因為很抱歉而在書裡寫了「對不起」。接著他把他的書放回架上，像是一封他從未真正預期會漂到我們手裡的瓶中信——結果我們真的收到後，他又把它偷回去了。

但其實是我們朝他漂過去，正如他在店裡告訴我的，我們在漂蕩時他就盡可能在一旁看著，著迷於像是幻覺的景象——在某些日子，這個幻覺比起其他日子更顯得真實：我們似乎在經營他筆下的書店，我們住在書店樓上，我們建立了新的家庭。不知道他有沒有看見過雙胞胎——或喬治——或戴克倫。也許某天晚上羅伯經過，從櫥窗看到艾莉和達芙妮在笑——在笑！——而戴克倫正用某個故事娛樂她們。這幅畫面看起來一定很溫馨，笑聲一定很真誠，羅伯會停下來讚嘆欣賞，卻又趕緊催促自己離開，以免被看到。

他真的看見過這些嗎？他看見戴克倫了嗎？多少次？譬如說在橋上，達芙妮看見羅伯那次？可是羅伯堅稱那天他沒有去那附近，我也傾向相信這個說法。還有那份手稿，在密爾瓦基，在數學系印表機等候列印的手稿，講到在法國買下書店的一家人？我讓他自己告訴我，但沒有說愛蓮娜早就發現這份手稿了：我不希望他說出他並不希望我們讀到它，更別說照著情節去執行了。我不希望他再一次說「對不起」。因為，儘管這一路走來很奇異，我還是很滿意我處理那份手稿以及我們生活的方式。我換了工作，換了居住的陸塊。我找出辦法來養活家庭，用冷凍和新鮮的食物雙管齊下。

結果是兩個健康的、勇敢的女兒。

還有一間漂亮的書店，店裡的書架被幾千本書壓得嘎吱作響。

至少再一小段時間之內都會是如此。

我再次翻開羅伯的書，這次從頭開始看，也就是扉頁——那是一張別致的地圖，出版社特別花錢印的——然後是一張空白頁，然後是書名頁，然後是葛楚．史坦的一段引言，然後是獻詞。

獻給我失去的人。

尾聲

我讓我自己迷失在書裡。

我在頁面間前前後後地穿梭，這表示我也在巴黎和密爾瓦基的回憶中交錯徘徊。我對他的成就感到驚嘆。不光是書的文字，也包括這本書如何出現在我們店裡。是他親手放的嗎？勢必如此。我不確定，也無法確定。好幾個月前我就叫阿希夫把監視器都撤走了。我並不後悔做了這個決定。這正是我叫他撤掉監視器的原因；我不想疑神疑鬼。這也是為什麼我沒告訴丫頭們有這本書。下次見到羅伯時，如果還有下次的話，我希望我們大家都能見到他，我希望我們不是在書的邊緣、螢幕裡或人群中見到他，而是大大方方見到他本人從前門走進來。

他是不是已經走進來過了？

這本書以廉價的方式裝訂，上頭還標有「搶先試讀版——非賣品」字樣。看來是宣傳用的先讀本。不過有同樣高的機率，這書皮和裝訂都跟裡頭的故事一樣，全是出自羅伯之手。他寫出這麼一本書後，又大費周章地用手工方式將它「出版」，說起來對他而言也不算太離譜。事實上，這似乎才像真正的他，包括書末的「作者簡介」那一頁，因為在這四個字底下，除了兩個字母以外全是空白的：tk。這不是法語簡訊俚語，而是老派的出版業縮寫語。不要被那個k給誤導了。tk的意思是「待補」（to come）。

夏天來了。人潮來了。然後更多人潮來了，因為羅伯的書來了。他留給我的先讀本並不是僅此一件的美術勞作，而是後續許多、許多、許多本的第一本。羅伯的書確實由一家真實的出版社出版了，而且神奇地搭上順風車，朦朧的出版業宇宙偶爾會被這類彗星給點亮。這個講述在巴黎接手沒落書店的一家人的故事觸動人們敏感的神經——至少是書店老闆的神經。還有來巴黎觀光的人的神經。話題甚至在《紐約時報》刊登專文之前就已經發酵。後來他們登出文章，然後《衛報》也登出文章，連《世界報》都在週四的綜合書訊中發文，於是這個故事就跟書一樣，無所不在。

多數報導都稱我們的店是這本書的「靈感來源」，有一篇文章還提到這家店原本的經營者瑪裘麗．伯牙本身就是個作家，「在沉寂多年後」正進行新的寫作計畫。當我讀到這段內容時，我誠摯地祝賀她，並且告訴她我們很快就會離開，不再妨礙她。我說我聽說格里羅夫人在考慮租下店面。

伯牙夫人沒有馬上回應。我想她不願意承認為了店面的事主動聯絡過格里羅夫人。不過我知道是這樣，因為格里羅夫人告訴我：第二間店，只賣掃把！

但是伯牙夫人看著我每天晚上在人群走後打掃店面，她檢閱銷售數字，計算到了月底她能拿到多少比例的回饋。「妳不必 immédiatement（馬上）離開。」她說，好像一開始如此要求的人不是她。她開始上樓，露出一如往常的緊繃笑容，不過——這倒新鮮——她的眼神也有笑意。這不是晚霜的功效。臨走前她還有個問題要問我，en français（用法語問），她的語氣難得羞怯：對了……那家出版社會不會剛好要找……法文譯者來翻譯妳丈夫的書？

第一箱羅伯的小說送到時，我是在小辦公室裡偷偷拆箱的，翻到後折口去看「待補」究竟補了什麼。結果只是：沒有照片，有一段很短的生平。甚至沒有列出他以前的作品，只寫說這是他的最後一本著作，他在兩年前於密西根湖駕船時失蹤，據推測已經死亡。

我問出版社這是誰告訴他們的，他們說就是我。

我說我沒有，他們就把「我」寄給他們的電子郵件轉寄給我，包括「我」把完整手稿寄給他們的投稿信。他們說很高興我們又聯絡上了，因為「我」之前的電郵地址後來就不能用了，而他們還想確認幾件事。「我」給了他們我在密爾瓦基警察局的聯絡人資訊，好讓他們可以求證羅伯的命運，不知道那項資訊是否仍然正確？他們可以把警方索取的免費樣書寄出去了嗎？

他們要支付版稅給我，我那個巴黎的帳戶是否仍在使用？

我是否知道要怎麼對我們的女兒說明這一切？

當然，最後一個問題是我提出的。達芙妮和艾莉讀到折口文字時十分沮喪。她們的憤怒幾乎勝過悲傷；她們堅信是警方自作主張，不知怎地，在未經我允許的情況下，那些宣告爸爸已死的表格和「流程」就這麼跑完了。後來她們以為我確實允許這種事發生，結果情況雪上加霜。但我沒有。當她們再一次問到她們的父親是否其實還活著時，我說：「我不知道。」這是實話。

不過我確實撒了謊，也或許不太算，總之我是指當艾莉說「所以由我們選擇嘍」——她的意思是，由我們選擇要不要相信羅伯還活著。我說「對」，雖然我很想告訴她們不對，一直都不是，做選擇的人是羅伯，而他因為他自己的差勁理由，沒有選擇我們。

當然，跟艾莉和達芙妮談一次話並不能讓她們父親的失蹤或「死亡」的懸念塵埃落定。談五十次也是沒用。用Skype和愛蓮娜為丫頭們找的一位西雅圖心理學家談話倒確實有用，到現在仍然有用。聽丫頭們的描述，她們談好了休戰協定。這完全不是她們的用語，不過挺能幫助我理解：跟她們的父親、跟真相、跟心理學家休戰。那位好醫師不會堅持她們的父親已死，而她們也不會堅持繼續在巴黎尋覓他。

心理學家說這樣很健康，尋覓的階段已經過去了。心理學家不知道有那些寄給出版社的假郵件，丫頭們也不知道；當艾莉和達芙妮問起怎麼會有這本書時，我說好像是她們的父親在失蹤前就完成手稿並寄給出版社了，而現在出版社找不到他，我也找不到他。如果她們再逼問我，我就祭出心理學家的真言：尋覓的階段已經過去了。

但她們不常逼問我。因為她們知道有另一個人會做這件事。

愛蓮娜還在找。她要我告訴丫頭們她沒在找，但我沒照做，反正說了她們也不會信。她用網路找，也用非網路的方式找。她雇了兩個私家偵探，兩個都被她開除了，她還一直在面試想找第三個。她利用在大學的職務之便旁聽一些課程，包括刑事司法、法文，以及「以備不時之需」的法醫人類學。她現在對顎骨的知識豐富到令人不安。我們透過 Skype 找她時，我經常看到她使用她的顎骨；她喜歡一邊用餐一邊談話，因為這樣比較「有效率」。她的早餐是我的晚餐。我告訴她，儘管如此，我還是很歡迎她和我一起喝杯小酒。她說她現在決意要吃得健康一點。這能說明（不過不能徹底說明）我為什麼偶爾會發現她在吃羅伯那個牌子的穀麥。

戴克倫和我一同用餐的次數並不少。同條街的旅館把他們的一間放映廳改名為「溫故知新」廳，並開始問我們書店要不要開設與書相關的導覽行程。我打給戴克倫，說我有個商業方面的提案，然後他笑了，於是我們開始辦導覽行程。我們現在純粹是事業上的關係，我們都贊同這樣更好。事實上他每次請我吃飯時，我們都會為此舉杯祝賀；他請我吃飯時，就是我要付薪水給他的時候。我們不再吃免費餐點，他反而總是盡量把那一週我付給他的錢剛好花在餐費上。結果我們必須一直尋找更昂貴的餐廳。巴黎很配合，戴克倫也是。他在等待，我也是，我們兩人都不太知道我們在等什麼，還不知道。與此同時，我們敬酒、歡笑、暢飲。有時候我會聽到三輪迷你計程車嗚嗚地經過，我的脈搏會追著它跑，於是我又啜一口酒，因為那一刻喝酒比看著戴克倫來得容易。

我應該要指出一點：戴克倫並沒有出現在書裡。

羅伯則有出現。有也沒有。在羅伯的書裡，那一家人從此過著幸福快樂的日子。沒有變成暢銷書的遺作來拯救書店；那家店以老派的方式獲得成功。一週又一週，愈來愈多人光顧，買了愈來愈多東西。那一家人賺了足夠的錢，因而在倒數幾章時還去南法度假。在另一章，他們搭火車去倫敦。他們在討論要去斯德哥爾摩玩，但我已經向ㄚ頭們聲明——別全盤相信妳讀到的內容。

愛蓮娜第一次讀到書封折口時，堅持我們要打給出版社，叫他們緊急收回每一本書，把生平文字改成類似「羅伯·伊迪是筆名，若與在世和不在世之人士有任何雷同……」。最好是可以改。再說，我讀到不止一個部落客——似乎每個人都必須對這本書發表意見——寫道這本書的賣座有一大部分是因為那段悲劇性的生平。我確實偶爾會看到淚光閃閃的眼睛來到收銀機旁，如果我在店裡的話。不過因為銷售長紅，我在店裡待的時間比較短了。我跟大家一樣，現在也雇用冷淡的二十來歲法國人來顧店。

可是，當某個悲傷的美國人確實找到我，說「很遺憾妳失去親人」時，我只是謝謝她——我真的努力表現得誠懇——說「沒關係」。然後，如果對話必須繼續——有的人會抓住我的手不放——我會說「他不是真的離開了，不是嗎？」。因為我真的不確定他離開了。但我沒這麼說。我說：他就在這本書裡。

我相信：羅伯某種程度上想藉由出版這本書來自我救贖——希望這本書的版稅能赦免他的失敗，包括可以資助我們很長時間。但這是虛假的赦免，不是嗎？早些時候，我們確實有文學獎獎金可用，但除此之外，我們主要是自力更生（有喬治、愛蓮娜的幫忙，寬容一點來說，夫人也幫了我們）。不過我對羅伯的意圖沒有怨言，因為這種赦免方式對他來說也很痛苦：現在終於獲得巨大的成功了，他卻不能享受它。愛蓮娜說他要的從來就不是這個世界的認同，而只是我們的認同，我的認同，以致於他留下一條又一條線索。或至少我們判定是如此。我們仔細爬梳那一百頁手稿之後才驚覺，我和丫頭們正是這本書的最佳線索，而這本書的第二大謎團是：我們在巴黎做什麼？

正式出版的書最後一頁的最後一句話，妻子和女兒們某個星期六正在店裡忙著幹活，門上的鈴響了。

每次我離開書店去街上找他的時候，門上的鈴也都會響。我不常出去找他，也不是很認真地找。我沒有告訴丫頭們我在做這件事，但偶爾，我送她們去學校後，我會繼續往前走，假裝我仍然熱中搜索。也許從頭到尾我都是在假裝吧。我不這麼認為。我確實知道最後一次見到他時，我在他眼神中看到了什麼，那是鏡子每天都讓我在我的眼神中看到的同樣事物——我看到我們的女兒，我們的生活。我想我也在羅伯的眼中看到愛、看到嚮往。可以確定的是，不論是天體或人體，都有一種引力。我難以想像他不是到現在仍然能感覺我們在拉扯他。我難以想像他徹底離去。

但是話說回來，我也難以想像我是製片人，雖然我現在真的是。至少那是指導老師——我終於又開始上課了——要我在沮喪時對自己說的話。*電影的重點在時間，他說，妳要肯花*時間。所以我這麼做了。

時間也主宰了我。夏天終於變成冬天，這裡很冷。有時候人潮不多，我會付錢爬上艾菲爾鐵塔，讓我的（高科技小巧）攝影機開始運轉。我不讓自己被北邊的景色分心，那裡有幅員遼闊的夏樂宮，總是讓它顯得比實際上更重要；或是西邊，因為美國在那個方向，還有比利時和威爾斯和斯德哥爾摩和威斯康辛州的兩個巴黎，這些小鎮都在說（而且不光是對我說）：*還記得嗎？*我也絕對不往南看，那裡有又粗又黑的蒙帕納斯大樓，感覺就像跑進眼睛裡的煤渣。我往東看。看向羅浮宮、蒙馬特和歐洲——還有梅尼蒙當。在《紅氣球》短短的演員名單中，拉莫里斯先是列出了他的兒子和女兒還有其他幾個人，接著列出了des ballons de la région parisienne（巴黎的氣球）。根據天色、天氣和我的視力，我並不需要怎麼瞇眼就能看到全部氣球，包括飛在空中的和即將升起的。

從梅尼蒙當的山坡往下看，一路往下再往下直到塞納河，我幾乎能看見我的店。現在我不需要攝影機了。我知道。鮮紅色的。店裡，一場派對正在展開，不光是我的娘子軍，還有好多好多人，有活人也有死人，包括華特．惠特曼，也許還有華特．惠特曼的兒子——這裡的惠特曼指的是教科書作者，而不是那個著名詩人，不過那個兒子很樂意看別人搞混——他開了一間名叫蜜絲托拉的書店，後來為了向雪維兒．畢奇致敬而更名為莎士比亞書店，因為她在戰後無法讓她的書店重新營業。我想著雪維兒．畢奇和她的店。我想著我的店。我想著遙遠的國家、悠悠數個世紀、各個城市都在書架上齊聚一堂。

我想著亞爾貝．拉莫里斯，還有他年輕的（現在已老的）兒子帕斯卡，他在許久以前就失去了父親，我想著帕斯卡在看那部老電影《紅氣球》時會想什麼，甚至他是否還會看，是否能承受，幾乎每一格畫面中都有帕斯卡，在那著名的最後一幕中，帕斯卡被花束般的氣球帶著飛到巴黎上空，一邊飄起一邊低頭看著攝影機。當時父親與兒子都不可能知道，僅僅十四年後，一切都會在伊朗畫下句點——拉莫里斯坐在沙王御用飛行員駕駛的直升機裡，隨著直升機上升、抖動、墜落。關於拉莫里斯之死的敘述非常少，更少有文章提到：不再是《紅氣球》裡那個小男孩、而是個青年的帕斯卡，也在那架命運悲慘的直升機上。不知怎地，帕斯卡在墜機前幾秒鐘逃生成功。他的父親則沒能逃過一劫。

我從沒告訴羅伯這件事。

也沒說這個：拉莫里斯每一部備受好評的電影最後，主角都會消失。

最後，我也沒說這個，但羅伯身為白蒙的忠實粉絲，一定已經知道了：白蒙死時很年輕。沒像拉莫里斯那麼年輕，但他始終沒見到他渴盼已久的外孫。白蒙死前正在創作最後一本《瑪德琳》系列作：《瑪德琳與魔術師》，這是由他一九五〇年代中期為女性雜誌畫的特輯〈瑪德琳過聖誕節〉改編而成的。但是新版故事將焦點擺在魔術師而不是聖誕節上。它只留下殘篇斷簡——幾幅水彩畫、鉛筆畫、速寫。（艾莉和達芙妮發現一件玄妙的事；當她們年紀更長，白蒙畫給兒童看的書反而更能吸引她們，而不是相反。）畫家知道他生病了，知道他來日無多，即使他努力讓故事充滿光明，卻心有餘而力不足。他的人生滲進故事裡，這就是人生。纖瘦而堅毅、帶著瑪德琳和其他小朋友跑遍巴黎的克拉薇小姐，臥病在床，藥石罔效。有個魔術師出現了——他名叫穆斯塔法——巧手一揮，便大大改善了「爬滿藤蔓老屋宅」：一座湖出現了，一棵木瓜樹，甚至還有「喜瑪拉雅山來的山羊」。

女孩們樂極了，但又擔心病重的克拉薇小姐；有一個要求不知道會不會太過分——

當然可以！穆斯塔法將他的魔法施展在克拉薇小姐身上，她立刻恢復活力。然而克拉薇小姐對穆斯塔法趁她不在時做的改變很不滿意，要求他讓一切恢復原狀。他照做了；她在下著雪的夜晚把他趕出去，而他立刻就消失了。

現存的一幅令人過目難忘的速寫，畫出女孩們淚汪汪地跟著送葬隊伍走，手裡拿著魔術師的帽子，一頂土耳其氈帽：我們都希望魔術師回來，克拉薇小姐承認，但有些事就是不可能，在現實生活中不可能。於是她送給女孩們一隻流浪動物。一隻貓。

當然，那隻貓就是魔術師，牠解釋：

我改變形體好待在房屋
陪在妳們身旁——安靜得像老鼠。
要保守祕密喔——
沒人知道才叫祕密。
話說到這裡，我們的故事即將完畢……

很久很久以前，每當我在羅伯的文字裡看到我自己，都彷彿有實際的觸覺，我薄而脆弱，像是被壓擠過的版本，一片扁平的樹葉，在翻頁時會飄動，有時候還會被扯裂。

可是現在我發現書海浩瀚，太浩瀚了。不光是羅伯的書，而是所有的書，所有關於巴黎的書，所有關於所有地方的書。閱讀，行走，追逐，嚮往，我開始覺得巴黎最大的饋贈就是暈眩感，那是當我們發現如此熟悉或親近的事物其實距離如此遙遠時，會產生的感受。那感覺也跟我每次出發隨意追逐男人、結果卻發現一座城市時，不無相似之處。有些早晨，我希望那場追逐能永遠持續下去，像是心愛的書，像是我在這裡的生活。當我發現我不再像以前那麼常閱讀，我並不十分意外；我轉而搖晃、遐想、起飛，像帕斯卡，像瑪德琳，像白蒙，像拉莫里斯，像我的女兒。像羅伯。像任何曾經開始或讀完一本書的人，或展開或結束一段戀愛關係的人，或是混淆這兩者的人，懷著甜蜜的心情期待墜落。

Finis（完）

接手一個充滿生命力、完整又溫馨的家，挖出別人替你種的櫻桃蘿蔔，在花園裡剪下別人悉心照顧的花朵，這種感覺真的很好。

——路德威．白蒙

〈神之島〉，

一篇關於《瑪德琳》

系列緣起的隨筆

謝辭

五千萬個法國人不會出錯，但一個美國人，儘管（或由於）他對巴黎充滿感情，卻可能有錯；我為本書任何的錯誤致上歉意。然而我確實仰賴大約五千萬個人力資源，我由衷感激所有人給予我的資訊和建議。

感謝我最早的讀者 Alfredo Botello、Lauren Fox、Dan Kois、Emily Gray Tedrowe，還有 Christi Clancy、Aims McGuinness、Jon Olson、Annie Rajurkar。特別感謝 Caroline Leavitt，她很早就展現的熱情對我意義重大，同時感謝介紹我倆認識的 Susan Richards Shreve。

還要感謝所有被我吸取知識的專家，包括 Larry Kuiper 教授、Emily Griffin，感謝 Susan Keane 提供法語方面的建議。謝謝 Tami Williams 教授提供法國電影方面的協助，還有 José Lanters 教授提供荷蘭獨立雜誌方面的幫助。感謝 Kevin Wheeler 醫師給予醫學方面的建議。感謝我的巴黎讀者 Nataša Basic、Sophie Rollet 和 Ingrid Johnson，提供教養、巴黎、法語、法國人和綜合以上種種的真知灼見。我要特別向我的青少年簡訊語言學家 Hattie Rowney 說聲 mrc（謝謝），感謝 Antoine Laurain 提供法國書店和賣書這回事的建議，感謝 Michael Bula 和 James Frasher 警告我「即將面臨巨大危險」。

也感謝經常從危險中拯救我的諸位——我的經紀人 Elisabeth Weed；她的同事 Dana

Murphy和Hallie Schaeffer；Jenny Meyer；還有萬能的Maya Ziv，本書編輯和冠軍和無情的救世主，以及她的同事Madeline Newquist —— mille mercis（非常感謝）。

謝謝密爾瓦基Boswell Book Company的Daniel Goldin，他是獨一無二的，他對書籍銷售的藝術有透徹的洞察力，而且全力支持所有地方的作者（特別是這一個）。

如果你對路德威．白蒙的人生和作品感興趣，建議你參閱白蒙的外孫約翰．白蒙．瑪希亞諾所寫的美妙書籍《白蒙：瑪德琳的創造者之人生與藝術》（Viking出版，一九九九年）。我所分享大部分關於白蒙的知識，尤其是他最後一項寫作計畫那部分，都取材自這本書。瑪希亞諾（和我）認同莫瑞．帕梅朗斯彙編的《路德威．白蒙參考書目》（Heineman出版，一九九三年）確實徹底而詳盡。若想針對《瑪德琳》作延伸閱讀（或想知道有哪些讀物引述過《瑪德琳》的句子），這是一本絕佳指南。若想了解白蒙「寫給大人看的書」（套用莉雅和丫頭們的說法），《跟他們說很美妙》（Viking出版，一九八五年）這本文選是很好的入門書。最後，珍．貝亞德．科里所作的展覽目錄《瑪德琳七十五歲了：路德威．白蒙的藝術》（艾瑞卡爾繪本美術館出版，二〇一四年）是很豐富的參考資料，書中還收錄麥拉．卡爾曼精心繪製插圖的散文。

雖然我和莉雅一樣珍視書版的《紅氣球》（Doubleday出版，一九五六年），要認識亞爾貝．拉莫里斯最好的途徑仍是觀賞他的電影。一九五三年的《白神駒》和（當然）一九五六年的《紅氣球》，標準收藏公司（Criterion Collection）都出了品質優良的修復版。拉莫里斯的兒子帕斯卡拍了一部讓人難忘的紀錄短片《我的爸爸是紅氣球》（二〇〇八年），由 Shellac Sud 公司發行。

荷蘭設計師皮特．舒德爾斯設計的傑出雜誌《轟動》（*Furore*）幾乎用了一整期（第二十一期）篇幅來追蹤《紅氣球》的場景及其他資訊，報導內容非常深入且引人入勝。我要感謝另一本雜誌《Bidoun》，它引領我接觸到拉莫里斯去世後他的伊朗工作夥伴所剪輯成令人震撼的蒙太奇影片。本書第二十七頁提到的《紅氣球》評論家是查爾斯．席爾維，那句引言取自他在現代藝術博物館網站上的一篇短文。

即使當我不在巴黎時，我也盡可能透過書籍在那裡生活。羅斯克蘭斯．鮑德溫的《巴黎，我愛你，但你快要毀了我》（Farrar, Straus and Giroux 出版，二〇一二年）讓我受益良多，雪維兒．畢奇的《莎士比亞書店》（Harcourt Brace 出版，一九五九年），凱特．貝茨的《我的巴黎夢》（Spiegel & Grau 出版，二〇一五年），亞當．高普尼克編的文選集《巴黎的美國人》（Library of America 出版，二〇〇四年），高普尼克的《巴黎到月球》（Random House 出版，二〇〇〇年），安東．羅罕的《巴黎找找愛》（Gallic Books 出版，二〇一五年），傑若米．莫爾瑟的《時光如此輕柔：愛上莎士比亞書店的理由》（St. Martin's 出版，二〇〇五年），凱瑟琳．山德森的《小英國人》（Spiegel & Grau 出版，二〇〇八年），珍．佩奇的《在巴黎的一家人》（Penguin Lantern 出版，二〇一一年），還有伊蓮・秀黎諾的《巴黎唯一的街道》（W. W. Norton出版，二〇一五年）。

我是在許多檔案館和圖書館找到這些資料的，我欠他們深深的感謝，包括法國國家圖書館和法國電影資料館（這方面的研究經費有一部分來自威斯康辛大學密爾瓦基分校）、耶魯大學的拜內克古籍善本圖書館、紐約公共圖書館的玫瑰主閱讀廳以及米爾斯坦微縮資料閱讀廳、紐約歷史學會的克林根斯坦圖書館、南方衛理公會大學的戴高禮圖書館（特別感謝David Haynes、Rebecca Graff和Joan Gosnell），以及威斯康辛大學密爾瓦基分校的梅爾圖書館，尤其是圖書館員Molly Mathias，她找到一個比羅伯更難追蹤的男人的資訊。

若想進一步了解莉雅所提到的書，書目如下：F・伯特太太的《斯瓦希里語之文法與字彙》（Society for Promoting Christian Knowledge出版，一九一〇年），蘇菲・卡爾的《威尼斯跟蹤》（Bay Press出版，一九八八年），奧古斯都・約翰・卡斯伯特・黑爾的《漫步巴黎》（George Routledge and Sons出版，一八八八年），艾丹・希金斯的《赫爾辛格車站》（Secker and Warburg出版，一九八九年），朵貝・楊笙的《公平競爭》（Sort of Books出版，二〇〇七年），艾麗斯・馬蒂森的《男人給錢，女人咆哮》（William Morrow出版，一九九七年）之〈我們兩個成年人〉，威廉・麥斯威爾的《再見，明天見》（Knopf出版，一九八〇年），葛蕾絲・佩利的《最後瞬間的巨大變化》（Farrar, Straus and Giroux出版，一九八五年）之〈欲求〉，凱瑟琳・安・波特的《灰色的馬，灰色的騎士》（Harcourt出版，一九三九年），喬治・桑的《安蒂亞娜》（Oxford出版，一九九四年），喬治・斯溫頓的《愛斯基摩雕塑》（McClelland and Stewart出版，一九七二年），莫妮卡・張的《鹽之書》（Houghton Mifflin Harcourt 出版，二〇〇三年），以及詹姆斯・威爾許的《愚鴉》（Viking Penguin 出版，一九八六年）。童書區：茱蒂・布倫的《神啊，祢在嗎？》（L'Ecole des Loisirs 出版，一九八六年）（米雪兒・波蘭涅克譯），桑德琳・勒姆和羅克珊・瑪麗・卡里耶的《憂傷的重量》（Editions Auzou 出版，二〇〇八年），以及塞爾瑪・曼丁的《我第一次做噩夢了》（Chocolat! Jeunesse 出版，二〇〇九年）。

稍微提一下兩個有意為之的錯誤，或者用小說家的用語來說：純屬虛構。在我撰寫本書時，法國並沒有莉雅和她女兒享有的那種給書店老闆的「神奇」簽證方案。不過這個點子還不賴。目前還是請你不要待到簽證過期，並請遵守所有法律，包括站在塞納河橋邊護欄上的相關禁令。

此外，「溫故知新」若跟瑪黑區新開的大型書店「紅推車書店」（在聖保羅街上，不是我虛構的聖露西亞街上）有任何雷同，都純屬巧合。不過我要向店主 Penelope（還有巴黎）道謝及道歉，妳開口時我們應該買下這間店的。

我的家人對那個下午念念不忘，我在寫這本書的漫長過程也對她們念念不忘。Mary、Honor和Jane，我們初次在巴黎漫遊時，妳們毫無怨言（也沒有陽傘可用）地走了好幾哩路，謝謝妳們自始至終都沒有把姊妹或我推到軌道上。

還要謝謝我的妻子Susan，妳的愛與支持能填滿超過五千萬本書，妳還在我寫這本書的期間容忍我長時間缺席，有時候甚至是人在心不在：我愛妳。我回來了。

【Echo】MO0061

巴黎書蹤

Paris by the Book

作　　者❖黎安．卡拉南（Liam Callanan）
譯　　者❖聞若婷
美術設計❖兒日
內頁排版❖翠許
總 編 輯❖郭寶秀
選書策畫❖許鈺祥（冬陽）
行銷企劃❖力宏勳

發 行 人❖凃玉雲
出　　版❖馬可孛羅文化
10483臺北市中山區民生東路二段141號5樓
電話：(886)2-25007696
發　　行❖英屬蓋曼群島商家庭傳媒股份有限公司城邦分公司
10483臺北市中山區民生東路二段141號11樓
客服服務專線：(886)2-25007718；25007719
24小時傳真專線：(886)2-25001990；25001991
服務時間：週一至週五9:00～12:00；13:00～17:00
劃撥帳號：19863813　戶名：書虫股份有限公司
讀者服務信箱：service@readingclub.com.tw
香港發行所❖城邦（香港）出版集團有限公司
香港灣仔駱克道193號東超商業中心1樓
電話：(852)25086231　傳真：(852)25789337
E-mail：hkcite@biznetvigator.com
馬新發行所❖城邦（馬新）出版集團
Cite (M) Sdn. Bhd.(458372U)
41, Jalan Radin Anum, Bandar Baru Seri Petaling,
57000 Kuala Lumpur, Malaysia
電話：(603)90578822　傳真：(603)90576622
E-mail：services@cite.com.my
輸出印刷❖前進彩藝有限公司
初版一刷❖2019年4月
定　　價❖420元

國家圖書館出版品預行編目資料

巴黎書蹤／黎安．卡拉南（Liam Callanan）著；聞若婷譯. -- 初版. -- 臺北市：馬可孛羅文化出版：家庭傳媒城邦分公司發行, 2019.04
面；　公分. --（Echo；MO0061）
譯自：Paris by the Book
ISBN 978-957-8759-61-9（平裝）

874.57　　108003046

ISBN：978-957-8759-61-9（平裝）

城邦讀書花園
www.cite.com.tw